KB158003

우리의 정원에는
시가 자란다

Poetry Is
Growing in Our
Garden

와인을 만들고 마시는 삶에 관하여

우리의 정원에는 시가 자란다

Poetry Is Growing in Our Garden

Thoughts on wine-making and wine-drinking

앤더스 프레드릭 스틴 지음 임슬애 옮김

미메시스

POETRY IS GROWING IN OUR GARDEN
by ANDERS FREDERIK STEEN

일러두기

- 덴마크 출신인 저자의 이름은 〈안데르스 프레데리크 스텐〉이지만, 자신의 글로벌 내
추럴 와인 브랜드명인 〈앤더스 프레드릭 스틴〉으로 널리 알려져 이 책에서는 영문
표기하였습니다.
- 본문에 실린 「와인 용어 정리」와 「포도 품종 정리」(앤더스 프레드릭 스틴이 와인을
만들 때 쓰는 품종 목록)는 한국어판 독자를 위해 옮긴이가 직접 정리한 것입니다.

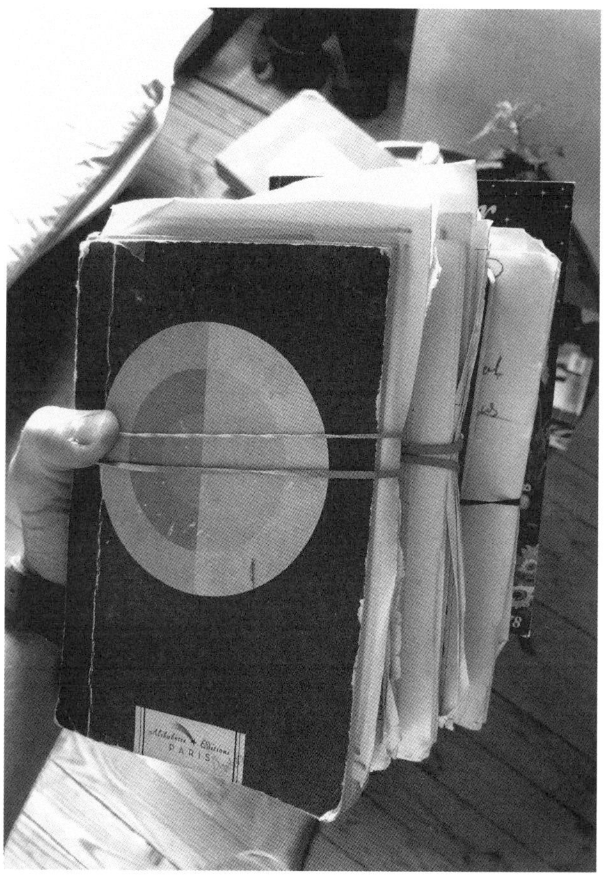

2013년부터 2020년 사이에 작성한 기록들.

서문

앤더스가 〈라신〉의 문을 열고 들어온 2008년 어느 날, 우리는 처음 만났다. 파리 중심부에 있는 비스트로 〈라신〉은 1년 전에 개업해 여러 소믈리에와 와인 수입상, 애호가의 반응을 얻고 있었다. 음식은 생생하고 강렬하며 직설적이었고, 재료의 원산지와 이산화 황 무첨가 와인으로만 이루어진 와인 리스트까지 흠잡을 수 없도록 공들인 식당이었다. 그때는 농업 전반과 와인의 본연, 생산과 생산자에 집중하는 새로운 생활 방식이 대두된 시기였다. 앤더스와 나는 즐거운 순간을 함께했고, 〈뱅 비방〉[1]을 향한 열정을 나눴다. 피에르 보제,[2] 장마르크 브리뇨,[3] 〈도멘

1 vins vivants. 〈살아 있는 와인〉이라는 뜻의 프랑스어. 유기농과 생명역동biodynamic 농법으로 포도 재배와 양조 과정에서 화학 약제 사용을 최소화한 내추럴 와인을 뜻한다. 이하 모든 주는 옮긴이의 주이다.

2 Pierre Beauger. 오베르뉴에 기반을 둔 내추럴 와인메이커. 2001년에 첫 빈티지를 생산했다.

3 Jean-Marc Brignot. 쥐라에서 활동하던 내추럴 와인메이커. 지금은 일본에 정착해 와인을 만들며 식당을 운영하고 있다.

데 그리오트〉,[4] 필리프 장봉,[5] 클로드 쿠르투아,[6] 브뤼노 쉴레르,[7] 그 외에도 수많은 생산자의 와인을 나눠 마셨다. 그때 처음으로 첨가제 없는 와인을 시도한 와인메이커들은 지독한 비난과 규탄에 시달렸다. 사람들은 무첨가 와인이 전부 〈유행〉에 불과하며 갑자기 나타난 만큼 금세 사라질 거라고 장담했다. 프랑스의 와인 담당 기자들은 우리 와인메이커들과 레스토랑 사장들을 〈비오콩bio-cons〉, 대충 번역하자면 〈유기농 머저리들〉이라고 불렀다.

처음 만났을 때부터 앤더스는 미각이 훌륭했다. 날카롭고 지적이었으며, 예술적인 이상이 확실했다. 당시 그는 코펜하겐의 여러 중요한 식당의 소믈리에로 일하고 있었는데, 그를 보자마자 그의 감수성과 특유의 우아한 분위기가 느껴졌다. 그는 영민한 호기심이 있었고, 인간 존재에 관한 이해가 깊었다. 앤더스는 소믈리에로서 기존의

4 Domaine des Griottes. 루아르의 와이너리. 이름난 와인메이커 파트리크 데스플라Patrick Desplat와 바바스Babass가 2001년에 함께 시작했으나 지금은 각자 자기 작업을 이어 가고 있다.

5 Philippe Jambon. 보졸레에 기반을 둔 내추럴 와인메이커. 와이너리는 〈도멘 필리프 장봉〉이고, 1990년대부터 양조를 시작했다.

6 Claude Courtois. 루아르에 기반을 둔 내추럴 와인메이커. 1970년대부터 내추럴 와인을 만들었고, 지금은 와이너리 〈레 카이유 뒤 파라디Les Cailloux du Paradis〉를 운영하고 있다.

7 Bruno Schueller. 독일과 국경을 맞댄 프랑스 동북부 알자스에 기반을 둔 내추럴 와인메이커. 아버지의 와이너리 〈도멘 제라르 쉴레르Domaine Gérard Schueller〉를 이어받아 1980년대부터 와인을 만들고 있다.

관행과는 사뭇 다른 새로운 작업 방식을 개척하고자 했다. 프랑스 와인 산업의 관행은 분명 보편적이되 해묵은 것이다. 그러나 앤더스는 와인의 생명력에 집중한다. 과즙의 발효 과정에 함께하는 방법, 과즙에 첨가제를 넣거나 특정 요소를 제거하지 않고 와인을 만들어 내는 방법을 탐구한다. 한결 자유로운 방식과 관점이다. 상상력과 감정에 주도권을 맡기는 새로운 어휘와 감정으로 이루어져 있어 더욱 동물적이고 직접적이며 시적이다.

나는 앤더스가 처음 양조를 시작했을 때부터 큰 관심을 갖고 지켜보았다. 그는 장마르크 브리뇨와 작업을 시작했다. 장마르크는 과거 쥐라에서 활동하던 와인메이커로 그를 대표하는 와인을 떠올리면 향수로 아련해진다. 장마르크는 비할 데 없는 와인메이커이자 다정하고 사랑스러운 광기로 반짝이는 선구자 격의 인물이다. 하지만 앤더스가 자신의 아내인 아네Anne, 두 아이와 함께 프랑스 아르데슈 지방의 발비녜르라는 마을에 정착해 동네 사람의 환영을 받으며 몇 년째 잘 살아온 것은 제랄드와 조슬린 우스트릭[8]의 도움이 크다. 인심 좋은 우스트릭 남매는 아르데슈 지방의 역사적인 인물들로, 보기 드문 훌륭한 성정과 에너지를 발휘해 와인메이커들을 결속시키고 있다. 제랄드는 오랫동안 젊은 와인메이커들이 자리를 잡

8 Gérald Oustric, Jocelyne Oustric. 남매 내추럴 와인메이커. 와이너리는 〈도멘 뒤 마젤Domaine du Mazel〉로, 1980년대부터 양조를 시작했다.

도록 도와주었다. 아르데슈 지방의 안드레아 칼렉[9]과 실뱅 복[10]이 그의 제자이며, 그전에는 쥘 쇼베[11]의 정신적 지주, 밭 위의 일꾼 자크 네오포르[12]의 제자로서 1990년대를 이끌기도 했다.

아르데슈 사람들이 환영에 능숙하다고 해도, 앤더스와 아네는 고향을 떠나 와인메이커라는 새로운 직업을 시도하기 위해 큰 용기를 내야 했다. 이제 부부의 아이들은 프랑스어가 유창하고, 온 가족이 시골 생활에 익숙해졌다. 그동안 나는 두 사람의 와인을 맛보며 줄곧 경이에 휩싸였다. 부부는 전 인류적 관점으로 농업을 바라본다. 자연적인 방법과 성실한 포도밭 농사, 그리고 영속 농법을 실천하고, 와인메이커끼리 품앗이를 하며, 한 해에 한 번씩 여러 가족이 모여 샤퀴트리[13]를 만듦으로써 순수한 프랑스의 전통을 이어 가고 있다. 그들은 고유한 삶의 철학과 작업으로 발비녜르에 긍정적인 영향을 끼치고, 발비녜르

9 Andréa Calek. 체코 출신의 내추럴 와인메이커. 아르데슈에 기반을 두고, 첫 빈티지는 2007년에 생산했다.

10 Sylvain Bock. 아르데슈에 기반을 둔 내추럴 와인메이커. 2010년부터 양조를 시작했다.

11 Jules Chauvet. 내추럴 와인 운동의 시작점에 있는 와인메이커이자 화학자. 이산화 황을 사용하지 않고 와인을 만들 수 있는 과학적인 토대를 마련한 전설적인 인물이다.

12 Jacques Néauport. 쥘 쇼베와 내추럴 와인 운동을 시작했다. 1980년대부터 수많은 와인메이커를 지도했다.

13 Charcuterie. 고기 및 내장을 이용해서 만드는 가공식품. 파테, 리예트, 소시송 등이 있다.

역시 그들을 따뜻하게 품어 주고 있다.

그간 두 사람은 꾸준히 발전했고, 작업 방식에도 여유가 깃들었다. 그들의 와인은 독특하며 정체성이 뚜렷하다. 산화 풍미를 실험하거나 극도의 숙성을 감행함으로써 와인에 영혼과도 같은 스타일과 이상을 투영한다. 두 사람은 독학자로서 와인메이커의 길을 걸어오며 이런저런 우여곡절을 겪었으나, 끊임없이 스스로 질문을 던짐으로써 매일 새로이 진화하며 세상에 강렬한 메시지를 던진다. 그들이 만든 모든 와인에 메시지가 있고, 그것은 희망일 때가 많다. 우리가 사는 세상 역시 끊임없는 질문이 필요한 혼란한 곳이기에.

책에 관해 말하자면, 이것은 삶에 중대한 변화가 이루어진 과도기를 기록한 책이다. 코펜하겐 출신의 젊고 재능 넘치는 소믈리에가 가족과 함께 프랑스 남부 아르데슈의 시골 생활에 적응해 가며 와인메이커로 거듭나는 과정을 담고 있다. 와인메이커로 나아가는 배움의 여정에 관한 치밀한 기록이자 〈뱅 비방〉의 뒤 무대, 앤더스의 정확하고 열정적인 세계 이면의 기록이다. 그리고 구구절절한 시음, 매일 같은 회의감, 그의 와인 속에 깃든 에너지를 엿볼 수 있다. 무엇보다도 이 책은 집착에 가까운 집념의 면면, 과정에서 얻은 세세한 지식, 더불어 그의 작업에서 중요한 역할을 하는 직감과 호기심을 탐구한 결과물이다. 그 직감과 호기심은 우리 독자들이 세상을 대할 때,

열정을 자극하는 대상을 대할 때 자기만의 고유한 관점을 잃지 않도록 힘을 줄 것이다.

피에르 장쿠[14]

14 Pierre Jancou. 레스토랑 경영자이자 내추럴 와인메이커. 2007년 〈라신〉을 오픈하였고, 현재는 프랑스 남부 파데른에서 와인 비스트로 〈카페 데 스포르〉를 운영하고 있다.

프롤로그

2013년의 수확이 끝난 후, 그저 와인을 더 깊이 이해하고 싶어서 시작했던 가볍고 유쾌한 프로젝트가 내 인생을 완전히 바꿔 놓게 되리라는 사실을 깨달았다. 개인적이자 직업적인 전환점이었다. 그때까지 나는 나고 자란 코펜하겐의 여러 고급 레스토랑에서 셰프, 소믈리에, 셰프 겸 소믈리에로 일했고, 2013년 말까지 식당 〈렐레〉와 〈만프레스〉에서 와인을 구비하고 요리와 조합하는 업무를 도맡고 있었다. 일 때문에 출장이 잦았으며, 프랑스, 이탈리아, 스페인의 와인 양조업자 여럿과 친숙한 관계를 유지해야 했다. 하지만 이 기록을 시작한 2013년 10월, 나는 미지의 대양으로 나아가는 듯한 기분에 사로잡혔다. 와인 양조를 다른 관점에서 바라보기 시작했고, 발효 과즙과 와인 전반을 맛보는 방식도 달라졌다. 그리고 내가 경험으로 알고 있던 사실은, 무엇을 배우든 그때와 같은 초기 단계에 배운 것이 아주 중요하고 결정적인 역할을 한다는 것이었다.

2011년 여름, 아르데슈의 와인 양조업자 질 아초니[15]가 내게 직접 와인을 만들어 보면 어떻겠느냐고 권해 왔다. 「와인 양조에 관해서라면 웬만한 업자보다 빠삭한 친구니까.」 그가 나에게 자주 하는 말이었다. 하지만 나로서는 선뜻 동의할 수 없는 주장이었고, 두 해가 지나 2013년에 비로소 용기를 내서 나의 첫 번째 빈티지 제작에 착수했다. 프로젝트의 시작을 함께한 사람은 당시 가까이 지내던 친구 장마르크 브리뇨였다. 그는 일본에, 나는 코펜하겐에 살고 있었다. 우리 둘이 와인 양조에 착수하기 위해 사들인 포도는 잘 알고 존경하는 와인 양조업자들, 알자스 오베르모르슈비르에 기반을 둔 반바르트[16] 가족, 아르데슈 남부 발비녜르에서 와인을 만드는 조슬린과 제랄드 우스트릭의 포도였다. 와인 양조 과정을 더 꼼꼼히 살펴보겠다는 목적으로 기껏해야 한두 해를 바라보던 프로젝트는 내 인생의 중대한 분기점이 되었고, 결국 나는 가족과 함께 2017년에 발비녜르로 이사해 아내인 아네와 함께 포도밭을 가꾸며 우리만의 와인을 만들게 되었다.

15 Gilles Azzoni. 우스트릭과 함께 아르데슈 내추럴 와인을 대표하는 인물. 그의 와이너리 〈르 레쟁 에 랑주Le Raisin et l'Ange〉는 이제 아들 앙토냉Antonin이 물려받았다. 볼라틸, 즉 휘발성 산미가 있는 와인을 생산하는 것으로 이름났다.

16 Bannwarth. 1936년부터 대대로 〈도멘 반바르트〉를 운영하는 내추럴 와인메이커 가문이다.

다른 사람은 모르겠지만, 나는 앞서 말한 배움의 초기 단계에서 와인 양조에 관한 기본적인 이해가 형성되어 있었다. 나는 자그마한 순간순간을 전부 기억에 새기고 싶었다. 나를 특정한 방향으로 이끌어 주고 와인의 새로운 층위를 발견하거나 만들 수 있도록 도와준 사람들과 와인들을 기억하고 싶었다. 그래서 기록을 시작했다. 중요하다고 생각했던 것은 모조리 기록했다고 말할 수 있다. 잊지 않기 위해 기록한 것이다. 그 시기를 함께한 스테판Stéphane 반바르트는 꼭 어린아이처럼 호기심이 풍부하면서도 박식했고, 내가 지금과 마찬가지로 당시에도 〈감각 지능〉이라고 표현하던 능력을 갖추고 있는 와인메이커였다. 그와 함께 와인을 맛보면서 나의 와인을 향한 접근법이나 와인 양조에 관한 이해가 변화하는 것을 느낄 수 있었다.

2013년 10월 7일, 스테판, 장마르크, 나, 우리 세 사람은 스테판네 저장고에 가서 그곳에 있는 것을 전부 맛보았다. 그의 누이 레진Régine을 비롯해 온 가족이 함께 양조하는 공간이었다. 종종 그가 자기 와인 때문에 깜짝깜짝 놀란다고 말하던 것이 생각난다. 마치 자신이 만든 와인에 관해 잘 모르는 듯한 말이었으나 실은 잘 알고 하는 말이었다. 무엇보다도 저장고 뒤편의 조붓하고 습한 공간에서 거의 한 시간 동안 일고여덟 개쯤 되는 술통을 맛보던 추억이 생생하다. 술통마다 맛이 달랐다. 아직 발효 중인 것도 있었고, 몹시 달콤하거나 산화가 잘된 것도 있었는데, 최고는 게뷔르츠트라미너 품종(2008년 혹은 2009년, 확실하지 않음)이었다. 정말 감미로웠다. 처음 맛보는 유형의 알자스 와인이었고, 그런 식으로 술통에서 와인을 따라 맛보는 것도 처음이었다. 그전에도 반바르트 가족뿐만 아니라 알자스와 그 외 다른 지역에서 저명한 내추럴과 컨벤셔널 와인메이커의 저장고를 여럿 방문했지만, 그런 경험은 처음이었다. 이 게뷔르츠트라미너 와인은 깊은 산미와 농밀한 과일 풍미의 균형이 그야말로 완벽했다. 알자스 와인 양조의 새로운 접근법을 발견한 기분이었다. 스테판도 똑같은 마음인 듯했다. 뿌듯해 보였고, 그대로 한두 해쯤 더 기다렸다가 병입, 즉 병에 넣고 싶다고 말했다. 나는 이처럼 고도의 진지함과 무한한 호기심이 섞인 태도가 굉장히 흥미로웠다. 스테판을 만나기 전에는 오직 제랄드 — 지금 내게 아주 소중하고 막역한 친구일 뿐만 아니라 가장 강력한 맞수이자 인간적인 영감을 주는 사람이다 — 에게서만 엿볼 수 있던 태도였다. 스테판과 함께 와인을 맛보자마자 나는 직감했다. 나는 그런 방식으로 와인 양조에 접근하고 싶었다. 그날의 경험은 나를 바꿔 놓았고, 지금도 우리의 와인을 살펴볼 때 종종 그날을 떠올리고는 한다.

2013년 10월 7일, 그 특별한 하루 때문에 나는 떠오르는 생각을 사소한 것까지 전부 기록하기로 결심했다. 바로 그날부터 와인 양조에 관한 쓸모 있거나 없는 말들, 실용적이거나 철학적인 접근법이 떠오를 때마다 기록하고 쪽지에 적어 공책과 외투 주머니에 잔뜩 욱여넣기 시작했다. 그렇게 쌓인 기록을 그러모았더니 나의 와인에 관한 관찰, 고민, 감정뿐만 아니라 실제적인 와인 작업의 결과를 고민할 때 객관성을 얻을 수 있는 중요한 도구가 되어 주었다. 특정한 순간에는 모호하고 이해할 수 없었던 기록이 몇 달 후, 몇 년 후에 다시 읽어 볼 때는 훨씬 일관적이고 명백한 명제로 변해 있었다. 그러니까 나의 기록은 사건의 중심에 있었을 때는 받아들일 수 없었던 것들을 제대로 이해하는 데 도움이 되었다. 가령 2017년 수확기가 되자 그때와 마찬가지로 덥고 건조했던 2015년에 남긴 기록을 읽어야 한다는 것을 직감했다. 날씨를 잘 파악하고자 그런 것이 아니고, 더운 빈티지에 살려 내기 힘든 맛 표현과 은근한 균형감을 파악하는 것이 목적이었다. 이와 비슷하게 2013년 10월 7일과 8일의 기록을 읽었을 때는 알자스에 가서 스테판과 함께 오래된 술통의 와인을 다시 맛봐야 한다는 것을 깨달았기에, 실제로 2013년 11월 28일에 행동으로 옮겼다. 그리고 작업 과정에서 장마르크의 간접적인 영향을 배제해야 한다는 것도 알았다. 그는 나의 스승이었기에 강한 영향력을 발휘하고 있었으며, 나는 우리가 함께 일하기 시작한 첫날부터 그의 영향력이 나의 객관과 주관뿐만 아니라 나의 와인과 그 밖의 다른 것들에 관한 이해까지 흐려 놓을 것임을 직감했기 때문이다. 그래서 나는 홀로 여정에 나서 미래를 위한 기반을 세웠다.

차례

서문	7
프롤로그	13
와인 용어 정리	21
포도 품종 정리	27
2013	33
2014	97
2015	199
2016	235
2017	291
2018	333
2019	399
2020	451
에필로그	539

와인 용어 정리

그랑 크뤼Grand Cru: 프랑스의 원산지 명칭 관리 체계인 A.O.C.에서 가장 높은 최상급 품질을 뜻한다. 문자 그대로 〈위대한 원산지〉라는 뜻이다. 지역마다 나름의 기준으로 그랑 크뤼를 선정한다.

네고시앙négociant: 포도를 사입해 양조하는 와이너리.

도멘domaine: 포도를 재배해 양조하는 와이너리.

디캔팅decanting: 병에 든 와인의 침전물을 가라앉힌 후 〈디캔터〉라는 유리병에 맑은 와인을 붓는 것이다. 자연스럽게 와인과 공기가 접촉하게 된다.

리덕션reduction: 산소가 제한되어 환원 반응이 일어나면 생기는 것이다. 썩은 달걀이나 양파 같은 냄새가 나기 때문에 와인의 결점으로 간주한다. 마시기 전에 미리 개봉해서 산소를 공급하면 개선할 수 있다.

마우스souris/mousiness: 더러운 쥐 우리 같은 퀴퀴한 냄새이며, 와인의 결점으로 간주한다. 젖산, 효모 찌꺼기 등이 원인이라고 추측한다.

매그넘magnum: 일반적인 750밀리리터가 아닌 1.5리터 대용량 병에 담긴 와인.

메종maison: 직접 재배한 포도와 사입한 포도를 모두 사용해 양조하는 와이너리.

바로 압착법direct press: 포도를 으깬 뒤 껍질의 성분이 많이 녹아들기 전에 바로 짜내는 압착법.

뱅 존vin jaune: 프랑스어로 〈노란 와인〉이라는 뜻이다. 쥐라 지역에서 사바냉 품종으로 양조하며, 와인 위에 효모 막이 입힌 채로 숙성해 특유의 향과 맛이 있다.

보충ouillage/topping up: 발효 과정에서 과즙이 증발하며 술통에 공간이 생기면 그만큼 과즙을 보충해 산소와 닿지 않게 해주는 작업이다. 〈우이예ouillé〉는 보충 작업을 했다, 〈농우이예non-ouillé〉는 하지 않았다는 뜻이다.

볼라틸volatile: 식초처럼 코를 찌르는 듯한 휘발성 산미이며, 와인의 결점으로 간주한다. 잘 조절해서 매력으로 삼기도 한다.

블랑 드 누아blanc de noir: 레드 품종으로 만든 화이트와인.

빈티지vintage: 해당 와인을 양조하는 데에 쓰인 포도가 수확된 연도.

생식용 포도raisin de table/table grape: 양조나 가공하려는 목적 없이 바로 먹기 위해 기른 포도.

술통 교체soutirage/racking: 과즙을 다른 술통으로 옮기는 작업으로, 침전물이 밑에 가라앉은 채로 맑은 과즙만 옮기면 청정 효과를 얻을 수 있다.

아펠라시옹Appellation, A.O.C.: 정식 명칭은 〈원산지 명칭 통제Appellation d'Origine Contrôlée〉, 즉 정부에서 요구하는 포도 재배와 와인 생산 기준을 만족하면 사용할 수 있는 원산지 이름이다.

오렌지 와인orange wine, skin-contact white wine, amber wine: 화이트 품종 포도의 과즙을 짠 후 껍질과 씨를

바로 분리하지 않고 그대로 침출해 만드는 와인이다. 재료가 아닌 색깔 때문에 〈오렌지 와인〉이라 부른다.

입구 침전물 제거dégorgement/disgorgement: 죽은 효모 등이 형성한 침전물을 병 입구를 통해 제거해 내는 작업.

자연 압착 과즙free-run juice: 본격적인 압착 전에 포도를 쌓아 놓았을 때 포도의 무게만으로 자연스럽게 짓눌려 나온 순수한 과즙을 말한다. 껍질이나 줄기 등과 접촉이 적다.

펫낫Pét-Nat: 〈자연 탄산〉을 뜻하는 〈Pétillant Naturel〉을 줄여 부르는 이름이다. 발효 과정에서 효모가 당분을 알코올로 바꾸며 부산물로 이산화 탄소가 생기는데, 아직 발효가 끝나지 않은 과즙을 병입하면 병 안에서 생성된 이산화 탄소가 탄산이 된다. 반면 샴페인은 발효가 끝난 뒤 당분과 과즙을 추가한 후 병입한다.

프르미에 크뤼Premier Cru: 그랑 크뤼 다음 단계인 1등급 와인.

탄소 침출carbonic maceration: 보졸레에서 많이 쓰는 양조법이다. 포도를 송이째 탱크에 넣은 뒤 탄산 가스를 주입하면 위쪽 포도는 껍질로 가스가 스며들어 세포 내부 발효가 이루어지고, 아래쪽 포도는 무게 때문에 열매가 으깨지며 과즙이 흘러내리면서 평범한 발효가 이루어진다. 타닌이 적고 과일 풍미가 강한 와인을 만들 수 있다.

테루아terroir: 〈토양, 산지〉를 뜻하는 프랑스어로, 포도 재배에 영향을 끼치는 모든 요소를 아우르는 포도밭의 환경을 말한다.

컨벤셔널 와인conventional wine: 내추럴 와인과 반대되는 와인이다. 유기농, 생명 역동 농법을 사용하지 않은 포도로 만들었고, 양조 과정에서도 첨가제 사용에 제한이 없다. 일상에서 마시는 와인 대부분이 컨벤셔널 와인이다.

퀴베cuvée: 프랑스어로 〈한 개의 술통〉을 뜻한다. 특정 종류의 과즙이나 와인을 일컫는다.

효모 막voile: 발효 과정에서 나무통에 있는 과즙이 증발되며 술통에 공간이 생겼을 때 표면에 생기는 효모 막이다. 특히 쥐라의 뱅 존 생산에서 중요한 역할을 한다.

INAO: 정식 명칭은 〈국립 원산지 및 품질 관리원Institut

national de l'origine et de la qualité〉으로 A.O.C. 체계를 마련하는 기관이다.

포도 품종 정리

(*는 앤더스 프레드릭 스틴이 와인을 만드는 품종)

가메이Gamay: 주로 보졸레와 루아르에서 재배하는 레드 품종. 타닌이 적고 산미와 과일 향이 풍부하며 가볍다. 〈보졸레 누보〉에 쓰인다. (앤더스에 의하면, 술술 넘어가고 때로는 지루할 수 있다.)

게뷔르츠트라미너Gewürztraminer*: 이탈리아 트라민에서 유래한 화이트 품종. 알자스가 주요 산지이다. 독일어로 〈Gewürz〉가 〈허브, 향신료〉를 뜻하는 만큼 향미가 풍부하며, 리치와 장미 향이 특별하다.

그르나슈 누아Grenache Noir*: 전 세계적으로 널리 재배되는 레드 품종. 프랑스 남부나 스페인에서 유래한 것으로 추정되며 뜨겁고 건조한 환경에서 잘 익는다.

와인을 만들면 딸기, 라즈베리, 향신료 풍미가 있고, 알코올 도수가 높으며, 산화가 빠르다. 산미와 타닌이 약하다.

그르나슈 블랑Grenache Blanc*: 프랑스 남부, 특히 론 지방과 스페인 북동부에서 많이 재배한다. 와인을 만들면 알코올이 높고 산미가 약하며, 감귤류와 허브 풍미가 있다.

로모랑탱Romorantin: 프랑스 화이트 품종. 농밀하고 광물성이 풍부하다. 한때 루아르에서 많이 길렀으나 지금은 재배지가 줄어들었다.

마카베오Macabeo: 스페인 화이트 품종. 스페인어로 마카베우Macabeu다. 스페인 동북부 카탈루냐와 프랑스 루시용에서 주로 재배한다. 덥고 건조한 기후에 잘 자란다. 와인을 만들면 시트러스와 꽃 향미가 있고, 산미가 낮으며, 오래 숙성하지 않는다.

메를로Merlot*: 프랑스 레드 품종. 보르도, 특히 포므롤과 생테밀리옹이 이름난 원산지이다. 딸기, 자두, 블랙베리, 체리 등 과일 풍미가 특징이며 세계적으로 많이 재배하는 품종 중 하나라 지역별로 특징이 다양하다. (앤더스에 의하면, 잼처럼 진하고 몰개성할 수 있다.)

뮈스카 오브 알렉산드리아Muscat of Alexandrie/Muscat d'Alexandrie: 고대부터 사용했다는 화이트 품종. 전 세계에서 재배 중이다. 더운 기후에서 잘 자란다. 향긋하고 달콤하며, 생으로 먹거나 건포도로 만들어 먹는다.

므뉘 피노Menu Pineau: 프랑스 화이트 품종. 〈아르부아 블랑〉이라고도 부르지만, 아르부아 지역과는 관계없고 루아르에서 주로 재배한다. 향긋하고 산미 좋은 와인을 만들 수 있다.

비오니에Viognier*: 화이트 품종. 론에서 주로 재배하는데, 콩드리유 A.O.C.는 비오니에만을 사용한다. 재배량이 많지 않아 흔하지 않다. 산미가 은은하고 꽃과 과일 향미가 풍부한 부드러운 와인을 만들 수 있다.

사바냉Savagnin: 프랑스 화이트 품종. 쥐라 지역의 뱅 존에 사용되는 것으로 이름났다. 산화에 좋다. 당도가 낮고 산미가 좋으며 달콤한 과일과 견과류 향미가 있는 와인을 만들 수 있다.

샤르도네Chardonnay*: 프랑스 부르고뉴 화이트 품종. 지금은 전 세계에서 재배되며 각 지역마다 고유한 특성을 보여 준다. (앤더스에 의하면, 기계적인 양조 방식을 거쳐 지루할 수 있다.)

샤슬라Chasselas*: 스위스에서 유래한 화이트 품종. 와인을 만들면 묵직하고 달지 않으며 과일 풍미가 좋다. 지역에 따라 무게감과 산미가 다르고, (아르데슈처럼) 생으로 먹는 곳도 있다.

쇼비뇽 블랑Sauvignon Blanc: 프랑스 보르도에서 유래한 청포도 품종. 세계 곳곳의 수많은 와인 생산지에서 재배하며 달지 않고 상쾌한 화이트와인을 생산한다.

슈냉 블랑Chenin Blanc: 프랑스 루아르 화이트 품종. 산미가 높고 광물성이 느껴진다. 남아프리카 공화국에서도 많이 재배한다. (앤더스에 의하면, 〈세상에서 가장 흥미로운 화이트 품종일지도 모른다〉.)

실바네르Sylvaner*: 프랑스 알자스와 독일에서 주로 재배하는 화이트 품종. 알자스 그랑 크뤼 와인 품종으로 선정되기도 했으나 인기는 점점 떨어지고 있다. 산미는 높은데 약간 밋밋한 면이 있어서 테루아와 배합에 큰 영향을 받는다.

생소Cinsault*: 프랑스 레드 품종. 랑그도크루시용과 론에서 많이 사용하고, 뜨겁고 건조한 기후에 강해서 모로코나 알제리 같은 아프리카 국가에서 많이 재배하기도 한다. 과일과 꽃 향미가 강한 싱그러운 와인을 만들 수 있다.

알리칸테Alicanate: 정확히는 알리칸테 부셰Alicante Bouschet, 스페인 레드 품종. 열기에 강하고 빛깔이 진하며 타닌이 많다.

카리냥Carignan*: 프랑스 레드 품종. 덥고 건조한 기후에서 잘 자란다. 과일 풍미와 산미가 풍부하며, 빛깔이 짙다. (앤더스에 의하면, 남부의 피노 누아.)

카베르네 소비뇽Cabernet Sauvignon*: 프랑스 레드 품종. 전 세계에서 가장 많이 재배되는 인기 품종이다. 샤르도네와 마찬가지로 재배 지역과 양조 방식에 따라 다채로운 특성을 지닌다. (앤더스에 의하면, 너무 강렬해서 문제가 될 수 있다.)

프티트 시라Petite Sirah*: 프랑스 레드 품종. 〈뒤리프Durif〉라고도 부른다. 지금은 미국, 호주 등에서 많이 재배한다. (앤더스에 의하면, 산미가 강렬하고 타닌이 적다.)

플루사르Ploussard: 프랑스 쥐라 지역에서 유래한 레드 품종. 〈풀사르Poulsard〉라고도 부른다. 싱그럽고 가볍고 우아하다. 껍질이 얇아서 빛깔이 엷은 와인을 생산하기 때문에 화이트나 로제를 만들기도 한다.

피노 그리Pinot Gris*: 프랑스 부르고뉴 지역에서 유래한 화이트 품종. 이탈리아에서는 〈피노트 그리조Pinot Grigio〉라고 부른다. 멜론, 레몬, 망고 등의 과일 향미가 풍부하다. 과즙에 껍질을 넣어 침출하는 오렌지 와인에 자주 쓰기도 한다.

피노 누아Pinot Noir*: 프랑스 레드 품종. 부르고뉴 와인이 유명하다. 섬세하고 훌륭한 와인을 만들 수 있는 것으로 높은 평가를 받는 품종이지만, 재배와 양조가 까다롭다. (앤더스는 자신을 〈피노 누아라면 사족을 못 쓰는 사람〉이라고 표현한다.)

트루소Trousseau: 프랑스 레드 품종. 쥐라 아르부아를 대표하며, 포르투갈에서 포트 와인을 만들 때 쓰기도 한다. 빛깔이 진하고 알코올이 높으며 타닌, 산미, 향미가 풍성하다.

2013

2013년 10월 8일 화요일, 아르부아

지난밤에 알리스 부보,[17] 샤를 다강,[18] 장마르크 브리뇨와 느지막이 저녁을 먹으며 나눴던 대화를 복기하고 몇 가지 결론을 내리려고 한다. 가끔은 참 견디기 힘들다. 담배와 술로 자기 파괴에 열중하며 〈이제 선한 우리가 세상을 구할 시간이야〉라는 식의 선민의식이라니……. 마치 세상에 머리가 돌아가는 사람은 〈우리〉밖에 없는 것처럼 말이다. 나를 이런 세계관에서 분리해 낼 수 있다고, 적당히 거리를 둘 수 있다고 자신하지만 때로는 버겁다. 정말이지 꽉 막힌 관점이다. 장마르크도 이 사실을 알고 있을까? 그는 자신을 객관적으로 바라볼 수 있을까?

하지만 대화에서 긍정적이고 유용한 것도 얻었다. 자신을 작업물로부터(이 경우에는 와인으로부터) 분리

17 Alice Bouvot. 쥐라 아르부아에 기반을 둔 내추럴 와인메이커. 2005년에 샤를 다강과 와이너리 〈옥타뱅L'Octavin〉을 시작했고, 2015년부터 홀로 작업하며 와이너리를 꾸리고 있다.

18 Charles Dagand. 쥐라에 기반을 둔 내추럴 와인메이커. 알리스 부보와 함께하다가 〈칼리토Carlito〉라는 와이너리를 차렸다.

해 그것이 오롯이 정치의 산물이라고, 적어도 정치에 영향을 받았다고 인정하는 자세다. 와인은 올리브나무, 핵폭탄, 지구 온난화, 난민과 마찬가지로 그저 존재할 뿐이다. 어떻게 해야 우리 내면의 변화를 만들어 내고, 그 변화가 타의 모범이 되도록 발전시킬 수 있을까? 나는 〈우리가 제일 똑똑해〉라는 식의 사고방식에 동참하고 싶지 않다. 나는 〈대항〉하고 싶지 않고, 어젯밤 장마르크처럼 분노에 차오르고 싶지도 않다. 그 대신 내 안의 변화를 촉진하고 드러내는 방식으로 다른 사람들에게 변화를 촉구하고 싶다. 그런 상상을 하면 기분이 좋다. 우리의 와인으로 그런 작업을 할 수 있을 것이다. 그저 알맞은 방식으로 변화를 드러내기만 하면 된다.

종종 와인에 관한 이해가 오해로 변하기도 한다. 다들 자신의 무지가 너무나도 두려운 나머지 다 아는 척하니까. 연습 삼아 혹은 실험 삼아 와인을 재조명하면, 아니 와인이라는 개념 그 자체를 재정의해 보면 어떨까? 와인이 예술이나 기술, 토양에서 나는 농산물이라는 생각에서 벗어나 깨달음을 향한 지침과 영감을 제공하는 작업물이라고 인식하는 것이다. 와인을 한 가지 틀이나 정의에 가두기보다 세상을 다르게 보는 계기로 삼는 것이다. 그렇게 타인과 나 자신을 위해 새로운 세상을 그려 보는 것이다. 와인에 관한 〈지식이 많든 적든〉 그것은 중요한 문제가 아니다. 중요한 문제는 우리가 억지로 와인을 이해하려고 달려든다면, 억지로 대답을 찾아내려고 애쓰거나 자신과 와인의 관계에 억지로 타인의 대답을 끼워 맞추려고 애쓴다면 와인을 (그리고 다른 많은 것을) 오해하게 된다는 사실이다. 이런 오해는 이해하고, 구분하고, 분류하고자 하는 인간의 욕구에서 탄생한다. 다만 와인은 직관으로 느끼는 것이지 심사숙고해 판단하는 것이 아니다. 적어도 나는 그렇게 생각한(느낀)다. 예술 작품의 가치를 가격으로 평가할 수도 있겠지만, 그런 셈법이 과연 흥미로운 접근법일까?

장마르크와 나는 오랫동안 친구로 지냈고, 우리의 논의는 항상 생산적이며 때로는 영혼을 고양한다. 그가 쥐라에 살며 와인을 만들 때는 모든 것이 훨씬 수월했다. 내가 그를 찾아가서 함께 며칠 동안, 때로는 밤늦게까지 대화하고는 했다. 이제 그는 일본에 살고, 물론 내가 일본에 방문할 때도 있으나 전처럼 만남이 쉽지는 않다. 내가 이 와인 만들기 프로젝트에서 바라는 것은 그의 가르침이다. 실용적인 지식도 좋다. 그러나 더 중요한 것은 와인 만드는 작업과 이 작업의 형용할 수 없고, 완결될 수 없고, 이해할 수 없는 과정과 직관적이고 정서적인 관계를 형성하는 것이다. 나는 제조법에는 관심이 없다. 직관을 이해하고 싶고, 와인에 더 가까이 다가가 포도와 과즙 안에 켜켜이 쌓인 다양한 뉘앙스를 이해하고 싶다.

2013년 10월 9일 수요일, 아르부아

어젯밤 장마르크와 함께 우리가 표방하는 와인은 어떤 것인지 논의했다. 아르데슈에서는 당연히 더 친근한 와인을 만들게 될 텐데, 단순하고 밋밋한 맛이라는 뜻은 (단언컨대 절대) 아니고, 다만 더 쉽게 마실 수 있도록 완성될 예정이다. 반면 알자스의 와인은 과즙 안에 정교한 층위가 더해질 것이다. 그쪽 북부는 또 다른 차원의 와인이 가능한 곳이니까.

우리는 피노 그리와 게뷔르츠트라미너 품종을 압착해 만든 첫 번째 과즙을 전부 섬유 탱크에 넣고 밖에서 따로따로 발효하기 시작했다. 나는 이 두 품종이 참 마음에 든다. 맛의 지속력이 길고 과일 풍미가 풍부하되 너무 과하지 않다. 마지막으로 짜낸 제일 진한 과즙은 즉시 오래된 나무통에 담았는데, 이 과즙이 단연코 가장 흥미롭다.

장마르크는 우리가 과즙을 두고 이러쿵저러쿵 논하는 것이 실없는 짓이라고 생각한다. 발효가 끝나려면 분명 아주 오랜 시간이 걸릴 테니까. 게다가 우리가 줄곧 발효를 지켜볼 수 없는 상황인 만큼 전부 식초로 변할 수도 있으니 걱정스럽다. 온당한 걱정일 수도 있겠으나, 나는 마지막에 짜낸 과즙이 그의 평가보다 훨씬 정교하고 생생하다고 생각한다. 이 나무통 네 개는 그저 실험 대상이기에 후에 좋은 경험으로 남을 것이다. 나는 이 작업을 해야만 한다. 나만의 경험을 쌓아야 발전할 수 있다. 가능한

나의 스승이자 동료인 장마르크 브리뇨.

한 다양한 와인을 만들어 내는 것, 포도를 따는 순간부터 과즙이 와인으로 거듭나는 순간까지 세심하게 지켜보는 것만이 와인을 마시고 생각에 빠지는 대신 직관적으로 반응할 수 있는 방법이라고 생각한다. 장마르크는 줄곧 와인에 자신감을 가져야 한다고 말하지만, 그러려면 신뢰할 수 있는 나만의 방식으로 와인이 보내는 신호를 해석하고 통합해 낼 수 있어야 한다. 와인의 신호를 내 기억과 맛의 우주에 통합할 수 있어야 하는 것이다.

2013년 10월 17일 목요일, 발비네르

2003 | 방당주 드 샤르도네[19] | 올리비에 쿠쟁[20]

아주 잘 익은 과일, 마르멜로[21] 혹은 배. 산화, 캐러멜 풍미가 난다. 너무 늦게 마셨던 것 같다. 원래 그의 와인을 정말 좋아한다. 샤르도네는 숙성 과정에서 확 변할 때가 있어 신경질 난다. 산화 풍미가 산만하고 캐러멜화[22] 풍미가 느껴지는 단맛이 있는데, 그해 날씨가 따뜻해서 생긴 효과일 수도 있다. 헤이즐넛이나 아몬드, 올리브유, 익힌 사과, 삶거나 구운 엔다이브 같은 요리와 흥미롭게 어우러질 것 같다.

2002 | 라 쿨레 자스니에르[23] | 장피에르 로비노[24]

아주 정확한 광물성 풍미, 다른 맛 층위를 관통해 내는 짠맛이 느껴진다. 한두 해쯤 더 숙성해도 좋았겠지만 지금 마셔도 괜찮은 상태였고, 실제로 맛이 정말 근사했다. 그

19 Vendanges de Chardonnay. 〈샤르도네 수확〉이라는 뜻의 프랑스어.

20 Olivier Cousin. 루아르에 기반을 둔 내추럴 와인메이커. 1980년대부터 와이너리 〈도멘 올리비에 쿠쟁〉을 운영하며 와인을 만들고 있다.

21 Marmelo. 모과를 닮아 〈유럽 모과〉라고 일컫기도 한다.

22 Caramelization. 당분에 열을 가하면 산화 반응이 일어나 진한 빛깔과 고소한 맛이 나는 현상.

23 La Coulée Jasnières. 〈자스니에르의 흐름〉이라는 뜻의 프랑스어. 〈자스니에르〉는 루아르 지역의 아펠라시옹이다.

24 Jean-Pierre Robinot. 루아르에 기반을 둔 내추럴 와인메이커. 와이너리는 〈랑주뱅L'angevin〉으로, 내추럴 와인 바를 운영하다가 2002년부터 양조를 시작했다.

러나 와인에 이산화 황을 첨가한 것 같아 슬프다. 전혀 예상하지 못했다. 와인의 가능성을 다 살려 내지 못한 것 같다. 아주 잘 익은 슈냉 블랑 품종을 썼고, 과일 풍미와 산미, 쓴맛, 짠맛이 이루는 균형감이 대단하다. 다양한 맛이 함께 어우러지며 상승 효과를 일으키는 좋은 예시다.

1997 | 플루사르 | 피에르 오베르누아[25]

농밀한 과일 풍미가 난다. 체리와 체리 안의 (아몬드와 비슷한) 작은 씨앗 맛이 진하게 느껴지고, 무르익은 라즈베리 맛도 있다. 적어도 5년은 더 기다렸어야 했다. 가능성이 정말 큰 와인이었는데……. 과일 맛이 사그라들기 시작했으나, 이는 술이 상했다는 뜻이 아니라 다른 맛이 도드라질 여유가 생겼다는 뜻이다. 우아하고 은근한 씁쓸함이 있고, 이전에 생산된 빈티지보다 훨씬 순수한 짠맛의 구조가 느껴진다.

2000 | 알 르 빌트 드 타블[26] | 브뤼노 쉴레르

복숭아, 살구, 흰 꽃. 향미가 너무 과한 것 같기도 하다. 지금 상태가 딱 좋아 더는 숙성이 필요하지 않다. 산미가 조금 불안해지기 시작했는데 리슬링이라 그렇다. 나는

25 Pierre Overnoy. 쥐라에 기반을 둔 와인메이커. 와이너리는 〈메종 피에르 오베르누아〉로, 1980년대부터 내추럴 와인을 만들었다. 장마르크 브리뇨의 스승이기도 하다.

26 R Le Bild de Table. 〈식탁 위의 빌트(독일 신문)〉라는 뜻의 프랑스어.

10월 17일에 시음한 여러 와인.

리슬링이 별로다. 쉴레르의 와인은 항상 좋았지만, 이번에는 리슬링의 특성이 너무 강하고 구조가 다소 불안정해서 내 취향이 아니다. 보통 산미는 다양한 맛에 질서를 부여하는 역할인데, 이 와인에는 그런 질서 정연한 산미가 없다.

2013년 10월 18일 금요일, 발비녜르

아르데슈 발비녜르에서 장마르크와 첫 압착을 진행했다. 약 21일 동안 과즙에 열매를 담가 침출했다. 〈옥타뱅〉의

샤를 다강이 마침 출장 중이라며 스테판 플랑슈[27]와 함께 우리를 도와주러 오겠단다. 참 친절한 사람들! 아르데슈에 남아 술통 교체 작업을 진행할 계획이다. 수확이 끝나고부터 줄곧 과즙에 열매를 담가 놓았으니, 이제 압착하고 와인을 탱크에 넣어 발효할 시간이다. 겨우내 발효가 끝났으면 좋겠다. 우리가 이곳에서 만든 두 종류의 과즙은 사람들이 〈쉽게 마실 수 있다〉거나 〈꿀꺽꿀꺽〉 마실 수 있다고들 표현하는 와인이 될 수도 있다. 사실 내가 좋아하는 유형은 아니고, 내가 추구하는 와인 작업을 설명할 때 쓸 법한 표현도 아니다. 어쨌든 빨리 병에 넣어 팔고 마실 준비를 끝내야 한다. 그러지 않으면 내년에 양조를 계속할 자금이 없다. 정말 이 일을 계속하고 싶은 것인지 잘 모르겠지만…….

장마르크가 왜 지금 압착을 진행하려고 하는 건지 알아내려고 노력 중이다. 그는 일말의 망설임도 없다. 나는 압착이 끝나 나무통이나 탱크에서 발효 중인 와인, 발효가 다 끝나 숙성 중인 와인, 즉 완성에 이르러 균형감 같은 것만 깃들면 되는 와인을 많이 마셔 보았다. 다만 우리의 와인은 그런 상태와 거리가 멀다. 순수한 포도의 맛이 첫 번째 발효로 미약하게 바뀌어 삶은 달걀의 맛과 냄새가 추가되었을 뿐이다.

27 Stéphane Planche. 아르부아에서 와인 전문점 〈레 자르댕 드 생뱅상〉을 운영하며 샤를 다강과 〈카르나주Karnage〉라는 네고시앙 양조 프로젝트를 진행 중이다.

포도를 수확할 때는 장마르크의 의사 결정 과정을 따라갈 수 있었다. 전부 이치에 맞았으니까. 우리는 다양한 포도가 각각 자기 특성을 내보이는 동시에 서로 잘 어우러지도록 품종을 배합했다. 하지만 압착을 앞두고 있는 지금은 느낌이 다르다. 이제 압착하면 돌이킬 수 없다. 그렇다고 압착하지 않으면 지금 만들어 낼 수 있는 효과를 만들어 낼 시점이 지나고 만다. 기분이 오묘하다. 하지만 지금 압착하는 것이 옳은 듯하다. 나는 감각 기관이 없는 사람처럼 오직 직감에만 의존한 채로 작업하고 있다.

2013년 10월 19일 토요일, 발비녜르

오늘 그레고리 기욤[28]의 양조장에 가서 나무통에 있는 와인을 전부 다 마셔 보았다. 그레고리를 아르데슈의 미래라고 명명해도 무방하겠다. 그의 작업에 굉장한 감동을 받았다. 와인이 어찌나 깊고, 강렬하고, 정교하던지. 와! 특히 화이트와인과 가벼운 레드와인의 균형감이 멋졌다. 그의 와인에는 야생적인 특성이 있는데, 질 아초니와 제랄드 우스트릭의 와인에서 느껴지는 것과 비슷하지만 깊이가 다르다. 어쩌면 목제 술통 덕분일지도 모르겠다.

28 Grégory Guillaume. 아르데슈에 기반을 둔 와인메이커. 첫 빈티지는 2011년이다.

그레고리 기욤의 양조장에서 시음 중.

2013년 10월 22일 화요일, 발비네르

2010 | 르 프뤼 드 라 파시앙스[29] | 실뱅 복

짭짤한 광물성 풍미, 약간의 산화 풍미, 신선한 견과류, 초록 자두의 맛이다. 몇 년 더 숙성해야 한다. 내 생각에는 4~5년쯤. 다시 맛볼 날을 손꼽아 기다리는 중이다. 지금으로서는 미성숙한 감이 있다. 산미와 과일 맛이 균형감을 이루지 못했다. 하지만 절대 의심할 수 없는 사실,

29 Le Fruit de la Patience. 〈인내의 과실〉이라는 뜻의 프랑스어.

이 와인에는 분명 최고 수준에 이를 만한 잠재력이 있다.

2010 | 콤멘다토레[30] | 옥타뱅

건조하고 쌉싸름한 맛, 부드럽고 신선한 담배 향, 체리, 정확히 짚어 낼 수 없는 향 한 가지가 느껴진다. 굉장한 와인, 실로 잘 만들었다. 다만 지금 마셔서는 안 됐다. 여러 해 동안 숙성해야 옳다. 산미가 너무 미성숙해서 쓴맛의 맞수가 되지 못했다. 하지만 시간이 지나면서 지금은 없는 균형감이 생기리라 확신한다.

2013년 10월 23일 수요일, 발비녜르

압착하고 5일이 지난 오늘 과즙을 다시 마셔 보니 알겠다. 과즙의 성분이 여전히 탱크 안을 떠다니며 압착 작업의 영향을 소화하고, 과일과 타닌 사이에서 리듬이나 균형 같은 것을 찾아내고 있다. 압착하기 전의 균형 — 나는 이 균형이 정말 좋았다 — 은 압착 후에 흐트러졌는데, 이제 다시 회복되어 안정적이다. 포도알 안에 있던 과즙이 전체에 긍정적인 영향을 미쳤다. 어쩌면 장마르크는 전부터 결과를 예상했거나 직감했을지도 모르겠다. 나의 와인에 관한 이해를 뒤흔든 사건이다. 어떻게 나를 자극했는지 정확히 알지는 못하겠지만…….

30 Commendatore. 〈지휘관, 사령관〉이라는 뜻의 이탈리아어.

2013년 10월 26일 토요일, 코펜하겐

블라인드 시음회

2011 | 루 리브르[31] | 에르베 라베라,[32] 르 그랭 드 세느베

정말 맛있는 와인이다. 오늘처럼 블라인드 시음회에 참석했을 때 나는 무엇을 할까? 일단 머릿속의 편견부터 비우려고 노력한다. 색깔을 보니 비교적 엷다. 투명하고 밝다. 코르크에 새겨진 〈2011〉이라는 숫자를 무시할 수가 없다. 가볍고 장벽 없는 와인으로, 지금 적기를 맞았으므로 숙성 계획이 없다면 당장 마셔도 전혀 손색이 없다. 숙성 계획이 있다면 숙성했을 것이다. 상관없다. 내 생각에는 지금 마셔야 할 것 같다. 숙성하면 더 뚜렷한 구조가 생길 것 같기는 하다. 타닌 같은 것이 더 강해질 뿐만 아니라 중심이 굳건해지리라.

일단 나로서는 와인으로부터 유용한 정보를 얻어 내기가 조금 힘들었다. 병을 열었을 때는 맛 표현이 약했는데, 지금 마셔 보니 산소가 닿아 개방감이 좋고 잘 넘어간다. 다만 맛이 너무 산발적으로 퍼져 나가는 것이, 마치 한 번에 여러 가지 일을 해내고 싶은 것 같다. 나는 그냥 입속에 2초 정도 머금으면서 긴장을 풀어 볼 생각이다. 이제 맛

31 Roue Libre. 〈저절로 굴러가는 바퀴〉라는 뜻의 프랑스어.

32 Hervé Ravera. 보졸레에 기반을 둔 내추럴 와인메이커. 와이너리는 〈르 그랭 드 세느베Le Grain de Sénevé〉로, 2007년부터 양조를 시작했다.

의 여러 층위를 하나씩 벗겨 낼 수 있다. 〈맛의 층위〉 같은 이야기가 말이 되는지 모르겠다. 〈층위〉라는 단어가 맞지 않을 수도 있지만 내 경험은 그렇다. 〈맛의 인상〉이라고 하면 더 정확하려나? 처음에는 산미와 광물성에 집중한다. 각각 또렷하게 도드라지는 특성들이니까. 이어서 와인이 얼마나 짭짤한지, 생산지의 특성이 느껴지는지 자문해 본다. 론, 보졸레, 아니면 알자스에서 만든 것일까? 와인은 맛에서 지역의 특성이 묻어날 때가 많다.

하지만 지금은 맛과 향의 층위에서 벗어나 병의 생김새를 바라보려 한다. 이런 병은 어디서든 만들 수 있다. 표준적인 부르고뉴 와인병인데, 원한다면 누구든 쓸 수 있다. 병이 생산지를 반영한다면 답은 부르고뉴다. 보졸레나 마콩, 아니면 더 북부에서 만든 것일 수도 있다. 가장 먼저 떠오른 답은? 잘 모르겠다. 마신 즉시 북부 보졸레라는 느낌이 들었지만, 마콩에서 맛볼 수 있는 색다른 강렬함도 있다. 물랭아방이나 모르공, 플뢰리 쪽일 가능성도 있는 것이, 이 세 가지 보졸레 아펠라시옹은 토양에 화강암 성분이 많기 때문이다. 화강암은 철이 매우 풍부하고, 철은 색깔을 낸다. 포도와 와인에 있는 색소를 결합해 진한 색깔을 만든다. 땅에 철 성분이 적으면 와인의 빛깔이 순해지고 반대로 땅에 철 성분이 많으면 와인의 빛깔이 강렬해지고 타닌의 영향도 커진다. 물론 기온이나 포도, 그 외에도 많은 변수가 영향을 주겠으나 기본적으로 빛깔의 강렬함과 깊이를 결정하는 것은 철이다.

한편 광물성이라는 문제도 있다. 어떤 성분이 광물 맛으로 느껴지는 걸까? 광물성은 아직도 어떻게 이해해야 할지, 어떻게 받아들여야 할지 알 수 없는 개념 중 하나다. 쓰임새가 산만하다. 사람마다 받아들이는 방식이 제각각이다. 내게 〈광물성〉은 〈산미〉만큼 포괄적인 용어다. 포도, 레몬, 사과, 식초 모두 산미가 있다. 산미에는 여러 층위가 있을 수 있고, 이는 광물성도 마찬가지다. 광물성은 많은 것을 포괄하는 거대하고 납작한 정의다.

어쨌든 내가 가장 먼저 포착해 내려고 하는 광물성은 짠맛인데, 음식과 마찬가지로 와인에서도 구조를 잡아 주는 값진 역할을 하기 때문이다. 그다음에 포착해 내는 요소는 부르고뉴, 마콩, 샹파뉴, 또 앙주에서 찾을 수 있는 석회암 성분의 특징이다. 내 입에는 네 지역의 와인에서 석회암 성분이 가장 잘 느껴진다. 하지만 지금 마신 와인에서는 석회암 성분이 많이 느껴지지 않는다. 이는 산지가 보졸레, 론 북부, 아르데슈나 오베르뉴의 추운 지역일 확률이 높다는 뜻이다.

오베르뉴의 와인은 두 가지 유형으로 나눌 수 있다. 첫 번째는 화산 토양에서 기른 포도를 사용하는 짭짤한 와인, 두 번째는 석회암 성분이 많은 토양의 포도를 사용하는 와인이다. 가령 파트리크 부쥐[33]가 〈라 보엠〉에서 쓰는 포도는 순도 높은 석회암 토양에서 기른 것이다. 후

33 Patrick Bouju. 2000년대부터 양조를 시작한 오베르뉴의 내추럴 와인메이커. 〈도멘 라 보엠Domaine La Bohème〉이 그의 와이너리다.

자는 칠판 같은 느낌, 향과 맛이 〈마르는 듯한〉 느낌이라 입에 머금으면 곧 입에 침이 도는 것이 느껴진다. 건조하지만 감미롭다. 먼지가 뽀얗게 앉은 낡은 서적 같은 것을 연상하면 안 된다. 건조한 맛이 홀로 두드러지면 조금 텁텁한 인상을 줄 수 있다.

하지만 석회암 토양에서 기른 포도는 다르다. 소화력이 있어 맛의 지속력을 늘여 주고, 와인의 정교함을 심화해 준다. 나는 두 유형 중에서 짭짤한 쪽을 선호하는데, 짠맛은 일정하기 때문이다. 산미 역시 짠맛처럼 일정한 경우가 많은데 종류가 다양하다. 진한 과일 맛부터 식초 맛, 볼라틸 산미, 나름대로 괜찮을 수 있는 아세트산까지 다양한 산미가 있다.

다시 처음으로 돌아가서, 이 와인 같은 숙성 초기의 어린 와인은 광물성과 산미가 전환점이 될 수 있다고 생각한다. 두서너 해쯤 두면 와인이 숙성하면서 산화가 진행되고 산미는 떨어질 것이다. 산화와 함께 광물성이 잘 표현되고 — 내가 보기에는 분명 짭짤한 와인에서 이런 경우가 많다 — 와인에 새로운 균형감이 형성되기를 바랄 뿐이다.

그러나 바람이 좌절된다면 와인은 실패작이 되어 모든 것이 수포로 돌아간다. 숙성을 고민하는 것도 쓸데없는 짓이 된다. 와인은 너무 오래되거나 망가지거나 상하거나 하게 된다. 구조가 무너지는 것이다. 내게 맛의 구조는 마치 작은 나뭇가지들의 꼭대기를 맞붙여 만든 티피

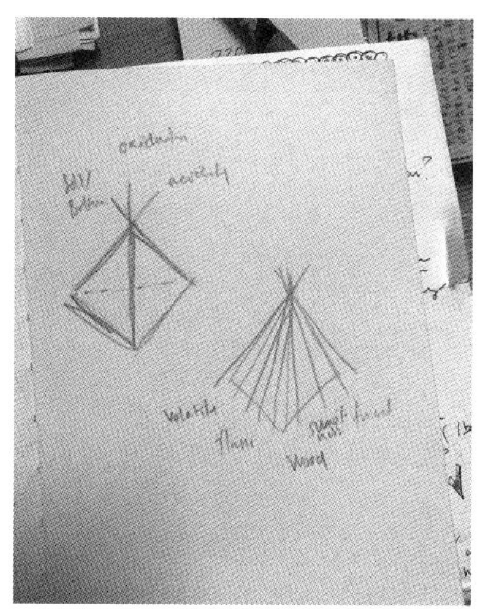

맛의 기둥으로 이루어진 티피 천막 스케치.

천막 같다. 나뭇가지 여럿이 서로에게 기대고 있지만, 전체적인 안정을 도맡는 가지는 어김없이 소수다. 전형적으로 두서너 개의 가지가 와인의 구조를 지탱한다. 산미, 짠맛, 광물성, 산화. 함께 어우러지면 흔들리지 않는 균형감을 만들어 낸다. 절대 무너뜨릴 수 없다. 산미와 산화가 같은 무게감을 지닌 채 서로를 지탱하기 때문이다. 숙성 초기의 와인에 산미가 풍부하면 산화가 진행됨에 따라 점차 산미가 줄어들며 균형이 생기고 광물성은 굳건하게 안정된다. 그 결과 와인이 구조적 안정을 획득하고, 다양한 맛이 — 과일, 지방, 쓴맛, 무엇이든 — 날아가거나 제멋대로 구는 대신 약해질 것이다. 어쩌면 약해진다는 말은 틀릴 수도 있겠다. 전부 특징적인 맛이니까. 다만 와인에 안정감이 생겨 한 가지 맛이 전체를 좌지우지하지는 못할 것이다.

그래, 지금 맛보는 와인으로 돌아가자. 맛있다. 잔은 항상 그곳에 있으니, 생각이 너무 과해지거나 발언이 적정선을 넘어선 듯하면 그저 잔을 들고 한 모금 맛보면 된다. 과일보다 꽃향기가 조금 더 도드라진다. 과일 맛이 줄어들고 꽃향기가 진해진다. 그리고 정말 재미있는 건 산미가 바뀐다는 것. 어찌 된 일인지 약간 더 탄탄해졌다. 전에는 다소 어울리지 않았고 엇나가는 듯한 느낌도 있었다. 이제는 무언가가 해방되어 모든 것이 가지런해진 듯하다. 처음에는 그렇지 않았는데 이제는 후추 향도 난다. 꽃향기가 플뢰리 지방을 암시한다. 가령 플뢰리의 가메이 품종 같다. 마콩은 흙의 향이 더 강하고 쌉싸름하며 비트와 블랙베리 맛이 느껴지고, 물랭아방은 조금 더 청량하다. 방금 나는 맛이 더 〈푸르다〉고 표현할 뻔했다. 푸르다니! 그래, 청량하며 가벼운 느낌이 있는 블루베리 같다. 오늘 마시는 수준급의 야심만만한 와인에는 적용할 수 없는 이야기지만, 나는 일반론으로서 플뢰리, 물랭아뱅, 모르공 지방의 와인을 3단 추진 로켓에 빗대고는 한다. 1단은 순수하게 과일과 꽃이 느껴지는 플뢰리, 그다음에는 무게감과 금속성과 구조감이 강해지는 물랭아뱅, 마침내 모르공의 와인을 마시면 한 대 맞는 것 같은 느낌이다. 보디감이 강하고 비트, 블랙베리, 심지어 고기처럼 피 같은 맛도 느끼게 된다. 내 생각에 지금 마신 것은 플뢰리 지방의 가메이 품종 와인인 것 같다.

스테판 플랑슈가 종이로 감아 두어 읽을 수 없었던 와인의 이름이 공개되었다. 알고 보니 이 와인은 보졸레, 남서부 지방에서 만든 것이라고 한다. 내게는 생판 초면인 와인이다. 이런 것은 한 번도 맛본 적이 없다. 와인메이커를 만나 보고 싶다. 〈르 그랭 드 세느베〉 와이너리다. 무슨 뜻일까? 겨자씨? 라벨에 있는 그림은 꽃인 것 같다. 맛이 훌륭하다. 지난번에 쥐라로 스테판을 보러 갔을 때, 그가 양조업자인 에르베 라베라에 관해 이야기해 줬다. 진작에 스테판네 집에서 이 와인을 마셔 보고 보졸레에 라베라를 보러 갔어야 했다. 그간 시간이 없기도 했지만, 이제는 만나 보고 싶은 마음으로 간절하다!

2013년 11월 2일 토요일, 코펜하겐

2011 | V | 질 아초니

자스민 꽃향기, 백도, 신선한 아몬드, 레몬, 레몬 껍질. 다른 와인도 있었는데, 그건 너무 일찍 마신 것 같다. 5년, 10년, 어쩌면 그 이상을 기다렸어야 했다. 나 자신을 의심하기 시작했다. 하지만 지금 나는 딱히 객관적이지 못하다. 질에게 공감하는 바가 많아서 그의 와인까지 좋아하게 된 것이다. 게다가 그는 오래전 2011년에 내게 와인을 만들어 보라며 영감과 격려를 아끼지 않았던 사람이어서 무한한 고마움을 느끼고 있다. 그렇지만 V는 모든 면에서 걸작이다.

2013년 11월 4일 월요일, 코펜하겐

지난주에 프랑스에서 나의 첫 번째 빈티지를 완성하고 집으로 돌아왔다. 떠날 때는 소믈리에였는데 돌아올 때는 와인메이커였다. 낯설지만 당연한 전개라는 생각이 든다. 코펜하겐에 있는 식당 〈콩 한스 켈데르〉에서 셰프로 일할 때 비슷한 경험을 했다. 포도와 과즙을 섞어 와인을 만드는 것은 재료를 섞어 소스나 비네그레트 드레싱을 만드는 것과 비슷하다. 다양한 재료를 하나씩 맛보며 합했을 때 어떤 맛이 날지 느끼고 상상할 수 있어야 하니까.

나는 직접 와인을 만들 기회가 생긴다면 어떤 것을 만들고 싶은지 명확하게 알고 있었다. 하지만 실제로 와인을 만들어 본 지금, 내가 성공했는지 잘 모르겠다. 명확한 것도 있다. 〈와인이란 무엇인가?〉 이 질문이 다시금 중요해져 나의 의식 속에서 그 어느 때보다 절실하게 대답을 요구하고 있다. 물론 대답은 간단하다. 결국 와인이란 포도즙을 발효한 술이다. 그게 다다. 이제는 알겠다. 와인은 발효한 과즙이며, 적당한 시기에 병에 담아야 한다. 물론 그렇게 단순한 문제는 아니다. 와인에는 몇 가지 중요한 구성 요소가 있다. 와인의 맛에는 포도를 재배한 토양이 표현되고 — 당연한 말이다 — 포도의 맛, 빈티지 등 갖가지 요인이 반영된다. 내가 보기에 이런 것들은 비교적 고정적인 요인이다. 포도는 포도고, 지역은 지역이다. 이런 걸 바꿀 수는 없다. 물론 와인을 조작하는 방법이 100가지는 있겠으나 100가지를 시도한 후에는 이미 무언가를 잃어버렸을 것이다. 나는 와인을 〈만드는〉 작업에 더 깊이 착수할수록 와인을 건축하기보다는 해체하게 된다고 믿는다.

중요한 사실은 와인이 와인메이커를 표현한다는 것이다. 결과가 좋든 나쁘든. 나는 와인메이커를 와인의 짝꿍이라고 즐겨 부른다. 그렇게 와인은 농산물에서 기술의 산물, 예술 작품으로 거듭나게 된다. 예술품은 아닐 수도 있겠다. 나는 와인을 예술에 빗대는 것이 별로 마음에 들지 않았다. 그렇지만 적어도 와인은 예술적으로 표현되는 무언가, 와인메이커의 심미관을 표현하는 무언가로 거듭날 수 있다. 물론 잘 만들었을 때의 이야기다. 잘못 만들면 그저 우스꽝스럽고 어정쩡할 뿐이다. 허세를 부리려는 것이 아니다. 와인이 예술적이라는 말은 허세가 아니다. 진정한 예술은 허세와 거리가 먼 법이다. 섬세하고, 직관적이고, 연약하다. 하지만 와인을 통해 자신을 표현하려는 사람들은 분명 존재한다. 음악, 시각 예술, 심지어 한 덩이의 빵이 예술이 될 수 있는 것과 마찬가지다. 어떤 제빵사들은 그저 밀가루 반죽을 구울 뿐이지만, 제빵이라는 기술을 예술로 승화하는 제빵사들도 있다. 딱 맞는 밀가루를 쓰고, 정확히 온도를 맞추고, 효모를 넣고 반죽을 부풀리고, 한밤중의 잠자리에서 일어나는 등 여러 가지 필요한 일을 자발적으로 해내지 않는가.

자기 삶을 몽땅 쏟아부어 포도를 재배하는 와인메이커에게도 해당하는 말이다. 모든 것을 통제하려는 자세로 정확한 공식에 맞춰 와인을 만드는 대신 와인이 자신을 창조할 수 있게끔 양조에 생활과 기술을 바치는 와인메이커에게도 해당한다. 와인메이커는 포도나무의 바람대로 아침 일찍부터 일을 시작하고, 나무가 성장을 멈춘 겨울에는 성가시게 굴지 않다가 봄, 초여름, 가을에 포도가 관심을 요구하면 미친 듯이 일한다. 내게 와인은 수많은 의미가 있다. 와인은 다채로운 표현을 내보일 수 있고 다채로운 인상을 선사할 수 있다. 이것을 어떻게 설명할 수 있을까? 때로는 필스너[34]처럼 퇴근하고 집에 돌아와 갈증을 해소하는 데 딱이고, 때로는 사람들 사이에 조붓한 관계의 다리를 놓아 준다. 아니면 지금처럼 나와 한 장의 종이 사이에 관계를 형성한다.

한 끼의 식사와 마찬가지다. 와인은 식사에 일관성을 부여하고 흥미로운 분위기와 상황을 만들어 낸다. 내게 와인은 맥주나 주스, 차, 커피보다 더 중요하다. 나는 와인을 하나의 도구로, 사람 간의 문제를 풀어낼 수 있는

34 Pilsner. 체코 플젠 지방에서 유래한 맥주. 라거의 한 종류로, 일반 라거에 비해 쓴맛이 강하고 풍미가 깊다.

열쇠로 바라본다. 식사를 차렸는데 맛의 구조나 표현이 튀어서 손이 가지 않는 음식이 생기기도 한다. 특정한 요리 자체에 문제가 있을 수도 있겠지만, 한 요리가 식사의 흐름 속에서 다른 요리들과 어울리지 않는 것이다. 내 생각에는 바로 이런 때에 와인이 외교관이나 해결사가 되어 줄 수 있다. 그저 그런 맛 조합에 불화의 여지를 만들어 내거나 요리에 있는 일부 요소를 제거하는 방식으로 기존의 질서에 균열을 내는 동시에, 이전과 다음 요리 사이에 다리를 놓을 수 있다.

그게 다다. 그리고 나는 와인을 도구로, 직업적인 도구로 바라본다. 직업적인 환경이 아닐 때는 와인을 어떻게 표현해야 할지 모르겠다. 너무 사적이라 그런지 기술적인 부분은 다 잊어버리고 느낌만 묘사하게 된다. 하지만 와인은 그저 마실 것, 기분 좋은 음료이자 긴장을 풀어주는 수단이기도 하다. 나는 와인을 통해 돌아보고 꿈꿀 여유를 얻는다. 사람들은 담배를 피우면서, 아침에 모퉁이 카페에서 에스프레소를 마시면서, 이런저런 것을 먹고 마시며 비슷한 상태가 되는 듯하다. 와인은 내게 안정감을 준다. 알코올 의존자처럼 들리지 않았으면 좋겠지만, 와인은 긴 여행을 마치고 집에 돌아왔을 때처럼 편안함을 제공한다. 그러니까 나는 와인 한 잔을 통해 긴장을 풀 수 있는데, 어떤 와인은 더 능숙하게 내 긴장을 풀어준다. INAO 와인을 조금만 마시면 딱 좋다. 버건디 잘토네 뭐네, 거대한 술잔에 잔뜩 따라 마시는 것은 너무 부담스럽다. 축구공만 한 대접에 손잡이를 붙이는 대신 제대로 된 와인 잔을 달라.

어쩌면 중요한 것은 손에 무언가를, 딱 맞는 무언가를, 감정 이입할 수 있는 무언가를 쥐고 있다는 사실일지도 모르겠다. 우리가 같은 종류의 와인을 마시고 있다면, 사실상 같은 잔을 공유하는 셈이다. 같은 와인으로 서로의 미각을 어림할 수 있고, 적어도 맛에 있어서 같은 가능성을 갖게 된다. 찰나 동안 같은 공간에 존재하는 것이다. 혼자 있을 때는 와인에 이입하게 된다. 하던 것을 멈추고 다른 것에 몰두할 최소 2초간의 평화를 얻게 된다. 와인은 내 집중을 요구한다. 와인을 따라 잔 속에 코를 박고 향을 맡으면 그저 그곳에 존재하는 채로, 그 어떤 잡생각도 하지 않는 채로 1분이 훌쩍 흐른다. 정말 평화롭다. 나는 오직 와인에만 집중하고, 내 정신은 잔 속으로 흘러든다. 그래서 나는 와인이 담배와 비슷하다고 생각한다. 흡연자들은 밖으로 나가서 이메일이나 전화 같은 것은 깡그리 잊어버리고 담배를 피울 수 있지 않은가. 그 순간에는 그저 거리에 서서 담배를 피우기 때문이다. 와인 잔에 코를 박고 향을 맡는 내 마음이 바로 그렇다. 청각과 시각을 차단하고 그저 세상이 빙글빙글 돌게 두는 것이다. 실제로 그런 느낌이 한동안 지속되고는 한다. 오직 술잔 속에 존재할 뿐 다른 것은 아무것도 할 필요가 없다. 여유롭다.

나는 와인을 즐기며 종종 와인에 관한 이야기를 나

누는 가정에서 자랐다. 어렸을 때부터 와인을 맛보았고, 집안 어른들이 와인을 묘사하거나 한마디씩 의견을 내면 무슨 뜻인지 이해하려고 애썼다. 어른들이 사용하는 어휘, 묘사하는 맛의 분위기를 정리해서 내가 이미 알고 있는 말과 맛에 연결해 보려고 노력한 기억이 난다. 하지만 어느 순간에 모든 것이 바뀌어 버렸던 것 같다. 아주 느린 변화라 눈치채지 못한 건지도 모른다. 물론 나와 와인의 관계를 바꿔 버린 와인이 몇 가지 있었고, 나는 그 변화를 생생히 인식했다. 그런 변화는 선명하게 남는다. 인상적인 사람들을 만날 때와 비슷하다. 절대 잊을 수 없다. 그 사람과 마주친 횡단보도, 공기의 향, 그의 움직임을 따라 고개를 돌렸다가 하마터면 차에 치일 뻔했던 순간까지 기억하게 된다. 인생관을 완전히 바꿔 버린 짧은 대화와 현명한 몇 마디를 기억하듯.

내게 그런 날은 〈레 그리오트〉의 와인 중에서도 화이트를 맛본 날이었다. 〈우와!〉 피에르 장쿠가 처음 소개해 준 와인이었다. 피에르는 그것 말고도 눈이 번쩍 뜨이는 와인을 많이 알려 주었다. 이미 몇 년 전에 파리에 있는 피에르의 식당 〈라 크레므리〉에 방문한 적이 있었지만, 2008년 초봄의 어느 저녁에 그가 새로 개업한 식당 〈라 신〉을 방문했다가 저녁 식사와 함께 다양한 와인을 후하게 대접받았다. 그때 모든 것이 바뀌었다. 나는 몇 년 전부터 이산화 황을 넣지 않은 와인을 맛보고 즐겨왔으며 그쪽이 더 즐겁다는 사실을 느끼고 있었다. 피에르는 인심이 후할 뿐만 아니라 영리했다. 그날 저녁 〈라신〉에서는 와인의 영혼을 보여 주었다. 그는 젊고 야심만만한 소믈리에를 보고 자신의 지식과 와인을 향한 뜨거운 마음을 나눠 줄 기회를 포착한 것이다. 그렇게 내게 새로운 길을 열어 주었고, 그때부터 나는 줄곧 그 길을 따라가고 있다. 피에르는 갖가지 와인을 잔에 따라 대접했고, 내가 계산을 하려고 하자 식사비만 받았다. 피에르는 그가 나와 나눴던 것을 나 역시 언젠가 기회가 생겼을 때 타인과 나누겠다고 약속해 달라고, 그것이 술값이라고 말했다. 그날 밤 〈라신〉을 떠나 조붓한 파사주 데 파노라마를 거닐며 어떤 기분이었는지 기억한다. 스승을 만난 듯한 기분. 게다가 나는 피에르와 한 약속을 지켰다!

그 후에도 〈레 그리오트〉의 화이트만큼 중요한 와인을 여럿 접하게 되었고, 이런저런 경험은 내가 와인을 이해하고 정의하는 방식에 기여했다. 가령 브뤼노 쉴레르의 와인과 — 시작은 레드였고, 몇 년 전에 마셔 본 적 있는 브뤼노 특유의 산화된 와인에 재차 감명받았다 — 장마르크 브리뇨의 와인, 특히 그가 2004년부터 2006년까지 쥐라에서 만든 화이트가 있다. 물론 같은 시기의 레드에서도 강렬한 인상을 받았다. 그 당시 나는 이미 와인에 깊이 빠져 있었다. 그때 일하고 있던 〈노마〉에서의 일과는 와인을 중심으로 진행되었는데, 동료 중에는 지금껏 함께 일해 본 소믈리에 중 가장 훌륭한 두 명의 스웨덴인, 폰투스 엘로프손Pontus Elofsson과 울프 링기우스Ulf Ringius

가 있었다. 나는 〈노마〉에서 매일 술병을 수십 개씩 따면서 그들과 나의 의견을 비교했다. 식당의 메뉴와 잘 어울리는지 고민하며 와인의 결점이나 구조 등을 평가했다.

우리는 직접 마셔 본 와인만 메뉴에 올렸다. 산업의 관습에 충실한 와인을 올릴 때도 있었으나 전부 흥미로운 것은 마찬가지였다. 내게는 전 세계의 와인을 전부 마셔 볼 기회가 있었다. 전 세계는 아닐지라도 최소한 유럽의 와인은 전부 맛보았다. 그런데 장마르크의 와인은 정말이지 색달랐다. 앞서 설명한 것처럼, 그의 와인은 내가 과거와 다른 방식으로 술잔에 집중해 주기를 원했다. 그리고 뭐랄까, 내가 말을 걸어 주기를 원했다. 그런 경험은 처음이었다. 전에도 다양한 수준의 와인, 자기표현이 강하고 특별한 와인을 많이 만나 봤지만, 내게서 피드백이나 반응 같은 것을 요구하는 와인을 마셔 본 적은 없었다. 정말이지 자기표현이 강하고, 힘이 뚜렷했으며, 개성이 넘쳤다. 마시면 끝인 것이 아니었다. 관계를 형성해야 할 것 같았다. 나 역시 와인에게 보답해야 할 것 같았다. 이게 말이 되는지 모르겠다. 내게만 말이 되는 이야기일 수도 있다.

어떻게 와인에게 보답할 수 있을까? 잘 모르겠다. 하지만 파리에서 장마르크의 와인을 또 한 번 맛본 후, 나는 그를 만나러 쥐라로 갔다. 나는 이런 방식으로 장마르크 혹은 와인이 내게 준 것을 되돌려주려 했던 것 같다. 하지만 내가 자신에게 넌지시 던진 질문에 답해 보자. 나와 와인의 관계는 항상 돈독했을까, 아니면 천천히 다져졌을까. 분명 이 관계는 서서히 다져진 것이다. 어린 시절 우리 집은 저장고에 가서 알자스의 특정 와인메이커가 만든 게뷔르츠트라미너를 한두 병 집어 와 함께 맛보고 비교하는 것이 자연스러운 일상이었다. 우리 집에 사는 어른들은 다들 와인을 마셨다. 요즘 내가 마시는 이산화 황 무첨가 와인은 아니었지만, 지금 내가 그러듯 자신이 존재하는 미식 세계의 품질 규범에 반응하고 있었다. 그저 나와는 다른 규칙, 다른 관습, 다른 생각을 갖고 있었을 뿐이다. 우리 가족은 와인병을 딸 때마다 항상 진지하게 맛보고 최근에 마셨던 다른 와인과 비교했다. 그래서 나는 우리가 어떤 와인을 마시고 있으며, 왜 마시는지 알 수 있었다. 〈이 와인과 이 음식을 함께 내온 것은 이런 점이 흥미로웠기 때문이다〉, 〈이 와인을 처음으로 마시는 것은 지금 이 순간과 잘 어울리고 뒤이을 와인의 장점을 부각할 것이기 때문이다〉, 〈어떤 와인은 구조가 완전히 다르니 나중에 마시는 게 좋겠다〉, 이런 이야기가 오고 갔다.

이렇듯 나는 꽤 어릴 때부터 와인의 맛과 향을 즐기기 시작했다. 나를 품어 준 자유로운 환경이 있었기에 가능했다. 다들 맛에 관한 내 의견을 존중했고, 어른의 의견과 마찬가지로 중하게 간주했다. 그렇게 나는 포도에 관해 배울 수 있었다. 물론 품종을 구분할 수는 없었지만, 게뷔르츠트라미너나 피노 그리, 메를로, 카베르네 소비뇽이라는 것이 있으며 각각 다르다는 것은 알았다. 흥미로웠다. 코펜하겐에서 셰프로 일하기 시작했을 때도 와인은 대화의 중요한 부분을 차지했고, 나는 와인 이야기가 정말이지 좋았다. 약간의 지식이 있었기 때문이다. 그리고 아는 것이 있으면 더 많이 알게 된다. 지식은 호기심을 쫓아가는 법이니까.

2013년 11월 8일 금요일, 코펜하겐

나 자신을 깨끗하게 정화하려고, 지난 15년간 몸담았던 업계의 흔적을 깨끗하게 닦아 내려고 노력 중이다. 〈콩한스 켈데르〉, 〈노마〉, 더불어 〈렐레〉와 〈만프레스〉, 특히 마지막 시기의 영향에서 벗어나고 싶다. 지난 몇 년 동안 나는 개인적으로도 직업적으로도 많이 성장했으나 그 시절로 돌아가고 싶지는 않다. 이제는 이런 식당과 요식업계를, 어쩌면 현재의 와인업계도 견딜 수가 없다. 이 업계에서는 세상에 재미있는 사람이 자기 자신뿐이라고 믿는다. 자아도취가 궁극의 단계에 이른 것이다. 견디기 버겁다. 프랑스에 기반을 둔 와인메이커 중에는 돋보이는 성정을 지닌 사람들이 있다. 특히 〈라신〉의 피에르 장쿠는 굉장한 생기가 돋보이는 사람이다. 그러나 코펜하겐에서는 그런 사람을 찾아볼 수 없다.

2013년 11월 9일 토요일, 코펜하겐

자기가 아는 것을 소중히 간직한 채 속내를 내보이지 않을 이유는 많고 많다. 나도 그렇게 살았다. 하지만 최근에는 지식을 나눔으로써 모두가 더 나아지는 장면을 목격하게 되었다. 머릿속에 있는 것을 절대 나누지 않는 꽉 막힌 사고방식, 바로 이것이 지금 내가 요식업계를 떠나려고 노력 중인 이유다. 지쳤다. 일단 여러 식당에서 맡고 있던 역할을 포기했다. 사실 식당을 둘러싼 모든 것을 포기했는데 — 어떻게 설명해야 할지 모르겠다 — 이 세계는 항상 경쟁심이 있는 것 같기 때문이다. 정확한 단어인지 확신이 서지 않지만 마치 닭싸움하는 듯한 태도가 있다. 싫다. 내키지 않는다.

나는 더 자유로워지고 싶다. 나만의 방식으로 와인과 관계를 다지고 싶다. 코펜하겐이 엉망진창이 되는 데 일조한 업계에 발 묶인 채로 살아갈 수 없다. 속하지 않아야 자유로운 것인데, 이런 환경에 속해 있으니 마음에 들든 들지 않든 얽매일 수밖에 없다. 식당의 셰프와 소믈리에들은 전부 자기만의 특별한 것을 만들어 내려고 한다. 리듬을 맞추는 것으로 만족하지 못하고 리듬 자체를 만들어 내려는 것이다.

와인 수입업자는 거래가 줄어들거나 어떤 이유로든 적은 수량만 거래해야 한다면 사업을 지속할 수 없다. 모두가 신상품을 원하는 만큼 수입업자나 소믈리에는 새로운 와인을 제공해야 한다는 압박감을 느끼게 된다. 새로운 것을 향한 강박이 그의 직업을 형성하고 정의하게 된다. 내 직업도 그렇게 정의되었다. 실제로 오베르뉴에 있는 친구의 친구에게서 와인을 한 병 받아 왔을 때 같은 경험을 했다. 첫 번째 빈티지였기에 분명 코펜하겐에는 그 와인을 맛본 사람이 아무도 없었다. 그를 방문한 것도 내가 처음이었고, 그의 와인을 산 것도 내가 처음이었다. 그래서 내가 동료의 식탁에 그 와인을 올려놓았을 때 다들 놀랐다. 그것이 소믈리에로서 나의 위상 같은 것을 높여주었고 나를 보는 시선도 달라졌다. 결국 다들 남들과 똑같은 것을 원했던 것이다.

말도 안 되는 짓거리다. 하지만 그 와인메이커와 오랫동안 일하고 그의 와인을 수입하는 일을 한다고 생각하면 좋다. 다른 덴마크 업자가 그의 존재를 알아내고 나보다 먼저 계약을 성사한다 해도 뭐 어쩌겠나. 그도 그럴 것이, 와인병에 그의 연락처가 적혀 있으니 아무나 연락해서 말하면 된다. 「와인을 마셔 봤는데 정말 좋더라고요. 구매할 수 있을까요?」 이제 난 그런 세상에서 벗어나려 한다. 이미 벗어났다. 이 자유로운 기분을 만끽하는 중이다. 앞으로는 정말 재미있는 일만 할 생각이다.

2009 | 르 몽[35] | 알렉상드르 주보[36]

레몬과 풋사과의 톡 쏘는 맛, 케일 같기도 하다. 짠맛이 있다. 마시기 적당한 시기이고, 맛이 정말 좋다. 산화의 균형이 점점 신선한 헤이즐넛 맛으로 변하기 시작한 듯하다. 산미와 씁쓸함이 잘 어우러진다. 짠맛도 전과 달리 우아한 수준에 이르렀다.

2008 | 플루사르 | 피에르 오베르누아

이 와인을 마실 때마다 다리에 힘이 풀린다. 오베르누아의 여느 와인과 마찬가지로 경이로운 수준이다. 쓴맛은 진하고 무거운데 타닌은 부드러워 균형감이 있고, 여백에는 지극히 아름다운 라즈베리 같은 과일 맛이 깃든 구조다. 아름답다.

2011 | 샤슬라 | 브뤼노 쉴레르

오베르누아의 2008 플루사르 다음에 마신 것이라 아무래도 불리했다. 샤슬라가 와인 양조의 역사를 통틀어 최고의 품종이라고 할 수는 없을 테고, 이 와인은 겨우 두 해 묵어 한결 가벼운데다 미묘한 맛도 거의 없다. 그래도 마

35 Le Mont. 〈산〉이라는 뜻의 프랑스어.

36 Alexandre Jouveaux. 부르고뉴에 기반을 둔 내추럴 와인메이커. 2000년에 첫 빈티지를 생산했으며, 한 해에 6천 병 정도 소량만 생산한다.

시기 좋은, 가볍고 깔끔한 와인이다. 지금은 단순할지언정 6~7년쯤 지나면 2008 플루사르보다도 근사해질지 모른다는 것이 내 솔직한 의견이다.

2013년 11월 11일 월요일, 코펜하겐

모든 것을 뒤로하고 떠나 버리면 어떨까. 코펜하겐의 요식업계를 뒤로하고 떠나야겠다. 옛 동료들은 원래 그런 사람들이고 그런 식이다. 다 두고 떠나야지. 결국 모든 것은 와인을 가장 먼저 손에 넣어 최초의 신화에 이름을 올리려는 분투였다. 이런 목적을 달성하려면 말도 안 되는 양의 노동이 필요한데, 나로서는 그냥 쥐라나 파리에 있는 친구를 보러 가서 아무도 들어 본 적 없는 새로운 와인메이커를 열 명쯤 알아내면 그만이다. 차를 타고 프랑스 곳곳으로 다닐 필요도 없다. 그냥 파리에 가서 친구만 만나면 매번 새로운 와인메이커를 열 명 정도 알아낼 수 있을 것이다. 친구에게는 좋은 일이겠지만, 나는 이런 식으로 일하는 것이 지긋지긋하다. 그리고 파리 와인업계에 인맥이 없는 와인메이커에게는 재앙 같은 일이다. 자기 와인을 사고 마시는 사람들에게 닿을 수 없기 때문이다. 마찬가지로 그들의 와인을 사고 마시는 사람들 역시 와인의 산지를 가늠할 수 없는 것이다. 이렇게는 안 된다.

2013년 11월 23일 토요일, 코펜하겐

코펜하겐의 뒤레하벤 삼림 공원 바깥에 있는 정원과 숲에서 하루를 보냈다. 정말 마음에 쏙 드는 공간이다. 뒤레하벤에 가면 평화를 찾게 된다. 시간의 흐름이 멈추고 더 깊이 생각할 수 있는 여유를 얻게 된다. 온갖 동물을 바라보는데 이런저런 생각이 떠올랐다. 자주 접하는 와인메이커들, 포도를 기르고 와인을 만드는 그들을 제대로 설명하려면 어떤 이야기를 해야 할까. 그들 중 상당수는 좋은 친구이자 동료다. 만약 내가 인상적이고 영감을 자극하는 서사를, 이 와인메이커들의 문화적 차이와 특성을 훌륭하게 묘사해 내는 글을 써야 한다면 어떨까. 이들이 와인을 만드는 방식, 와인과 관계를 다지는 방식에서 어떤 점을 중요하게 다루게 될까? 물론 이야기의 시작점에 따라 다를 것이다.

가장 중요한 것은 이들의 작업 방식인 듯하다. 실제로 와인을 만들어 내는 결정적인 요인이 무엇인지 따져 보아야 한다. 어떻게 보면 한 사람의 개성과 기술 모두 똑같이 중요한 요인이다. 포도나 포도밭, 빈티지는 변하지 않는 요인이라 논쟁의 여지가 적다. 다만 개성은 다르다. 많이들 와인메이커의 개성에 관해 즐겨 읽는다. 개성이 와인에 창의적인 힘을 준다고 생각하는 것 같다. 하지만 내가 보기에는 다른 근본적인 질문이 있다. 포도를 직접 재배하는 와인메이커라면, 어떤 식으로 포도 농사를 짓고 있을까? 그는 포도나무를 통해 무엇을 표현해 내려 할까? 보졸레를 예로 들면 흥미롭겠다. 보졸레 지방의 와인 생산량은 폭발적이다. 산업이니까. 하지만 그쪽에는 미셸 기니에[37]나 필리프 장봉처럼 자유로운 사고를 지닌 사람들도 많다. 그들은 훌륭한 와인을 만들어 낸다. 보졸레에서 포도를 기르는 다른 와인메이커들과 비교했을 때 포도밭에서 지나칠 정도로 오랜 시간을 보내기 때문에 그들의 와인이 아주 맛있는 것이다.

미셸은 포도 농사에 꼼꼼한 것으로 이름났다. 인공적인 물질은 절대 뿌리지 않는다. 거의 모든 작업을 자기 손으로 하거나 말의 도움을 받는다. 반면 다른 와인메이커는 포도밭에 농약을 뿌리거나 트랙터로 확 밀어 버린다. 그러면 포도밭에 다른 종류의 평등과 균형이 생긴다. 포도가 저마다 품질이 다를 때 실력 없는 와인메이커는 양조 과정에서 개성을 지워 버리는 방식으로 — 무개성이라는 개성이 남게 될지도 모르지만 — 품질 차이를 해결하려고 하는데, 나는 그런 식으로 탄생한 와인에 딱히 흥미가 동하지 않는다. 최종적으로 탄생한 제품을 두고 기술적으로 상당한 수준에 이르렀다고 말할 수는 있겠으나 자기만의 아름다움이 있다고 할 수는 없다.

그러니까 포도를 기르고 와인을 만드는 와인메이커를 설명할 때 가장 중요한 것은 〈포도를 기른다〉는 사실

37 Michel Guignier. 보졸레에 기반을 둔 내추럴 와인메이커. 와이너리는 〈레 자메티스트Les Améthyste〉, 1980년대 후반부터 양조를 시작했다.

이다. 저장고를 비롯해 이런저런 작업 현장에서 실제로 그들이 하는 일은 무엇일지 생각해야 한다. 그것 역시 와인 만드는 업무에 포함되니까. 그들의 꿈, 사상, 생각 같은 것들이 더 흥미롭게 다가올 수 있겠지만, 와인메이커의 인간적인 존재감은 그의 와인을 경험할 때 자연스럽게 느끼게 된다. 어떤 사람들은 와인메이커가 작업하는 방식에 관해 공부할 시간이 충분한데도 그저 그가 지향하는 철학을 탐구하는 데에만 시간을 쓴다. 물론 철학은 중요하다. 와인 만드는 사람들과 함께 일하며 시간을 보낼 때마다 그들에게 얼마나 생각이 많은지 새삼 깨닫게 되는데, 특히 제랄드 우스트릭이 그렇다. 그는 와인뿐만 아니라 와인을 둘러싼 모든 것에 어떤 일이 일어나는지 깊이 고민한다. 그래서 그의 와인도 그 고민을 반영한다. 하지만 애초에 포도밭에 정성을 들이지 않으면 그 정도 품질의 와인을 만들어 낼 수 없는 것이다. 그의 와인은 그가 포도밭에서 달성한 수준을 넘어설 수 없다. 와인의 품질은 포도의 품질을 넘어설 수 없고, 와인에 손을 대면 댈수록 품질은 계속 낮아지는 법이다. 내게 이 사실은 매우 중요하다. 와인에 손대는 일을 최소화해야 한다. 포도를 건드릴 때마다 개입의 긍정적인 효과가 최대화되고 와인에 미치는 부정적인 영향이 최소화될 수 있도록 확실히 작업해야 한다.

바로 이것이 와인 만들기의 철학이다. 와인메이커들의 — 나도 마찬가지! — 이상을 관통하는 사고와 행동의 철학이다. 포도의 품질이 결국 와인의 품질을 결정하기에, 제랄드의 와인이 그렇게 훌륭한 것이다. 포도의 품질을 표현하는 것이 와인메이커의 가장 중요한 작업이고, 와인메이커를 설명할 때 가장 중요한 대목이다.

소믈리에도 마찬가지다. 나는 결코 내가 따르는 와인보다 훌륭한 적이 없었다. 단 한 순간도. 와인은 나보다 우월하다. 나는 망치기만 할 뿐이다. 내가 코르크를 따는 순간 파괴의 가능성이 생긴다. 다만 내게 하찮게나마 능력이 있어서, 행운이 따라서, 옆에서 도움을 주는 셰프가 있어서 그 덕에 음식과 와인 사이에, 식당과 와인 사이에, 사람과 와인 사이에 관계와 공동체와 어우러짐이 생기는 것이다. 그렇게 새로운 경험이 생성되고 더 즐거워진다. 와인을 지금 병입하면 이런 맛이 생기고 나중에 병입하면 다른 맛이 생기는 것과 비슷하고, 특정한 술통이나 탱크에 저장함으로써 맛의 지향을 바꾸는 것과도 비슷하다. 이런 결정을 통해 와인은 흥미로워지고, 바로 그것을 기술이라 부른다. 이런 후반 작업을 설명하는 일도 참 중요하지만, 전반 작업보다 훨씬 중요하게 다뤄지니 문제다.

지난번에 장마르크 브리뇨와 프랑스 곳곳을 여행하며 와인을 만들기 시작했을 당시에는 내가 만들고 싶은 와인에 관한 목표가 확실했다. 항상 그 목표에 관해 — 내가 만들고 싶은 와인에 관해 — 생각하면서 발효 중인 포도 과즙을 맛보고 잠재력을 어림했다. 시간이 지나면서 목표를 조정하고 결실을 향해 나아가는 과정은 전혀 즐겁지 않았다. 바로 그 과정이 흥미로운 부분인데, 자꾸 와인이 어떻게 될지 결과에만 집중했다. 여름내 열두 명의 와인메이커를 만났다. 그중에는 포도 공급자도 있고 그저 생각을 나눌 친구도 있었는데, 항상 중요한 과제는 포도가 내게 제공하는 것의 본질을 꿰뚫는 것이었다. 내게 능력이 있다면 포도는 자유를 얻어 자기만의 와인으로 거듭날 수 있을 테다. 그들이 포도밭에서 길러 낸 결실의 질이 워낙 높아 나 역시 결과물에 이름을 걸 수 있겠다고 느꼈기에 가능한 일이었다.

나는 포도즙을 맛보면 포도의 품질을 알아낼 수 있다. 적어도 웬만한 소믈리에와 와인메이커만큼은 해낼 수 있다. 포도밭만 훑어봐도 알 수 있다. 어떤 포도밭은 보기에도 끔찍하고 자라는 포도도 끔찍한데, 그럭저럭 마실 만한 와인을 생산하기도 한다. 반면 정말이지 아름다운 포도밭도 있다. 포도뿐만 아니라 잎, 줄기, 토양, 식물을 둘러싼 미생물을 살펴보면 하나같이 누군가의 돌봄을 받고 있다는 흔적이 역력하다. 나는 그런 품질의 포도로 작업하고 싶다. 아주 높은 수준에서 작업을 시작할 수 있으니까. 적어도 재료만은 매우 높은 품질로 유지될 테고, 나중에 맛에 반영될 것이다. 그래서 이번 여름 내내 지난 6년, 아니 8년 동안 해온 일을 계속했다. 포도밭을 답사하며 상태가 어떤지 살펴본 것이다. 지난번에는 오랫동안 알고 지낸 동료들과 함께 여드레 만에 포도 농부 스물한 명을 만났다. 농장에 서너 시간만 머물다가 떠나기도 하고 때로는 더 길게 머물렀지만, 정말 정신없었다. 밭에 어떤 가능성이 있는지 다 확인해야 했던 것이다.

2013년 11월 24일 일요일, 코펜하겐

일요일 아침, 온 세상을 둘러볼 수 있을 만큼 여유로운 기분이다. 어떤 포도로 작업할지, 어떤 방향으로 작업할지 결정했으니 이제 구체적으로 해야 할 일을 머릿속으로 정리하는 중이다. 과즙이 자기만의 맛을 표현할 수 있도록 자유를 주자는 생각이지만, 그래도 적용해야 할 기준이 많다. 가령 알자스에 있는 과즙은 탱크의 뚜껑을 열어 두어 세면대에 담긴 듯한 모습인데, 그러면 바닥에 침전물이 깔리고 표면에 산소가 닿게 된다. 내 생각에는 아주 중요한 결정이었다. 우리가 고른 게뷔르츠트라미너는 향이 아주 강해서 나는 향을 조금 약화하고 싶었고, 그러기 위해서는 공기와의 접촉이 필요하다. 반면 피노 그리는 정반대다. 수확 시기를 잘못 택했다고 말할 수는 없는 것이, 더 기다릴 수 없었다. 비가 내리기 시작해 그 뒤로 며칠 내내 퍼부을 예정이었으니까. 다만 포도의 맛 구조가 조금 아쉽다. 아직 설익어 수분이 과도할 때 수확했다. 그래서 과즙이 공기와 접할 수 있도록 탱크의 뚜껑을 열어 둔 것이다. 바로 밀폐하면 과즙에 리덕션 반응이 일어나 내가 몹시 싫어하는 씁쓸한 풋내가 났을 것이다.

나는 적어도 이런 식으로는 와인을 만들어 본 적이 없다. 가끔 수확을 도와주거나 이런저런 작업 과정에 참여한 적은 있어도 — 수확뿐만 아니라 압착 등등의 작업을 해보았다 — 처음부터 끝까지 해본 적은 없었다. 한여름에 내린 결정을 쭉 밀고 나가 마침내 완성된 과즙을 탱크와 병에 담는 것은 처음이다. 〈곧 와인이 완성되어 병입할 날이 오겠지.〉 아르데슈에서는 포도를 따면서 맛을 본 후 어떤 맛은 남겨 두고 어떤 맛은 버리기로 결정하는 작업이 꼭 요리하는 것 같았다. 한 가지 포도를 많이 쓸 수도 있었으나 특정한 맛을 표현하기 위해 다른 포도도 사용했다. 포도마다 침출 기간은 어느 정도로 할지 자문했고, 그 외에 다른 고민도 있었다.

가령 카베르네 소비뇽은 자연 압착 과즙을 사용하면 어떨까 고민했다. 특색이 강하지만 내 의견으로는 그다지 맛있는 품종이 아니기 때문이다. 나는 과한 와인이 싫다. 그리고 이번에 수확한 카리냥 품종은 맛 표현이 지극히 우아한 데다 열매 상태가 아주 좋았다. 맛 구조가 정말이지 완벽한 수준이라 특성을 그대로 살려 주고 싶었다. 나는 피노 누아가 뚜렷이 떠오르는 카리냥의 산미가 마음에 든다. 내 구상은 카베르네 소비뇽 자연 압착 과즙을 카리냥에 부어 카리냥 포도알 안에 있는 본연의 섬세한 맛을 유지하며 과일 풍미를 최대한 추출하되 (두 품종 전부) 껍질의 영향력과 구조는 배제하는 것이다. 그러면 카리냥의 맛이 잘 보존될 수 있다. 이 작업이 성공한다면 일단 나 자신이 즐길 수 있는 와인을 얻게 될 테다. 그래서 구상을 실천에 옮겼다.

아르데슈에서 만든 다른 과즙 두 가지는 사뭇 다르다. 시라와 카리냥을 구할 수 있었고, 남아 있는 카베르네 소비뇽도 사용해야 하는 상황이었다. 오랫동안 꿈꾸던 포도 품종이 전부 내 손안에 있다는 사실을 문득 깨달았다. 나는 여름내 그르나슈 누아 이야기를 해왔던 참이라 시라와 배합해 맛을 이끌어 주는 역할을 맡기면 좋겠다는 결론을 내렸다. 두 품종을 고전적으로 배합했고, 그 후에는 카리냥의 과일 풍미와 우아함을 조절해 와인의 강약을 맞추려 노력했으며, 나중에 보니 카베르네 소비뇽 과즙이 남았기에 그것도 그냥 부어 버렸다. 지금은 굉장히 이상하게 들리겠지만, 실용적인 이유가 가장 중요할 때도 있다. 이 작업은 실험이기도 했다. 사용할 수 있는 여러 품종으로 다층적인 맛의 구조를 만들어 낸 후, 구상한 구조에 맞춰 포도를 사용해 본 것이다.

2013년 11월 28일 목요일, 오베르모르슈비르

오늘 스테판 반바르트네 저장고에 가서 산화한 와인 여러 개를 맛보았다. 한 달 전에 마셔 봤을 때부터 그 품질에 긍정적인 충격을 받은 상태였다. 반바르트의 실력을 알고 있어서 하는 말은 아니다. 물론 그는 재능 넘치는 와

인메이커지만, 와인의 수준이 굉장히 높아 새삼 놀랐고 깊은 인상을 받았다. 스테판을 의심한 적은 없다. 그는 생각이 많고 호기심도 아주 풍부하며, 당연히 산화 와인을 아주 잘 만든다. 놀랐다는 말은 결국 감명받았다는 뜻이다. 알자스는 쥐라와 함께 프랑스에서 가장 흥미로운 테루아를 자랑한다. 이 지역에서는 우아하고 정교한 와인을 선보일 수 있으나 기존의 와인 양조업계는 그런 와인을 품어 내지 못한다. 내 생각에는 조금 슬픈 현실이다. 반바르트는 이런 전통에서 벗어나는 중이고, 나로서는 알자스에서 이런 와인이 만들어졌다는 사실이 뜻밖이었다. 경사다!

저녁 먹고 남기는 후속 기록

2010 | 플루사르 | 아들린 우이용 & 르노 브뤼예르[38]

라즈베리, 레드커런트, 화이트커런트의 가볍되 아주 성숙한 표현이다. 병에 담아 몇 년쯤 숙성했다면 더 좋아졌을지도 모르겠으나 지금도 맛이 훌륭하다. 많은 것을 제공하는 와인이다. 과일 풍미가 앳되고 생생하며, 균형이 흔들리거나 초점이 안 맞는 느낌도 없다. 정말이지 기본부터 생기 발랄한 와인이다. 10대 청소년처럼.

38 Adeline Houillon & Renaud Bruyère. 쥐라에 기반을 둔 부부 내추럴 와인메이커. 와이너리는 〈브뤼예르우이용〉으로, 첫 빈티지는 2011년이다. 아들린의 큰오빠 에마뉘엘Emmanuel 우이용은 〈메종 피에르 오베르누아〉를 이어받았다.

저장고에 있는 스테판 반바르트.

2011 | 플루사르 | 피에르 오베르누아

설익은 딸기처럼 싱그럽고 장미꽃잎이나 히아신스 같은 향기가 풍부하다. 지금 마신 것은 좋은 결정이었던 듯하다. 이런 말은 하기 싫지만 이미 조금 묵은 느낌이다. 짠맛과 쓴맛, 명확한 구조가 느껴지지 않는다.

2013년 12월 3일 화요일, 코펜하겐

알자스와 쥐라에 갔다가 코펜하겐으로 돌아왔다. 아주

좋은 식초 600리터를 얻어 왔다. 장마르크의 2006년 사바냉 와인이 잘못된 것이다. 어머니네 정원에 한두 해 정도 묵혔다가 좋은 자리를 찾아 저장할 생각이다.

그런데 나는 나 말고 그 누구도 읽지 않는 이런 기록을 왜 남기고 있는 걸까. 사실 나는 여기에 무슨 내용이 적혀 있는지 이미 알고 있지 않나. 와인이 자기표현에 더 적절한 수단일까? 글쓰기보다? 사실 나는 와인을 통해 더 자유로워지는 기분이다. 어쩌면 더 직접적인 효과를 누리고 있는지도 모른다. 와인을 만들 때는 외톨이가 아니니까. 자연이 함께한다고 볼 수 있다. 나는 와인을 완벽히 통제할 수 없고, 와인을 좌지우지하는 것은 불가능하다. 와인은 스스로 창조한다.

브리뇨와 함께 〈사워도우 배양 효모〉[39]를 만들었다. 곧 와인이 탄생할 것이다. 지금부터는 자연의 몫이다. 이제는 내 작업 방식이 이렇듯 느슨하다는 사실을, 자연이 알아서 해주리라는 사실을 받아들였다. 장마르크는 수확이 끝나자마자 일본으로 갔고, 삼사월까지 모든 것이 알아서 진행될 것이다. 위험한 처사지만 — 나도 잘 알고 있다 — 우리는 이렇게 하기로 했다. 이제 자연이 자기 능력을 보여 주기만 하면 된다. 잘되기를 바라고 있다.

39 와인의 효모 작업을 사워도우 제빵 과정에 빗대어 표현함.

2013년 12월 4일 수요일, 코펜하겐

지금부터 내가 생각하는 와인의 균형감에 관한 글을 쓰려 한다. 실제로 나는 균형감이 와인에서 가장 중요한 요소라고 생각한다. 균형감이 삼각뿔의 구조를 이루는 현상, 근간에 세 가지 맛이 있고 수직으로 꼭짓점이 있는 균형을 좋아해서 이에 관해 설명해 보려고 한다. 내가 이런 삼각뿔 구조로 균형감을 설명하기를 즐기는 이유는 삼차원의 특성이 있기 때문이다. 와인의 중심을 이루는 일종의 기본 골격 같은 것을 설명하기에 좋다. 글로 표현하기 참 힘들다. 내 머릿속에는 있는데 어떻게 표현해야 할지 모르겠다.

개념이 제대로 잡히지 않은 것이다. 그도 그럴 것이, 전에는 다른 사람에게 이런 개념을 설명해야 할 일이 없었다. 전부 내 머릿속에 있는 것들이었다. 이런 이야기는 전부터 와인 이야기를 나눈 사람들하고만 했다. 가령 울프 링기우스를 비롯한 몇몇 사람, 물론 소믈리에 알렉산데르 엘스네르Alexander Elsner도. 가볍게 주고받는 이야깃거리와는 거리가 멀었고, 상대가 어떻게 받아들일지 100퍼센트 확신할 수 없기에 말을 꺼내기 껄끄러웠다. 다른 소믈리에들이 와인의 맛 균형에 관해 쓴 책을 읽거나 말하는 것을 들어 보면 — 셰프들도 음식의 맛 균형에 관해 이야기하더라 — 항상 나와는 다른 이야기를 한다. 그렇다고 내가 와인의 균형을 이해하는 방식을 전부 뜯어 고쳐야 한다고 느낀 적은 없다. 나는 항상 나만의 지향점을 갖고 작업했다. 다만 혼자서 혹은 소수의 타인과 와인을 맛볼 때면 굳이 설명을 덧붙이지 않았다. 내가 틀렸거나 오해했을까 봐 불안해서.

내게는 내가 이해하는 바를 표현할 언어가 없다. 어쩌면 나는 제정신이 아닌지도 모르겠다. 이런 생각을 글로 표현하려는 것은 어디 쓸모가 있기 때문이 아니다. 내가 지금 무엇을 하는 건지, 지금까지 무엇을 해온 건지 나 자신에게 설명하려는 시도에 가깝다. 생각을 다 쏟아 보는 것도 좋은 방법이다. 자기만의 제정신을 갖고 사는 거랄까. 하지만 이런 기록은 타인을 바라보고 쓰면 안 된다. 항상 자기 자신을 바라보고 써야 한다. 나는 줄곧 기록을 남기는데, 이 기록에는 내 진심이 아니거나 스스로 이해하지 못하는 것이 가득할 때도 있지만 그런 대목을 지워 버리지 않는다. 이런 기록이 나의 내면에서 나온 것이라 믿는다. 와인의 감각적인 부분에 관해 쓰고 있는 만큼 기존의 역할이나 이해의 틀에 꿰맞추지 않는 특별한 형식으로 와인을 묘사하고자 한다.

와인의 실체를 보여 주는 일은 어렵다. 온갖 개념과 편견이 팽배하기 때문이다. 지금껏 와인을 두고 이루어진 담론이 의미 있다고, 감각적 즐거움에 관한 것이라고 말하기 힘들다. 지금껏 와인을 두고 이루어진 담론은 〈내가 너보다 아는 것이 많다〉는 것을 증명하기 위한 지겹고 엄정한 사실들, 정서와 거리가 먼 계산적인 사실들이 주를 이루기 때문이다. 나도 전에는 잘 몰랐다. 그렇게 생각하지 않았던 것 같다. 사실 나는 와인의 정체를 모르는 채로 맛만 보고 이름을 맞추는 것이 가능하다고 믿은 적이 없다. 하지만 실제로 맞추기도 하니 분명 가능한 거겠지. 그래서 그런 일이 일어났을 때 기록을 해둔다. 와인을 만들어 내는 언어, 와인이 (일부) 자기 힘으로 만들어 내는 언어를 알아보려는 것이다. 명백한 것들로 이루어진 기지의 세계를 설명하는 기존의 언어에 귀 기울이는 대신, 와인이 스스로 이야기하도록 허락하는 것이다.

하지만 — 나는 정말로 이렇게 믿는다 — 와인을 만들어 내는 언어와 와인이 스스로 만들어 내는 언어는 사실 서로가 서로를 창조하는 것이다. 그러므로 가장 위험한 짓은 와인을 맛보기도 전에 이해한다고 생각하는 것이고, 그때 이해는 오해가 된다. 그래서 나는 와인을 맛볼 때 일단 〈머릿속을 비운다〉. 그래야만 와인의 색깔이나 병의 형태 등 수많은 정보를 얻을 수 있다. 가령 앞에서 언급했던 스테판의 블라인드 시음회 와인을 처음 마셨을 때, 나는 그에게 우리가 함께 찾아갔던 젊은 친구들이 만든 거냐고 물어보았다. 그는 나를 외계인 보듯 바라보았다. 나는 내가 했던 말과 그의 반응을 해석해야 했다. 분명 그 와인은 그 친구들이 만든 것이 아니었으니, 내가 와인의 산지에 갖고 있던 편견은 벌써 사라지고 있었다.

이런 이야기를 통해 하고 싶은 말은 결국 내가 와인을 맛보기 전에 머리를 비우고 온갖 잡생각을 그만둔다는 것이다. 그러면 와인이 내 안으로 흘러들면서 나의 기대와 다른 다양한 맛을 표현한다. 어림짐작하지 않고 맛보면 와인은 자기 본연의 맛을 오롯이 표현해 낸다. 더 진솔해지는 것이다. 이런 식으로 와인을 마시면 더 복잡하되 흥미로워진다. 매번 와인을 맛볼 때마다, 그리고 스테판이 준 와인을 마셨을 때도 내가 한 일은 와인과 직접 관계를 맺는 것이다. 다른 선택지가 없다. 하지만 그와 동시에 머릿속에서 모든 것을 정리해 밖으로 끄집어내고 다시 무언가를 입력해야 한다.

소믈리에가 되겠다는 생각으로 런던에서 공부하던 시절, 학교에서는 나를 완전히 멍청이라고 판단해서 쫓아내려고 했다. 나는 학교에서 제시하는 모델 — 체계적 와인 시음 접근법[40] — 에 동의하지 않았다. 와인을 한 잔 들고는 바라보고, 향을 맡고, 빙빙 돌려 보고, 다시 향을 맡고, 다시 빛깔을 바라보고, 맛보고, 위아래로 흔들고, 〈랑그도크의 그르나슈 누아〉라고 정체를 맞출 수 있다는 가르침에 정면으로 반박했다. 나는 불가능하다고 생각한다. 어떤 사람들에게는 가능할지도 모르지만, 그들은 컴퓨터 같은 인간들이다. 내가 만들고 마시는 와인을 그들이 마신다면 기존의 형식에 맞지 않기 때문에 영문을 모를 것이다. 나의 세계에는 컨벤셔널 와인의 관습을 기준으로 사고하고 해석하는 행위를 위한 자리가 없다. 물론

40 Systematic Approach to Tasting Wine. 런던에 위치한 WSET(Wine & Spirit Education Trust, 와인 및 증류주 교육 재단)에서 제시한 와인 시음법.

다른 와인 세계에는 있지만…….

와인은 마시는 사람에게 무언가를 제공하고, 마시는 사람도 와인에게 무언가를 제공한다. 앞뒤로 이루어지는 양방향의 의사소통을 통해 감정이 형성되고, 마침내 와인의 인상이 결정된다. 하지만 와인을 있는 그대로 받아들이는 대신 꽉 막힌 사고의 틀이나 엄격한 분류 체계에 끼워 맞추면 의사소통이 이루어지지 않는다. 와인에 관한 기존의 지식을 놓아 버려야 한다. 또한 와인에서 얻어낸 인상도, 와인이 표현하는 것도 잊어야 한다. 자기 자신을 잊어버리지 않으면 그 어떤 것도 되받을 수 없다. 가령 미술관에 가서 데이비드 호크니의 그림을 앞에 두고서는 수영장에 뛰어드는 게이들의 이미지에만 집중하는 것과 마찬가지다. 물론 그런 이미지가 존재하는 것은 사실이지만, 그림에는 다른 요소도 많다. 표면적 이미지 이상을 말해 주는 더 의미 있는 것들이 있다. 반라의 남자들은 병에 붙은 라벨만큼 중요하지만, 와인을 마시고 라벨만 중요하게 챙길 거라면 병을 딸 필요조차 없는 것이다.

실제로 호크니는 게이다. 어쩌면 그는 그림을 통해 관객을 자극하고, 정보를 제공하며, 익숙하지 않은 세계의 일부를 소개해 주고 싶은 것인지도 모른다. 머릿속을 비워 자신이 보고 있다고 생각하는 것을 지워 버리고 그 뒤에서 무슨 일이 일어나고 있는지, 이미지 이면이나 한쪽 구석에서 무슨 일이 일어나고 있는지 알아내려고 노력해야 한다. 그래야 흥미로워진다. 가령 나는 나무통 속에서 숙성한 와인을 맛보면 나무통의 연식이 명확히 느껴진다. 맛 표현에서 드러나는 법이다. 생각을 잘 정리하고 머릿속을 비운 채로 와인에 깊이 파고들면 정보가 보인다. 나는 와인을 맛볼 때 와인메이커가 남긴 작업의 흔적을 외면하지 않는다. 다만 명백한 것 너머 미지의 세계를 바라본다. 신문을 읽는 것과 마찬가지다. 제목만 읽고 대충 의견을 내는 것은 누구나 할 수 있다. 하지만 텍스트 안에는 다른 이야기가 있는 법이다. 행간을 읽으면 완전히 다른 무언가를 발견할 수 있다.

어린 시절에 보르도 와인의 향을 맡고 이런 생각을 했던 기억이 난다. 〈뭐야, 이거 톱밥 아니야.〉 나무통, 메를로와 과일 풍미가 부담스러울 때도 있었다. 그렇지만 중요한 사실 한 가지, 그런 것이 와인의 전부는 아니다. 분명 와인의 일부이고, 최악의 경우 와인의 80퍼센트까지 좌지우지한다. 그러나 정말 재미있는 것은 그 뒤에 있다. 정말 재미있는 것이 뭘까? 사실 나도 잘 모르겠다. 흥미로운 것은 단어가 아니라 단어의 흐름과 의미다. 말이 되려나? 명백한 것은 그저 명백할 뿐이고 모든 사람에게 명백하다. 하지만 메를로와 나무통 풍미 사이에서 언뜻 느껴지는 가벼운 무언가가 — 짭짤한 맛 혹은 예상치 못한 산미나 광물성 — 와인의 수준을 한 단계 높여 주고 내 호기심을 깨워 준다. 나는 와인을 마실 때마다 항상 이런 숨겨진 언어를 찾는다. 숨겨진 맛을 찾아내고 나 자신에게 설명해 내려고 한다. 이런 은밀한 힘을 통해 와인은 내게 흥미의 대상이 된다. 이런 것들은 정서를 형성하고 와인에 예술적인 면모를 부여한다.

나는 수영장으로 뛰어드는 남자들의 이미지 자체에는 관심이 없다. 그보다는 호크니가 내게 하고자 하는 이야기에 관심이 동한다. 그리고 나는 와인에서 메를로와 나무통 맛이 나든 말든 관심 없다. 그런 것은 모든 사람에게 명백하기 때문이다. 내가 와인을 통해 완성하고자 하는 이야기, 그것이야말로 흥미로운 주제다. 이야기 없는 와인은 없다. 어떤 사람들은 그저 필스너 맥주 한 병만 있으면, 비슷하게 보르도 와인 한 병만 있으면 만족한다는 사실을 안다. 하지만 내면에 특별한 이야기가 깃든 와인도 많고, 그런 와인을 마시는 사람으로서 그 안으로 푹 빠져 보기를 권하는 것이다. 와인이 전하는 작은 소리와 미세한 암시를 이해할 수 있어야 한다. 이는 언어의 일차적 의미를 이해하는 것보다 중요하다.

관건은 뉘앙스를 파악하는 것, 명백한 외피 밑에 있는 겹겹의 층위를 파헤치는 것이라고 생각한다. 언젠가 이 문제를, 세밀한 요소들이 전체를 구성하는 방식을 나 자신에게 설명하려 했었다. 다소 상투적인 말이지만 세밀한 요소들과 그 역할을 무시하며, 그것이 표현과 경험의 퍼즐을 바꾸고 확장하는 방식을 무시하며 와인을 총평하거나 특정한 상태와 맛을 표현해 봤자 무슨 소용인지 잘 모르겠다. 우리가 이해하는 균형감의 세계 속에서 위태로운 집이나 와인의 구조는 산들바람에도 무너질 수 있다. 그리고 이런 것은 정말 흥미롭다! 요리에서도 마찬가지다. 바로 이런 이유 때문에 내가 조금씩 와인을 더 큰 세상의 재료로, 한 그릇의 요리로, 생의 한 조각으로 받아들이는 것이다.

나는 와인을 대할 때 타인을 따라 하지 않는 태도가 지극히 중요하다고 믿는다. 많은 사람이 살면서 그저 세상에 받아들여지기 위해, 받아들여진다고 느끼기 위해 많은 것을 따라 하지만, 와인에 더 깊이 파고들고 싶다면 남을 따라 하는 행위는 무익하다. 맛에 관한 이해는 아주 사적인 영역이다. 나는 결코 타인과 똑같은 방식으로 와인을 맛보지 못할 것이고, 타인도 나와 똑같은 방식으로 맛보지 못할 것이며, 이는 누구든 마찬가지다. 그러므로 와인을 묘사하는 행위는 와인을 평가하고 평을 쓰는 당사자에게만 의미 있는 일이다. 타인에게는 그다지 큰 의미가 없다. 와인을 비평하는 누군가에게 참고가 될 뿐이고, 평론의 길을 추구한다면 흥미로울 수 있겠으나 내게는 거기까지다. 지금 내가 하는 이야기는 자기 생각을 이야기하는 기자나 와인 애호가뿐만 아니라 와인메이커에게도 똑같이 적용되는 이야기다. 와인메이커 상당수는 자기가 마시고 싶은 와인, 만들고 싶은 와인을 만들지 않는다. 시장에 맞는 와인을 만든다. 바로 그 지점에서 이야기가 복잡해진다. 그러면 이제 더 이상 무언가를 표현하는 작업이 아니라 사람들에게 인상을 남기고 고객의 요구를 만족하는 작업이 되기 때문이다. 그때쯤에는 자유롭고 독립적인 상품으로서 와인이 갖는 아름다움이 사라지고 만다!

와인메이커는 자기 자신에게 진실한 와인, 자신과 테루아를 닮은 와인을 만들어 낼 수 있다. 나는 이 작업에 관해, 그리고 이것이 와인을 마시고 관찰하는 나에게 갖는 의미에 관해 집요하게 고민 중이다. 지금 우리는 문제의 핵심에 다가서고 있다. 어떤 와인이든 테루아(토양), 포도, 날씨 등이 중요한 요소로 작용하지만, 자기 자신에 충실한 와인을 만드는 것은 한 단계 높은 차원의 작업이다. 와인메이커는 둘 중 한 가지 길을 갈 수 있다. 자기 직관에 따라 사적인 독특한 방식으로 와인을 만들거나, 세상이 전부터 골라 놓은 익숙한 방식을 모방하는 것이다. 그러면 모방한 와인을 잔에 따라 마시는 사람들은 테이블에 앉기 오래전부터 알고 있던 것을 마시게 된다. 와인 애호가에게 — 와인을 관찰하는 사람, 와인에 관심 있는 사람 모두에게 — 그런 상황은 원작을 읽지 않는 것, 원작의 성공을 이용하려고 2년 뒤에 제작한 영화를 보는 행위와 비슷하다. 영화가 아주 훌륭할 수도 있겠으나 어쨌든 원작은 아닌 것이다. 고유한 감정과 개성, 찰나의 머뭇거림, 오묘한 순간 묘사 같은 것이 모조리 사라진다. 자기만의 이야기를 만들고 자기만의 인상을 획득할 기회는 날아간다. 그리고 이는 조금 슬픈 일이다.

자리에 앉아 와인 한 잔을 홀짝이며 기록을 끄적이고 있으려니 기분이 좋다. 마음이 편안하다. 바깥에는 비가 내린다. 와인이 아주 잘 어울린다. 샴페인이었다면 마음가짐이 달랐을 것이다. 차가움과 차가움, 비와 비가 만났을 테니까. 하지만 이 와인은 남유럽의 분위기라 즐겁다. 랑그도크에 있는 〈르 프티 도멘 드 지미오Le Petit Domaine de Gimios〉의 — 피에르 라바이스Pierre Lavaysse와 그의 어머니 안마리Anne-Marie가 운영한다 — 2011 〈루즈 프루트Rouge Fruit〉를 마시고 있다. 비트, 베이컨, 훈연한 골수 혹은 금속성 풍미를 닮은 무언가, 지방과 녹진함, 토양의 풍미, 새빨간 매운맛 등 갖가지 맛이 느껴진다. 이 다양한 맛 혹은 맛 기록을 살펴보면 〈루즈 프루트〉가 피에르 오베르누아의 1989 〈플루사르〉처럼 흥미롭게 다가올 것이다. 맛의 요소들이 쌓이는 구조가 똑같기 때문이다. 다만 산미와 더 성숙하고 건조한 쓴맛으로 인해 비트의 토양 맛이 진해지고 베이컨(지방)의 후추 맛이 강해졌다.

와인 게임의 수인공은 세밀한 맛 요소들이다. 어쩌면 별로 중요하지 않을 수도 있으나 바로 그것 때문에 내가 와인을 파헤치려고, 구조를 지탱하는 작은 핵심을 찾아내려고 애쓰는 것이다. 작은 것도 전체를 지지할 정도로 강할 수 있기 때문이다.

정확한 이유를 설명하기는 힘들지만, 나무통과 과일 풍미만 느껴지는 와인을 음식과 조합하기는 힘들다. 아무래도 지루하다. 재미있는 것은 복잡하지 않은, 심지어 단순한 맛 표현의 이면에서 무언가를 발견하는 일이다. 가령 산미나 짠맛, 견과류 향이나 산화의 영향, 쓴맛 등의 은밀한 맛. 이런 숨겨진 맛을 집중적으로 조명하거나 그저 식사에 자연스럽게 어우러지게 할 수도 있다. 단순한 맛도 만만치 않게 강력하기 때문이다.

배 한 척을, 그 거대함을 상상해 보라. 돛을 올리고 지구 한 바퀴 빙 돌 수도 있지만, 만약 돛이나 닻을 잘못 건드려 배가 균형을 잃으면 통째로 가라앉게 된다. 돛이 배와 접하는 곳, 돛대가 선 곳에서 가장 강한 힘이 나기 때문이다. 바로 그곳에서 배의 우아함, 생명력, 거친 힘이 탄생한다. 와인에 접근할 때도 마찬가지다. 배의 힘이 화물과 퀴퀴한 선원들처럼 뻔히 연상되는 것들이 아닌 돛대가 위치한 자리에서 나오듯이 와인의 힘이 있는 곳, 와인의 힘이 요리의 매력을 북돋울 수 있는 곳을 포착하는 것이 관건이다. 가령 돼지 뱃살 위에 소금과 후추를 겹겹이 쌓아 만드는 가공육 판체타는 지방의 후추 풍미에서 힘이 나온다. 판체타는 돼지고기의 풍미가 진하고 기름기가 풍부하며 실제로 지방층이 두텁지만, 숙성 과정에서 후추를 사용하기 때문에 아주 깊은 곳에서부터 은은한 향이 감돈다. 저변에 표현되는 후추 맛이 돼지고기의 풍부한 맛을 전달하고, 그런 식으로 균형감이 형성되는 것이다.

숨겨진 맛을 포착해 조명할 수 있다면 사람들은 기대하던 것과 완전히 다른 무언가를 얻게 되고, 이런 식으로 맛 표현은 (혹은 와인이 제공하는 언어는) 경험으로 거듭난다. 작은 요소 몇 가지가 전체를 탈바꿈하고 균형감을 바꿔 놓는다. 그래서 내가 맛의 기둥으로 이루어진 삼각뿔 모양의 티피 천막을, 그런 식의 사고를 흥미롭게 생각하는 것이다. 정사면체로 균형감을 구상하는 것이 훌륭해 보이는 이유는 기둥을 세워 한 지점에서 만나게 하기 때문이다. 나는 이런 설명이 더 좋다. 〈정말 단순한 사고방식이잖아!〉 균형감을 이해하는 방식은 아주 사적이거나 주관적이다. 나는 맛을 시각적으로 감각한다. 입에 머금은 와인의 맛을 빛의 흐름으로 상상한다. 빛이 작거나 큰 점으로 반짝이기도 하고, 길고 가느다란 선분이나 크고 부드러운 파동의 형태를 취할 때도 있다. 형태가 무엇이든 빛깔은 언제나 다채롭다. 클래식을 들을 때도 똑같은 효과가 생겨 똑같은 빛이 보인다. 와인의 맛이 길고, 가느다랗고, 반짝이는 빛의 현으로서 내 입속 깊은 곳에서 얼굴 앞까지 뻗어 나가고 팔 길이만큼 이어질 때 나는 큰 즐거움을 느낀다. 그 와인만의 지향점을 따라가면 재미있겠다는 생각을 하게 된다. 그런 생각이 든다면 와인은 균형감을 이룬 것이다.

그 후 다양한 맛을 분해하는 작업에 돌입했을 때는 가장 근본적인 요소들 사이의 균형감을 가늠해 본다. 짠맛/쓴맛, 산화, 산미. 내 머릿속에서 이 세 가지 풍미 요소는 티피 천막의 버팀기둥이 되고, 이렇게 옆면은 세 개에 꼭짓점이 네 개인 삼각뿔 모양의 천막이 탄생하는 것이다. 꼭짓점 세 개가 밑면을 이루고 한 개는 위에 있다. 밑면은 와인의 가장 기본적인 풍미를 상징하고 — 과일 맛이나 꽃향기, 농밀함 — 짠맛/쓴맛, 산화, 산미의 세 기둥이 자리를 잘 잡아 각각 똑같은 무게를 지탱하며 (티피 천막처럼) 굳건하게 설 수 있다면, 그 와인은 균형 있는 구조를 갖추어 상상할 수 있는 모든 맛을 감당해 낼 수 있을 것이다. 와인의 구조가 튼튼하기에 다른 맛의 〈기둥〉을 밑면 삼각형 주변에 추가한다 한들 무너지지 않으리라.

기존의 균형 안에 새로운 균형을 만들어 내는 것도 흥미로운 작업이다. 그래서 내가 항상 맛의 층위를 한 꺼풀씩 벗겨 내려 애쓰는 것이고, 프레데리크 빌레 브라헤 Frederik Bille Brahe의 새로운 식당인 〈아틀리에 셉템베르〉를 좋아하는 것이다. 그는 커피와 차, 직접 만드는 두세 가지 요리 중 하나를 내준다. 그것이 그의 역할이다. 손님이 직접 결정할 것은 하나도 없다. 그가 이미 결정을 끝내고 이해의 대상을 만들어 냈다. 고객의 임무는 자신이 무엇을 기대하는지 가늠하는 것, 실제로 제공받을 음식과 음료에 맞춰 기대를 조절하는 일이다. 요즘에는 어느 카페에 가든 형편없는 나초와 클럽샌드위치, 콜라, 수제 레모네이드가 보이지만, 이런것들은 전부 무시해야 한다. 그러면 사장이 제대로 하고 있는 일이 무엇인지 알게 된다. 가령 그 카페의 강점은 좋은 커피와 수제 케이크일 수 있으나 종종 사장이 정말로 하고자 하는 것, 표현하고 싶은 것은 다른 것들과 섞여 사라져 버린다. 결국 카페는 사장이 하고 싶었던 것과 고객이 원하리라 오해한 것의 절망적인 혼종이 된다. 수많은 와인 역시 그렇게 만들어진다. 위로, 평화, 공동의 이해 같은 것을 만들어 내고자 하지만 내가 보기에는 그저 거대한 오해에 불과한 행위다. 호기심과 창의성이 분류하고 파악하려는 욕구와 결코 공존할 수 없는 이유이기도 하다.

어쩌면 내가 와인의 균형감을 이해하는 방식은 학창 시절과 크게 다르지 않은 것 같다. 하지만 한 인간으로서 나는 분명 성장했다. 음악가를 예로 들어 보겠다. 음악을 많이 들으면 들을수록 능숙하게 곡에 있는 미세한 층위와 결을 가려낼 수 있을 것이다. 와인메이커나 소믈리에, 와인을 즐기는 사람이라면 누구든 마찬가지다. 많이 마셔 볼수록 와인이 남긴 인상을 이해하는 방식도 나아지기 마련이고, 맛과 인상을 가려내는 능력도 좋아진다. 와인을 느끼는 감각도 점점 더 정교해지게 된다.

런던에서 공부하던 시절에는 〈체계적 와인 시음 접근법〉을 사용하라고, 와인의 맛을 분류해서 이해하라고 지시받았다. 나는 그 당시에도 그런 접근법에 동의할 수 없었다. 나는 그런 식의 이해가 정체와 다름없다고 믿는다. 와인은 끊임없이 움직이고 진화하므로 나는 절대 완벽히 이해하려고 애쓰지 않는다. 와인과 와인의 맛과 관계를 맺고 그 흐름을 잘 따라가는 행위에서 더 큰 즐거움을 느낀다. 말이 되는지 모르겠다. 하지만 나는 와인을 이해하려고 달려드는 집요함이 사실상 와인을 오해하는 것이라고 굳게 믿는다. 이해의 대상은 자신의 와인 역사와 맛 기억, 익숙한 맛, 잊어버린 맛, 난생 처음 경험하는 맛을 마주한 순간의 느낌이다. 누구든 와인 세계의 일반적인 언어를 사용하려는 목적으로 와인을 마셔서는 안 된다. 각자 자기만의 언어를 만들어야 한다. 자기만의 어휘와 분류를 사용해 직접 맛을 정의해야 한다. 대상이 무엇이든 체계적인 접근 같은 것은 필요 없다. 와인도 매한가지다. 그보다는 이상하고 매력적인 방법을 찾아 와인에 다가가야 한다. 나는 조금 이상한 접근법을 사용할 때 마법같은 순간을 마주치게 되었다.

펫낫 | 오카 히로타케[41]

리치나 자스민 꽃송이처럼 즐겁고 매력적인 달콤함이다. 탄산이 아주 작고 은은하며, 믿을 수 없을 정도로 부드럽고 편안하다. 이 와인은 디저트로 좋을까, 아페리티프[42]로 좋을까, 결론을 내지 못했다. 둘 다 좋을지도 모르겠

41 大岡弘武. 일본에서 화학을 전공하다가 와인에 빠져 양조 학교에 진학 후 론에서 활동. 2001년부터 와이너리 〈도멘 드 라 그랑드 콜린Domaine de la Grande Colline〉에서 와인을 만들었고, 2017년 빈티지를 마지막으로 일본으로 돌아가 오카야마현에서 작업을 이어 가고 있다.

42 식사 전에 마시는 술.

다. 그런 질문은 중요하지 않을 수도 있고.

2005 | L'O2 비뉴[43] | 장프랑수아 셰네[44]

지금 구할 수 있는 산화 와인 중 가장 훌륭한 수준일 듯하다. 적어도 슈냉 블랑으로 만든 것 중에서는 최고다. 눈을 감으면 버터와 견과류, 단맛과 쓴맛 속에서 뒹구는 듯 깊고 진한 풍미가 느껴진다. 설명하기 힘들다. 여러 병을 쟁여 뒀으니 다행이다. 〈곧 한 병 더 따야지.〉

2007 | 오토슈톤[45] | 쥘리앵 쿠르투아[46]

로모랑탱 품종을 사용한 산화 와인. 산화가 많이 진행되지는 않았지만 깊고 훌륭한 맛 뒤에 은근하되 꽤 정확하게 산화된 맛이 느껴진다. 아티초크,[47] 샐서피,[48] 레몬 껍질, 오렌지 콩피[49] 등 다양한 맛이 계속 밀려든다. 엄청난, 굉장한 와인!

43 L'O2 vignes. 〈산소 포도나무〉라는 뜻의 프랑스어.

44 Jean-François Chéné. 루아르에 기반을 둔 내추럴 와인메이커. 2005년부터 양조를 시작했다.

45 Autochtone. 〈토박이〉라는 뜻의 프랑스어.

46 Julien Courtois. 루아르에 기반을 둔 내추럴 와인메이커. 1998년부터 와이너리 〈클로 드 라 브뤼예르Clos de la Bruyère〉를 운영하며 양조를 시작했다.

47 Artichoke. 국화과 식물로 꽃이 피기 전에 총포 부분을 잘라 먹는다.

48 Salsify. 국화과 식물로 뿌리를 먹는다. 〈서양 우엉〉이라고도 한다.

49 Confit. 프랑스에서 천천히 가열해 액체 형태로 보관해 먹는 음식을 가리키는 말. 오렌지 콩피는 잼과 비슷하다.

2013년 12월 10일 화요일, 코펜하겐

프랑스에서의 삶, 프랑스에서 일하며 경험하는 문화가 마음에 쏙 든다. 분명 우리는 언젠가 프랑스에서 살게 될 것이다. 하지만 코펜하겐도 좋다. 내가 어린 시절을 보낸 도시라 강한 애착이 있다. 지금 우리는 코펜하겐에 살고 있고, 내년이면 우리 아이들도 여기서 학교에 다니겠지. 그러니 이사를 고민할 시간도 이제 한 해쯤 남았다. 하지만 나는 아이들이 코펜하겐 공동체의 일부가 되어 무엇이든 자기만의 흥밋거리를 얻어 냈으면 좋겠다. 어쩌면 지금 아이들을 코펜하겐에서 떼어 내는 것은 좋은 생각이 아닐지도 모른다. 물론 내게는 여행 욕구가 있고 지금은 코펜하겐 외부에서 하는 일이 더 많다. 하지만 여전히 이곳에서 사는 삶이 좋고, 돌아갈 곳이 있다고 생각하면 좋다. 사실 올여름 이후로 덴마크보다 프랑스에서 보내는 시간이 더 많다. 하지만 코펜하겐에 있어야 집에 있는 기분이고, 이 기분을 그냥 받아들여야 할 것 같다. 집으로 돌아간다는 느낌을 얻기 위해 꼭 지역색이 강하거나 시골 같은 곳에 살 필요는 없겠지만, 누구나 긴장을 풀 수 있는 자기만의 장소가 있어야 한다. 그리고 나는 정말로 코펜하겐에 있으면 여유가 생긴다. 다른 곳에 살았다 해도 귀갓길에서는 긴장이 풀렸을 테다. 그러나 여행을 떠나 외지의 삶을 만끽하다가 다시 집으로 돌아오는 기분은 상쾌하다. 다른 종류의 평화를 얻게 된다. 지금처럼 와인 제조 프로젝트 같은 끊임없이 해야 하는 일이 있을 때 특히 그렇다. 결국 나는 어디에 있든 그곳에서의 삶을 즐기는 사람이다.

방금 냉장고에서 오래전에 따놓은 와인 한 병을 발견했다. 얼마나 오래전인지 기억도 나지 않는다. 갑자기 과거를 더듬어 보니 재미있다. 산미가 조금 약해졌고, 과일 풍미에서 예의 개방감이 느껴지지 않는다. 한 달 전, 같은 잔에 따랐던 와인은 더 미지근하고 풍부했다. 육향 같은 것이 느껴지기도 했다. 나라는 탐험가는 와인 잔을 통해 과거와 미래로 시간 여행을 한다. 마지막 한 모금은 나를 정말이지 굉장한 곳으로 보내 주었다. 원래 그런 법이다. 코르크로 막아 두었으니 아주 천천히 숙성된 것이다. 질 아초니, 〈V〉, 2011년산이다. 훌륭하다!

2014

2014년 3월 10일 월요일, 코펜하겐

오늘 장마르크와 나는 스카이프를 통해 2013년산 아르데슈 와인 시음회를 열었다. 알자스와 아르데슈에서 발효 중인 와인 샘플을 일본으로 보냈다. 시음하기에 이상적인 상황은 아니다. 특히 지금은 와인이 영향받기 쉬운 상태니까. 장마르크와 함께 탱크와 배럴에서 바로 꺼내 마셔 보면 좋았겠지만, 하고 싶은 것을 다 하며 살 수는 없다. 와인을 맛보기 위해 저 멀리 일본까지 샘플을 보내는 일은 정말 힘겨웠고, 심지어 코펜하겐으로 운반하는 것조차 까다로웠다. 또 다른 문제는 내가 다른 사람과 시음할 때 옆에 있기를 선호한다는 것이다. 상대가 어떻게 와인을 감각하는지, 향을 맡거나 맛볼 때 어떤 표정을 짓는지 보고 싶은데 지금 그럴 수 없다.

장마르크는 일본 사도섬에 있는 집에서, 나는 코펜하겐에 있는 우리 집에서 와인을 맛보았다. 장마르크는 정신이 다른 곳에 있는 것 같았다. 우리는 몇 주 안으로 술통 교체 작업을 진행하기로 했다. 장마르크와 이야기할 때 〈우리의 할 일〉이라는 말은 내가 혼자서 해야 할 일이라는 뜻일 때가 많다. 어쩔 수 없지. 곧 프랑스로 가서 작업을 시작해야 할 것 같다.

장마르크는 와인을 더 많이 만들고 싶어한다. 다양한 종류의 와인을 대용량으로 만들 뿐만 아니라 여러 나라, 다양한 대륙에서 포도를 재배하고 양조하는 젊은 와인메이커들과 일하려는 것이다. 발상 자체는 괜찮지만, 자칫 와인과 멀어지고 양조 과정으로부터 유리될 것만 같다. 와인메이커들을 끌어모으고 네트워크를 형성한다는 생각은 마음에 든다. 다른 사람에게 내추럴 와인을 만들고 판매할 기회를 주는 것은 좋다.

그러나 실제 작업 과정과 거리를 두는 것은 싫다. 직접 와인을 만들 여력이 안 되는 와인메이커들과 함께하는 것은 좋지만 그들이 우리와 함께, 아니 우리를 위해 일하게 된다고 생각하면 썩 내키지 않는다. 그냥 조용히 우리끼리 소용량으로 와인을 만드는 편이 좋을 것 같다. 우리의 에너지를 전부 끌어모아 와인을 재정립하고, 강렬하며 사적인 맛 표현을 창조하는 것이다. 지금 우리는 작업 중인 와인을 최고의 수준으로 끌어올리는 작업에 집중해야 한다. 완벽을 추구할 것이다.

2014년 3월 24일 월요일, 오베르모르슈비르

술통 교체 작업을 위해 알자스에 왔다. 이번에는 스웨덴 친구 사무엘과 함께다. 겨우내 멈춘 발효가 다시 시작되었는데, 여전히 속도가 더디다. 단맛이 제자리를 찾지 못했다. 내가 좋아하는 와인의 균형감이 느껴지지 않는다. 아마도 어딘가에 숨겨져 있어 언젠가 찾아낼지도 모르겠다. 어쨌든 과즙에게는 자기 자신을 찾아내는 과제가 남아 있다. 나 역시 나 자신을 찾아내야 할 것이다. 어쩌면 저 과즙 속에서……. 과즙은 그저 시간이 필요할 뿐이다.

피노 그리는 아직 당분이 많이 남아 있으나 맛이 정말 좋다. 벌써 과즙의 산미에서 탄탄하게 맛 구조를 잡아줄 잠재력이 느껴진다. 게뷔르츠트라미너 과즙만큼 진하지는 않은 것이, 게뷔르츠트라미너에 아주 깊고 지속적인 맛 구조가 생겼다. 다만 발효가 느리다. 발효 정체기인지도 모르겠다. 조금 걱정스럽다. 문제는 그것뿐이 아니다. 더 심각한 문제는 끝맛이 좋지 않다는 것이다. 무언가 썩어 가는 듯한 맛이 미세하게 느껴진다. 발효가 제자리걸음이라 꿉꿉하고 탁한 맛이 생긴 것 같다. 이곳 알자스의 과즙들은 가능한 한 오랫동안 술통째로 두고 싶다. 그것이 가능할지, 어떤 방식으로 가능할지 고민해 볼 것이다.

덧붙임: 게뷔르츠트라미너는 효모에 문제가 있었다. 이유는 모르겠지만 썩어서 까맣고 냄새도 몹시 지독하

다. 게뷔르츠트라미너의 나쁜 효모를 없애 버리기로 했다. 피노 그리의 좋은 효모를 꺼내 둘로 나눈 뒤 한쪽은 다시 피노 그리에 넣고, 다른 한쪽은 게뷔르츠트라미너에 넣었다. 장마르크가 이런 상황에서 효과적일 수 있는 기술을 알려 주었다. 와인에 활력을 주고 힘을 재생하는 방법이다. 그래서 나는 저장고로 가서 옷을 벗고 탱크 속 차가운 와인에 뛰어들었다. 일단 피노 그리에 들어가서 1분쯤 살펴보다가 말썽꾸러기 게뷔르츠트라미너가 있는 다른 탱크에 들어갔다. 1~2분쯤 탱크 속을 살펴보았다. 긍정적인 생각만 하는 것이 중요했고, 실제로 그렇게 했다. 바라건대 이 방법이 효과를 발휘해 두 와인 모두 발효가 잘 이루어지기를.

2014년 3월 25일 화요일, 발비녜르

다시 아르데슈로 돌아와 여느 때처럼 조슬린, 제랄드와 이야기를 나누자니 기분이 좋다. 이 남매는 지금껏 만난 사람 중 가장 친절하다. 조슬린은 내가 최선을 다해 프랑스어로 말할 때마다 나를 바라보며 상상할 수 있는 가장 마음 따뜻한 미소를 지어 보인다. 내 어휘 선택을 교정해 주고 내 이야기의 빈칸을 채움으로써 하고 싶은 말을 할 수 있도록 도와주면서도 대화의 흐름을 흩어트리는 법이 없다. 제랄드 역시 누이와 똑같은 미소를 지으며 나를 지긋이 바라본다. 내게 필요한 것이 있다면 모든 방법을 총동원해 도와주겠다는 얼굴이다. 둘 다 굉장한 사람들이고, 종종 이곳 발비녜르에 올 때마다 흥미로운 대화를 나누게 된다. 아는 것이 아주 많다. 직업적인 지식은 물론 그 외에도 널리 아는 것이 많다. 우스트릭 가문 사람들은 사회적인 의식과 공감이 풍부하다. 자기 지역뿐만 아니라 온 세상 일에 민감하다. 타인을 바라보고, 존경하며, 아주 너그러운 마음으로 자연스럽게 도움을 베푼다. 이런 사람들은 난생처음이다. 둘은 자기 의견이 강하지만 논거가 확실하고 객관적이다. 그래서 우리의 대화가 어려운 동시에 흥미로운 것이다. 정말이지 마음에 든다. 조슬린과 제랄드를 깊이 존경하고 있다!

나의 아르데슈 과즙들은 완전히 방향이 엇나가서 딴길로 샜다. 내 손으로 만든 과즙들이 낯설 지경이다. 알자스 과즙들은 맛 표현이 탄탄한데, 여기 아르데슈의 과즙들은 그렇지 않다. 하지만 과즙들을 굳이 비교할 필요가 있을까? 목표는 올여름에 병입하는 것이다. 아르데슈의 과즙들에 너무 가혹하게 굴고 싶지 않은 이유는 맛이 썩 괜찮기 때문이다. 사실은 꽤 훌륭하다. 객관적으로 생각해 보면 놀랄 만하다. 균형감이 좋다. 산미가 과일 풍미를 지지대로 삼아 굳건히 섰는데, 보졸레 가메이 와인에서 종종 느낄 수 있는 지루함도 없다. 그저 이 과즙이 한결 단순해서 〈마시기 쉬울〉 뿐이라는 사실을 받아들여야 할지도 모르겠다. 다만 나는 그런 맛 표현이 싫다. 대체 뭘까? 쉬운 와인이라니? 약간의 정교함을 바라는 것이 지나친 요구인가?

두 과즙 모두 술통 교체 작업을 마쳤고, 탱크에 남아 있는 과즙은 재미 삼아 펫낫으로 만들어 보았다. 겨우 60병 정도 만들었을 뿐이다. 맛이 괜찮으면 내가 마셔야겠다. 오늘 밤에는 사무엘과 함께 조슬린의 남편이 작업실로 쓰는 집 맨 꼭대기 공간에서 잠을 청할 것이다.

2014년 3월 27일 목요일, 발비녜르

2012 | 로제 | 스트로마이어[50]

우와, 오랫동안 스트로마이어의 와인을 잊고 살았다. 정말 맛있다. 꽃과 자두, 그리고 니겔라와 캐러웨이의 향미, 구이 요리의 씁쓸한 맛까지 느껴진다.

2014년 4월 4일 금요일, 코펜하겐

피에르 장쿠와 주말을 보냈다. 재미있었다. 프레데리크 빌레 브라헤와 내가 그를 코펜하겐으로 불러 다 함께 밖에서 하룻저녁을 보냈다. 친구 몇몇을 초대해 함께 저녁

50 Strohmeier. 오스트리아 슈타이어마르크주에 기반을 둔 내추럴 와인메이커.

프레데리크 빌레 브라헤와 피에르 장쿠.

을 먹은 곳은 곧 개업을 앞둔 우리의 아담한 가게 〈온센〉이다. 프레데리크가 만드는 음식은 환상적이다. 피에르도 마찬가지다. 두 사람의 협업은 당연한 일이다. 우리는 손님에게 내어 주는 음식이나 와인에 그 어떤 것도 강요하지 않는 자유로운 형식을 창조하려고 애썼다. 성공했던 것 같다. 스물다섯 명쯤 되는 손님에게 저녁을 대접했는데, 모두에게 같은 식사를 제공하지는 않았다. 먹는 속도가 빠르면 몇 가지 더 먹게 되었고, 특정한 요리가 유독 마음에 들었던 손님은 다른 손님들과 달리 좋아하는 요리와 비슷한 것을 제공받았다. 우리는 각 식사의 흐름에 맞게 서로 다른 와인을 내주었다. 와인 메뉴를 유기적으로 꾸린 것이다. 다들 안에서 식사하는 동안 밖에서 담배를 피우는 손님들에게도 와인을 내갔다. 집에서 식사하는 듯한 분위기였으나 그 집이 우리 집인 셈이었다. 우리가 정확히 어떤 작업을 한 것인지 아직 제대로 모르겠다. 이해하려면 시간이 조금 걸릴 것 같다.

2011 | 트루아 프티투스 에 퓌 성 바[51] **(매그넘) | 장마르크 브리뇨**

너무 일찍 마신 것 같다. 아니, 확실히 너무 일렀다! 하지만 젠장, 맛이 끝내준다. 맛이 아주 연약하게 느껴져서 병을 손가락으로 찌르면 마치 헬륨을 채운 풍선처럼 구멍이 뚫릴 것만 같았다.

2006 | 제루 데포[52] **(매그넘) | 브뤼노 쉴레르**

묵직하고 굳건하다. 짠맛과 산화 풍미가 느껴진다. 이 정도 수준의 산화 와인을 맛볼 때마다 역시 최고라는 생각을 하게 된다. 알자스에서 산화 와인을 만들어 볼 것이다. 리슬링 말고 피노 그리나 게뷔르츠트라미너로. 안 될 이유도 없잖아? 그렇게 브뤼노의 수준에 도달하는 것이다. 뭐, 그건 꿈같은 일이다.

51 Trois Ptit'ours et Puis S'en Va. 〈곰 세 마리가 나타났고 그는 도망갔다〉라는 뜻의 프랑스어.

52 Zéroo Défault. 〈무결점〉이라는 뜻의 프랑스어 〈제로 데포zéro défaut〉로 말장난을 한 듯한 이름이다.

2014년 4월 7일 월요일, 코펜하겐

2013 | 마카베오 | 클로트 데 레스 솔레레스[53]

유쾌한 와인이다. 엄청난 특징은 없고 그저 정말 잘 만들어져 마시기 좋은 와인이다. 마카베오는 흥미로운 품종인데, 산화 와인을 만들기에 좋을지도 모르겠다.

2014년 5월 6일 화요일, 코펜하겐

지난 한 주 동안 소믈리에의 작업에 관해, 와인을 만드는 과정에 관해 많이 고민했다. 고민하면 할수록 혼란스러워진다. 옥타뱅의 알리스 부보와 샤를 다강의 작업을 지켜보다가 직접 만났다. 뒤이어 루아르를 찾아가 쥘리앵 쿠르투아를 비롯해 그와 태도가 비슷한 와인메이커들까지 몇 명 만나 본 결과, 그들에게는 확실한 공통점이 있었다. 그들의 와인이 훌륭한 이유는 작업 과정에서 이루어지는 아주 작은 행위들이라는 것이다.

외부인의 관점에서 바라보면 알리스와 샤를, 쥘리앵이 하는 작업은 엇비슷하지만, 그들의 와인은 맛 표현이 사뭇 다르다. 지역과 포도 품종이 다르니 당연한 일이다. 하지만 그것이 전부는 아니다. 알리스와 샤를, 쥘리앵의 기술은 분명 손보다 마음, 그리고 감각과 연결되어 있다.

53 Clot de les Soleres. 스페인 카탈루냐 지방의 내추럴 와이너리.

나는 오랫동안 〈사상〉을 신봉했으나 이제 믿음을 잃었다. 직관보다 값진 것은 없다는 사실, 직관은 이미 형성된 사상보다 훨씬 예민하고 심오할 때가 많다는 사실이 점점 더 분명해진다.

나와 유사하게 〈내추럴을 향한 믿음〉이 있는 소믈리에들과 우리의 작업이 지니는 가치에 관해 이야기해 보면 같은 입장과 이론적 배경을 견지하는 경우가 많다. 하지만 이를테면 〈노마〉나 〈아마스〉에서 일하는 소믈리에와 나의 차이점은 무엇일까? 우리의 작업은 아주 다른 동시에 아주 비슷하다. 우리는 똑같은 와인을 내어 줄 때도 많다. 심지어 음식도 조금씩 차이점은 있되 기본적으로는 똑같다. 적어도 스타일만큼은 똑같다. 질문에 대답하기가, 즉 우리 작업의 차이점을 정확히 짚어 내기가 힘든 것이, 기본은 똑같기 때문이다. 동료와 음식과 와인에 관해 대화를 나눠 보면, 우리가 모든 문제에서 서로의 의견에 그럭저럭 동의한다는 것을 알 수 있다. 하지만 무언가 다른 것이 있을 테다. 느낌이? 아니면 그저 직관이?

때때로 나는 이론보다 감정을 따르고, 다른 소믈리에들도 마찬가지라는 것을 안다. 어쩌면 우리의 차이점은 감정일지도 모르겠다. 감정은 자기 내면에 있으므로 언어화해서 타인에게 설명하기가 어마어마하게 힘든 것이다. 이해되려나? 그랬으면 좋겠지만, 나조차도 내 작업을 생각하면 혼란스럽다. 나는 내가 굉장히 체계적인 사람이라고, 아니면 결론을 도출하고 결정을 내리는 일 따위에 능숙한 사람이라고 느꼈다. 그러나 더 자세히 들여다볼수록 언제나 관건은 직감이었다는 확신이 강해진다. 물론 나도 기본적인 생각은 하지만 결국 나를 추동하는 것은 끌림, 아이디어, 지향이다. 다른 사람에게 나와 똑같이 작업하라고 강요하거나 할 일을 하나하나 설명해 봤자 무용한 일이다. 그래서 최고의 소믈리에들은 그저 나의 작업 방식을 보고 배워 자기 것으로 소화했다. 이를테면 알렉산데르 엘스네르는 재능이 엄청나다. 자기가 선호하는 맛이 분명하다. 나는 요리와 와인의 조합에 있어 그와 의견이 일치한다. 나의 변함없는 목표는 맛의 일관적인 흐름을 유지하는 것이다. 특정 요리와 요리의 고유한 맛 표현 때문이기도 하지만 전체적인 식사의 표현을 위한 것이기도 하다. 내 머릿속에는 큰 구상이 있다. 내게 식사란 하나의 길고 부드러운 곡선, 순탄하고 완전한 흐름이어야 한다.

어떻게 해야 식사를 한 방향으로 편안하게 전개할 수 있을까? 그리고 마침내 정해진 순간에는 디저트로, 묵직하고 압도적인 맛으로 일단락하는 것이다. 어떻게 해야 그 곡선을 최대한 부드럽게, 맛의 변화를 최대한 순탄하게 진행할 수 있을까? 탄도처럼 매끄럽게, 그 어떤 요철도 없이. 음식과 와인의 균형감은 쉽사리 요동쳐서 순식간에 요리 하나가, 식사 전체가 최적에서 최악으로 곤두박질할 수 있다. 나는 부러 이상적이지 않은 조합으로 음식과 와인을 고른 적은 없다. 하지만 두 가지 와인 중에 하나를 골라야 한다고 가정해 보자. 하나는 정말 〈훌륭한〉 와인이고, 나머지 하나는 〈그럭저럭〉 괜찮은 수준이지만 (식사 전체의 맥락에서 봤을 때) 전반적으로 만족감이 우월하다. 그렇다면 나는 후자를 고를 것이다. 나는 절대 음식과 와인을 분리하지 않는다. 모든 것은 함께 어우러지는 법이다. 각각의 특성과 그 의미를 존중하면서 식사의 흐름에 따른 전개도 존중해야 한다.

이런 식으로 내 생각을 말할 수 있으나, 설명을 마치고 나니 마음이 허하다. 어쩌면 내가 원하는 방식으로 이치에 닿는 수준까지 설명했다는 생각이 들지 않아서 그런 걸까. 내 생각은 이렇지만, 이런 생각을 어떻게 실행할 수 있을까? 소믈리에로서 나의 직업 생활을 설명하자면, 결국 와인이란 〈나의 직업일 뿐이다〉라는 문장이 최선이겠지. 맛에 관해서, 모든 것을 자연스럽게 아우르기 위해 들이는 노력에 관해서 이렇게나 주절주절 떠벌려 놓고는 이상한 결론을 내렸다. 그렇지만 제대로 설명하기가 사실상 불가능한 주제니까.

2014년 5월 7일 수요일, 코펜하겐

와인 양조와 직감의 힘을 제대로 이해하기 위해 오늘부터 두어 날 동안 지금껏 선보인 음식과 와인 조합을 복기할 생각이다. 당시에는 정확히 짚어 낼 수 없었던 것, 바로 특정한 와인과 음식의 조합을 이끌어 낸 나의 직관을 이제는 이해할 수 있기를 바란다.

셰프와 소믈리에는 셰프와 셰프, 소믈리에와 소믈리에보다 함께하는 시간이 훨씬 많다. 맛과 풍미를 어떤 방향으로 전개할지 조율하고 동의하는 작업이 필요하기 때문이다. 하지만 지금은 구체적인 접근법을 사용해서 내가 요리를 돕고 와인을 고른 저녁 식사를 소재 삼아 이야기해 볼 테다. 프레데리크와 내가 지난 4월 이곳 코펜하겐에 피에르 장쿠를 초대해 함께 완성했던 식사를 말하는 것이다. 내가 어떤 음식과 와인을 조합했고, 왜 그렇게 조합했는지 설명해 볼 생각이다. 좋은 생각이 아닐지도 모르겠으나 어쨌든 해보려 한다.

그날 와인을 조합하기가 아주 힘들었는데, 식사가 전개되며 변동 사항이 있었기 때문이다. 고정 메뉴에 음식이 추가되었고, 바뀌거나 다시 만든 음식도 있었다. 피에르와 프레데리크는 감귤류 과즙을 빼고 식초를 넣는다거나 식초를 빼고 감귤류 과즙을 넣기도 했고, 어찌된 일인지 즉석에서 메뉴를 개발하기도 했다. 그렇다고 우리의 조합이 평소보다 나쁘지는 않았다. 그저 느낌에 기대야 했다는 뜻이다.

처음 내간 음식은 피에르의 작품으로 (포르치니와 샹트렐) 버섯을 아낌없이 잔뜩 넣은 평범한 화이트 리소토였는데, 장마르크가 만든 풍부한 맛의 식초를 더했다. 내가 코펜하겐에서 가져온 2006년산 사바냉 와인 식초였다. 그렇게 탄생한 전통적이고 풍부한 맛의 리소토에 짭짤하고 쌉싸름하며 톡 쏘는 파르메산 치즈를 더해 거의 씁쓸할 지경인 감칠맛이 생겼다. 곁들인 버섯은 같은 맛의 흐름을 따라가면서 리소토에 가벼움을 더해 사뭇 다른 요리를 완성했다. 꽤 무거운 풍미가 쌉싸름한 맛으로 바뀌었으나 아주 우아할 수 있었던 이유는 버섯이 덜 도드라지고 식초의 산미가 맛의 차원을 더해 와인 같은 표현이 탄생했기 때문이었다. 리소토를 맛보고 처음 떠올린 것은 옥타뱅의 〈파미나Pamina〉라든가 기 블랑샤르[54]의 〈부샤Bouchat〉 같은 고전적인 샤르도네 와인이었다. 아니면 이런 와인처럼 굳건한 방향성, 오크 술통에서 숙성된 향, 과일 산미 같은 것들이 있는 샤르도네가 좋을 것이었다.

그러나 그 대신 〈페전츠 티어스〉[55]라는 조지아의 양조장에서 만드는 와인을 사용했다. 고백하건대 나는 오렌지 와인을 그다지 좋아하지 않지만, 이것은 아주 맛있었다. 또 고백하건대 그 양조장에서 어떤 품종의 포도를 썼는지도 모른다. 그 지방 포도를 다양하게 쓴 것 같다는 인상을 받았으나 근거는 없다. 그 양조장의 화이트와인은 전부 침출 작업을 한 것이라 타닌과 질감이 농밀했는데, 소량 생산한 퀴베는 침출 효과가 약했다. 원래 오렌지

54 Guy Blanchard. 부르고뉴에서 와이너리 〈도멘 소바테르Domaine Sauvaterre〉를 운영하던 내추럴 와인메이커. 2011년에 제자 제롬 기샤르 Jérôme Guichard가 와이너리를 이어받았다.

55 Pheasant's Tears. 〈꿩의 눈물〉이라는 뜻의 영어.

와인은 구조상 타닌이 강할 수 없다. 미세하게 짠맛이 있고 씁쓰름할 뿐이다.

요리 자체의 〈느끼함〉과 담백한 쌀 풍미, 끈질기게 이어지는 산미를 무시한 것은 흥미로운 결정이었다. 나는 요리에서 모자란 맛을 채워 주려고 했는데 — 적어도 내가 이해하는 바로는 — 상대적으로 짠맛과 쓴맛이 부족했다. 그래서 와인을 통해 두 가지 맛을 첨가함으로써 요리의 숨겨진 풍미까지 끌어낼 수 있었다.

나의 구상이 성공했다면, 사람들은 처음 리소토를 한 입 먹고 와인을 한 모금 마신 다음 다시 리소토를 먹었을 때 맛 표현이 달라짐을 느꼈을 것이다. 넘쳐 나는 버섯과 식초의 풍미를 뒤이은 짠맛 덕분에 파르메산 치즈와 감칠맛이 돋보이는 것을 느꼈으리라. 함께 사용하기 힘든 요소지만 잘 연결했던 것 같다. 적어도 파르메산 치즈는 더 우아하게 사용해 낸 듯하다. 치즈는 투박하고 게을러서 온갖 부정적인 효과를 발휘할 수 있다. 가열한 치즈는 내 취향에 맞지 않는다. 하지만 콩테[56] 치즈는 매력적이고, 파르메산도 매력적이며, 염소 치즈 중에도 그런 것이 있(지만 그것은 또 다른 이야기)다. 이렇듯 유명한 치즈 중에는 열을 가하면 다른 맛이 생기는 것도 있다. 치즈를 익히다니 낯설다. 이상한 면이 있다. 크리스마스가 되면 와인을 끓여 건포도나 아몬드와 함께 먹는 것과 마찬가지로!

56 Comté. 그뤼예르 치즈 중 프랑스 콩테 지방에서 생산된 것.

2014년 5월 8일 목요일, 코펜하겐

어제 적은 내용이 논리적인지 잘 모르겠다. 또 다른 예시로 사용하면 도움이 될 것 같은 정찬, 혹은 코스 요리가 떠올랐다. 그 이야기를 통해 내 생각을 더욱 정확하게 전달할 수 있을 것이다. 아무도 눈치채지 못하는 작고 연약한 맛에 착 달라붙을 와인 조합을 만들어 냈던 예를 제시하려 한다. 내 머릿속 감각의 도서관에는 〈렐레〉에서 내간 음식과 식사에 관한 기억이 남아 있다. (지금껏 함께 일했던 동료 중 가장 실력이 좋은) 여러 소믈리에와 함께 그날의 자리에 맞는 음식과 와인을 조합하며 오랜 시간을 보냈다. 우리가 가장 집중했던 것은 식사의 총체적인 표현이었고, 각 음식에 세밀한 맛을 숨겨 두는 것도 중요하게 생각했다. 과연 우리가 만들어 낸 조합이 최고였을까? 답하기 어렵다. 결국 먹고 마시는 사람이 답해야 할 질문이다. 하지만 답하기에 너무 늦은 것도 사실이다. 이제 술병은 텅 비었고 접시는 깨끗하니까.

어쨌든 두 번째 코스는 샐서피와 베르가모트였다. 〈렐레〉에서 접한 것 중 가장 생생한 기억으로 남아 있는 음식이고, 곁들일 와인을 생각해 내는 작업도 가장 재미있었다. 부엌의 동료들은 일단 샐서피를 구웠다. 프라이팬에 아주 바짝 구운 샐서피를 새하얀 샐서피 퓨레 위에 올리고 베르가모트 껍질을 넣은 소스와 함께 곁들였다. 어찌 된 일인지 맛의 균형이 아주 위태로웠다. 맛이 굉장히 이차원적이었고, 지극히 정교한 동시에 전혀 정교하지 않은 인상을 주었다. 맛이 딱 두 가지, 깊이 파헤치면 세 가지 정도 있었다. 하지만 주도적인 맛은 두 가지였다. 일단 버터 풍미가 느껴졌고 — 흙, 버섯 같은 향에 샐서피의 녹진하고 부드러운 맛 — 뒤이어 산미, 더 중요하게는 베르가모트의 쌉싸름한 맛이 느껴졌다. 산미와 쓴맛이 만났더니 요리는 굉장히 풍미가 강해져 거의 향기가 진동하는 듯했다. 덧붙이자면, 베르가모트는 얼그레이 홍차를 만들 때 쓰는 식물이다.

그러니까 음식 쪽은 아주 농밀하고, 강렬하고, 향이 진했다. 그리고 나는 이런 음식에 와인을 조합하는 것이 상대적으로 어렵다고 생각한다. 음식은 힘이 넘치는데 구조는 줄곧 무너지기 쉬워서 위험하기 때문이다. 게다가 맛은 전부 파묻혀 버렸는데 접시 위에 재료가 분명히 보여서 까다로웠다. 구운 샐서피 뿌리가 떡하니 놓여 있고, 커다랗고 흰 퓌레 덩어리에다가 한쪽 구석에는 베르가모트 소스도 조금 뿌려져 있었다. 사실 요리에 다층적인 맛을 더하는 것은 바로 그 소스였다. 그래서 나는 베르가모트의 향이 움직이는 방향과 잘 맞으면서도 샐서피의 풍부하며 부드럽고 고소한 맛, 토양 풍미가 돋보이게 해주는 와인을 선택해야겠다고 생각했다. 그래야 샐서피는 다른 종류의 맛에 방해받지 않고 직접 자신을 표현할 기회를 누릴 수 있었다.

나는 쥘리앵 쿠르투아의 2006년산 화이트와인 〈에

스키스〉[57]를 골랐다. 품종은 100퍼센트 므뉘 피노 혹은 로모랑탱이고(둘 다 향미가 유사하고 풍부한 품종이라 헷갈린다) 산화도가 꽤 높았다. 므뉘 피노였다면 더 논리적인 선택이었을 것이다. 사바냉처럼 쉽게 산화하는 향 좋은 품종이라 와인에 또 다른 깊고 정교한 표현을 더하기에 좋다. 이 와인도 분위기가 비슷했다. 매시트포테이토에 빗대어 설명해 보자. 감자를 입에 넣으면 꽉 차는 기분이 든다. 한편으로는 만족스럽다. 입에 음식이 가득하다는 것은 나쁘지 않은 일이지만, 동시에 모든 것이 감자로 뒤덮여 부담스럽다. 이 와인 역시 굉장히 풍부해서 입을 꽉 채웠다. 그리고 독특한 능력을 발휘해 접시 위의 부드럽고 풍부하며 고소한 요리 한켠에 여유를 확보해 냈다. 나는 이런 식으로 맛을 통해 손님과 소통하며 와인의 자기표현에 진하고 묵직한 구석이 있다는 것을 알려 줄 수 있었다. 손님은 식사를 시작하자마자 계획된 풍미의 여정을 따라가게 되었다. 와인이 이끄는 대로 감각하기 시작했다.

나는 손님의 입맛을 준비해 주고 싶었고, 그런 일을 해낼 수 있는 와인이 필요했다. 〈에스키스〉는 내 구상을 근사하게 실행해 냈다. 나처럼 뒤로 물러난 채 모든 풍미가 서로를 받아들일 수 있을 때까지 기다려 주었다. 바로 이런 특성 때문에 산화 와인이 확실한 선택이었다. 이미 개방적이라 요리의 맛을 받아들일 준비가 되어 있고 공

57 Esquiss. 프랑스어로 〈esquisse〉는 〈스케치〉라는 뜻.

격적이지 않으니까. 그래서 샐서피를 먹었을 때 그 풍부하고 풍성한 맛에서 편안함을 느낄 수 있었고, 와인과 음식의 향미가 능청스럽게 조화를 이루었다. 서로를 보완하는 조합을 통해 맛을 증폭할 수도 있지만, 폭발하거나 조금씩 상처가 날 수도 있다. 상극이 만나 함께 죽어 버리는 것이다. 나는 요리에 두 가지 풍미가 있어 강한 향이 다소 약해진다는 것을 눈치챘다. 그런데 샐서피가 위태로워진 풍미 주변에서 자기 자리를 찾았고, 특이하게도 요리의 맛이 더욱 풍요로워지는 결과가 탄생했다. 게다가 손님들은 샐서피에서 전에 모르던 새로운 고소한 맛을 경험하게 되었다. 분명 샐서피 안에 줄곧 존재했으나 으레 곁들여지는 헤이즐넛과 브라운 버터, 후추에 묻혀 표현되지 못하던 맛이었다. 샐서피와 베르가모트만 먹었다면 절대 눈치채지 못했을 것이다. 나는 요리만 먹었을 때 그 풍부하고 진한 풍미에 압도된다는 느낌을 받았는데, 그러면 맛이 획일적으로 변하기 때문에 전반적으로 흥미롭지 않은 요리가 된다. 그러나 와인을 통해 모든 것을 끌어올릴 수 있었고, 각각의 풍미를 살려 내고 다시 통합해 냈다.

〈렐레〉가 문을 열고 얼마 지나지 않았을 때 메밀 죽 요리를 통해 비슷한 경험을 했다. 갓 분쇄한 커피와 구운 메밀과 말린 검은색 샹트렐 버섯을 위에 올린 죽이었다. 참고로 덴마크 사람들은 그 버섯을 〈죽음의 나팔〉이라고 부른다. 강렬하다! 어쨌든, 이때도 나는 고전적인 조합과 다소 뜬금없는 조합 중에서 한 가지를 선택해야 했다. 분명 더 논리적인 선택은 기 블랑샤르의 〈부샤〉 같은 와인이었다. 공교롭게도 2010년에 민트와 초록 아스파라거스를 곁들인 또 다른 메밀 요리에 조합했던 와인이었다. 구운 메밀의 쓴맛을 살려 줄 수 있는 가벼운 레드, 피노 누아, 침출을 거친 알자스의 피노 그리를 선택하거나, 쥐라의 화이트와 레드 배합 와인 중 트루소 품종이 들어가고 가벼운 침출을 거친 것을 골라 짠맛을 지탱해도 고전적인 조합이었을 것이다.

그 대신에 나는 덴마크 양조업자 페르 쾰스테르Per Kølster의 2010년산 사이다[58]를 사용했다. 과일 풍미는 전혀 없었고 톡 쏘는 듯한 식초 같은 산미가 굉장했다. 그리고 단맛이 정말 적었다. 내 의견으로 이 사이다는 페르가 만든 것 중 가장 훌륭한 수준이고, 어쩌면 덴마크에 있는 사이다 중 최고일지도 모르겠다. 요리의 맥락을 이야기하자면, 우리는 셰프들에게 레몬즙을 써서 산미를 더해 달라고 부탁했다. 그러자 레몬즙과 사이다의 산미가 어우러졌고, 어찌 된 일인지 (적어도 내 의견으로는) 수평선 같은 것을 그려 내며 맛이 탁 트였다. 두 가지 산미가 요리의 풍미를 정확하게 한 방향으로 끌고 가며 서로의 맛 표현을 인식하고 강화했다. 레몬의 산미와 사이다 속 과일 산미가 능숙하게 서로를 잡아냈다. 식초였다면 레몬이나 사이다보다 톡 쏘는 맛이 강했을 것이다. 훨씬 더!

58 Cider. 사과를 발효해 만든 사과주.

레몬과 사이다가 합해지자 사이다에 조금 남아 있던 과일 풍미가 단맛의 기반을 깔아 주며 레몬 껍질의 쓴맛에 맞수 — 혹은 동료 — 가 되어 주었다. 그렇게 레몬과 사이다의 산미를 잡아 줄 수 있었고, 그때쯤에는 둘 다 건드릴 수 없는 완전한 상태에 이르러 그저 맛보고 몰입할 뿐이었다. 끝맛의 경우, 사이다는 단맛이 강하지 않기 때문에 토마토에 설탕을 뿌리는 것과 비슷한 면이 있었다. 토마토 두 개를 가져다가 각각 반을 갈라 네 조각을 만든 다음, 두 조각에 소금을 뿌려 보라. 그리고 생토마토 한 조각과 소금 토마토 한 조각에 설탕을 더해 각각 맛보면 차이가 엄청날 것이다. 설탕을 조금만 뿌려도 토마토에 굉장한 차이가 생기고, 바로 그것이 우리가 요리에 과일 맛과 단맛을 추가할 때 염두에 둔 구상이었다.

토마토에는 논의할 만한 또 다른 맛이 많지만, 다시 메밀 죽 이야기로 돌아가자. 나는 구운 메밀에 또 다른 맛의 차원을 부여할 수 있었다. 익은 메밀에서 (쌀을 불린 물처럼) 쌀 맛 같은 것이 약하게 느껴졌고, 버섯이 요리에서 색다른 중요성을 갖게 되었다. 결국 쓴맛을 담당하게 되었는데, 사뭇 다른 차원이었다. 말린 버섯은 포자로서 토양의 풍미를 낸다. 그때는 말려서 가루로 만든 버섯을 사용해 맛이 아주 농밀하고 진했다. 그래서 풍미는 (거의 감정처럼 다가왔고) 입에 조금만 들어가도 깊이 스며들었다. 작은 조각 하나만 먹어도 생버섯보다 다섯 배는 더 맛이 진했다. 따라서 요리의 아주 강렬하고 중요한 요소였다.

다른 쓴맛도 마찬가지로 강렬했으나 사이다의 단맛으로 어떻게든 잘 길들여 낼 수 있었다. 가벼운 단맛을 사용해 다른 풍미를 이끌어 내고 자리를 마련해 준 것이다. 그러니까, 그 요리를 맛보고 가장 먼저 발견해 낸 풍미는 통상적으로 음식을 입에 넣었을 때 제일 먼저 느끼는 맛이 아니었다는 뜻이다. 내가 더 단순한 와인을 썼다면 버섯과 산미를 먼저 느꼈을 것이다. 그 두 가지 맛이 가장 강하게 주의를 끌었기 때문이다. 하지만 나는 숨어 있던 맛들이 더 흥미롭다고 생각했다. 그리고 음식에 와인을 조합하며 맛의 구조를 만들 때마다 그런 작고 숨겨진 요소를 찾아내서 조명하고 자리를 마련해 주는 조합이 더 좋았다. 사실 이것은 더 많은 것에, 삶 전반에 해당하는 말이기도 하다.

2014년 5월 9일 금요일, 코펜하겐

내가 음식과 와인을 조합할 때 무엇을 지향하는지 잘 설명해 줄 수 있는 요리가 또 하나 있다. 바로 〈닭고기 버섯〉과 해조류 요리다. 그날 우리는 기다랗고 하얀 버섯, 바로 팽이버섯을 사용했다. 딱히 대단한 맛이 나지 않아 다소 재미없는 버섯이지만, 익히면 닭고기 같은 맛이 나고 식감도 닭고기와 비슷해지기 시작한다. 이런 닭고기 풍미를 쌀의 맛, 다른 버섯의 맛과 합하는 것은 재미있는 경험이었다. 나는 지난 기록의 버섯 요리처럼 예상치 못한 방향으로 맛을 끌고 가기로 결심했고, 여과와 살균 처리 없이 양조해 날것 그대로의 맛이 나는 사케를 조합하기로 했다. 도쿄에서 기차로 한 시간 거리에 있는 지바현의 양조장 〈데라다 혼케(寺田本家)〉에서 만든 〈준마이 90 가토리(純米90香取)〉를 선택했다.

사케의 맛은 무수하다. 그리고 슬프게도 와인처럼 조작될 때가 많다. 과일 향 등의 향미 증진제를 비롯해 수많은 첨가물이 사용되고 있으니 와인보다 상황이 심각할지도 모른다. 사케를 쌀로 만든 와인이라고 정의할 수도 있겠으나 실제로 양조 과정은 맥주와 비슷하다. 수많은 사케 중 데라다 혼케는 단연 돋보인다. 이 양조장에서는 과거 방식 그대로 사케를 만든다. 그들의 양조법은 1670년대에 쓰던 것 그대로다. 똑같은 가문이 양조장을 운영하며 장남에서 장남으로 양조법을 전해 준 것이 거의 350년에 이른 것이다. 정말 대단하다! 분명 인공적인 향미 증진제 등을 첨가하지 않는 것은 양조법을 처음 개발했을 때 그런 것이 없었기 때문일 테다. 그들의 세계에는 지금도 그런 첨가제가 존재하지 않는다. 모든 것을 수작업으로 하고, 여과라든지 외부 물질에 사케를 노출하는 일은 (쌀을 익힐 때 열을 가하는 것을 제외하면) 일절 삼가며, 모든 작업과 후속 발효는 오래된 대형 나무통에서 이루어진다. 술통을 교체할 때만 견인기를 이용해 나무통을 들어 올린 후 쏟아부을 뿐이다. 펌프와 여과기 같은 온갖 장비가 없던 시절과 똑같다.

그렇다. 그래서 그들의 사케가 그토록 진솔한 맛을 내는 것이다. 그리고 사케를 만들 때 쌀의 껍질을 벗겨 내고 낟알을 닦아 말끔하고 뽀얗게 만드는 작업도 한몫한다. 그것이 가령 사케병에 40퍼센트라고 써 있을 때 숫자가 의미하는 바다. 원재료인 쌀 성분의 40퍼센트가 남았다는 이야기다. 보통 25~60퍼센트 정도 남아 있지만, 데라다 혼케는 90~100퍼센트 남아 있다. 숫자가 최대인 것은 껍질을 벗겨 내고 낟알을 박박 닦았다는 뜻인데, 모든 술을 그렇게 작업하지는 않는다. 그 숫자는 그들의 사케 속 쌀 맛이 더 강렬하다는, 심지어 쌀보다도 더 강렬할 수 있다는 뜻이다. 허브처럼 느껴지기도 한다. 바로 이 지점에서 앞서 말한 버섯 요리가 등장한다. 버섯은 닭 가슴살을 먹는 듯한 식감이었으며, 해조류와 버섯 육수에 커다란 버섯 조각이 곁들여졌다. 나의 구상은 해조류에 있는 짭짤한 엽록소나 허브 같은 맛 표현과 버섯처럼 지극히 담백한 식감에 집중하는 무언가를 제공하는 것이었다. 비밀 하나를 공개하자면 버섯 육수를 사용함으로써 많은 것을 비교적 싸게 유지할 수 있었다. 요리에 〈진짜〉 버섯만 썼다면 전투기값과 맞먹는 가격이 붙어 아무도 주문하지 않았을 것이다. 육수를 사용함으로써 요리하지 않고 요리할 수 있었다. 사실 버섯은 흥미로운 재료인 것이, 쌀이나 감자처럼 굉장히 직관적인 동시에 산화 풍미와 고소한 맛이 있기 때문이다. 버섯은 불안한 재료가 아니다. 아주 정확한 맛을, 우아하지만 담백한 맛을 전달한다. 요리의 〈닭고기 버섯〉다운 요소보다는 초록 허브 같은 요소, 버섯의 담백하고 은은한 맛 표현에 집중하는 술을 사용한 것이 재미 요소였다.

나는 버섯 육수와 사케가 어우러져 편안한 맛을 만들어 내기를 바랐다. 익힌 버섯 풍미를 떨쳐 낼 수는 없었으나 맨 위의 해조류가 자기 영역을 넉넉히 확보했다. 짭짤한 맛뿐만 아니라 해조류가 가진 파릇파릇한 느낌, 파슬리, 브로콜리, 허브 같은 특성이 드러났다. 맛이 진화하며 주재료로 거듭난 듯했다. 그 과정에서 요리에 세 번째 차원을 만들어 준 것 같기도 했다. 사실 나는 이 조합 때문에 혹독한 비판을 받았다. 많이들, 특히 소믈리에들이 불만을 표출했다. 지금도 그 이유를 모르겠다.

이렇게 시간을 들여 과거의 요리와 와인 조합에 관해 이야기하는 것은 나 자신이 가장 좋아하던 것이기 때문이다. 하지만 가장 혹독한 비판을 받았던 조합이기도 하다. 이 생각을 하면 어김없이 조금 슬퍼진다! 때로는 내가 준비한 것들을 즐긴 사람은 나 자신을 빼면 손님들뿐이었다는 생각이 든다. 나의 와인 조합을 인정해 준 소믈리에는 주로 경험과 자기만의 철학이 있는, 가령 〈쉴레뢰크로〉의 얀 레스토르프Jan Restorff 같은 동료들이었다. 우리가 일하는 방식은 사뭇 달랐으나 아주 흡사하기도 했다. 그 역시 음식의 섬세한 맛에 집중하는 와인을 조합하고자 했으니까. 그가 내 조합에 몹시 흥분했던 것은 어쩌면 자신이 전에 생각해 봤던 조합이기 때문일 수 있다. 우리에게 무언가가 기발해 보인다면, 전부터 자기 내면에 존재했거나 가장 좋아하기에 표현해 보고 싶은 구상일 때가 많다. 그리고 손님들은 내 조합을 즐기면서도 이상하다고 평가했다. 요리에 곁들일 와인을 주문했는데 갑자기 사케와 사이다가 나왔으니까. 오해의 여지가 있었다는 것을 이해한다. 어쩌면 다른 방식으로 선보이는 편이 좋았을 것이다. 아니면 손님들이 조금 더 마음을 열어 주거나…….

내가 지금까지 설명한 두 가지 요리는 같은 코스에 포함되었다. 코스 후반부 요리 하나에는 장마르크 브리뇨의 〈선 오브 어 비치〉[59]를 조합했다. 어떻게 보면 이 와인은 제대로 선보이지 못했다. 아니면 그 풍미가 〈와인〉이라는 개념에 잘 맞지 않았을 수도 있다. 감각적인, 어쩌면 정서적인 여정을 통해 부르고뉴 생로맹의 피노 누아를 겪어 보는 식사 경험에 가까웠다. 사실 와인의 산지는 중요하지 않았다. 어디든 상관없었다! 나는 이 와인을 송아지 심장 요리에 조합했고, 요리에는 짭짤한 해안가 허브와 후추 소스, 아주 얇게 썰어 데친 뒤 따뜻한 버터 소스를 가미한 순무가 곁들여졌다. 아주 간단하지만 지극히 훌륭한 요리로 맛 표현이 조금 전통적이었다. 몹시 육

59 Sun of a Beach. 〈해변의 태양〉이라는 뜻의 영어. 비슷한 발음의 욕설을 의도한 이름인 듯하다.

감적이며 직감적인 요리였고, 와인에 송아지 심장 고기의 비린 맛과 마찬가지로 금속성 뒷맛이 있었으므로 와인을 조합하기가 한결 쉬웠다.

자주 메뉴를 바꿔서 전부 생생히 기억나지는 않지만, 각각의 조합에 더불어 전후로 이어지는 요리들 사이에 형성되는 연결 고리에도 신경 썼다. 따라서 한 요리에 맞추기 위해, 전후의 요리가 바뀌면 전반적인 식사의 서사에 맞추기 위해 와인 역시 자주 바꿔야 했다. 초반의 식사 코스 몇몇은 많이 바뀌지 않아서 그런지 머릿속에 더 선명하게 남아 있는 것 같다. 후에는 집중하는 대상이 바뀌어 각각의 요리 속에 있는 세세한 요소들이 더 중요하게 느껴졌다. 매주 새로운 요리를 한두 가지쯤 생각해 내고 끊임없이 구상 중인 요리를 맛보는 등 만반의 준비를 갖추려 애썼다. 이 말은 매주 새로운 와인을 들여왔다는 뜻이다. 와인은 내가 완성해야 할 더 큰 퍼즐의 조각들이었다. 때로는 코스의 전반적인 서사에 변화가 생겨 와인을 바꾸기도 했다. 첫 번째 와인은 제외하고 두 번째 요리에 조합할 와인은 유지한다거나 (디캔팅 하거나 하루 전에 병을 따놓는 등) 다른 방식으로 내주기도 했고, 특정한 와인이 어울릴 세 번째 요리가 추가되어 그 전의 조합을 바꿔야 할 때도 있었다. 훨씬 더 역동적이고 아주 간단한 동시에 꽤 복잡하기도 한 작업이었다.

2014년 5월 16일 금요일, 코펜하겐

그동안 우리 와인의 라벨 디자인을 고민했다. 반드시 직관적인 것으로 해야 한다고 생각한다. 간단한 그림이나 작은 텍스트를 넣으면 충분할 것이다. 우리가 직접 그림을 그려도 되고 와인에 고유한 개성을 불어넣을 수 있는 근사한 아티스트를 찾아도 된다. 라벨은 내게 아주 중요한 주제이지만, 아티스트가 직접 와인의 개성을 표현해야지 우리가 고안한 것을 그냥 수용해서는 안 된다. 아티스트와 작업하는 것은 마음에 든다. 다만 자기 개성을 억누를 아티스트가 어디 있겠나? 너무 과한 요구다!

2014년 5월 20일 화요일, 코펜하겐

나는 솔직한 와인과 요리가 좋다. 신 것은 시고 쓴 것은 쓸 때 맛을 설명하는 데 쓰인 용어들과 실제로 느껴지는 맛의 인상이 일대일로 맞아떨어질 때 즐겁다. 풍미가 도드라질 때, 과일 풍미가 강렬할 때, 길고 짭짤한 맛이 있어 깊이 파고들고 싶어지는 와인을 만났을 때 흥미가 생긴다. 나는 늘 경험한 맛을 분류하려고 애쓴다. 내가 와인 작업을 할 때 사용하는 체계다. 각각의 맛 분류, 가령 〈쓴맛〉으로 파고들어 그 안에 어떤 것들이 있는지 알아내는 일은 재미있다. 온갖 종류의 쓴맛을 가늠하고 머릿속에서 분류해 보는 것이다. 내가 시도 때도 없이 하는 일이다.

내 와인 작업의 기반을 이루는 사고방식을 이해하는 사람이 많지는 않은 것 같다. 가만히 앉아 있다가 문득 〈오늘은 쓴맛이 나는 와인을 내놓아야겠다〉라고 마음먹지는 않는다. 물론 나는 그런 난데없는 결심이 재미있다고 생각한다. 내 생각에는 전부 직감적으로 이루어지는 것 같다. 사람들이 식사하면서 그 직감을 눈치채는 것도 재미있다. 사실은 난데없이 결심할 때가 있기 때문이다. 혼자서, 말하자면 은밀하게, 특정한 요리에 관한 인식이나 구상 없이 오늘 어떤 와인을 내놓을지 결심한다. 같은 맛 범주 안에서 다른 풍미를 재료로 삼는 것도 흥미로운데, 이것이 지금 내가 프레데리크 빌레 브라헤와 함께 요리를 구상하며 도모하는 작업이기도 하다. 나는 하나씩 등장하는 요리와 함께 점차 이야기가 전개되는 방식으로 메뉴를 구상하고 설계하려고 한다. 〈아틀리에 셉템베르〉는 와인을 취급하지 않으므로 요리가 홀로 설 수 있어야 한다. 게다가 옛날처럼 요리를 마음대로 바꿀 수도 없다. 그러니 요리는 완전체로 자립해야 한다. 프레데리크는 그런 일을 해낼 수 있는 아주 유능한 셰프다!

모든 요리는 기본적으로 두세 개의 층위가 켜켜이 쌓이도록 설계했다. 이런 물리적인 구조는 치밀한 계산에 의한 것이다. 음식을 입에 넣으면 곧 그 밑의 색다른 무언가에 닿았다가 세 번째이자 마지막 층위에 도달하게 된다. 그리고 모든 요소는 각각 또 함께 어울려야 한다.

나는 고객들이 의식하지 못하는 사이 특정한 방식으로 서로 다른 요소를 감각하게끔 유도한다. 분명 세세한 요소들을 눈치채는 사람들이 있기는 하지만, 식탁 앞에 앉았던 모든 사람이 훌륭하거나 특별한 경험을 했다고 생각하지는 않을 것이다. 그래도 점심 시간이면 또 찾아오고는 하니, 결국에는 무언가를 얻었다는 뜻일 테다. 단순함이란 복잡한 것이고, 단순함을 이해하는 일은 더더욱 복잡하다. 하지만 사람들에게 쓴맛에도 종류가 다양하다는 것, 특정한 식물성 풍미는 다른 식물성 풍미와 다르다는 사실을 그럭저럭 간접적인 방식으로 경험하게 해주는 것은 재미있는 일이라고 생각한다.

가령 파슬리와 딜, 시금치, 오레가노, 처빌, 로즈메리는 서로 너무나도 다르기에 전부 사용해서 한 요리를 만든다면 흥미진진할 것이다. 어쨌든 우리가 고객의 점심 식사 안에 만들어 놓은 작은 풍미의 공간 속에서 모든 것은 채소와 허브를 지향하며 움직이게 된다. 엽록소와 쓴맛 외에 다른 것은 거의 없을 수도 있다. 파슬리와 시금치는 씁쓸하다. 딜도 약간 씁쓸하지만 그보다 훨씬 향이 강한 허브도 많다. 세 가지 모두 저마다 다른 쓴맛이 있고 다른 허브보다 단맛이 덜하다. 파슬리는 금속성이 강하다. 시금치는 그 정도는 아니지만 익히면 초콜릿 같은 깊은 달콤함이 느껴진다. 결국 모든 재료가 쓴맛, 단맛, 금속성으로 어우러질 수 있다.

또 다른 예시로 비트, 간장, 미소, 자몽을 비교해 볼 수 있겠다. 이론상 이 네 가지 재료는 전부 쓴맛을 갖고 있지만 각각 양상이 다르다. 간장은 짭짤하고, 자몽은 산미가 높아 아주 상큼하고, 미소는 색다른 달콤함과 깊은 캐러멜 풍미가 있고, 비트는 토양과 나무 향이 나는 날것의 쓴맛이다. 그런데 나는 비트라는 채소가 참 괴상스럽다. 생으로 먹으면 특히 괴상하다. 어쨌든 예로 든 네 가지 쓴맛의 차이점을 이해할 수 있을 것이다. 커피, 맥아, 코코아, 블랙 올리브의 조합도 마찬가지다. 이런 재료들은 〈쓴맛〉의 여러 얼굴 중 일부일 뿐이다. 레몬 껍질도 마찬가지로 쓴맛이 있다. 중요한 사실은 풍미들이 이쪽이든 저쪽이든 한 방향으로 움직여야 한다는 것이다.

와인에도 같은 일이 벌어지는 것 같다. 쓴맛이 지배적인 요리를 맛보면 내 본능은 쓴맛이 나는 와인을 조합해 보라고 한다. 요리와 와인에 산미가 있어도 마찬가지다. 과일이나 레몬이 들어가 새콤한 요리에 뒤이어 다른 느낌의 산미가 있는 와인을 내주면 식사가 재미있어진다. 그러면 무언가가 활성화되고, 내게는 이 전개와 움직임이 아주 흥미롭다. 음식에 지배적인 요소가 있을 때는 똑같이 지배적인 요소가 있는 와인을 곁들이는 것이 좋다. 축구와 마찬가지다(사실 나는 축구를 챙겨 보지 않아서 마지막으로 본 게임이 무엇이었는지도 생각나지 않지만, 그냥 이 비유를 밀어붙여 보자). 가령 FC 바르셀로나와 레알 마드리드 두 팀이 경기를 치른다. 이쯤 되면 다들 알 만한 경기 아닐까? 스페인은 재미난 축구 경기를 선보이는 것으로 유명한 것 같다. 어쨌든 그들의 실력이 좋다는, 심지어 굉장하다는 사실이 재미를 만들어 내는 것은 아니다. 경기가 재미있는 이유는 두 팀이 동등한 수준에서 뛰기 때문이다. 와인의 맛과 곁들인 요리의 맛도 마찬가지다.

뭐, 경기가 시작하면 흥미로운 일들이 많이 일어난다. 선수들이 발과 공을 이용해 오밀조밀한 묘기를 부리고, 빙빙 돌고, 짧은 슛인 줄 알았는데 긴 슛을 선보이기도 하고, 갑자기 승자를 전혀 예측할 수 없는 상황이 된다. 내가 하고 싶은 말을 이해했으리라. 그다음 단계는 아름다운 외양을 만들어 내는 것이다. FC 바르셀로나가 이웃 동네의 지역 축구팀과 경기를 한다고 가정해 보자. 지루할뿐더러 보기 불편할 수 있다. 더 실력 좋은 바르셀로나 선수들이 매번 지역 축구팀 선수들을 앞설 테니 15분이면 지쳐 나가떨어질 것이다. 와인과 음식도 마찬가지다. 다르지만 동등한 두 가지를 선보여 서로 겨루게 하면 흥미를 유발하는 수많은 세세한 요소가 생겨난다. 지배적이고 지루한 부분은 먼저 자리를 잡은 것이다. 이미 들었고 이미 보았다. 이미 허락을 받고 소음을 냈다. 그 후에 등장하는 작은 것들이 나를 가장 즐겁게 한다. 그런데 생각을 파고들면 들수록 혼란스러워진다. 아무 일도 없었다는 듯이 그냥 생각을 멈추고 직감을 따라야 할 것 같다. 눈을 뜨자마자 혼자서 주절주절 별 이야기를 다 하고 있다. 나는 원래 이런 사람이 아닌데, 자꾸 나 자신에게 기록을 강요하고 있다. 어쩌면 기록은 좋은 생각이 아니었던 걸까.

2014년 5월 26일 월요일, 코펜하겐

맛 묘사와 회고, 감각에 남은 인상을 기록함으로써 정확히 무엇을 얻으려는 걸까. 아직 확실히 말할 수는 없지만 기록 속의 요리와 술 조합, 미식 모험은 과거에 나의 경계를 확장해 준 작업들이다. 특정한 조합을 통해 나 자신의 음식에 관한 이해가 깊어질 수 있었고, 특정한 풍미를 조우함으로써 새로운 가능성을 얻기도 했다.

가령 〈닭고기 버섯〉과 사케를 곁들였을 때는 분명 나 자신에게, 또 저녁을 먹으러 온 손님들에게 색다른 것을 선보이고 있다고 확신했다. 그 조합을 통해 직업적으로 무언가 유용한 것을 얻어 냈기에 나의 경계를 확장할 수 있었다. 그 당시 나는 와인에 구조와 맛 두 가지 차원에서 모자란 부분이 있다고 느꼈다. 와인이 지겨워지기 시작한 참이었다.

내 머릿속에서 화이트와인은 초보자의 와인이다. 글쎄, 사실 샴페인이 더 초보적이기는 한데 그 이야기는 접어 두자. 나는 샴페인이 지긋지긋하다. 맛이 획일적이라 마시면 지겨울 지경이다. 화이트와인은 가볍고 섬세한 맛이라 1단계다. 2단계는 물론 로제다. 그리고 3단계는 침출 작업을 거친 와인, 엷은 붉은빛/세네 로제[60]와 오렌지, 아주아주 엷은 레드가 있다. 그 후 4단계는 진짜 레드, 강렬한 레드와인이 이어지고, 5단계는 단맛이 강한 와인이다. 그리고 개방적인 태도의 소유자라면 달콤한 펫낫도 즐길 수 있다.

그러나 이런 다양한 와인 사이에는 상대적으로 커다란 간극이 있기에 나는 빈칸이 있다고 느꼈(고 여전히 느낀)다. 맥주라든가 그보다 더 강렬한 술과 마주하기 전에 사용할 중간 단계가 더 필요하다. 포트와인[61] 같은 술을 쓰는 사람들도 있지만 나는 아니다. 극단적으로 다른 술이라 나로서는 그런 것을 사용하려면 일이 조금 복잡해진다. 생경하고 상스러운 것이, 너무 위압적인 맛을 낸다. 빛깔도 과하다. 너무나도 강렬하고 진하다. 핏기 도는 붉은 스테이크 수준이다. 구운 비트도 (정도가 덜하기는 하지만) 마찬가지다. 요리에 후추를 갈아 넣는 것처럼 정량을 쓰면 맛깔나지만 너무 많이 쓰면 그저 과할 뿐이다. 매운 요리 역시 고추를 적당히 쓰면 근사하지만 한계에 다다르면 그저 고통스럽기만 해서 참을 수 없다.

나는 맥주에 관해서도 같은 의견이다. 해가 쨍쨍하

60 Saignée rosés. 발효 초기의 화이트 과즙에 레드 과즙을 추가해 만드는 로제. 문자 그대로 해석하면 〈피 흘리는 로제〉라는 뜻인 만큼 맛이 더 정교하고 깊은 경우가 많다.

61 Port wine. 강화 와인이란 주정을 첨가해 알코올 도수를 높인 와인을 말하는데, 그중 포트와인은 포도즙 발효 중간 단계에서 브랜디를 넣어 발효를 중단시킨 포르투갈의 달콤한 와인이다.

고 목마를 때 맥주를 한 병 마시면 굉장히 감미로울 수 있다. 하지만 식사할 때 마시면 식사 경험을 완전히 망칠 수도 있다. 종종 맥주의 홉과 쓴맛이 모든 것을 압도하는 느낌이 든다. 흑맥주는 입안에 잔상이 너무 오래 남아 내 주의력을 과도하게 빼앗는 것 같다. 담배 연기와 마찬가지로 입, 눈, (더 심각하게는) 옷에 며칠이고 남아 있다. 감당할 수가 없다. 반면 사이다와 사케는 새로운 발견이었다. 와인과 비슷한 맛인데 색다르다. 물론 내가 말하는 것은 정말 좋은 품질의 사이다다. 스웨덴 슈퍼에 파는 달기만 한 것이라든가, 드라이하고 우아한 척하면서 실상은 노르망디의 시드르 두[62]만큼이나 조악한 최근의 덴마크 사이다가 아니다. 진짜 사이다는 산미와 과일 풍미, 그 밖에도 중요한 요소인 쓴맛 역시 어느 정도 느껴지기에 와인과 비슷하다. 그러나 기본적으로 산미와 과일에서 나온 진정한 단맛이 중요하다.

와인의 쓴맛은 사이다의 쓴맛과 똑같지 않다. 물론 어떤 와인은 사이다와 똑같은 쓴맛을 내지만, 그런 드문 사례에도 여전히 차이점은 있다. 사케, 사과 사이다, 배 사이다 모두 어느 정도 쓴맛이 있다. 내 입에 배 사이다는 보통 더 달콤하거나 적어도 캐러멜화한 단맛이 느껴진다. 특별한 사과 사이다는 사뭇 다른 쓴맛, 짭짤하기까지 한 산화의 쓴맛을 낸다. 마음에 든다. 즙이 풍부한 초록

62 Cidre Doux. 프랑스어로 〈시드르cidre〉는 사이다, 〈두doux〉는 달콤하다는 뜻. 노르망디 지방의 달콤한 사이다를 뜻한다.

사과를 먹으면 입에 타닌이 풍부한 와인을 마신 듯한 느낌이 남고는 하는데 그것과 비슷하다. 어떻게 사과에서 타닌의 산미가 생기는 것인지 설명할 수는 없으나 사이다의 쓴맛을 북돋아 술이 더 정교하고 흥미로워진다. 사케도 마찬가지라, 쌀이 맛 구조에 새로운 차원을 더한다. 사케에 쌉싸름한 쌀의 풍미가 더해지면 단맛과 (일부 사케의 경우) 담백함에 더불어 기분 좋은 상쾌한 맛이 태어난다.

인도에서 쌀에 코리앤더와 큐민 등 향신료를 넣고 밥을 짓는 것과 비슷할지도 모르겠다. 밥은 쌀 맛에 기반해 여러 근사한 풍미를 돋우는 방식으로 요리했기에 그 자체만으로 아주 맛있다. 아무것도 넣지 않은 흰 쌀밥이라 해도 맛이 나기는 하겠으나 마치 감자처럼 담백하다고 할 수 있겠다. 음식이나 음료의 세세한 요소가 도드라지려면 풍미가 합해지는 방식이 결정적이라는 것을 보여주는 사례다. 단순한 풍미들이 외따로 떨어져 있으면 지루하거나 단순하게 느껴질 수 있다. 다른 풍미와 곁들이면 곁들이는 풍미 역시 단순한 것이라 해도 또 다른 (새로운) 차원이 생긴다.

사케는 구조도 독특하다. 나는 부드럽고 진하되 기름지지 않은 액체로서 사케가 가진 물리적 맛 표현에 흥미가 동한다. 사실 사케는 물리적 특성이 와인과 거의 비슷하지만 입안에 다른 느낌을, 즐겁게 넘기지 못할 정도로 진득한 느낌을 남긴다. 그러나 사케가 정교하게 느껴지는 이유는 훌륭한 풍미가 입에 남는 진득한 느낌을 상쇄하기 때문이다. 게다가 액체의 질감이 아주 다르다는 것, 가벼운 액체가 아니라 고기 조각이나 버섯처럼 조금 억센 질감이 있다는 것도 좋다. 똑같은 힘이 느껴지는 레드와인과 단맛이 강한 스위트 와인이 몇 종 있는데 사케만큼 우아하지는 않다. 사케에는 더 많은 풍미의 층위와 구조, 완전히 다른 균형감이 있다.

사케와 사이다가 꽤 비슷하다는 점도 재미있다. 차이점은 아주 세세한 요소들에 있다. 나의 술 분류를 계속해 보자면, 일반적으로 사이다는 에일맥주와 이어지고, 사케는 산화 와인이나 셰리 스타일의 화이트와인과 이어진다. 다만 한 번 더 말하건대 알코올의 분위기가 다르다. 결과적으로, 사케와 사이다를 사용하면 내가 앞서 술의 풍미에 관해 이야기하며 언급했던 빈칸을 채울 수 있다. 음식과 어울리는 술의 조합을 찾아 헤맬 때 퍼즐의 마지막 조각이 되어 주는 것이다.

옛날에는 퍼즐에 구멍이 있었기에 와인만으로 완벽한 조합을 찾는 것이 불가능했다. 그런데 두 가지 도구를 더 얻은 것이다. 사케와 사이다를 사용함으로써 이미 익숙하게 작업하던 와인에 새로이 접근할 수 있었다. 예를 들어, 우리는 와인을 (산화하고 짠맛을 강화하기 위해) 손님에게 내주기 며칠 전부터 미리 따놓고 디캔팅 했다. 또 병을 돌려놓거나 거세게 흔들어서 맑은 술과 침전물을 섞는 (방식으로 쓴맛을 높이는) 경우도 있었다. 나는 병을 따고 한두 달 정도 지난 사케의 잠재력을 알아보기 시작했고, 쥐라 지방은 물론 알자스와 루아르 지방의 산화 와인으로도 미리 술병을 개봉해 두는 대대적인 실험을 실시했다.

어쨌든 다시 사케와 사이다로 돌아가 보자. 두 가지 술이 흥미로웠던 이유는 시간의 흐름에 따라 와인의 맛이 변하는 것처럼 사이다의 단맛이 바뀌거나 사케의 쌀 맛 표현이 진화하기 때문이었다. 일반적으로 사이다는 알코올 도수가 조금 낮아 5~7퍼센트고, 사케는 조금 높아 12~18퍼센트다. 그보다 더 높을 때도 있는데, 내가 보기에는 일반적으로 도수가 높아지면 매력도 사라지는 듯하다. 어쨌든 알코올 도수 측면에서도 사이다와 사케는 와인과 연계하여 사용할 수 있는 술이 되어 주었다. 와인은 보통 9퍼센트쯤이고, 정말 운이 좋으면 14~15퍼센트 수준이니까.

직업적인 환경에서 처음으로 사케와 사이다의 잠재력을 발견하게 된 것은 2010년에 메밀 요리와 사이다를 곁들였을 때, 후에 사케와 버섯을 곁들였을 때였다. 하지만 조합을 맛본 사람들의 반응을 확인한 후에야 비로소 이 접근법이 유용해졌다. 사이다와 사케를 고객에게 내주어야 할 동료들조차 — 소믈리에들 — 그 조합에 공감하지 못했다. 요리와 술을 맛본 셰프들은 재미있다고 생각했다. 실제로도 그저 재미있었다. 소믈리에들은 부담스럽다고, 어쩌면 지나치다고 생각했을까? 맛의 우주에 갇혀 옴짝달싹도 못 하면 불안해지고 보수적인 태도를 취하게 된다. 나는 또다시 데이비드 호크니를 떠올린다. 그의 작품이 근사한 스타일로 그려 낸 수영장의 이미지 이상이라는 것을, 억압받는 사람들이 해방되는 과정을 담고 있다는 것을 깨달으면 큰 충격이 될 수 있다. 내 동료들의 반응도 비슷했던 것 같다. 자신들이 무엇을 하고 있는지 안다고 생각했는데 — 메뉴와 함께 일련의 와인을 제공하기 — 다른 것을 마주하게 되자 앞으로 무슨 일이 벌어질지 예상할 수 없고 큰 충격이 된 것이다.

2014년 5월 27일 화요일, 코펜하겐

한 모금 맛보면 채소나 채소 요리가 떠오르는 와인도 있다. 채소에는 와인처럼 선형적이고 시각적인 맛 표현이, 똑같은 빛깔과 소리가 있다. 눈을 감고 무언가를 맛보면 빛깔이 아롱거린다. 어찌 된 일인지 나는 항상 다음에는 어떤 맛을 조합해 볼지 고민하고 있다. 의식하지 못할 때조차 맛 조합에 관해 생각하고 있을지도 모르겠다. 그래서 내가 조합한 요리와 술은 실제로 조합하기 오래전에 탄생한 경우가 많다. 요리와 술의 조합은 항상 부엌에서, 적어도 식당에서 탄생하는 법이라고 주장할 사람도 있겠다. 그러나 다른 곳에서 생각해 낸 아이디어, 잊어버린 줄 알았으나 실은 무의식에 저장되어 있었던 아이디어를 식

당에서 활용할 때도 있는 것이다. 한두 해쯤 전에 나의 작업 과정에 관해 고민한 적이 있었다. 생각해 보니 나는 와인메이커들 옆에 있을 때 아이디어가 잘 떠오른다. 그래서 맛 조합을 이루어 내는 것은 바로 직감이라고 굳게 믿는 것이다.

바로 이 지점에서 쥘리앵 쿠르투아는 최고의 예시가 되어 줄 것이다. 그의 와인을 술통에서 따라 마셔 보면 맛 표현이 아주 순수하고 생생하다. 병에 담으면 표현이 조금 달라져서 약간 무거워진다. 나쁘지는 않다. 쥘리앵의 저장고에서 와인을 맛보고 있자면, 가령 〈오리지넬〉[63]은 양배추와 굴, 호스래디시와 잘 어울리겠다는 구체적인 아이디어가 떠오른다. 실제로 소리 내어 말하기도 한다. 「이 와인은 이런 음식, 저런 음식이랑 잘 어울리겠는걸.」 발화를 통해 머릿속에서 와인과 풍미를 분류할 수 있고, 쥘리앵과 논의를 이어 가게 될 때도 있다.

보통 와인을 맛보는 동시에 기록을 작성하지는 않는다. 전에는 그랬지만 이제는 머릿속으로 고민을 끝낸 후 나중에 내 작은 기록장을 펼친다. 가령 피에르 장쿠, 프레데리크 빌레 브라헤와 저녁을 준비하고 있다면 기록 같은 것은 나중으로 미루는 편이 훨씬 더 좋다. 피에르가 색다른 요리를 개발해 선보이고 내가 흥미로운 조합이 될 만한 와인을 서너 종 정도 즉각 떠올리는 식으로 작업하기 때문이다. 그러면 남은 일은 빨리 저장고에 가서 떠오

63 Originel. 〈본래, 본원, 원조〉라는 뜻의 프랑스어.

른 와인을 찾아내 맛본 뒤 어떤 것을 사용할지 결정하는 것뿐이다. 그냥 그 자리에 서서 해묵은 기록장을 뒤적이는 대신. 그런 건 너무 지겹다! 나는 모든 소믈리에가 그렇게 일해야 한다고 확신한다. 술잔만 닦고 있을 것이 아니라 와인메이커를 더 많이 찾아다녀야 한다. 부엌으로 들어가서 셰프와 대화를 나누고, 와인을 더 많이 마시고, 함께 와인의 가능성에 관해 이야기해야 한다. 각자 자기한테 가장 잘 맞는 방법으로 작업하겠지만, 어쨌든 나는 여기저기 다니는 방식이 효과적이다.

만나 보고 싶은 와인이 아직도 참 많다. 다른 와인메이커를 찾아갔을 때 언뜻 엿볼 수 있었던 풍미와 조합, 표현을 지닌 와인들. 게뷔르츠트라미너를 더 다뤄 보고 싶다. 또한 실바네르와 피노 그리, 리슬링, 뮈스카 — 특히 뮈스카 오브 알렉산드리아 — 그르나슈 블랑, 비오니에 등 온갖 향긋한 포도로 와인을 만들고 싶다. 바나나, 오렌지꽃, 망고처럼 때때로 부담스럽게 느껴지는 향미 이상을 표현할 수 있는 품종들이라고 생각한다. 향긋한 포도를 다스리는 법, 향의 광란을 길들이는 법을 배운 후에는, 맛 표현이 폭발적인 와인과 한결 우아한 와인 사이의 좁은 공간으로 비집고 들어가고 싶다. 이미 이루어진 작업이기도 하다. 가령 반바르트의 씁쓸한 산화 와인이라든가 오랫동안 침출한 게뷔르츠트라미너와 피노 그리 와인, 브뤼노 쉴레르의 산화 리슬링, 제랄드와 조슬린 우스트릭이 운영하는 〈도멘 뒤 마젤〉의 초기 화이트 빈티지

중에도 (2001년, 2002년, 2003년 비오니에 와인 등) 쉴레르의 리슬링과 비슷한 산화 와인이 있고, 질 아초니의 향긋하고 우아한 와인도 해당된다.

가끔 나 자신에게 맛에 관한 전략 같은 것이 있는지 고민하기도 한다. 만약 있다면 무엇일까. 잘 모르겠다. 줄곧 맛의 구조를 고민할 뿐이지 규칙적으로 적용하는 전략이나 규칙, 범주는 딱히 없는 것 같다. 내게 가장 중요한 것은 와인의 구조이고, 가장 단순한 동시에 가장 정교한 맛을 낼 수 있는 와인을 찾고 있다. 지난해 알자스에서 수확할 때 따로 보관해 둔 과즙 네 통이 있다. 10월에 스테판 반바르트와 맛보고 또 맛본 와인에서 영감을 얻은 듯한 과즙이다. 네 통에는 마지막으로 짜낸 피노 그리와 게뷔르츠트라미너, 두 품종을 배합한 과즙이 들어 있다. 압착 작업 중 마지막으로 짜낸 과즙은 항상 쓴맛과 당분이 풍부해서 미래가 기대된다. 향미가 아주 강한데, 어쩌면 너무 과할지도 모르겠다. 그와 동시에 믿을 수 없을 정도로 강렬한 구조를 느낄 수 있다. 이 향긋한 포도에서 짜낸 과즙으로 첫 번째 산화 와인을 시도해 볼 수도 있을 것이다. 지금은 쥐라에서 마지막으로 수확한 사바냉과 맛이 비슷하다. 짠맛이 덜하며 꽃과 이국적인 과일의 느낌이 강렬하다.

나는 어떤 와인을 만들고 싶을까. 사실 나의 목표는 과즙을 최대한 건드리지 않는 것이다. 적어도 그 목표를 자신에게 주입하려고 애쓰고 있다. 뻔한 선택을 하지 않으려고 노력한다. 아마 나는 와인에 새로운 차원을 더하고 싶은 것 같다. 뻔한 해결책을 쓴다면 기대하던 것만 얻을 수 있으니 참으로 시시하다. 사람을 묘사할 때 눈동자가 반짝인다고 말하기도 하는데, 와인을 두고 그런 식으로 말한다고 생각하면 너무 상투적으로 느껴진다. 나는 나 자신에게 자유로운 사고를 허락하고 싶다. 대안의 가능성을 넘어서고 싶다. 그러니까 우리의 와인을 〈아르데슈 와인〉이라는 틀에서 해방하고자 한다. 단순히 기존의 틀에서 떼어 내겠다는 뜻이 아니라 우리의 와인이 자기 자신의 계보를 만들 수 있도록 작업하겠다는 뜻이다.

너무 뻔한 와인을 마실 때면 종종 맛이 정반대인 와인을 곁들이기도 한다. 맛의 대비라고 표현할 수 있을까, 아무튼 그런 것을 느끼게 된다. 예를 들어, 전통적인 부르고뉴 샤르도네를 마시면 익은 사과와 말산 등의 맛이 느껴질 텐데, 그러면 나는 특정한 맛 요소를 꼽아 대비되는 맛을 찾아낼 것이다. 루아르 지역의 산화한 슈냉 블랑이라든지 쥐라의 비보충 샤르도네가 좋을 수도 있다. 이 중 하나쯤은 사과 맛이 날 테니 부르고뉴 샤르도네와 함께 마심으로써 서로의 세세한 맛 요소를 부각할 수도 있다. 알자스나 쥐라의 피노 누아를 마신다면, 쥐라의 플루사르 혹은 프리울리 지역의 피노 그리처럼 침출을 거친 화이트와인을 곁들일 것이다. 정리해 보면, 다른 두 종류의 와인을 함께 마시면서 서로 연결되는 맛 요소를 활용할 수도 있고, 잔에 변화를 주거나 디캔팅 하여 새로운 느낌을 추가해 양쪽 모두 돋보이게 할 수도 있다. 그럼으로써 지배적인 풍미 대신 세세한 맛을 더 깊이 들여다보고 음미할 수 있다. 재미있고 소소한 맛 요소들은 숨겨져 있을지언정 항상 존재하기에 그저 고민하고 찾아내어 맛보는 것이 관건이다. 나는 우리의 와인이 자기 안에서 맛의 대비를 만들어 내기를, 두 와인을 동시에 마시는 것처럼 풍부해지기를 바라고 있다.

이제 코펜하겐은 완연한 봄에 접어들었다. 〈아틀리에 셉템베르〉에 햇살 따스한 야외 자리가 생겼다. 아침이면 풍경이 정말 아름답다. 햇살이 부드럽게 건물 사이로 드리우고 전면의 커다란 유리창에 끊임없이 반사된다. 손님들이 햇살 속에서 아침 커피와 점심을 즐기는 모습을 보고 있으면 정말이지 기분이 좋다.

2014년 6월 6일 금요일, 코펜하겐

음식을 맛보면 머릿속에 풍미의 이미지가 나타난다. 풍미가 실체를 얻는다고 말할 수도 있다. 이미지는 맛 주변으로, 일종의 물질적 공간 안에 형성된다. 포도나 와인이 작은 색채의 소용돌이로 현현하며, 때로는 소리가 들리기도 한다. 그래, 색채보다는 소리가 중요할지도 모르겠다. 아니면 색채와 소리의 조합이 중요할 수도 있으나 색채만 떠오르는 일은 드물다. 모든 것이 완전한 구체 속에,

물방울 속에 담겨 내 눈앞을, 아니 얼굴 앞을 떠다닌다. 어떻게 설명해야 할지 모르겠다. 나는 입의 가장 아랫부분에 맛을 느끼는 지점이 있는데, 그곳에서 가장 낮은 풍미의 수평선이 그려진다. 풍미의 최저점이다. 모든 맛이 여기서부터 위로 움직인다. 글로 써 놓으니 조금 이상하다. 전에는 한 번도 한 적 없는 이야기다.

나는 풍미와 풍미가 만들어 내는 모든 움직임을 감각한다. 맛의 구조를 정리해 모든 풍미를 수직으로 나란히 줄 세우면 함께 헤엄치는 물고기 떼처럼 서로를 뒤따르고 이끌게 된다. 또한 그 어떤 풍미도 놓치는 일 없이 전부 그러모아 수집하려 애쓴다. 가끔 산미가 사방팔방으로 요동치면 정반대로 무언가 얌전한 것을 찾아내 산미를 잡아낸다. 그러면 두 가지 맛이 입안의 정중앙에서 만나 균형을 이룬다. 디캔팅을 하거나, 잠시 뚜껑을 열어 두거나, 한두 해 정도 묵혀 두는 등의 와인 작업을 통해 가능한 일이다.

내 경험에 의하면 산미를 왼쪽이나 오른쪽으로 움직인다는 식으로 분류하는 것도 힘든 일이다. 보통 산미는 직선으로 이어지며 와인의 맛이 지속되는 길이나 맛의 깊이를 형성한다. 만약 산미를 분류하는 것이 가능하다면, 한 종류의 산미가 다른 종류의 산미와 다른 맛 표현을 보여 준다면, 왜 그런지 설명할 수 없을 것이다. 〈할 수 있으려나?〉 이미 알고 있는 와인, 내가 곧 만들어 낼 와인과 연결해서 이 이론을 설명해야겠다. 아니, 사람들이 이미 맛보았을 만한 와인이나 죽기 전에 맛보아야 할 와인 이야기를 하는 편이 더 좋겠다! 예를 들어, 파트리크 데스플라와 바바스가 〈도멘 데 그리오트〉에서 함께 작업하던 시절에 만든 〈소바지온느Sauvageonne〉가 있다. 정확히는 2007년, 2009년, 2010년 빈티지, 아니 2010년은 비교적 숙성이 짧으니 제외하자. 2007년, 2009년 빈티지는 맛 표현이 더 풍부해서 흥미롭다. 지금은 균형감이 전혀 없는 상황이다. 어떻게 된 일인지 균형이 부서지고 무너졌다. 와인의 무게감이 전부 한쪽으로 치우쳐 버렸다. 2009년 빈티지는 과일 맛이 훨씬 더 묵직하고, 2007년 빈티지는 휘발성 있는 기분 좋은 산미가 섬세하게 와인을 지탱한다. 지나침 없이 완벽한 수준이다.

둘 다 숙성 초기에 마셔야 맛있는 와인이고, 실제로 초기에 마셨다. 이제 숙성이 진행되며 하나둘 문제점이 생기고 있지만, 분명 언젠가 균형감이 돌아올 거다. 내가 이토록 자신감 있게 말하는 이유는 두 와인의 구조가 여전히 탄탄하고, 산미와 과일 풍미 중 어느 것도 줄어들지 않았기 때문이다. 그저 균형이 어그러졌을 뿐이다. (장마르크도 이런 와인, 한 방향으로 끝까지 직진해 버리는 와인을 만든 적이 있다.) 만약 그런 (불)균형을 좋아한다면 균형은 이미 존재하는 것이다. 내 말은 우리가 이해하는 균형감이라는 개념이 개인적인 탐구의 산물이라는 뜻이다. 나의 세계에서 와인이란 원래 조금 삐뚤어진 것이고, 나는 삐뚤어진 그대로가 좋다! 일반론을 말하자면, 어떤 와인은 자신과 동등한 무게감을 지닌 지지대가 필요하다. 분명 함께 내주는 음식이나 두 번째 와인 혹은 알맞게 처치한 와인이 지지대 역할을 해줄 수 있을 것이다.

또 다른 예를 들자면, 옥타뱅의 〈파미나〉 같은 와인도 있다. 아주 완벽하게 배열되고 구조화되어 모든 것이 올바르고 쾌적한 와인이다. 짠맛, 산미, 과일 풍미 모두 좋다. 쓴맛은 강하지 않으나 다른 요소들이 지극히 잘 어우러진다. 근사한 와인이라고 생각해 몹시 애호하고 있다. 어느 빈티지든! 그러나 조금 지루하기도 하다. 와인 자체가 지루하다기보다는 모든 것이 완벽하다는 사실이 지루하다. 내가 좋아하는 와인은 대부분 결점이 있다. 나는 완벽하고, 명확하고, 올바른 와인보다 결점 있는 와인이 더 재미있다. 흥미로운 주제다. 와인의 결점이 내가 가야 할 여정의 일부라고 생각하면 즐겁다. 와인을 마시고 고민하는 여정, 와인과 사랑에 빠지는 여정의 일부인 것이다. 와인의 결점은 문장의 쉼표 같다. 쉼표는 결점일까, 아니면 문장을 흥미롭고 더 아름답게 해주는 도구일까?

나는 와인의 결점을 심장 박동이라고, 와인이 살아 숨쉬기 위해 필요한 생명줄이라고 생각한다. 간단한 문제다. 그래서 내가 미숙하고 사소한 결점을 이렇게나 좋아하는 것이다. 와인의 결점이 자신을 표현할 수 있도록 허락하는 쪽이 통제와 교정보다 낫다고, 더 긍정적이라고 확신한다. 사실 나는 결점을 교정해 완벽하게 다듬는 작업을 싫어한다. 완벽하지 않은 것을 완벽하게 만들기란 불가능하다. 내가 보기에는 쓸데없는 짓이다. 결점을 자유롭게 즐길 수 있는 것으로, 작은 몸짓이자 엇나가는 음으로 포용해야 하고 와인을 제대로 음미하기 위한 수단으로 사용해야 한다. 결점을 그대로 두고 떠났다가 돌아올 수 있어야 한다. 괴상하게 들릴지도 모르겠지만, 나는 나만의 와인 접근법과 이해법에 항상 결점을 포함하려고 한다. 결점은 아름답고 계획적이며 완벽한 구상보다 훨씬 흥미롭다.

다시 옥타뱅 이야기로 돌아가자. 〈파미나〉는 전통적인 관점에서 이상적인 와인을 논할 때 완벽한 예시이나 사실 여느 옥타뱅 와인과는 다르다. 옥타뱅의 소량 생산한 트루소 와인 같은 것과는 완전 딴판이고, 플루사르나 피노 누아와도 다르다. 나는 트루소, 플루사르, 피노 누아 쪽이 더 재미있다. 이런 와인은 다소 불안한 면이 있는데, 내게는 매력일 뿐이다. 개방되는 방식이 색달라서 마치 꽃이 활짝 피어나는 것 같다. 입안에서 지극히 우아한 풍미의 향연이 벌어지고, 이렇게 영원히 새로운 향미들이 밀려들 것만 같다. 훨씬 더 재미있는 마실 거리의 탄생! 완전하지 않아 완벽한 와인, 진귀한 와인이다. 이쯤 되면 내가 마시고 있는 것이 화학 물질이 잔뜩 들어간 컨벤셔널 와인이든 내추럴 와인이든 관심 없다. 사실 컨벤셔널 와인은 내게 감동을 주지 못하지만, 드물게 내추럴 와인만큼 생생하게 다가올 때가 있다. 그러나 컨벤셔널 와인을 생산하기 위해 학대당하고 망가지는 자연을 생각하면 마음이 아프다.

어떻게 보면 컨벤셔널 와인은 자기 나름의 무대에서는 너무나도 완벽하다. 다만 내게는 이상적인 와인이 품어야 하는 의미에 관한 나름의 관점이 있고, 이 관점에 의하면 완벽하지 않다(다른 이야기니까 다음에 이어 가자). 컨벤셔널 와인은 머무르도록 지시받은 제한된 공간 안에만 존재하고, 와인의 잠재력을 펼칠 수 있는 가장자리로 나아갈 용기를 내지 못한다. 영감을 자극하지 못하는 것이다. 반면 파트리크 데스플라, 장프랑수아 셰녜, 알리스 부보, 세바스티앵 리포,[64] 그 외에도 수많은 내추럴 와인 메이커가 부단히 와인의 가능성을 넓히고 있다. 그 덕분에 나의 와인 이해도 확장한다. 그들이 만드는 와인 중 어떤 것은 말 그대로 폭발적이다. 감각할 수 있는 수많은 맛의 층위를 제공한다. 가끔 나는 와인의 맛이 제멋대로일 때 와인을 교정한다고 표현하지만, 〈교정〉이라는 단어는 부적합할 수 있다. 대체할 만한 말이 없어서 쓸 뿐이다. 그도 그럴 것이 날아가는 산미라든가 향이 지나친 과즙, 서투른 균형감을 전부 통제할 수는 없다. 그러나 그런 것을 즐기는 법은 배울 수 있다.

64 Sébastien Riffault. 루아르에 기반을 둔 내추럴 와인메이커. 아버지인 에티엔Étienne의 와이너리를 이어받아 2004년부터 〈도멘 에티엔 에 세바스티앵 리포〉를 운영하며 양조 중이다.

2014년 6월 10일 화요일, 르 베르동

예술은 어떤 형식이든 영감이 되지만, 나는 특히 문학과 음악, 시각 예술에서 큰 자극을 얻는다. 다만 형식적인 차이로 와인에 반영하기가 힘들다. 가령 지난 주말에 코펜하겐 북쪽에 있는 로우이시아나 미술관에서 힐마 아프 클린트의 전시를 보고 영감을 받았다. 힐마 역시 그림을 그릴 때 균형감을 고민하며 전체를 바라보고 세밀한 요소들을 통합해 낸다. 아주 흥미진진하다. 그림이 내게 직접적인 영감을 주는지, 그 영향을 우리의 와인에서 구체적으로 집어낼 수 있을지 잘 모르겠으나 영감을 받았다는 기분은 확실하다. 어쩌면 예술적 영감이란 한결 복잡한 문제인 것일까.

음악에서도 영감을 많이 얻는다. 내가 만든 와인을 보면 양조 당시에 어떤 음악을 듣고 있었는지 떠오른다. 이와 비슷하게 새로운 장르의 음악을 접하면 새로운 유형의 와인을 마시게 되고, 새로운 유형의 와인을 접하면 새로운 음악을 듣게 된다. 어쩌면 간접적인 영향일 수도 있다. 특정한 와인이 한 시절을 상징한다거나, 한 시절이 특정한 와인을 상징한다고 할 수는 없겠다. 아무래도 그런 것은 무리다. 사실 그보다 더 유동적이다. 이런 일반론은 내 관찰의 부산물일 뿐이고, 때로는 이런 말을 하는 내가 우습다. 어쩌면 음악을 통해 일종의 확신을 얻는 것일지도 모르겠다. 음악을 듣고 있으면 내 생각에 확신이 있는지 없는지 알게 될 때가 있으니까. 내게 음악은 균형감을 상징하고, 음악을 통해 와인의 균형감을 발견할 수 있다. 음악은 리듬을 통해 스스로 균형감을 획득한다. 나는 이렇게 기록을 남길 때면 항상 클래식 음악을 듣는다. 주로 쇼팽과 모차르트, 두 음악가를 가장 좋아한다.

그러니 결국 모든 것은 리듬의 문제이고, 재즈 중에도 내게 같은 효과를 발휘하는 곡이 많다. 요즘에는 〈더 티 프렌치 사이키델릭스〉라는 앨범을 듣고 있는데, 이 음악의 정체가 무엇인지 도통 알 수가 없어서 더 깊이 파고들고 싶다. 어느 날 라디오를 듣다가 발견한 앨범이다. 정말 기막힌 소리의 조합이다. 그냥 소음이라는 생각도 드는 것이, 기괴한 음악과 음향, 개 짖는 소리 같은 이상한 소리가 전부 뒤섞여 정말 낯설다. 끝내준다. 다른 사람들도 듣기 좋다고 생각하는지 모르겠다. 지인들에게 몇 번 틀어 줬는데 다들 끄라고 난리였다. 보비 맥페린의 음악, 특히 그가 성대를 두드리며 부르는 노래에 관해서도 같은 의견이다. 나는 그의 음악을 듣는 것도 아주 좋아하지만, 모두가 그런 음악에서 위안을 느끼지 않는다는 사실을 잘 알고 있다. 그것도 괜찮다. 내추럴 와인도 마찬가지다. 아니, 우리가 처음으로 내추럴 와인을 팔기 시작했을 때는 그랬다. 음악가들은 음정이 맞아야 한다고 이야기하지만, 정확한 음 사이에 있거나 뒤에 있는 음, 엇나가는 음도 재미있다. 쉼표만큼 마침표도 중요하다. 결국 나는 와인의 결점이 얼마나 근사한 것인지 재차 강조하고 싶은 걸까?

2014년 6월 11일 수요일, 르 베르동

와인을 점토나 대리석처럼 예술가가 특정 형태로 깎아 내 조각으로 만들어 내는 석재라고 상상해 보면 어떨까? 나는 나신의 남녀를 조각해 놓은 고전 조각상처럼 모든 것이 생생히 느껴지는 작품을, 극도로 아름답고 고우며 유기적이고, 부드럽고, 곡선미가 있는 것을 만들고자 한다. 나신의 인간은 경이롭고 아름답다. 아주 순수하며 심미적인 조각품으로 거듭날 잠재력이 있다. 종아리 근육과 발의 혈관, 온갖 세세한 요소들이 전부 부드럽게 조화를 이룬다. 보고 있으면 만지고 싶다.

글립토테케 박물관(이나 그보다 더 훌륭한 토르발센 박물관)에 가서 고전 조각품을 감상할 때면 완전히 매혹되어 버린다. 정말이지 아름답고 깨끗해서 조각품의 허벅지와 근육을 만져 보고 싶다. 내가 하려는 작업도 이런 것이고 — 외피를 벗겨 가장 순수하고 생생하며 연약한 모습을 드러내기 — 알자스에서 이런 와인을 만들고 싶다. 외피를 벗겨 포도가 처음으로 내던 맛, 가장 순수한 맛 표현을 되돌려 내는 동시에 와인을 마시는 사람들, 감히 손가락을 들어 작품을 만지려고 했던 사람들을 살짝 놀래 주고 싶다. 신의 조각이 있는데 굳이 옷을 꽉꽉 껴입은 조각상을 보러 갈 사람은 없는 법이다. 딱히 흥미롭지 않으니까…….

내게 이런 감정을 더 효과적으로 설명할 수 있는 언

어가 있다면 얼마나 좋을까. 이렇게 오랫동안 와인 일을 하고 수많은 와인을 맛보았으니 더 능숙하게 표현해 낼 수 있다면 좋을 텐데 말이다. 하지만 내 와인 속에 맛 표현을, 특히나 내가 목표로 하는 단순하고 우아하며 강렬한 맛 표현을 만들어 내기란 쉬운 일이 아니다. 그냥 다 포기하고 이탈리아 어느 산골에 있는 오래된 농장을 사서 일본식 시각 예술 작업 같은 것이나 시작해 볼까? 문장 몇 줄로 완전하고 아름다운 무언가를 만들어 내는 것이다. 후안 미로의 그림 중 일본어 같은 글자가 있고 부분마다 프랑스어 텍스트를 채워 넣은 작품을 두고 하는 말이다. 중국어와 일본어 글자의 조각품 같은 모습, 그 커다랗고 자연스럽게 굽어 드는 곡선은 감미롭다. 마음에 쏙 든다.

글립토테크에 있는 그리스 조각상, 천 하나 제대로 걸치지 않은 여자들의 조각상과 내 와인을 동등한 것으로 상상하고 있다. 시각적으로 조각상의 몸을 가렸으되 상상력을 허락하는 드레스 표현은 정말 대단하다. 눈을 감고 내 앞에 조각상이 서 있다고 상상해 본다. 거대한 돌덩이를 조각해 금방이라도 무너질 듯한 동시에 완벽하게 균형 잡힌 작품을 만들어 내다니 정말 대단하다. 단 하나의 돌덩이에서 깎아 낸 조각상, 정말이지 엄청나다. 대리석에는 정말 다양한 빛깔과 색채가 있다. 대리석은 사실 돌이다. 그러나 나는 그렇게만 생각하지 않는다. 포도도 마찬가지다. 포도가 그저 포도인 것만은 아니다. 내가 하고 싶은 말이 바로 그것이다. 포도에는 여러 빛깔이 있고 색채가 있어서 정말 다양한 해석법이 존재한다. 대리석에 깃든 안락한 아름다움을 떠올려 보라. 몹시도 아름답고, 그중에서도 손발이 가장 대단하다. 자꾸만 찬사를 늘어놓고 있는데, 어쩌면 내가 조각이나 조각가의 작업 방식을 이해하지 못하기 때문일 수도 있다.

조각가가 되기란 쉬운 일이라고, 만들고 싶은 형상 주변에 붙은 쓸데없는 돌을 없애면 그만이라고 말했던 사람이 누구인가? 분명 미켈란젤로일 것이다. 말이 된다. 물론 조각가가 되는 건 그렇게 쉬운 일이 아니다. 한 번만 잘못 건드리면 작품이 통째로 날아가니까. 그러면 다른 돌덩이를 가져다 놓고 처음부터 다시 시작해야 한다. 하지만 나는 조각 뒤에 있는 마음, 순수와 진실을 추구하는 마음이 매력적이다. 바로 이것이 내가 와인으로 하고자 하는 작업이다. 쓸데없는 외피를 최대한 벗겨 내는 것이다. 와인에 들어 있는 요소가 적을수록 소비해야 하는 정신력이 줄어들고 와인 자체도 향상된다. 작업의 궁극적인 목표는 맛이 길고 부드럽게 움직이도록, 우아한 선을 그리도록, 깊은 표현을 선보이도록 만드는 것이다.

2014년 6월 13일 금요일, 발비네르

오늘 발비네르로 와서 과즙의 상태를 확인했다. 둘 다 맛

이 좋다! 병입할 준비가 되었으니 몇 주 안으로 실행할 생각이다. 음력 달력을 계산해 봐야겠으나 월말, 즉 6월 24~26일쯤이면 좋을 것 같다.

카리냥과 카베르네 소비뇽을 배합한 과즙은 〈보졸레 누보〉[65] 와 구조가 비슷하다. 강렬한 꽃과 과일 풍미가 카리냥의 정확한 산미와 어우러져 가메이 혹은 가벼운 피노 누아 와인을 상기한다. 남부의 풍부한 과일 맛이 가세하니 맛 표현이 매력적이다. 반면 카리냥과 그르나슈 누아와 시라를 배합한 과즙은 카리냥/카베르네보다 (두 과즙 모두 실외 탱크에 담아 둔 것은 똑같지만) 침출 작업을 며칠 더 했고, 확실히 타닌의 영향과 맛 구조가 더욱 강렬하다. 침출을 마친 후에는 오크 술통으로 옮겨 두었다. 그렇게 짠맛의 층위가 늘어났으며 길고 풍부한 산미가 끝에 남아 더 무거운 와인, 〈쉽지〉 않은 와인이 되었다. 내 생각에 오크 술통이 와인을 부드럽게 만들어 준 것 같다.

점심을 먹은 후에는 제랄드 우스트릭을 만나 그의 의견을 묻고 과즙의 가능성을 짚어 볼 생각이다. 제랄드는 아주 긍정적이다. 가벼운 카리냥/카베르네 배합을 좋아한다. 보졸레를 닮았다는 시음 기록도 나와 똑같았다. 우리는 보졸레의 탄소 침출이 만들어 내는 듯한 효과에 관해 종종 이야기한 적이 있었다. 제랄드는 우리의 와인

65 Beaujolais Nouveau. 1년에 한 번, 11월의 세 번째 목요일에 출시되는 보졸레의 인기 와인.

양조법, 즉 줄기를 제거한 카리냥을 카베르네 소비뇽 과즙에 침출해서 만들었다는 것을 알고 있지만 탄소 침출을 통해 만든 와인과 비슷하다고 말한다. 제랄드와 와인을 마시고 맛볼 때마다 나는 항상 깊은 인상을 받는다. 그는 브랜드라든지 와인메이커의 명성 따위에 흔들리는 법이 없다. 와인이 맛있으면 맛있는 것이고, 맛없으면 맛없는 것이다. 아무도 모르는 젊은 와인메이커의 와인과 〈도멘 드 라 로마네콩티〉[66]의 와인에 차별을 두지 않는다. 그의 의견은 긍정적이든 부정적이든 브랜드가 아닌 오직 병 안에 든 와인을 평가할 뿐이다.

제랄드는 우리의 또 다른 레드, 즉 카리냥, 그르나슈누아, 시라를 배합한 과즙도 병입 준비가 끝났다고 생각한다. 다른 와인보다 더 품질이 좋다고, 판매 전에 한두 해 정도 숙성하면 좋겠다고 한다. 지금 품질이 좋지 않아서 저장하라는 것이 아니고 병입 상태로 몇 해 있으면 더 좋아질 맛이라는 것이다. 나도 전반적으로 동의한다. 다른 가벼운 와인보다 이쪽의 잠재력이 더 크다. 불행히도 우리는 커다란 술통을 한두 해 동안 저장고에 보관해 둘 여유가 없는 상황이다. 이 프로젝트를 계속하려면 와인을 팔아야만 한다.

66 Domaine de la Romanée-Conti. 부르고뉴의 와이너리. 세계에서 가장 비싼 와인을 생산하는 이름난 곳이다.

2014년 6월 19일 목요일, 대서양 연안

2012 | 서머타임 로제[67] | 프랑수아 뒴[68]

오베르뉴 지방의 가메이 와인. 바로 압착법으로 짜낸 듯하다. 과일 맛이 완벽하고, 딸기 풍미가 풍부하며, 끝맛이 짭짤하다. 영감을 주는 와인이다. 프란크 코르넬리선[69]이 만든 〈수수카루Susucaru〉와 유사한데 더 가볍다.

2014년 6월 20일 금요일, 대서양 연안

어제 아내와 외식 경험에 관한 흥미로운 대화를 나눴다. 와인을 만들고 판매함으로써 우리는 사람들에게 먹을거리를 제공하게 되는데, 이를 정치적인 행위로 바라보니 흥미진진해졌다. 사람들에게 먹을거리를 제공해 그들의 맛에 관한 이해를 바꾸고, 마시는 사람이 인식하지도 못하는 사이 간접적으로 정치적 영향력을 심어 주는 것이다. 책을 읽을 때는 덮으면 그만이고, 회화나 조각품을 감상할 때는 그냥 그 앞을 떠나면 그만이지만 먹을거리는 다르다. 물론 와인도 뱉어 내면 그만이지만 그런 사람은

67 Summertime Rosé. 〈여름의 로제〉라는 뜻의 영어.

68 François Dhumes. 오베르뉴에 기반을 둔 내추럴 와인메이커. 2006년에 첫 빈티지를 생산했다.

69 Frank Cornelissen. 벨기에 출신으로 이탈리아 시칠리아에 기반을 둔 내추럴 와인메이커. 2001년에 첫 빈티지를 생산했다.

드물다. 와인을 만들고 대접하는 행위를 정치적인 상황으로 바라보니 색다르다. 특히 사람들의 맛 이해를 바꾸고 싶다고, 적어도 사람들이 자기가 느끼는 맛을 인식하게 해주고 싶다고 느끼던 참이라 더욱 흥미롭다. 그러니까 우리는 와인을 통해 정치적 무기를 만드는 셈이다.

미술관에 간다면, 정확히 셀 수도 없을 수많은 작품 사이로 운이 좋아야 네다섯 시간쯤 거닐 수 있을 뿐이다. 아무리 노력해도 각각의 작품 앞에서 오랜 시간을 보내기란 힘든 일이고, 정말 제대로 탐구할 시간을 가진 사람은 몇 안 된다. 실제로 미술관 여기저기에 놓인 벤치에 앉아 있는 사람도 몇 명 없다. 다들 남들이 좋다는 것을 놓칠까 봐 새로운 것을 찾아 끊임없이 발길을 재촉한다. 와인도 마찬가지인 것 같다. 나는 종종 벤치에 앉아 있는데, 결국에는 작품보다 관람객들을 구경하게 된다. 그래서 벤치에 앉아 있는 사람이 나뿐이라는 사실을 알고 있다. 어쨌든 내가 하고 싶은 말은 미술관에 왔다가 마음에 들지 않는 것을 발견하면 그저 다음 작품 앞으로 가면 그만이다. 그러나 음식을 먹을 때는 입에서 뱉어 내거나 먹기 전으로 돌아가기 힘들다. 맛보는 행위는 즉각적이다. 입안으로 들어오니까. 마음에 들지 않는다 해도 여전히 입안에 남아 있다. 한동안 머무를 수밖에 없다. 식욕을 자극해서 한 모금 더 마실 수밖에 없을지도 모른다. 그리고 한 모금 더 마시고 나면 이입의 대상이 된다. 입안에 있고 머릿속에 남기 때문이다. 내게는 음악과 유사하다. 음악이

한창 흐르면 귀 기울이지 않을 수 없다.

작업에 돌입하면 기본적으로 마음의 평화가 필요하다. 마음의 평화가 없으면 어울리는 조합을 만들어 낼 수도, 포도의 품질에 집중하거나 생각을 그러모을 수도 없다. 창의력을 발휘하려면 공간도 절실하다. 실제로 요즘에는 자전거를 타고 코펜하겐 여기저기로 돌아다니며 생각에 골몰할 때가 많다. 자전거를 탈 때면 혼자로서 평온하다. 고민의 대상은 늘 이곳 프랑스에서 우리가 만들고 있는 와인인데, 와인 전반에 관해 고민할 때도 있다. 식당 없이 소믈리에로 일하기란 어려운 일이지만, 요식업계로 돌아가거나 새로운 가게를 열고 싶은 마음은 전혀 없다. 그래도 내가 원하는 방식으로 와인 작업을 하려면 식당이 있어야 한다. 이 모든 맛 표현을 선보일 수 있는 물리적인 공간, 맥락이 형성되는 장소가 필요하다. 식당이 없는 소믈리에는 작품을 전시할 공간이 없는 예술가와 마찬가지다. 그래서 요즘 내 기분이 허하다. 이런 공허감을 도저히 떨쳐 낼 수 없을 때도 있지만, 어쨌든 요식업계를 뒤로하겠다고 결심했으니 와인 만들기라는 새로운 방식으로 내 의견을 개진할 생각이다.

내가 다음에 향할 〈장소〉는 실재하는 장소가 아닐 것이다. 나는 와인 만드는 것이 좋고, 와인은 자기만의 방식으로 자기만의 비물질적인 삶을 산다. 알아서 이곳저곳으로 옮겨 다니고, 사람들은 내가 옆에서 감독하지 않아도 알아서 와인을 마시고 그들의 의지에 따라 이해하거나 오해한다. 와인에게는 자기만의 완전한 자유와 완전한 독립이 있는 것이다. 이렇게 생각하면 즐겁다.

예술가나 와인메이커에게 무대나 재료가 없으면 그는 무가치한 사람일까? 전혀 그렇지 않다. 가령 필리프 장봉은 훌륭한 와인메이커이면서도 연달아 서너 해 동안 포도를 수확하지 못했다. 날씨라는 한 가지 이유 때문에 포도를 잃어버렸고, 다른 방식으로 와인을 만들어야 할 처지다. 불가능하다고 주장할 수도 있다. 그가 와인을 만들 수 있는 환경은 분명 전과 다르다. 그래서 그는 자신이 어떤 와인메이커가 되고 싶고 될 수 있는지 고민하고 자신을 재정의하게 된 것 같다. 내 생각에 그는 지금껏 겪은 문제들 때문에 마음을 열고 와인 양조에 새로운 접근법을 만들어 낼 수 있었던 듯하다. 그러니 나는 한 번 더 자문한다. 소믈리에가 소믈리에로서 일하기 위해 정말 식당이 필요할까? 내 대답은 〈아니다〉. 지금 내가 위치한 작업 환경은 코펜하겐에서 누리던 것보다 훨씬 더 여유롭고, 와인을 만들면 전보다 더 많은 사람에게 가닿을 수 있을 것이다. 와인메이커들 사이에는 이해와 상호 존중이 있다. 모든 것이 평온한 분위기에 감싸여 있다.

그리고 내 신상에 관한 이야기를 해보면 끊임없이 프랑스와 덴마크를 오가며 과거와 현재의 생활을 이어가느라 너무 힘겹다. 그래서 최근 프레데리크와 일하는 것을 열심히 즐기고 있다. 그에게서 영감을 얻는다. 우리가 나누는 에너지는 특별하다.

이제 와인 수입이 내키지 않는다. 하기 싫은 일이 한두 개가 아니다. 나는 한 번에 한 가지 작업에 집중하는 것이 좋다. 한꺼번에 너무 많은 것을 쥐고 있으면 불편하고, 100퍼센트 집중하지 못해도 불편하다. 〈렐레〉에서 일할 때는 항상 불편했다. 내 주요 업무는 셰프 소믈리에로서 음식과 어울리는 와인을 고르고 식당에서 판매할 와인을 선별하는 것이었다. 출장을 다니면서 코펜하겐의 다른 식당에는 없는 와인을 찾아내는 업무도 있었다. 우리는 유기농 농산물과 내추럴 와인을 취급하는 식당으로서 세계 최초로 미슐랭 별을 받고 싶었다. 그리고 성공했다. 하지만 목적이 모호해졌다. 끊임없이 나아지려고, 〈남들〉보다 나아지려고, 〈그럴싸한 사람들〉을 손님으로 데려오려고 분투하다 보니 이 일을 하는 진정한 이유를 잊어버리고 말았다. 그저 세속적인 기준에서 〈최고〉가 되려고 몸부림칠 뿐이었다.

일 그 자체에 순수하게 집중하고 부수적인 것들은 잊어버려야 한다. 나는 지금 하고 있는 일에 더 집중할 필요가 있다. 프레데리크와 함께 〈아틀리에 셉템베르〉의 손님들에게 좋은 점심을 대접하는 일, 프랑스에서 나만의 와인을 만드는 일에 집중해야 한다. 내게 맞는 일이라는 느낌이 든다. 일을 해내기 위해, 간단하게 해내기 위해 필요한 집중력을 기르려면 시간이 걸릴 수밖에 없다. 코펜하겐의 여느 식당에서 내어 줄 좋은 차를 구하려고 해도 몇 주가 필요한 법이다. 훌륭한 와인 리스트, 훌륭한 요리, 훌륭한 와인, 아니면 공간에 맞는 분위기를 만들어 내기 위해서 무엇이 필요할까? 무엇이 가장 기본적일까? 불행히도 하룻밤 만에 만들어지는 것은 아무것도 없다. 아니, 실은 다행이다. 예술 작품이든 와인이든 누군가에게 새로운 경험을 선사하려면 준비할 시간이 필요한 법이다. 이제 선을 긋고 그만둬야 할 때가 된 것 같다. 이제 내 경험을 지지대로 삼고 일어서 새로운 것을 쌓아 올릴 시간이다.

2014년 6월 25일 수요일, 발비녜르

아르데슈에서 만든 와인들을 병입 중이다.

2013 | 하드데슈[70]

과일 맛이 아주 곧게 파고든다. 탄소 침출법을 사용하지 않았는데도 사용한 것처럼 느껴진다. 작년에 압착했으니 분명 앳된 와인이기는 한데, 맛 표현은 훨씬 앳되다. 잔에 따르면 금세 사탕처럼 변한다. 매력적이다. 다만 이렇게 과일 맛이 달콤하면 너무 쉬운 와인이 되어 버리고 정교함이 사라진다. 카리냥 50퍼센트, 카베르네 소비뇽 50퍼센트로 배합해 만들었다. 카리냥은 줄기를 없앤 뒤 외부

70 Harddèche. 〈강한Hard〉이라는 영어 단어와 아르데슈 지역명을 결합한 이름인 듯하다.

아네와 장마르크 브리뇨.

탱크의 카베르네 소비뇽 과즙에 여드레 정도 담가 침출 작업을 진행했다. 흥미로운 양조법이다. 과즙에 줄기 제거한 열매를 넣는 기술은 쥐라 지역에서 사용한다. 이렇게 우리는 남부의 포도로 보졸레 같은 와인을 얻게 되었다. 빨리 마시자.

2013 | 스위트 비기닝 오브 어 베터 엔드[71]

우리의 작업을 너무 가혹하게 평가하고 싶지는 않지만,

71 Sweet Beginning of a Better End. 〈감미로운 시작과 그보다 멋진 결말〉이라는 뜻의 영어.

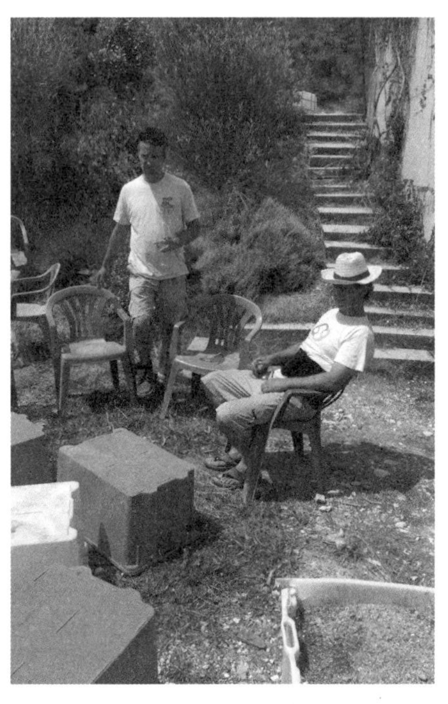

안드레아 칼렉과 제랄드 우스트릭.

맛이 너무 산만하게 이쪽저쪽으로 퍼져 버린다. 쓴맛과 과일 맛이 서로를 잡아 주지 못한다. 어쩌면 시간이 해결해 줄 수도 있다. 그랬으면 좋겠다. 그도 그럴 것이 짠맛이 상대적으로 강한 구조다. 카리냥, 그르나슈 누아, 시라를 3분의 1씩 배합해 만들었다. 외부 유리 섬유 탱크에서 열흘간 침출했다. 침출을 끝낸 후에는 압착해 오크 술통에 담아 숙성했다.

같은 날의 후속 기록

아직 라벨 디자이너를 구하지 못했다. 나는 여전히 아주 아름답고 미적인 것을 만들 꿈에 젖어 있다. 마음에 드는 아티스트, 우리가 원하는 인상을 구현할 수 있도록 도와줄 사람을 찾아 사방으로 수소문 중이지만 성과가 없다. 지금 상황에서는 병입을 끝내고 뒤쪽에 작은 흰색 라벨만 붙여 표시해 두었다. 법이 요구하는 설명과 와인 이름만 적었다. 아주 단순해 어떤 면에서는 마음에 들기도 한다.

2014년 7월 22일 화요일, 코펜하겐

세상이 왜 이렇게 엉망진창일까? 엉망진창인 건 인간일까? 다들 지속 가능성에 관해 잊어버렸나? 우리 모두를 위해 선을 실천하겠다는 신념, 말과 행동의 균형 같은 것은 다 잊어버렸냐고! 수많은 소믈리에가 와인에 관한 탁상공론을 써대고 와인 문화에 찬사를 바치는 척 포도 재배와 와인 양조 기술을 낭만화하고 있다. 더는 참을 수가 없다! 그런데 그저 와인을 마시는 것으로 만족하지 않고 그 아름다움과 저변의 욕망을 탐구함으로써 독자에게 흥미와 정보와 영감을 선사하는 글이 있기는 한가? 많이 마시지 말고 제대로 마셔야 한다. 브랜드를 소비하지 말고 와인을 즐겨야 한다. 이 글을 읽는 누구든 짧게나마 시간

을 내준다면, 와인의 균형감이 얼마나 아름다운 것인지 이야기해 주고 싶다. 특정한 분류 체계나 이해의 틀을 선행 학습하지 않고 접해야 할 와인의 세계에 관해 이야기해 주고 싶다.

시작은 자기 자신이다. 이제 조명을 받는 사람은 내가 아니라 이 글을 읽는 독자 자신이다. 와인에 관해 알고 싶으면 자기 자신부터 알아야 한다. 와인 속에서 자기 자신을 찾아야 한다. 자기만의 맛을, 자신이 정말 좋아하는 풍미를 찾자. 자신의 과거, 자기만의 풍미, 자기만의 맛 역사와 접촉하고, 자기만의 맛 언어가 감각의 언어로 거듭나게 하자. 남의 것을 받아들이지 말고 흡수하자. 함께 와인 속으로 뛰어들자.

여기 내가 좋아하는 와인이 있다. 줄곧 기다린 것은 사실이지만, 정말 이 와인과 함께할 수 있으리라고 미처 예상하지 못했다. 와인은 모든 것을 알고 있었고, 나는 와인이 아는 것을 함께 알고 싶었다. 사실은 그저 사랑에 빠지고 싶었다. 실로 하늘에서 떨어져 지붕을 뚫고 나동그라진 기분이었다. 그렇게 이 와인의 세상에 착륙한 것이다. 나는 혼자서 왔고, 와인도 혼자였다. 하지만 모든 것이 정말 부드럽고 말랑하다. 와인은 나를 몰랐고, 나도 와인을 몰랐다. 우리는 길을 잃었나? 지금도? 우리가 아닌 내가? 이런 초현실적인 매혹과 열정의 감각이라니, 나는 사랑에 빠진 것 같다. 이 세상은 공허함과 외로움으로 가득하지만, 와인이 길 잃은 작은 새 같았던 나를 받아들여

해방해 주었다. 와인은 내가 두 발로 서서 목적지도 모르는 채로 훨훨 날아갈 수 있도록 힘을 낼 수 있는 기반이다. 날고 싶지 않을 때도 있다. 와인은 다른 상황이었다면 적절하지 않았을 마음의 평화를 제공한다. 그러나 최근 와인에만 몰두하는 생활이 위험할 수 있다는 생각이 든다. 집착이 아닌 작업 대상으로서 와인에 집중해야겠다.

여럿이 모여 있을 때 와인을 마시면 마음이 편한지 불편한지 금세 알아챌 수 있다. 어떤 사람들에게 — 나에게도 — 와인은 불편 일색일 수 있다. 바보 같은 질문을 던지게 될까 두려워 마치 감각의 번지 점프를 감행하는 느낌인 것이다. 소믈리에들이 한자리에 모이면 다들 서로의 이야기에 동의만 한다. 꼭 그럴 필요 없다. 밤새 군인이 짓밟고 지나간 전쟁터 같은 토론도 필요 없다. 내게 내추럴 와인의 땅은 전투 지대가 아니다. 평화와 아름다움, 내면의 감정을 구하는 곳이다. 나는 와인을 탐구할 때 맛 표현에 푹 빠져들어 머릿속에 있던 생각을 다 잊어버린다. 여러분도 마찬가지로 자신을 놓아 버릴 수 있다. 병을 딸 것, 그리고 와인이 한 방울씩 술잔으로 흐르며 기쁨이 샘솟는 소리를 만끽할 것. 바로 그 지점에서 언어가, 언어의 지배욕과 그 욕망을 실현할 힘이 탄생하는 법이다. 강렬하다, 시적이다, 상큼하다, 대담하다, 퀴퀴하다, 억세다, 섬세하다, 부드럽다, 슬프다, 좋다, 심지어 훌륭하다는 말도 하겠지? 이렇듯 맛을 평가하는 데에 쓰이는 단조로운 어휘들은 깔끔한 형용사의 탈을 쓰고 있지만,

전부 관습의 테두리 안에 자리하기 위해 사용하는 묘사일 뿐이다. 자신을 해방해야 한다. 언어를 사용하지 않고 와인과 만나야 한다. 와인은 마시는 사람에게 가까이 가 닿는 술이다.

예를 들어, 한 와인의 여정을 따라가 보자. 물론 자연 그대로의 순수한 와인이다. 과일 향이 첨가된 산업용 효모 따위는 전혀 없고 이산화 황이나 다른 화학 물질도 넣지 않았다. 그리고 마찬가지로 중요한 사실, 어쩌면 더 중요한 사실은 아무것도 제거되지 않았다는 것이다. 모든 성분이 고스란히 병 안에 남았다. 그러므로 가공하지 않은 진실이 오롯이 담겨 있는 와인이면서 완벽한 가공의 산물이기도 하다. 와인의 맛은 정원에서 뛰어노느라 머리가 헝클어진 남자아이처럼 생동감이 넘친다. 아이는 과일과, 사과의 향과 뛰놀고 있다. 사과 껍질의 향, 쓴맛, 단맛이 있고, 자연 그대로의 신선하고 설익은 과일에서만 느낄 수 있는 산미도 있다. 〈풋풋한 산미〉라든가 〈농익은 과일 맛〉, 〈숲의 토양〉 같은 상투적인 표현만으로 아이가 만족하리라 기대하지 말자. 이 자연의 아이는 직접 흙의 향을 맡아 보았고, 습한 가을의 활엽수 숲뿐만 아니라 여름의 열기와 산들거리는 금빛 소나무 숲의 향도 맡아 보았으니까. 그리고 그에게 언어는 아무런 의미도 없다. 오직 기억만이 의미 있다. 〈숲의 토양〉은 와인만큼이나 다양하다. 기자를 비롯한 온갖 방해꾼이 비평이랍시고 암송하는 이야기로 아이를 꾀어내려 하지 말라. 그는 성의 없이 늘어놓는 낭만화된 이야기, 그저 말뿐인 이야기, 말하고 싶은 욕망뿐인 사람들의 이야기를 들을 때마다 역겹다고 생각하니까. 그는 당신을 바라보며 무언가 더 깊은 것을 찾고, 다시 술잔 안을 들여다본다. 신맛, 쓴맛, 근사한 짠맛, 허브 향미. 그는 자연의 아이, 〈야생의 아이 l'enfant sauvage〉다. 촉촉한 맛과 식감을 알고, 남유럽의 향긋한 허브가 어떤 것인지 안다. 해변을 거닐다가 직접 자기 눈으로 봤던 허브니까.

시간이 흐르고 와인이 활짝 피어난다. 아이가 자라 청소년이 되고 균형감이 얌전하게 잘 발달했으나 아직 성장통이 남아 있다. 다 자란 와인이라는 것이 정말 존재할까? 와인의 의미는 그저 매혹과 호기심 자극에 있는 걸까? 적어도 나는 그렇게 생각한다. 과연 와인이 며칠 만에 완전히 성장해 세상을 정복할, 입에 사라지지 않을 자연의 인상을 남길 준비를 마칠 수 있을까? 와인은 바로 이곳에서 당신에게 다가갈 준비가 되었고, 당신은 와인을 맞아 주면 된다. 이제 어떻게 하고 싶은가? 맛보고 끌어안고 싶은가, 아니면 바보처럼 점수를 매기고 싶은가? 그렇다면 하고 싶은 대로 하면 된다. 하지만 곰곰이 생각하기를! 숫자로 가치를 측정하는 행위는 조악하고, 수퍼마켓 운영에나 유용할 사고방식이다. 보비 파커[72]나 그와 비슷한 독재자들이 점령하는 세계에나 어울리는 행위다.

72 Bobby Parker. 미국의 와인 비평가. 100점 만점의 와인 평가 등급을 사용한 것으로 유명하다.

지금 나는 와인의 가치에 맞는 신뢰와 인내를 베풀고자 한다. 와인에게 순수한 경험을 제공하고, 와인의 본질에 집중하는 창의적인 묘사를 제공할 수 있도록 노력하는 중이다. 혹시 이런 것은 자기중심적인 고민일 뿐일까? 와인을 마시는 유일한 목적이 타인에게 좋은 인상을 남기기 위함이라면, 와인에 관해 공부하는 이유가 속물처럼 잘난 척하기 위함이라면 자기중심적이라고 말할 수 있겠다. 와인을 탐구해 봤자 딱히 건강에 좋다는 것보다 인상적인 내용도 없다. 중산층의 세계에서 매일같이 엄청난 양이 소비되는 시시한 술이다. 아니면 이런 지적을 통해 진정한 문제를 회피하고 자아도취 하려는 걸까? 피에르 부르디외[73]도, 나도, 다른 술취한 지식인들도? 와인은 아주 먼 곳까지 전파되었다. 컨벤셔널 와인 양조에 쓰이는 포도는 단 한 가지 품종만 허락하는 획일적인 밭에서 자란다. 우리가 사는 세상 — 환경이 오염되고 식량이 부족한 세상 — 에서 와인은 절실한 필요의 대상이 아닐 것이다. 와인은 분별 있는 탕자의 술이다. 내가 사는 비교적 부유한 세상에서는 개인의 의식을 고양하기 위해, 감각적인 인상을 창조하기 위해 와인을 마신다. 진심에 와닿는 와인 한 병을 찾아내어 식사에 곁들이고, 축복의 과즙을 몸속의 피처럼 흘려 넣는다. 이는 엄숙한 행위다. 그

73 Pierre Bourdieu(1930~2002). 프랑스의 사회학자. 저서 『구별짓기』를 통해 사회적, 경제적 요인이 개인의 취향을 결정하며 와인 취향도 마찬가지라고 주장했다.

리고 내추럴 와인은 지속 가능한 식량 생산과 연결되기도 한다. 의식적이고, 사회적이고, 상징적인 행위다. 하지만 결국에는 와인메이커의 사상과 생각, 포도를 재배한 두 손에서 탄생한 산물이기도 하다. 와인을 이해의 틀에 가둔다면 결국 오해하게 되고, 내추럴 와인의 저변에 있는 생각을 잘못 해석하게 된다. 와인마다 고유하고 자유로운 계보를 상정해 접근할 필요가 있다. 하지만 그런 것이, 자유로운 계보라는 것이 정말 존재할까?

우리의 언어는 우리가 살고 있는 세상과 직접적인 연관이 없고, 우리의 세상은 우리가 발화하는 언어와 직접적인 연관이 없다. 그저 미지의 시점에 누군가가 무엇을 마시고 그것을 와인이라고 부르기로, 그 와인에 들어 있는 것을 x, y, z라고 부르기로 했을 뿐이다. 언어는 우리 안에 무언가를 만들어 낸다. 언어는 효과와 수행력이 있다. 그러나 세상의 본질과 근본적인 연관성은 없다. 적어도 나는 그렇게 생각한다. 하지만 언어는 언어에 없는 것들을 만들어 낼 수 있다. 그것을 지칭하는 단어가 만들어지기 전에 말이다. 와인을 통해 발생한 언어가 모종의 방식으로 와인을 형성하기도 한다. 더 중요한 사실은 언어를 통해 형성된 와인이 우리의 와인 이해에 결정적인 역할을 한다는 점이다. 어떤 와인메이커들은 포도나무와 쉬이 애정의 관계라고 할 만한 관계를 맺으며 살아간다. 그러므로 그들의 와인은 애정의 산물이다. 애정의 산물이라니, 속으로 웃음이 나오는 한편 이런 경이로운 박애주의자들이 애틋해진다. 한번 직접 느껴 보기를 바란다. 눈을 감고 이런 애정 어린 관계에 흠뻑 젖어 드는 것이다. 인간과 포도나무, 그리고 와인. 괜히 와인을 삶과 사랑의 묘약이라고 부르는 것이 아니다. 그렇다면 내가 하려는 말은 결국 뭘까? 와인을 그저 묘사를 위해 존재하는 언어적 분류 체계에 꿰맞추지 말자는 것이다. 묘사 대상의 확장에 지나지 않는 언어, 언어로 발화되었다는 사실 외에 다른 효용은 없는 언어는 지양하자. 와인으로부터 자유로운 인상을 받고자 한다면 묘사하지 않아야 한다. 와인이 직접 자신을 표현해야 한다. 자신을, 와인을 해방하자. 와인이 그 어떤 언어도, 기대도, 분류도 마주치지 않도록 자유를 주자. 자유로운 이해의 틀을 만들고, 와인에 자유로운 자기표현을 허락하자.

오랫동안 나를 혼란스럽게 했던 사실 한 가지는 우리 모두가 자연과 와인메이커를 존중하는 마음으로 이 빌어먹을 내추럴 와인업계에서 일하면서 막대한 자기 홍보 욕구를 키우고 있다는 점이었다. 요즘 우리가 와인과 와인메이커, 자연에 관한 온갖 아름다운 이야기를 전하는 이유는 포용과 공감, 관용보다는 셀프 포지셔닝의 결과인 측면이 크다. 포도 재배를 겸하는 와인메이커들은 끊임없이 새로운 단체를 만들어 한층 극단적인 규칙과 원칙을 강요한다. 와인 일을 하는 사람들은 — 소믈리에 들은 — 〈우리와 그들〉을 분리해 와인메이커를 예술적 박애주의자 아니면 양심 없는 장사꾼으로 취급한다. 중간은 어디일까, 중간이 있기는 할까? 우리가 — 와인을 마시고 만드는 사람들, 포도를 재배하는 사람들 — 중간을 원하기는 할까? 박애주의와 장사를 적당히 섞는 것이 가능하기는 할까? 많이 마시지 말고 제대로 마시자. 자기 내면에서 찾아낼 수 있는 와인을 마시고, 나눔이 목적인 와인을 마시자.

2014년 8월 17일 일요일, 코펜하겐

맛을 보고 내가 경험한 맛을 기억할 수 있는 능력은 내 직업의 가장 기본이라고 생각한다. 내 직업의 가장 기본적인 전제이고, 이는 내가 바꿀 수 없는 사실이다. 능력이 있거나 없거나 둘 중 하나인데, 누군가가 내 능력을 빼앗을 수 있을 것 같지는 않다. 나는 모든 것을 직접 알아내고 변화를 느낀다. 나만의 와인 주관을 따른다. 가장 중요한 조건은 평화롭고 고요하며 일정이 여유로운 환경에서 일하는 것이다. 그런 작업 환경이 갖춰진다면 주변 사람들과 이야기를 나누고, 방해받지 않으며 몰입할 수 있는 정신적 공간을 만들어 낼 수 있다. 물론 방해도 중요하다. 방해 그 자체가 긍정적이라기보다는 잠시 손을 멈추고 지금까지 했던 작업을 돌이켜 볼 수 있기 때문이다.

와인 시음에는 많은 문제가 얽혀 있다. 나는 시음 환경에 따라 어떤 현상이 벌어지는지 오랫동안 고민했다.

혼자일 때는 혼자일 때만의 방식으로 와인의 인상을 받아들이게 된다. 주변이 조용하면 특유의 효과가 발생하는데, 사실 나는 경험을 나눌 사람이 있는 편이 더 좋다. 사람마다 시음에 접근하는 방법이 다르지만 차이는 크지 않다. 그저 맛보는 사람도 있고, 경험하는 사람도 있고, 반사적으로 와인과 관계를 맺는 사람도 있다. 내가 어느 쪽인지 확실히 답하기는 힘들다. 어떻게 보면 세 유형 모두 자기 내면에 집중하는 동시에 타인이 창조한 것을 추구한다. 나는 혼자 있으면 와인과 혹은 포도와 공존할 수 있는 공간에 틀어박히는 것 같다. 물리적 공간이 아니라 정신적 공간 말이다. 나는 이 공간의 중점에 오직 와인만 두려고 한다. (대부분 그러듯) 다른 사람이 무엇을 하는지, 저쪽에 누가 있는지, 누가 누구와 이야기하는지, 인사할 사람이 있는지, 다른 소믈리에들은 무엇을 하고 있는지, 누가 누구를 따라하고 어떤 소리를 내는지 등을 신경쓰기 시작하면 집중이 흩어진다. 타인의 행동 정보를 와인이 보내는 신호라고 오해하게 된다. 집중이 흩어지면 아무것도 얻지 못한다. 내가 하려는 말은 사회적 효과를 무시할 필요가 있다는 것이다. 그래서 다른 소믈리에들과 함께하는 시음을 썩 좋아하지 않는다. 그들의 존재만으로 집중이 흩어진다.

하지만 와인이 참 매력적이라고 생각하는 또 하나의 이유가 바로 그것이다. 와인을 맛볼 때는 예술이나 사랑에서 발견할 수 있는 유형의 현실을 체험하게 된다. 바람이 전혀 불지 않는 태풍의 눈 같은 곳, 그저 타인과 오붓할 수 있는 곳이 존재한다. 분명히 실재하는 곳이다. 그곳에서는 여유를 누릴 수 있기에 잘 활용하면 와인에 오롯이 빠져들게 된다. 시음은 내가 지금 몰두하는 글쓰기와도 비슷하고, 음악 감상과도 비슷하다. 일반적으로 시음은 듣기와 닮았다. 딱히 복잡하지 않고, 와인 안에 있는 수많은 세세한 정보와 질문에 굳이 대답할 필요도 없다. 와인을 맛보는 데에 능숙한 사람이라면 아무 말도 할 필요가 없다. 다른 사람의 이야기를 잘 들어 주는 사람을 보면 굳이 상대의 이야기에 하나하나 대답하지 않고 귀만 기울인다. 그것과 마찬가지다. 한순간의 미소나 마주치는 시선만으로 충분히 효과적일 수 있다.

다만 맛보고 있는 와인이 어떤 것인지 최소한 자기 자신에게 설명하고 대답해야 할 순간이 올 것이다. 어떤 방식으로든 무언가를 흡수하고, 받아들이고, 소화하고, 관계를 형성하는 행위에는 예술적인 면이 있다. 반면 타인이나 와인, 음식, 음악, 예술과 관계를 다지기 위해 대화를 나눠야 할 때도 있다. 쌍방향으로 정보를 주고받아야 하는 것이다. 누군가가 대답을 기다리고 있다. 하지만 혼자서 와인을 탐닉하고 그 안에 푹 빠져 현실을 잊어버릴 기회도 있다. 와인은 하나의 존재와 마찬가지다. 정말이지 굉장하다. 또 와인은 아름다움, 일종의 이기심을 상징한다. 적어도 내게는 그렇다!

내가 와인에 푹 빠져 현실을 잊었다면 직업적인 이

유가 있을 때가 많다. 하지만 내 자아에게 만족감을 주려고, 나 자신에게 평화로운 환경을 제공해 방해꾼 없이 와인을 맛보고 관계를 형성하려고 푹 빠지기도 한다. 나는 평생 사라지고 싶다는 욕망을 느꼈다. 굉장할 것 같다. 지구상에서 사라지고 싶다는 말이 아니라 예술이나 와인에 푹 빠져 현실에서 사라지고 싶다는 말이다. 인간에게 그보다 더 근사한 생의 방식이 있을까. 이 고요하고 아름다운 매료의 결과를 더 우아하게 표현할 수 있으면 좋겠다. 사실 매료되어 사라지는 것만으로 세상은 진정해지고 모든 것을 더 쉽게 감각할 수 있을 것이다.

어쩌면 이기심과는 관련이 없을지도 모르겠다. 나는 세상에 선행을 베풀고 있는 것이 아닐까? 내가 와인에 푹 빠져 버리는 대신 정신 차리고 옆에 있어 주기를 원하는 사람도 있을까? 아마 아닐 것이다. 예를 들어, 동료들과 프랑스로 여행을 떠났을 때 나는 다 함께 나란히 서 있는데도 내가 그들을 따돌리고 있다는 느낌을 받았다. 프랑스어를 모르는 동료들을 돌봐 줘야 하는데, 내 머릿속의 생각이나 와인메이커와 나누는 대화에 그들을 끼워 주고 설명해 줘야 하는데 그러지 못하는 기분이었다. 지금은 동료들에게 자기만의 세상에 있었기에 내 세상에 들어와야 할 필요가 없었다는 것을, 그들 역시 방해가 싫었으리라는 것을 안다. 다행이다. 시야가 더욱 넓어진 것 같다. 그때 나는 외부를 차단하고 오직 와인에만 집중했다. 그런 관점에서 보면 조금 이기적이라고 할 수도 있겠다.

가령 식사 자리에서 흥미가 동하는 음식을 접하면 다른 사람의 이야기에 귀 기울여야 한다는 의무를 깜빡할 때가 있다. 아무도 정체를 모르는 와인이 나타나면 시공간을 다 잊어버리고 만다. 그것 역시 이기심이나 오만 등으로 인식될 수 있다. 정말 그런지는 모르겠다. 그렇지 않은 것 같다. 적어도 나는 그렇지 않다고 생각하는데, 다른 사람은 와인에 이렇게 큰 열정도 없으면서 내 행동을 이기적이라고 생각하는 경우가 잦다. 무언가에 푹 빠지는 바람에 옆 사람을 의식하고 대화를 나눌 여력이 없는 것을 이기적이라고 생각하는 것이다. 정말이지, 실상은 그저 타인의 의견과 무관하게 자기만의 생각에 빠져 있기 때문이다. 식탁에서 던지는 논평은 이해나 설명보다 발화 그 자체가 목적인 법이다. 어쩌면 지금 내가 늘어놓는 이야기도 마찬가지겠다. 내게는 의미 있을지언정 타인에게는 무의미할 수 있다.

2014년 8월 19일 화요일, 코펜하겐

오늘 덴마크 예술가 카스페르 헤셀비에르와 즐거운 대화를 나눴다. 라벨 디자인을 맡길 예술가 후보군에서 마지막 남은 사람이었다. 누군가가 옆에 있을 때 무언가에 푹 빠져 현실에서 사라지는 현상에 관한 아주 재미있는 이야기였다. 그는 사라지는 느낌을 겪어 본 적이 있다고, 정말 굉장한 느낌이라고 했다. 다른 사람이 무언가에 몰두해 사라져 버릴 때도 왜 그러는지 설명하거나 물어볼 필요를 느끼지 않는단다. 왜냐하면 그가 사라지면 두 사람 모두 사라져 없고, 그들이 함께 또 따로 사라졌다는 사실을 둘 다 이해하기 때문이라고 했다. 대화를 나누면 나눌수록 그가 라벨 디자인의 적임자라는 확신이 굳어지는 동시에 내가 아닌 다른 사람에게 라벨 디자인을 맡기는 것은 실수라는 사실을 깨닫게 되었다. 카스페르는 우리가 고른 단순한 접근법에 동의한다. 우리가 지어낸 문구가 강렬하다고, 골라 놓은 와인 이름도 좋다고 생각한다. 그러니 라벨은 내가 직접 만들 것이다. 어떻게 해야 할지 잘 알고 있다. 아무것도 달라지지 않을 것이다.

나는 이런 식의 사라짐이 마음에 든다. 여럿이서 와인을 맛보기 위해 모이고 — 또 다른 사람들까지 합류해 너나 할 것 없이 각자 한 종류씩 즐긴다 — 그곳에서 새로운 지식을 얻게 된다. 어쩌면 다른 와인메이커가, 다른 소믈리에가 함께할 수도 있다. 5분쯤 술잔에 코를 박고 있다고 한들 상관없다. 모두가 그러고 있으니까. 공동의 경험 속에서 혼자가 됨으로써 우리는 더욱 단단해진다. 술잔을 내 일터라고 생각하면 재미있다. 물론 술잔은 공간이 아니다. 하지만 술잔의 곡선을 마주하면 특유의 평화와 안정이, 머릿속에 숙고할 공간이 생겨난다. 술잔을 든 사람에 따라 재미로 채워질 수도, 집중과 진지함으로 채워질 수도 있는 공간이다.

토요일 밤 10시, 아내와 외식하러 온 식당 한복판에서 와인에 푹 빠질 기회를 누리기는 힘들다. 똑같은 와인이 있지만 상황이 다르니까. 비교하자면, 베이시스트에게 당장 무대 위로 올라와 처음 만나는 밴드와 연주해 달라고 부탁하는 셈이다. 밴드는 이미 모든 준비를 마쳤다. 리허설은 끝났고, 이제 콘서트가 시작할 것이다. 이를테면 원래 콘서트는 9시에 시작할 예정이라 베이시스트도 시간에 맞춰 왔는데 8시 30분에 이미 시작해 버린 것이다. 이제 그가 무대에 올라 연주를 시작하는 일만 남았다. 불가능에 가까운 일이다. 아닌가, 모르겠다. 어쨌든 나라면 절대 못 할 일이다. 베이시스트가 자기 내면에서 안정을, 악기 안에서 여유를 찾아낸다면 가능한 일일까? 내가 와인이나 술잔에서 여유를 찾아낼 때처럼?

2014년 8월 21일 목요일, 코펜하겐

나는 포도 품종을 배합해 와인을 만들 때 아무것도 참고하지 않는다. 내가 만들었던 와인의 맛을 참고하지 않는다는 뜻이다. 지난해에 만든 두어 종류의 와인이 남긴 인상을 여전히 기억하고 있으나 직업적으로 활용한 적은 없다. 다른 와인메이커가 작업한 결과물을 맛보고 이입하기도 하지만, 다른 사람의 와인은 완결된 책과 마찬가지라고 줄곧 생각했다. 나는 이미 쓰인 책을 한 번 더 쓰고 싶지 않다.

제랄드의 와인과 비슷한 와인을 만들거나 혹은 비슷한 와인을 만드는 것과 조금이라도 유사한 작업은 절대 하지 않는다. 이상한 짓이라고 생각한다. 솔직히 말하면 제랄드는 경이로울 정도로 일을 잘하고 재능이 넘쳐서 그의 와인은 프랑스 남부에서 가장 흥미로운 수준이다. 나는 인간으로서, 또 와인메이커로서 제랄드를 깊이 존경한다. 하지만 그를 따라 하거나 그의 작업을 되풀이할 의향은 없다. 다른 와인에서 좋아하거나 싫어하는 요소를 발견해 고민스러울 때 누군가가 물어보지 않는 한 나서서 이야기하는 경우는 드물다. 그런 것들은 나 자신을 위한 관찰이고, 나와 함께 지금 이 순간에 속하는 것들이다. 그러니 제랄드의 작업에서 흥미로운 것을 발견하면 대화를 나누고 질문을 많이 던질 것이다. 덧붙이자면, 그 역시 나와 똑같이 행동한다. 하지만 제랄드가 자기 일에 몰두할 수 있도록 내버려 둘 때가 많다. 그의 와인 저장고에 들렀다가 떠나는 길에는 항상 좋은 경험이었다는 만족감, 작은 정보나 아이디어가 남는다. 우리 모두에게 만족스럽다.

나는 와인을 탐구할 때 산지를 기반으로 삼아야 한다고 믿는다. 탐구 대상이 무엇이든 자체적인 맥락 안에 남겨 두고 아무런 편견이나 선입관 없이 다가가고 싶다. 이는 내가 와인 양조에 있어 뻔한 접근법을 자제하려고 하는 이유이기도 하다. 지금껏 맛본 와인을 복기해 보면,

더욱 전통적이고 잘 만든 와인은 높은 수준의 양조 기술을 자랑한다. 하지만 나는 그런 와인이 참 짜증 난다. 마시는 사람이 새로운 도전을 하거나 스스로 의식을 확장할 수 있는 계기를 제공하지 않기 때문이다. 〈오크 술통에 샤르도네〉 같은 기계적인 양조법을 두고 하는 말이다. 아무렴 상관없을 거다. 많이들 좋아하니까. 나는 이렇게 보고 저렇게 봐도 너무 뻔해서 슬플 뿐이다. 창의력을 좀먹고 진득한 추진력과 자유로운 표현에 수반하는 이익을 저해한다.

내가 와인을 통해 상상의 공간을 마련했는데 누군가가 한 모금 마셔 보더니 전에 와보았다고 느낀다면, 목적지가 어디인지 정확히 알 것 같다면 나는 완전히 실패한 셈이다. 그런 일이 일어난다면 더 이상 나는 길잡이라고 할 수 없다. 와인을 마시는 그들의 맛 역사와 기억이 통제권을 잡게 되고, 나는 그들을 안내할 기회를 잃게 된다. 내가 주인공이 되려고 하다니 바보 같다. 나도 안다. 사실 나는 주인공이 되고 싶지 않다. 내 와인을 마시는 사람들을 최대한 먼 곳까지 밀어붙이고 싶다. 그들이 알고 있는 지식을, 옳고 그름에 관한 기존의 판단을 다 잊어버리기를, 마음을 열고 자유롭게 와인을 맛보기를 바란다.

나는 오직 이 방법뿐이라고 확신한다. 처음 한 모금을 마시는 순간 와인이 변하고, 요동치고, 심지어 과해져서 완전히 엇나갔으면 좋겠다. 깔끔하고 명쾌한 한 모금으로 시작해 맛 요소가 서로 어떻게 연결되어 있는지 보여 주다가 뒷맛이 요동치면서 전혀 예상하지 못하는 방향으로 나아가서 맛 해석은 온전히 마시는 사람의 몫으로 남아야 한다. 내가 틀렸을 수도 있다. 잘 모르겠다. 다만 맛보는 과정에서 참고할 기준을 정하는 사람은 나라고 믿는다. 결과적으로 나는 긴장감 넘치는 공간에서 다양한 맛을 재료로 삼아 다채로운 감정을 자극할 수 있다. 와인의 미숙함과 우아함은 와인의 매력과 단단히 결속해야 한다. 그리고 와인 경험의 가장 흥미로운 부분이 감정과 풍미의 연결이라고 생각하는 이유는 실제로 사람들이 와인을 통해 충격과 사랑, 경이 같은 것을 느낄 수 있기 때문이다.

나는 내 와인을 마시는 사람에게 멋진 인상을 남기고 싶은 걸까? 그렇지는 않은 듯하다. 놀라워하면 좋을 것 같기도 하고? 다만 와인을 마실 때 의외의 경험에 대비해야 한다고 생각한다. 그러니까 와인을 마실 때는 편안한 마음이되 항상 자그맣게 불안을 품고 있어야 한다. 목표는 다음에 무슨 일이 일어날지 조금 두려워하는 것, 아니 궁금해하는 것이다. 내가 보기에 두려움과 호기심은 아주 긴밀히 연결되어 있다. 그저 신체적 피로나 정서적 건강 등 내 상태에 따라 반응이 달라질 뿐이다. 중요한 질문은 이것이다. 내게 곧 일어날 사건에 적절히 대처할 여력이 있을까, 대처에 필요한 능력이 있을까? 나는 곧 일어날 일을 두려워하고 있을까? 내가 만들고 싶은 와인을 표현하고 실제로 만들어 낼 힘이 있을까? 그럴 힘이 있다면, 모든 것은 그저 짜릿하고 새롭고 재미있을 뿐이다.

예술과 문화는 우리 주변과 내면에 변화를 일으킬 수 있다. 인간은 물이나 깨끗한 공기를 마시듯 필요하면 문화를 흡수한다. 현실이 암울해지면 문화가 살아난다. 굉장히 짜릿하고 경이로운 현상이라고 생각한다. 위대한 문화 운동은 사람들을 결속하고 모두가 공유하는 지식을 창출해 낸다. 하지만 문화 운동이 성공하려면 일단 우리가 큰 충격을 받아 편안한 일상의 영역에서 튕겨 나가야 한다. 나는 내 와인을 마시는 사람들이 손가락 끝과 손톱을 세워 식탁 모서리를 꼭 붙들기를, 충격 속에서 대롱대롱 매달리기를 바란다. 소속감을 느끼려면 소외감을 겪어 봐야 한다. 이상한 말이지만, 인간이 원래 그렇다.

지금 유럽의 정서도 그렇지 않은가? 변화에 필요한 경제적 여유가 없다 보니 사람들이 서로를 돌보지 않는다. 극우 세력이 자유 사상과 예술, 문화를 문제 삼고 비난한다. 시민이 자신을 표현할 수 있는 공간이 줄어들고 제한되는데, 제한은 미디어 속의 토론이라든지 정치적 수사의 탈을 쓴 채 간접적으로 이루어질 때가 많다. 과거 유럽에는 지금보다 훨씬 불확실한 시기도 있었다. 내 생각에 최근 정세는 사람들이 일자리와 주택, 세금, 에너지 요금 등에 불안을 느낀 탓에 포퓰리즘 성향이 도드라진 결과다. 어쩌면 불안은 인간을 추동하는, 아니 발목 잡는 힘인지도 모르겠다. 인간으로서, 사회 구성원으로서 우리는 타인을 내 집단 안으로 포용하는 대신 배제하기 시작한다. 그렇게 예술적 자유도 사라지는 것이다.

슬픈 일이다! 사실 인간은 언제나 두려움과 불안을 느끼며 살아왔다. 인류 역사를 통틀어 어떤 종류든 위기가 없었던 순간은 존재하지 않는다. 항상 대규모 위기가 있었던 것은 아니지만 언제든 개인 단위의 소규모 위기는 존재했다. 어쨌든 나는 배제보다는 포용을 장려할 수 있기를 바란다. 사실 요즘 사람들이 타인에게 없는 것을 누리려는 권리 의식에 빠져 광적인 배제에 몰두하는 모습을 보면서 그들에게 와인으로 충격을 선사해 안정 속의 불안감을 강화해 주고 싶다는 꿈이 생겼다. 사회 속의 더욱 폭넓고 관대한 포용을 장려하고 싶은 내가 사용할 수 있는 소통 수단이 바로 와인이다. 불가능할 수도 있으나 어쨌든 시도해 볼 생각이다.

와인과 인간, 그리고 서로의 차이점을 더 열린 마음으로 고민할 것이다. 우리 모두가 그럴 수 있다면, 다들 조금만 긴장을 늦추고 자리에서 일어설 수 있다면, 현 상태에 안주하는 대신 그 너머로 더 멀리 나아갈 수 있다면 얼마나 좋을까. 내게는 사람들을 자극할, 적어도 그들에게 새로운 도전 과제를 주고 호기심을 불어넣어 줄 재량이 있는 것이다.

2014년 9월 5일 금요일, 아르부아

2012 | 소노리테 뒤 방[74] | 가가미 겐지로[75]

길고, 깊고, 짭짤한 맛이다. 와인에 푹 빠져 잠시나마 현실에서 사라질 수 있었다. 겐지로의 와인은 억제되어 자유롭지 못한 듯, 철저히 〈가공된〉 듯 느껴질 때가 있다. 그러나 이 와인은 다르다. 균형감이 근사하고 공기처럼 가볍다.

2011 | 라 마요슈[76] | 옥타뱅

침출 작업을 거친 화이트와인은 조금 까다로운 것 같다. 너무 무겁거나, 최악의 경우 방향성이 희박하다. 하지만 알리스와 샤를의 와인은 변함없이 다채로운 매력을 선보인다. 짠맛, 달지 않고 쌉싸름한 맛, 무거운 풍미를 한결 가볍게 개선해 주는 딱 좋은 산미다. 내게 이 와인은 걸작이다!

2004 | 비외 사바냉 우이예[77] | 피에르 오베르누아

산화가 너무 강해서 다른 풍미가 발달할 여유가 없다. 와

74 Sonorité du Vent. 〈바람의 음색〉이라는 뜻의 프랑스어.

75 鏡健二郎. 쥐라에 기반을 둔 일본 출신의 내추럴 와인메이커. 와이너리는 〈도멘 데 미루아르Domaines des Miroirs〉로, 2011년에 첫 빈티지를 생산했다.

76 La Mailloche. 문자 그대로는 〈나무망치〉라는 뜻인데, 포도가 자란 지역의 이름이다.

77 Vieux Savagnin Ouillé. 〈오래된 사바냉 보충 와인〉이라는 뜻의 프랑스어.

수확하는 날, 포도를 거둬들이는 중.

시라 포도와 과즙을 맛보는 나.

인이 마음에 들지 않는다는 말일까? 아니다. 하지만 와인에 균형감이 있다고 할 수 있을까? 알맞은 시기에 마신 걸까? 잘 모르겠다. 다시금 던지는 질문, 우리는 이 와인을 너무 일찍 마신 걸까?

2014년 9월 7일 일요일, 발비네르

내 리듬을 찾지 못해 힘들다. 숲 아래쪽 오래된 나무에서 자라는 제랄드의 시라도 좋고, 어린 나무에서 수확한 카베르네 소비뇽 과즙도 좋고, 학교 뒤편의 포도밭도 있다. 그곳의 화이트 품종은 오묘한 금속성 맛이 나는데 — 달리 설명하기 힘들다 — 어린 나무에서 자란 시라도 마찬가지다. 이런 맛은 처음 느껴본다. 이상하다.

이번 수확기에 장마르크는 유럽에 들리지 않을 것이다. 이곳의 친구를 대부분 잃어버렸으니 지금 사는 일본의 섬에 숨어 있는 것 외에 달리 무엇을 할 수 있을지 모르겠단다. 나는 숨어 있을 필요가 없다고 생각한다. 자기 행동에, 오랜 친구들을 두고 한 말에 책임지고 장마르크에 관한 그들의 의견을 받아들여야 한다. 그는 금세 사람들과 사이가 틀어지고는 한다. 사교술이 뛰어난 편은 아니라 조금 걱정스럽다. 지난 며칠 동안 과거에 장마르크와 알던 사람들의 연락을 받았다. 다들 화가 나서 그와 이야기하고 싶다고 한다. 어떻게 해야 할지 모르겠다.

2014년 9월 8일 월요일, 발비네르

이 포도를 다 어떻게 해야 할까? 경험이 많았다면 얼마나 좋을까! 올해는 그냥 한 가지 과즙만 만들어야 할지도 모르겠다. 카베르네 소비뇽 로제 과즙에 줄기를 제거한 시라를 넣고 단기간 부드럽게 침출하는 것이다. 아니면 시라 과즙과 카베르네 소비뇽 과즙을 각각 유지할까? 로제 과즙은 꽃향기가 근사하고 과일 맛이 가득해서 살아 있는 것만 같다. (〈살아 있는 와인〉이라는 표현을 잘 기억했다가 〈내추럴 와인〉이 상업화될 때 사용해야겠다.)

2014년 9월 9일 화요일, 발비네르

시라 과즙에 금속성이 느껴지는데 내 입에는 부담스럽다. 밤새 고민했다. 짧게 일주일 정도 포도를 쌓아 추출한 뒤 자연 압착 과즙은 따로 두고 나머지는 압착해서 두 과즙을 만들 생각이다. 합당한 방안이다. 그러면 한 탱크에 있던 과즙으로 두 가지 와인이 만들어진다. 이쯤은 문젯거리도 아니다. 내가 항상 꿈꿔 왔던 홍미로운 로제를 만들 기회도 생겼다.

카베르네 소비뇽.

수확하는 날, 새참 먹는 중.

2014년 9월 11일 목요일, 발비녜르

2012 | 루포로제Louforosé | 그레고리 기욤

레드인지 로제인지 모르겠다. 껍질이 접촉한 맛은 느껴지지 않으나 붉고 진한 과일 풍미가 있다. 꼭 이탈리아 북부에서 만든 와인 같다. 블랙커런트와 블랙베리처럼 우아한 동시에 발랄하고 상큼하다. 정말 맛있다.

2009 | 네즈마Nedjma (매그넘) | 질 아초니

재스민의 꽃향기가 은은하고, 리치나 백도가 떠오를 정도로 달콤한 향이다. 우아한 볼라틸 산미가 과일 풍미를 지탱하며 흐트러지지 않도록 꽉 붙들어 주어 굉장히 감미롭다. 믿을 수 없을 정도다. 이 정도의 볼라틸은 문젯거리로 인식하지 않아야 한다. 아니, 정반대다. 축복과 같다. 과일 풍미를 지켜주며 새로운 수평적 균형감을 만들어 낸다.

2006 | 샤르보니에르[78] | 도멘 뒤 마젤

제랄드와 조슬린의 와인은 전기 감전만큼 짜릿하다. 한 모금 맛보자마자 입속의 세포 하나하나가 바짝 긴장해 예민하게 감각하기 시작한다. 인상적인 와인! 생동감이 가득하고 깔끔한 맛이 지극히 순수하다. 애석하게도 샤르도네 품종은 가공이 심한 경우가 많다. 하지만 이 와인

78 Charbonnières. 〈석탄 파는 여자들〉이라는 뜻의 프랑스어.

에는 남부의 무거움이 없다. 싱그러운 데다가 과일 풍미에 오롯이 집중하는 와인이다.

2014년 9월 15일 월요일, 발비녜르

발효 중인 시라 과즙이 아주 맛있다. 다만 아직은 너무 가볍고, 짠맛과 쓴맛이 부족하다. 잠시 덴마크에 다녀올 계획이다. 여기 있으면 도통 마음이 편하지 않은데, 조급해 봤자 아무런 도움도 되지 않으니까. 포도는 실외 섬유 탱크에서 발효 중이다. 커다란 시트를 덮어 놓았다. 와인이 산소와 접촉해 리덕션이 사라지기를 바라고 있다. 실제로 공기가 닿아 산화가 진행되면 짠맛이 생기고 과즙의 균형이 탄탄해질 때도 있다. 이 방법으로 효과를 거둘 수 있기를 바란다.

2014년 9월 20일 토요일, 발비녜르

다시 발비녜르로 돌아왔다. 밤에는 안드레아 칼렉의 집에서 수확의 끝을 기념하는 파티가 열렸다. 다비드 오클레르David Auclair의 2013년산 〈조시안Jo-Siane〉을 처음으로 마셔 보았는데 아주 맛있었다.

수확하는 날, 점심 먹는 중.

실외에서 침출 중인 〈무놀로그〉.[79]

2014년 9월 21일 일요일, 발비네르

시라 포도를 압착했다. 결국 자연 압착 과즙과 압착기를 사용한 과즙 두 가지를 만들기로 했는데, 두 과즙은 맛이 완전히 다르다. 중력이 압착해 준 과즙은 실외 탱크에서 발효를 끝내려고 한다. 오래된 목제 압착기로 짜낸 과즙은 바로 술통에 넣을 생각이다. 금속성 맛이 아주 강해지고 있고, 타닌과 전반적인 맛 구조 역시 탄탄해지는 중이다. 아름다운 균형감을 찾아낼 때까지 시간이 꽤 걸릴 듯하다. 로제는 굉장히 맛있다. 다른 과즙을 섞지 않아도 분명 근사해질 것이다.

2014년 10월 15일 수요일, 코펜하겐

라벨은 단순하고 미적이어야 한다. 눈에 띄면 안 되고, 그저 와인의 이야기를 전달하는 이름만 알려 주어야 한다. 〈감미로운 시작과 그보다 멋진 결말〉은 훌륭한 예다. 정말 이름 그대로였으니까. 감미로운 시작의 끝에는 더 멋진 결말이 있었다.

아주 깔끔하고 간결해서 어디에 있든 잘 어울리는 라벨을 만들고 싶다. 도쿄나 파리의 활기 넘치는 와인 바

79 Moonologue. 〈달의 독백〉이라는 뜻의 영어. 〈달〉을 뜻하는 〈moon〉과 〈독백〉을 뜻하는 〈monologue〉를 합했다.

와인을 옮겨 담고 탱크를 청소 중인 아내와 나.

에 있든, 흰 식탁보와 은식기가 갖춰진 런던이나 뉴욕의 미슐랭 별 세 개짜리 식당에 있든 잘 어울려야 한다. 라벨이 와인을 배제하지 않아야 한다. 라벨은 명함의 역할도 수행하기에 법이 요구하는 모든 안내 사항과 함께 와인의 이름, 우리 제작자들의 이름도 포함해야 한다. 그래서 우리는 웃기거나 도발적인 그림이라든지 회화 작품 같은 것은 넣지 않을 것이다. 처음에 구상한 것처럼 깔끔한 흰색 후면 라벨에 이름만 인쇄할 생각이다. 후면 라벨을 세상에서 가장 멋진 것이라 할 수는 없겠지만, 분명 간결하고 단순하고 미적이다. 게다가 조슬린의 사무실에서 내가 직접 인쇄할 수도 있다!

2014년 11월 8일 토요일, 코펜하겐

2014 | 준마이 90 가토리 기모토 무로카 | 데라다 혼케

이 사케를 마셔 본 적은 많지만 제대로 맛본 것은 오랜만이다. 일본에 사는 친구에게 메시지를 보내 몇 가지 물어보았다. 이름 옆의 〈무로카(無濾過)〉는 (여느 사케와는 다르게) 활성탄 여과 작업을 거치지 않았다는 뜻이라고 한다. 그 결과 술에 노르스름한 빛깔이 남지만 향은 오롯이 보존된다. 양조업자 대부분은 마지막 단계에서 활성탄으로 여과해 〈원하지 않는〉 향을 제거한다. 그러나 조심하지 않으면 원하는 향까지 없애 버릴 위험도 있다. 〈기모토(生酛)〉는 17세기의 배양 효모 기술이다. 어쩌면 배양 효모 기술 중에 가장 복잡할지도 모르겠으나 산미를 북돋우고 정교한 맛을 만들어 낸다. 자그마한 나무통에 쌀과 소량의 물을 넣고 두 사람이 나무 주걱으로 으깨 젖산이 있는 반죽을 만든다. 항상 〈본격적인 양조〉를 시작하기 전에 발효를 시작해야 한다. 산업형 사케는 산을 최소화하고 기모토 효모 대신 젖산 배양 효모를 사용한다. 하지만 크래프트[80] 사케를 만드는 사람들은 점점 더 기모토 기술로 돌아가고 있다. 또한 와인 애호가들을 포용하기 위해 산미를 높이는 실험을 감행하고 있다.

80 Craft. 소규모 양조업자가 산업이 아닌 전통의 방식으로 공들여 만드는 술을 뜻한다.

2014년 11월 15일 토요일, 코펜하겐

데라다 혼케의 사케 때문에 고민이 많다. 그 와중에 가을 나날을 만끽하고 있다. 왠지 가을이 오면 한 해가 마무리되는 느낌이다. 공기가 차분해지고 단상이 시작된다. 자연의 빛깔이 바뀌어 초록은 전부 자취를 감춘다. 서두름 없이 느긋하게 노랑, 빨강, 주황, 고동빛도 나타난다. 그리고 고요하고 쌀쌀한 공기가 조금씩 밀려든다. 가을은 감미로운 멜랑콜리의 계절이다. 한 챕터가 끝나고 새로운 챕터가 시작된다. 모든 것이 서늘해진다. 겨울이 오면 지난 한 해가 지워지고, 다가올 새해를 위한 깨끗한 캔버스가 마련될 것이다. 가을은 성심껏 어루만져야 하는 감정의 계절이다. 또 한 해가 지났다. 세월이 참 잔인하다.

가을이 오면 평온한 마음으로 지난 한 해에 작별을 고하고 과거를 떠올리게 된다. 기분 좋을 때가 많다. 기온이 떨어지며 자연은 대대적인 장면 전환을 이뤄 낸다. 새로운 향기, 새로운 소리, 새로운 이미지, 새로운 빛깔이 가득하다. 정신적인 압박도 한층 무거워진다. 그것도 나름대로 좋다. 여름이 끝났으니 이제는 돌이킬 수 없다. 여기서부터는 그저 직진이다. 그렇지만 가을은 북유럽의 겨울과 다르게 암울하거나 무겁지 않고 찬란하게 요동칠 뿐이다. 한 해 동안 일어난 사건을 전부 뒤섞고 재배치하여 궁극의 퍼즐을 완성하는 계절이다.

〈헬사스Hellsass〉와 〈클로케인Klockkaine〉 병입.

2014년 12월 9일 화요일, 오베르모르슈비르

장마르크가 유럽으로 돌아왔다. 이곳 알자스의 2013년 빈티지를 병입하기로 했다. 전부 맛있는데, 특히 게뷔르츠트라미너가 훌륭하다. 피노 그리는 다소 약하다. 압착기로 짜낸 과즙 중 맨 마지막 분량은 맛이 대단하다. 술통에 두고 겨우 1년 지났는데 벌써 산화 풍미를 선보이고 있다. 장마르크는 여전히 이 와인의 구상이 잘못되었다고 믿지만 나는 별로 개의치 않는다. 도전해 보고 싶다. 〈나의 첫 번째 식초〉라고 불렀더니 장마르크가 재미있다고 난리다. 나는 이 녀석에게 우리가 알자스에서 만들었던 그 어느 와인보다 큰 기대를 걸고 있다. 아주 묵직할뿐더러 훌륭한 와인으로 변모할 잠재력이 있다. 성공한다면 같은 방법을 자주 사용해 볼 생각이다. 한두 달 후 다시 맛보게 될 순간을 고대하고 있다. 텅 빈 낡은 저장고에 홀로 남은 이 외로운 술통을 보고 있으면 기분이 묘하다.

2013 | 헬사스

우리의 2013 빈티지는 둘 다 향기가 아주 풍부하다. 피노 그리의 쓴맛은 날것의 초록 헤이즐넛과 비슷하다. 단맛이 전혀 없다. 산화의 흔적이 은은하게 느껴지고 달큰한 향기가 풍부해서 아주 흡족하다. 추운 환경에서 오랫동안 발효해 흥미로운 와인이다.

2013 | 클로케인

와인에 발효되지 않은 당분이 남아 여전히 단맛이 느껴진다. 거품이 올라올 정도는 아닌 반면, 게뷔르츠트라미너에 한층 풍부한 맛 표현을 선사하기에는 충분했다. 심지어 과하다는 느낌이 들 정도다. 병 속에서 두 번째 발효가 일어나거나, 마우스 혹은 최근 화두로 떠오른 기름기

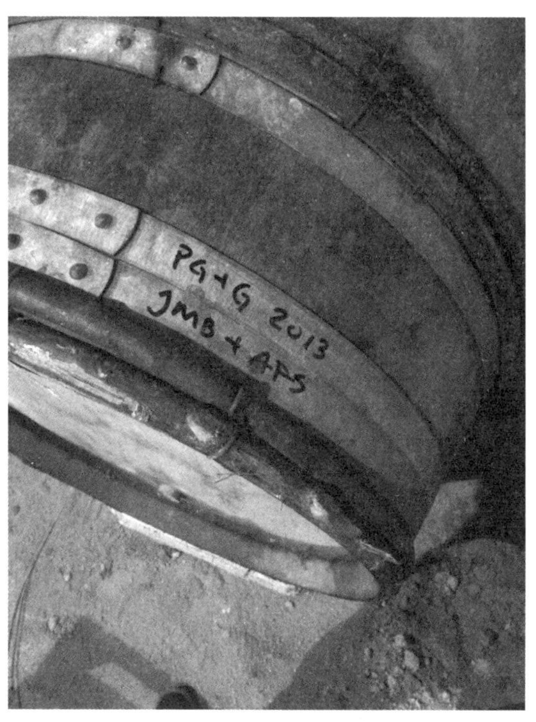

이 술통에 담긴 과즙이 후에 〈르 르블로셰〉[81]가 된다.

결점이 생길까 봐 걱정스럽다. 와인을 탱크에서 술통으로 옮기기 전에 이미 비슷한 문제가 있었다. 답은 시간이 흘러야 알 수 있을 것 같다. 장마르크는 딱히 걱정하지 않는다.

81 Le Rebloché. 문자 그대로는 〈한 번 더 짜낸 것〉이라는 뜻. 사부아 지방에서 마지막에 짜낸 농밀한 우유로 〈르블로숑reblochon〉 치즈를 만드는 것에 착안하여 마지막에 짜낸 농밀한 과즙에 같은 이름을 붙여 준 것이다.

2014년 12월 29일 월요일, 사도섬

일본에 몇 주 묵을 계획이다. 일단 장마르크와 그의 가족을 보러 사도섬에 왔다. 마지막 방문으로부터 18개월이 흘렀다. 새해의 시작을 기념하기 위해 전야에 함께 모이기로 했다. 친구 여럿이 함께할 것이다. 장마르크와 더 많은 이야기를 나눌 수 있어 좋다. 이번 달 초에 알자스에서 함께 와인을 병입하며 시간을 보낸 후로 이 프로젝트의 미래에 관한 의견을 물어보고 싶었다. 마음이 참 쓸쓸하다. 물론 그와 대화도 많이 나누고, 많은 것을 배우고 있다. 새로이 느끼고 고민할 흥미로운 것들이 많다. 그는 굉장한 멘토다. 다만 그는 실질적인 작업이 시작되어도 좀처럼 동참하지 않는다. 오늘 밤에 이런 이야기를 전부 털어놓았다. 내 말을 인정했으나 변화가 생길 것 같지는 않다.

2015

2015년 1월 1일 목요일, 사도섬

다 함께 새해 소원을 빌러 사원에 다녀왔다. 일본은 더럽게 춥다. 집을 웬 종이 같은 걸로 지어 놨다. 작은 목제 난로 주변에 앉아 있었는데, 집 안의 전체 난방을 그 조그마한 난로 하나에 의지하는 구조였다! 오후에는 떡을 만들고 차를 마셨다. 일본 와인도 몇 종류 마셔 보았다. 하나가 특히 인상적이었는데, 〈카네 와인〉[82]에서 만든 〈2012 카네 고슈 이와무라-가와쿠보(キャネー甲州祝村川窪)〉다. 〈고슈〉는 이 지역에서 자라는 포도 품종인데, 다양한 종류의 곰팡이에 내성이 있는 편이라고 한다. 그러고는 늦은 오후부터 저녁 내내 술집에서 장마크르와 노닥거리며 대화를 많이, 정말 많이 나누었다. 무거운 주제도, 가벼운 주제도 있었다. 장마르크와 있을 때는 그보다 술을 적게 마시려고 노력한다. 그래야 논의하기가 편하다. 왠지 모든 대화의 끝이 〈세상에 저항하는 우리〉로 귀결되는 듯해 피곤하다. 내일 도쿄로 떠난다. 아네는 덴마크로 돌아가고,

82 Caney Wine. 일본 야마나시현에 기반한 내추럴 와이너리.

나는 업무차 일본에서 몇 주 더 지낼 계획이다.

2015년 1월 8일 목요일, 도쿄

파리에서 총격 테러[83]가 벌어졌다. 어제는 온종일 충격과 슬픔에 빠져 있었다. 오늘도 여전히 슬프지만, 한편으로 화가 난다. 내게 아랍 문화권은 세상에서 가장 흥미로운 곳이다. 특히 지각과 감각 경험에 있어 참고하고 즐길 수 있는 것이 정말 많다. 가령 장미수와 오렌지꽃, 다양한 인센스, 역사를 향한 존중이 깃든 문화와 미식이 떠오른다. 물론 사과와 민트 차, 파리의 라 그랑드 모스케 이슬람 사원 옆에 있는 카페에서 차와 함께 내주는 달콤한 케이크도 훌륭하다. 수많은 애호의 대상 중에서 몇 개만 꼽아 봤을 뿐이고, 나는 이런 것들을 내 감각 세계의 중요한 한 부분으로 받아들이고 있다. 이런 문화가 흥미로운 이유는 아랍이 일본 혹은 (이탈리아, 스페인, 프랑스 등) 역사가 긴 라틴 유럽 국가처럼 아주 현대적인 동시에 역사적 배경에 단단히 메여 있기 때문이다. 서아시아로 여행을 떠나 아랍인 친구들에게 둘러싸여 있으면 감각이 깨어나는 기분이다. 어렸을 때는 『코란』도 읽어 보았다. 평생 읽

83 2015년 1월 7일 프랑스 파리에 있는 주간지 『샤를리 에브도』 사무실에서 발생한 총격 테러. 해당 신문에서 무함마드를 조롱하는 만화를 실은 것에 분개한 알카에다 조직원들이 총기를 난사해 열두 명이 숨졌다.

은 것을 통틀어 가장 진실하고 아름다운 구절을 발견하기도 했다. 성경이나 다른 종교 경전과 마찬가지로 『코란』에도 명암이 존재한다는 사실을 알고 있다. 종교 경전에는 항상 두 가지 입장이 있으니까. 파리 총격과 마찬가지다. 그러나 지금 내가 보기에 이 사건의 원인은 명확하다. 서구 문명이 테러의 원인을 제공했다.

물론 테러는 변명의 여지가 없다. 테러범을 변호해서는 안 된다. 살인 행위는 끔찍하다. 덧붙일 말이 없다. 나는 살인 행위를 변호하려는 것이 아니다. 하지만 지금은 두 세계가 분열되어 버렸다. 특히 미디어와 정치적 언어에 의해 완전히 단절되었고, 내게는 이 단절이 과거 어느 때보다 강하게 느껴진다. 서구 사회는 오랫동안 아랍의 가치를 존중해 주지 않았다. 우리 유럽인들은 자기 사회에, 나아가 세계 사회에 극단적인 세력을 만들어 놓았다. 이것만으로 비판받아 마땅하다! 서구 민주주의 역사에서 가장 끔찍했던 날은 어제도, 2001년 9월 11일도 아니다. 9.11 테러 다음 날인 9월 12일이다. 부시 대통령이 자기가 사악하다고 생각한 모든 것에 전면전을 선포한 날이다. 모든 사람이 부시의 아군 혹은 적군이었다. 모 아니면 도였다. 오늘도 마찬가지다. 분개한 채로 아랍 세계를 비판하는 목소리를 내지 않으면 자유를 추구하는 서구 사회의 일원으로 인정받지 못한다. 끔찍하다. 역사에 관해, 역사 속에서 (과거와 현재의) 인간이 맡은 역할에 관해, 우리가 이 세계에 — 서구든 아랍이든 — 살고 있기에 져야 하는 책임에 관해 제대로 이해하지 못하는 사고방식이다.

부시가 시작한 전쟁의 시대는 절대 끝나지 않을 것이다. 전쟁이 끝나지 않으리라는 말이 아니다. 〈승자〉와 〈패자〉가 나뉠 것이고, 공격은 멈추지 않아 결국에는 〈사악한 자들〉이 죽을 것이다. 서구 사회는 끊임없던 전쟁을 벗어나 전란 국가에 사는 사람들에게 인도주의적 지원을 베풀기 시작했다. 그리고 2001년 9월 12일, 폐허를 재건하지도 않고 파괴를 시작하는 것이 용납 가능해졌다. 이것만도 이해할 수 없고 받아들일 수 없는 사건이었으나 우리는 다시금 어제 파리에서 그런 접근법의 대가를 톡톡히 치르게 되었다. 파리에서 고통스러워하고 있을 사람들 때문에 마음이 아프다. 정말이다. 그곳에 사는 친구도 많으니까. 그와 동시에 서구 민주주의 세계의 일원이라서 수치스럽다. 우리는 표현의 자유를 두고 줄곧 자신을 기만했고, 우리가 사는 세상의 난폭한 초상을 목격한 지금에서야 깨닫게 되었다. 우리의 민주주의는 웃음거리에 불과하다.

오늘 아침 생선을 사러 쓰키지 시장에 갔는데, 일본인 할아버지가 날 불러 세우고 프랑스인이냐고 물었다. 나는 덴마크인이라고 대답했다. 뒤이어 내 심정을 어떻게 전해야 할지 생각해 내기도 전에 할아버지가 유럽 사람들, 더 정확히 말하면 서구 사회 사람들이 전부 안됐다고 말했다. 다만 유럽이 과거의 식민지와 서아시아를 비롯한 아랍 세계에서 저지른 짓을 일본에서도 저질렀다면, 분명 일본인도 파리를 공격한 테러리스트처럼 반응했으리라고 덧붙였다. 이 생각을 떨칠 수가 없다. 〈우리〉라면 어떻게 반응했을까? 따돌림당하고 압박감에 짓눌리는 삶을 좋아하는 사람은 아무도 없다.

2015년 1월 10일 토요일, 도쿄

2011 | 에포나[84] | 파트리크 데스플라

슈냉 블랑은 세상에서 가장 흥미로운 화이트 품종일지도 모르겠다. 파트리크 데스플라는 슈냉 블랑이 가진 맛을 가장 능숙하게 실현해 내는 와인메이커다. 이 빈티지는 파트리크가 바바스와 협업을 그만두고 만들어 낸 첫 번째 결과물인데, 긴장한 흔적이 전혀 느껴지지 않는다. 단 한 순간도 손을 떨지 않고 오롯이 집중했다. 와인 역시 집중력이 대단하다. 순도 100퍼센트의 깔끔한 과즙이다.

2013 | 블라블라블랑[85] | 졸리 페리올[86]

내 생각에는 마카베오 품종인 것 같다. 오랫동안 이 품종으로 와인을 만들어 보고 싶었는데……. 이자벨 졸리

84 Épona. 말, 조랑말, 당나귀, 노새를 지켜주는 여신. 다산을 상징한다.

85 Blablablanc. 〈시답잖은 소리, 장광설〉이라는 뜻의 〈blabla〉와 〈흰색〉을 뜻하는 〈blanc〉을 합한 말장난이다.

86 Jolly Ferriol. 루시용에 기반을 둔 내추럴 와이너리. 2005년에 첫 빈티지를 생산했다. 오랫동안 버려져 있던 영지 〈마스 페리올Mas Ferriol〉을 구입해 재배와 양조를 시작했다.

Isabelle Jolly와 장뤼크 쇼사르Jean-Luc Chossart는 단순한 와인을 만든다. 묵히지 않고 마셨을 때 맛있는 와인이라는 뜻이다. 이 와인도 예외가 아니다. 레몬즙처럼 신선하고, 바닷물처럼 짭짤하며, 소란스럽지 않은 방식으로 직설적이고 우아하다.

2015년 1월 15일 목요일, 도쿄

잠시 글쓰기를 멀리해야 할 것 같다. 미칠 지경이다. 자꾸만 머릿속에 떠오르는 생각을 전부 언어화하려고 해 감당이 되지 않는다. 이곳 일본에서 너무 많은 경험을 하고 있다. 내 머릿속에 남은 인상과 풍미, 맛 구조가 사라져 버리기 전에 잘 그러모아야 한다. 지금 나는 인센스, 화지, 녹차의 건조한 향기가 자욱한 세상, 섬세한 일본 거문고 선율이 흐르는 세상을 통과하고 있다. 입에 무언가를 넣을 때마다 세상이 멈추는 듯, 자전거를 거꾸로 탄 채 후지산으로 이어지는 좁은 오솔길을 달리는 듯한 기분이다.

2015년 1월 21일 수요일, 도쿄

데라다 혼케의 양조장에 방문한 것도 오늘로 두 번째다. 즐겁고 유익한 시간이었다. 이 느낌을 어떻게 설명해야 할지 고민스럽다. 양조장을 떠날 때는 모든 것이 새로웠고, 이 경험으로 이제 나는 완전히 다른 사람으로 거듭났다고 생각했는데, 한편으로는 그곳 역시 과거의 방식을 사용하고 있다는 점에서 똑같다는 생각이 든다. 다른 두 똑같은 느낌, 일본에서 했던 모든 경험에 스며들어 있는 오묘한 느낌이다. 지긋지긋할 지경이다. 데라다 혼케의 사케는 와인 못지않게 우아해서 맛이 길고 깊다. 쌀의 맛이 많이 느껴져 인상적이다. 놀랍고 흥미롭다! 양조장에서 내주는 것은 전부 맛보았다. 심지어 사케가 발효 중인 술통과 누룩, 생쌀까지 사실상 모든 것을 먹어 보았다. 데라다 마사루(寺田優)는 24대째 양조장을 이어 가고 있는데, 양조에 관한 지식이 어마어마하다. 자신의 작업 과정을 설명하고 와인 양조와 비교할 수 있다. 우리가 그의 작업에 흥미를 느끼는 만큼 그도 우리의 작업에 관심이 있다. 큰 영감을 받았다.

2015년 2월 12일 목요일, 코펜하겐

〈프리덤 오브 피치〉.[87] 표현의 자유, 오래도록 남용된 자유라는 가치를 존중하는 마음으로, 작년에 만든 로제에

87 〈Freedom of Peach〉는 〈복숭아의 자유〉라는 뜻의 영어인데, 〈표현, 발화〉를 뜻하는 〈speech〉와 〈복숭아〉를 뜻하는 〈peach〉의 발음이 유사한 것에 착안한 이름이다.

양조장 〈데라다 혼케〉를 방문.

〈데라다 혼케〉를 이끌고 있는 데라다 마사루.

〈프리덤 오브 피치〉라는 이름을 붙여 줄 생각이다.

그동안 유럽인들은 자유와 자유에 깃든 의미를 남용했고, 이제 그 뒤에 숨으려고 한다. 정말 한심하다.

- 표현의 자유
- 표현의 자유?
- 자유와 복숭아
- 복숭아에 자유를?
- 자유의 자유
- 자유에서 자유가 싹트기를, 제발!?

지금 우리에게는 문화적, 지적 자기 점검이 필요하지 않을까? 이 와인은 아름다운 복숭아 빛깔로, 표현에 자유가 있어야 한다면 복숭아도 자유를 누릴 수 있어야 한다.

시라 자연 압착 과즙으로 만든 와인을 〈무놀로그〉, 즉 〈달의 독백〉이라고 부르고 싶다. 나 혼자 생각해 낸 이름이다. 장마르크에게 어떻게 생각하는지 물어봐야겠다. 커다란 달이 휘영청하던 9월의 발비녜르, 밤이면 달과 단둘이 있었던 시절을 기억하는 이름이다.

2015년 3월 12일 목요일, 코펜하겐

2007 | 07 | 알렉상드르 주보

대단한 와인! 훌륭하게 만들어 냈다. 지금껏 부르고뉴 샤르도네를 두고 군소리를 늘어놓았던 것에 관해 사과하고 싶을 지경이다! 이 와인은 남다른 수준이다.

2005 | 주르 드 페트[88] | 장마르크 브리뇨

할 말이 많지 않다. 〈솔리스트〉[89]와 함께 장마르크가 만든 화이트와인 중 최고가 아닐까? 물론 〈라 콩브〉[90]뿐만 아니라 산화한 2004년 빈티지들도 훌륭하다. 산화 풍미가 아주 섬세하고 우아해서 전혀 부담스럽지 않다. 딱 적당하게 짠맛과 쓴맛, 싱그러움을 어우른다. 그저 완벽하다.

2015년 4월 2일 목요일, 티엔 탄

덴마크를 벗어나면 글이 쉽게 써진다. 베트남에서 평화를 찾았다. 오늘 아침 어느 현지 여성과 아주 특별한 대화를 나누었다. 아흔 살도 넘은 할머니다. 현 베트남 정부 체제보다도 나이가 많다는 깨달음에 깜짝 놀랐다.

할머니는 내게 이야기할 때 프랑스어를 썼다. 우리가 있던 곳은 항구 옆에 있는 작은 술집, 판티엣이라는 도시 근처 어촌의 외곽이었다. 그곳에서 함께 차를 마셨고, 안에 녹두 소를 넣어 튀긴 빵 〈반캄〉을 먹었다. 할머니는 내게 프랑스인인지, 유럽인인지를 물었다. 〈우리〉가 시작

88 Jour de Fete. 〈축제가 열리는 날, 잔칫날〉이라는 뜻의 프랑스어.

89 Soliste. 〈독주자〉라는 뜻의 프랑스어.

90 La Combe. 〈협곡〉이라는 뜻의 프랑스어.

베트남 할머니와 차를 마시며 대화를 나눔.

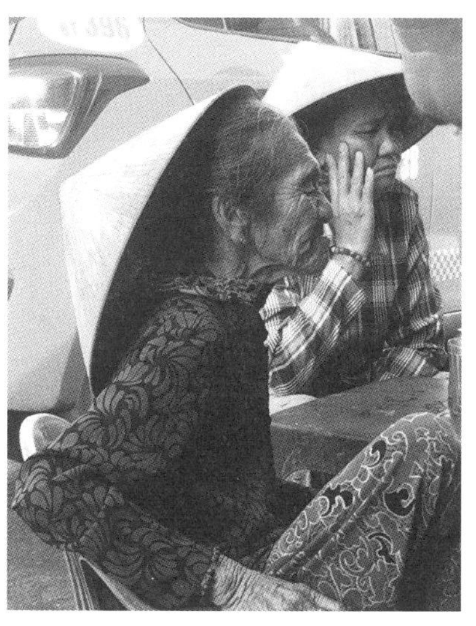

프랑스어로 말을 건넨 베트남 할머니.

해 놓고 끝맺음하지 않은 것이 있다고, 바로 전쟁이라고 했다. 오래전부터 지금 자신이 살고 있는 국가가 마음에 들지 않는다고 덧붙였다. 〈이곳은 내가 태어난 나라가 아니야〉라고 했다.

할머니가 평생 겪은 바에 의하면, 유럽인은 전쟁을 통해 선한 가치를 추구하려 했으나 실제로는 해악만 끼쳤다. 할머니는 나와 나누는 대화를 다른 사람이 알아들을까 봐 프랑스어를 써야만 했다. 너무나도 절절한 경험이었다. 사무쳤다. 감정이 북받쳐 몸에서 터져 나올 것만 같았다. 할머니는 서구가 정치와 산업, 과소비, 특히 오염으로 베트남을 망쳐 놓았다고 생각한다고 했다. 내 생각에는 그보다 더 복잡한 문제인 것 같지만, 짧은 간격을 두고 방문한 두 국가의 두 노인이 이렇게나 비슷한 의견을 나눴다는 사실이 믿어지지 않는다. 분명 생각해 볼 만한 화두를 던지는 사건이다.

2015년 4월 4일 토요일, 티엔 탄

할머니와 나눴던 대화가 아직도 머릿속에 남아 있다. 오늘 항구 근처에서 할머니를 찾아봤으나 만나지 못했다. 할머니의 관점에 공감한다고 더 확실히 표현하고 싶었는데 아쉽다. 그럴 기회는 영영 없을 것 같다. 내가 당신의 이야기에 공감하고 있다는 사실을 느꼈기를 바란다. 어쨌든 술집 직원에게 할머니를 보면 안부를 전해 달라고 부탁했다.

요즘 공해 문제에 관심이 생겼다. 어디를 가든 플라스틱과 쓰레기가 넘친다. 오늘 갔던 해안에도, 지난번에 들렀던 해안에도 쓰레기가 바닷물에 실려 와 해변과 항구에 널려 있었다. 일본에서도 비슷한 경험을 했다. 정말 심각한 문제다. 장마르크와 나는 일찍이 2013년 4월, 내가 처음으로 사도섬에 그를 보러 갔을 때 같은 이야기를 나눈 적이 있다. 공해 문제를 바라보는 사람들의 관점을 바꿀 수 있다면 얼마나 좋을까. 아시아뿐만 아니라 유럽과 다른 서구 세계에도 존재하는 문제다. 우리는 쓰레기를 수출해 수입국 사람들에게 문제를 떠넘기고 있다. 공해 문제를 진지하게 생각하는 사람이 아무도 없는 것 같다. 이미 장마르크와 와인 라벨을 더 정치적으로 사용하면 어떨지 논의한 적이 있다. 매년 작게나마 정치적 행동을 감행하는 것이다. 참 괜찮은 계획이다. 목표도 확실하고, 모든 사람이 공해 문제에 관해 목소리를 높여야 하는 이유도 분명하지 않은가. 행동해야 하는 이유도 명백하다. 세상을 점령하려는 산업의 전쟁터에 자연이 인질로 잡히는 모습을 볼 때마다 가슴이 아리다. 공해 문제에 관해, 우리의 입지와 라벨을 이용할 수 있는 방안에 관해 더 많이 고민해야겠다. 다른 사람에게 손가락질하거나 〈내가 너보다 잘났다〉라는 식으로 은근히 우쭐대는 대신, 그저 친근하고 짤막한 문구로 사람들의 의식을 고양하는 것이다. 의식 고양, 그게 다다. 내가 생각해 낸 효과적인 한 문장을 계기로 사람들이 대화를 시작할 수 있다면, 관심의 대상이나 태도나 의견을 바꿀 수 있다면, 어떤 식으로든 공해 문제를 의식하도록 자극할 수 있다면 어떨까? 달콤한 상상이다.

2015년 4월 9일 목요일, 발비녜르

2004 | 프리메르[91] | 장마르크 브리뇨

제랄드, 조슬린과 맛있는 와인 한 병을 나눠 마시고 싶었다. 두 사람은 감히 바랄 수 없을 정도로 많은 도움을 주었다. 그들과 와인을 마시는 시간은 즐겁다. 둘은 맛을 보고 명확히 짚어 낸 후 마음에 드는지 안 드는지 결론 내린다. 불필요한 소란도 열광도 없다. 희귀한 술이나 화려한 라벨을 앞에 두고 잔뜩 들뜨거나 흥분해서 어쩔 줄 모르는 일도 없다. 그저 맛있는 와인을 나눌 수 있음에 진솔하고 깊은 고마움을 느낄 뿐이다.

자, 이쯤에서 마무리 짓고 이제 와인에 관한 논의를 시작해 보자. 드물게 〈프리메르〉 같은 와인을 마시는 날이면 나는 해방감을 느낀다. 고마운 마음이다. 내가 와인에서

91 Frimaire. 프랑스 혁명기에 사용한 달력 중 3월을 뜻함. 〈서리〉의 달로, 11월 21~23일부터 12월 21~23일까지 해당된다.

받은 인상은 호두와 레몬 껍질 향, 짠맛, 뱅 존의 풍미다. 이 2004년 빈티지 사바냉은 균형감이 아주 근사하다. 병에서 발효가 진행되어 기포가 조금 생겼지만 감명 깊은 와인이다. 병입하고 9년, 10년이 지났는데 이 정도면 나쁘지 않다!

2015년 4월 11일 토요일, 발비네르

새로 만든 두 와인 중 하나인 〈무놀로그〉를 오늘 병입했다. 나머지 하나, 새로운 로제 〈프리덤 오브 피치〉는 주말에 병입할 것이다. 2014년에 만든 것인데, 압착기로 짠 과즙이 여전히 발효 중이고 볼라틸 산미가 조금 생겼다. 지금까지는 나무통에서 순조롭게 숙성 중이다.

2014 | 무놀로그

줄기를 제거한 시라의 자연 압착 과즙만으로 만든 와인이다. 15일 동안 실외 탱크에서 과즙을 추출한 후 자연스럽게 오크 술통으로 흘려 담았다. 자연 압착 과즙과 압착기 과즙 두 가지를 만들기로 했던 생각이 옳았던 것 같다. 장마르크는 동의하지 않지만 말이다. 와인의 맛 구조가 허술하다고 한다. 나는 연약한 제비꽃 향기와 후추 풍미의 균형감이 재미있다. 또 병입 작업을 하니 좋다. 매번 특별한 에너지를 얻는다!

나중에 정치적인 메시지가 담긴 라벨을 붙인다면 어떤 문구를 쓸지 논의했다. 〈바다에 플라스틱을 버리지 맙시다!〉를 제안했더니 다들 좋아한다. 와인의 라벨에 관한 이야기만으로 공해 문제를 논의할 수 있었다. 라벨에 정치적인 메시지를 담는 것은 선하고, 의미 있고, 효과적인 행위라는 직감이 적중한 것이다. 제랄드의 친구인 장은 망가진 기계를 수리해 주러 왔다가 이 이야기를 듣고 웃음을 터뜨렸다. 하지만 금세 진지해지더니 정치적 선언이 적힌 라벨을 만드는 순간 돌이킬 수 없다고 말했다. 이목이 집중되어 익명의 와인메이커로 돌아갈 수 없다는 사실을 유념해야 한다는 것이다. 좋은 지적이다. 그래도 시도할 가치는 있다고 생각한다. 장은 문장 끝에 〈고맙다〉는 말을 덧붙이면 좋겠다고 제안했다. 예의범절의 원칙을 지키는 것은 좋을 듯하다. 종종 와인을 예술로 이해하거나 설명하는 사람들이 있지만, 와인은 예술이 아니다. 와인은 장인 정신의 산물이고, 이제는 정치에 토대를 두고 있다. 우리의 작업을 바라보는 새롭고 흥미로운 관점이다. 오랫동안 이렇게 생각해 왔으면서도 명확히 설명해 낸 것은 이번이 처음이다.

2015년 4월 13일 월요일, 발비네르

장마르크의 아들과 만나 술병에 쓸 마개를 구하러 낭트

에 다녀왔다. 좋은 문장이 완성된 것 같다. 〈바다에 플라스틱을 버리지 마세요, 제발.〉 고민이 너무 길어졌지만 마음에 쏙 드는 문장이 탄생했다. 장마르크는 시큰둥하게 반응했으나 발상은 좋아한다. 올해 양조할 와인은 정치적 라벨에 중점을 둘지도 모르겠다. 내가 보기에는 좋은 생각이다. 와인 라벨을 통해 저녁 식탁에 의견의 씨를 뿌리고 대화 주제를 심는 것이다. 무미건조한 와인 라벨에 다층적인 이야기를 더한다고 생각하면 흡족하다.

2014 | 프리덤 오브 피치

이런 유형의 카베르네 소비뇽은 정말 아름답다. 강렬한 과일 맛과 함께 어느 정도 단맛이 느껴지고, 복숭아 향도 당연히 풍부하다. 맛있는 여름용 칵테일 같다.

2015년 7월 4일 토요일, 코펜하겐

2005 | 레 페리에르[92] (마콩 몽블레Macon Montbellet) | 기 블랑샤르

간단하고 예상 가능한 맛, 전형적인 부르고뉴 샤르도네 와인을 기대하고 있었다. 하지만 이 2005년 빈티지는 달지 않은 사바냉 보충 와인과 비슷한 느낌이었다. 정말 훌

92 Les Perrières. 문자 그대로는 〈투석기〉라는 뜻인데, 기 블랑샤르가 샤르도네를 기르던 포도밭 이름이다.

카베르네 소비뇽 과즙.

륭하다. 완벽한 시기에 마셨다.

2015년 8월 16일 일요일, 발비녜르

아르데슈의 포도 수확이 시작되었다. 오늘이 첫날이었다. 올여름은 꽤 따뜻했고, 포도를 맛보기만 해도 여름의 온기가 느껴진다. 며칠 전에 도착해서 규칙적으로 포도를 맛보기 시작했다. 올해의 포도는 아주 달콤하고 산미가 높지 않다. 여름이 이토록 따뜻했으니 당연한 결과인 것 같다. 제랄드가 샤르도네를 사고 싶다기에 팔겠다고 했다. 처음 과즙을 맛보고 잽싸게 바로 압착법으로 압착했다. 과즙을 빨리 짜냈으니 여느 때라면 싱그럽고 새콤한 맛이 났을 텐데, 이번에는 캐러멜화한 풍미가 강렬했다. 다만 과거에 알자스에서 맛본 푹 익은 포도만큼은 아니다. 그나저나 이번 수확도 혼자 해야 한다. 장마르크는 일본에 머무르겠단다. 어쩌면 수확기 막바지에 들를지도 모르겠다.

2015년 8월 18일 화요일, 발비녜르

샤르도네가 아직도 발효를 시작하지 않는다. 걱정스럽다.

예상 알코올 도수: 12.6퍼센트

1리터당 당분: 212그램

2015년 8월 19일 수요일, 발비녜르

샤르도네가 발효를 시작했다. 마침내! 앞으로 며칠 동안 다 같이 제랄드의 수확을 도와줄 것이다. 그리고 실뱅 복, 그레고리 기욤, 안드레아 칼렉의 수확도 거들 예정이다. 화이트 품종 수확을 마치고 레드 품종 수확을 개시할 계획이다.

2015년 8월 31일 월요일, 발비녜르

오늘은 다 함께 나의 시라와 그르나슈 누아를 수확했다. 아침 내내 수확에 전념했다. 오늘 딴 포도 역시 비교적 맛이 강렬하고 풍부하다. 함께 수확 중인 젊은 친구들의 도움을 받아 오후에는 시라와 그르나슈의 줄기를 제거하고 전부 같은 탱크에 넣었다. 두 품종을 잘 섞어 볼 것이다. 그르나슈 품종의 진한 맛이 시라의 향신료 풍미와 어우러져 더욱 근사해지리라 믿는다. 내일은 비 예보가 있어서 모든 포도를 탱크에 넣어 두는 작업이 급선무였다. 날씨 좋은 날에는 바깥에서 일하는 것도 즐겁지만, 비 오는 날에는 딱히 그렇지 않은 법이다.

2015년 9월 2일 수요일, 발비녜르

오늘은 그르나슈 누아 추가분과 카베르네 소비뇽을 수확했다. 어제 시라/그르나슈 배합을 맛보고 고민한 끝에 오늘 수확한 포도로는 다른 와인을 만들기로 했다. 카베르네는 이미 압착기에 넣어 과즙이 흘러나오고 있다. 이 과즙을 탱크에 넣은 뒤 그르나슈의 줄기를 제거해 열매만 추가해 줄 생각이다. 카베르네는 과일 맛이 아주 멋지다. 이국적인 꽃향기가 난다. 환상적이다. 나는 탱크에 과즙이 있는 상태에서 포도를 추가하는 방식이 좋다. 그러면

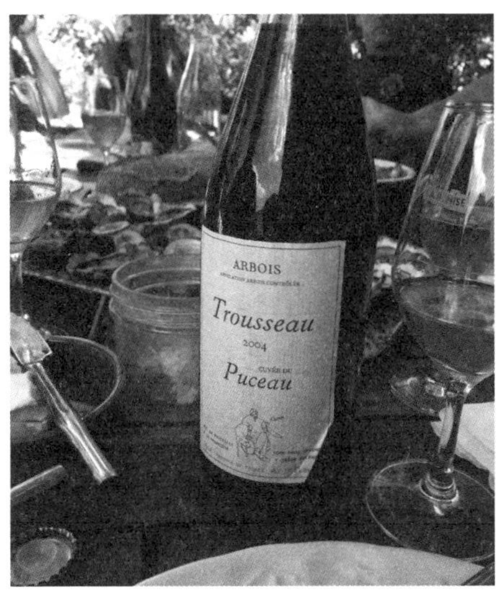

제랄드네 집에 있는 2004년 퓌소.[93]

맛을 오롯이 유지하며 타닌 추출을 줄일 수 있다.

2015년 9월 6일 일요일, 생토메

2004 | 퓌소 | 장마르크 브리뇨

슬프게도 맛이 갔다. 예전에는 분명 맛있었는데 이제는 전혀 그렇지 않다. 장마르크의 가족인 뱅상과 플로랑스가 가져왔다. 어제 그들과 함께 점심을 먹었다. 다정한 사람들이다.

93 Puceau. 〈숫총각〉이라는 뜻의 프랑스어.

2015년 9월 7일 월요일, 발비녜르

그르나슈에 카베르네 과즙을 추가했다. 추출이 최대한 느리게 오랫동안 이루어졌으면 좋겠다. 시라/그르나슈는 진행이 너무 빠르다. 샤르도네는 정반대다. 사실상 발효가 멈춘 상태다. 차라리 레드 과즙에 넣어 줄까?

오늘 아침에는 카리냥을 수확했다. 카베르네/그르나슈 배합에 넣으려 한다. 그르나슈 무게만큼 줄기를 제거한 뒤 배합 과즙에 넣어야겠다. 카리냥은 산미가 월등한 만큼 다른 품종에 싱그러운 맛을 더해 줄 수 있기를 바란다. 카베르네 소비뇽의 마지막 분량은 매우 달콤했다. 당분이 알코올 도수를 확실하게 높여 줄 것이다. 앞으로 며칠간 동료들을 도와 수확을 이어 가게 된다. 오후에는 질 아초니를 비롯해 이 근방의 다른 와인메이커의 밭을 방문할 생각이다.

2015년 9월 8일 화요일, 생모리스 디비

오늘 아침 제랄드와 조슬린의 수확을 도왔다. 점심은 닭고기와 다니엘 사주[94]의 와인 한 병이었다.

94 Daniel Sage. 아르데슈에 기반을 둔 내추럴 와인메이커.

수확하는 날 점심을 대접하는 조슬린.

질 아초니와 함께 2010년 플루사르를 마심.

가메이와 피노 누아, 카리냥 배합이다. 색깔과 질감 모두 레드와 로제의 중간쯤 된다. 너무 일찍 마셨을지도 모르겠으나 어쨌든 맛있었다! 타닌이 아주 은은해서 없는 듯했다. 과일 맛과 산미의 균형감도 완벽했다.

질 아초니를 만나 좋은 시간을 함께했다. 함께 그의 화이트와 레드 품종의 줄기를 제거하고 피에르 오베르누아의 2010년 플루사르를 한 병 나눠 마시며 오후와 저녁을 보냈다. 줄기 제거 작업과 시음 둘 다 즐거운 경험이었다. 질의 작업 방식에는 재미있는 구석이 있다. 포도 줄기를 제거할 때 화이트 한 상자를 끝낸 뒤 레드 한 상자를 작업하는 식으로 번갈아 작업한다. 화이트 한 상자, 레드 한 상자, 그렇게 여러 품종이 층층이 쌓이게 된다. 그는 이렇게 작업하면 서로 다른 풍미가 직접적인 영향을 주고받으리라 믿는다. 흥미로운 의견이다. 내가 시라와 그르나슈를 배합할 때 원하던 효과였는데, 그는 한결 적극적인 방식을 쓰고 있다.

2015년 9월 10일 목요일, 생조르주 쉬르 알리에

파트리크 부쥐를 만나 그의 저장고에서 맛볼 수 있는 것

95 Nyctalopie. 〈밤눈〉, 즉 어두울 때 사물을 볼 수 있는 시력을 뜻하는 프랑스어.

은 전부 맛보았다. 파트리크와 시음할 때는 항상 좋은 인상을 받는다. 그의 샤르도네와 오베르뉴 가메이 와인은 굉장하다. 정말 대단한 와인메이커다. 다만 한 가지, 술통 중 상당수에서 마우스나 리덕션이 느껴졌다. 그의 저장고에서 한 번도 느껴본 적 없는 결점이라 걱정스럽고 슬프다. 그의 와인에서는 항상 긍정적인 우아함과 연약함이 느껴진다. 그래서 결점이 과하게 시선을 끌고 도드라지는 것 같다. 아무래도 억울하다. 저장고에 문제라도 있는 걸까? 어쩌면 감염을 일으키는 박테리아 따위가 살고 있는 걸까? 잘 모르겠다. 병입해 둔 오래된 와인은 전부 맛이 환상적이었다. 함께 굴을 먹었고, 술을 너무 많이 마셨다. 긴 하루였다.

2015년 9월 12일 토요일, 발비네르

시라/그르나슈 배합을 다른 통으로 옮겼다. 너무 늦은 듯하지만 한동안 껍질을 담가 두어 풍부한 과일 풍미를 전달할 수 있는 튼튼한 맛 구조를 만들어 내려 한다. 제랄드의 낡은 목제 압착기를 사용하고 있는데, 엄청난 녀석이다. 너무 빠르지 않게 일정한 속도로 과즙을 짜낸다. 압착을 시작하자마자 과즙이 마치 완성된 와인처럼 투명하게 변한다. 다른 레드 과즙인 카베르네/그르나슈/카리냥 배합은 조금 더 침출할 계획이다. 이 과즙은 과일 맛이 한결 연약하고 발효가 느리다.

2015년 9월 15일 화요일, 발비녜르

우리의 메시지를 최대한 많은 사람에게 전달할 수 있도록 여러 언어로 라벨을 만들면 재미있을 듯하다. 사용 인구가 가장 많은 열 가지 언어로 번역해 적으면 어떨까.

2015년 9월 17일 목요일, 발비녜르

카베르네/그르나슈/카리냥 배합에서 아주 근사한 과일 풍미가 느껴지기에 오늘 통을 옮기기로 했다. 타닌이 과도하지 않은 동시에 맛 구조가 충분히 탄탄하다. 탱크 옆에 달린 작은 잠금장치를 열어 과즙을 맛보았다. 보졸레 지역의 풋풋한 가메이 와인을 마시는 듯한 느낌을 받았다.

2015년 9월 19일 토요일, 발비녜르

오늘 카베르네/그르나슈/카리냥 압착 과즙을 다시 맛보았는데 구조가 과한 듯하다. 자연 압착 과즙을 섞을 생각이다. 완성되지 않은 과즙을 맛보는 것은 정말 재미있다.

카리냥/카베르네 과즙의 발효 상태 확인 중.

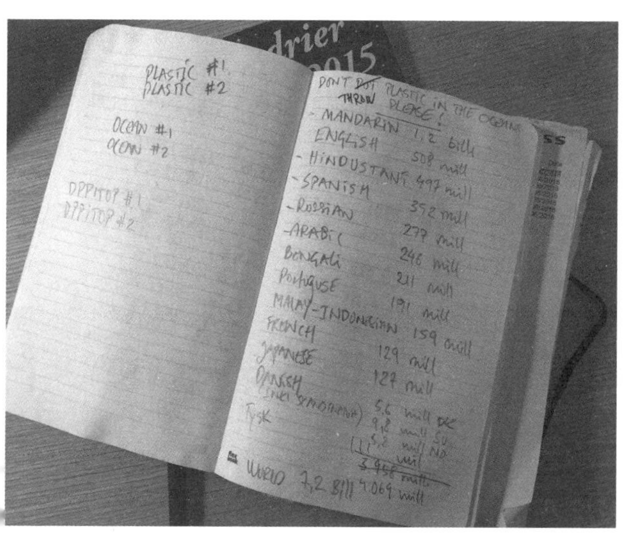

〈바다에 플라스틱을 버리지 마세요, 제발〉 라벨을 언어별로
몇 개씩 인쇄할지 계산 중.

꾸밈없는 날것 그대로의 맛이 느껴진다. 어떻게 보면 작업이 끝난 〈완벽한〉 와인보다 더 진실하다. 나는 항상 완성되지 않은 것이 좋았다. 시작되었으나 완결에 이르지 않은 상태, 정말 아름답고 생명력이 가득하다. 살아 숨 쉰다! 불완전한 것, 소박한 시작은 좀처럼 생의 기회를 얻지 못한다. 살아 움직이고 있다면 발상과 꿈으로 가득하다는 뜻이다. 꿈은 어떤가? 꿈은 힘으로 가득하다. 그렇다면 완결되지 않은 것은 힘이 넘쳐흐르는 상태라는 뜻이다. 정말 좋다! 완성되어 뚜껑을 닫은 와인은 어떻게 보면 죽은 와인이다. 와인을 병에 담으면 완전히 다른 질문을 던지게 된다. 품질은 괜찮은지, 마실 만한지, 아름다운지, 재미있는 맛 표현이 있는지. 하지만 완성되지 않은 와인은 자유롭고 생생하다! 미완성의 과즙을 최후의 보루 삼아 간직해 두는 것도 괜찮을 것이다. 하나도 버릴 필요 없다. 항상 뒤로 돌아가 작업을 재개하면 되니까. 내가 움직이면 미완의 과즙도 나와 함께 움직인다. 항상 하나의 가능성으로서 내 옆에 존재한다. 그리고 해야 할 일이 필요할 때 그 가능성을 상기하면 좋을 것이다.

2015년 9월 26일 토요일, 코펜하겐

마침내 장마르크가 알자스에 와서 함께 포도를 수확했다. 굉장히 오묘한 경험이었다. 그와 동행한 일본인 친구는 장마르크의 인턴으로 일하려고 프랑스에 왔단다. 나중에 일본에서 직접 포도를 기르고 싶다고 했다. 정말 좋은 생각이다. 마음에 쏙 드는 친구다. 우리 옆에서 며칠 동안 수확을 도왔는데 와인 양조법에 호기심이 많았다. 수확량은 평소보다 적었고, 아르데슈와 마찬가지로 당분이 아주 높다. 올해 알자스에서 만드는 와인은 알코올 도수가 16~17퍼센트쯤 될 것 같다. 수확량은 평소의 60퍼센트 정도에 그쳤으나 과즙이 지극히 만족스럽다. 농도가 믿을 수 없을 정도로 진하다.

스테판 반바르트가 게뷔르츠트라미너와 피노 그리를 가져가라고 했다. 포도 품질이 딱히 만족스럽지 않은 것 같았다. 하지만 스테판의 기준에 〈훌륭하지 못한〉 포도라 해도 실은 좋은 포도일 가능성이 크다. 일부는 보트리티스[96]에 감염된 상태였다. 물론 감염 때문에 알코올 도수가 올라가겠지만, 나는 보트리티스가 포도와 과즙과 와인에 긍정적인 영향을 준다고 줄곧 생각했다. 지금처럼 감염이 미약하면 균형 잡힌 싱그러움이 탄생할 수 있다. 파트리크 데스플라의 와인에서 여러 번 확인한 것처럼 말이다. 산소에 약하게 노출해 주면 우아한 산미가 생겨 굉장한 장점이 될 것이다. 바로 이것이 내가 알자스 와인들에게 바라는 바다. 과즙의 품질이 아주 좋아서 쥐라

96 과일이나 채소에 병을 일으키는 균. 때에 따라 색다른 특성을 지닌 와인이 탄생하기도 한다. 일례로 보트리티스가 일으키는 병 중에 귀부병이 있는데, 귀부병이 걸린 포도로 와인을 만들면 당분이 농축되어 달콤하고 알코올 도수가 높아진다.

의 와인이나 쥘리앵 쿠르투아의 산화 와인과 유사한 결과물을 만들어 낼 수 있을 듯하다.

2015년 9월 27일 일요일, 코펜하겐

2011 | 011 | 알렉상드르 주보

기대했던 것처럼 아주 맛있다. 나는 항상 와인에서 짠맛을 찾는데, 이 부르고뉴 와인은 싱그럽고 짠맛이 확연히 도드라진다.

2014 | 루 리브르 | 다니엘 사주

가메이 품종이다. 내 취향에 비해 타닌이 과도한 듯하지만 균형감이 정말이지 훌륭하다. 과일 풍미가 쓴맛을 전부 꽉 잡아 주었다. 거부하기 힘든 맛!

2010 | 선 오브 어 비치 | 장마르크 브리뇨

원래 장마르크의 와인 중에서, 적어도 레드 중에서 가장 좋아하는 것이다. 다만 이번에 집어 들었던 병은 맛이 갔다. 어찌 된 일인지 너무 오래된 맛이 난다. 균형감이 완전히 무너졌다.

2015년 10월 2일 금요일, 코펜하겐

코펜하겐 서북쪽에 있는 〈비르케모세고르〉 농장에서 산 사과로 사이다를 만들기 시작했다. 품종을 가지고 왈가왈부하고 싶지는 않다. 농장에서 내준 것은 무엇이든 가져올 생각이다. 오늘은 가장 먼저 구입한 덴마크 품종 잉그리드 마리를 압착한다. 가공하지 않고 그냥 먹기 좋은 품종이라 사이다에 맞춤한 선택이라고 할 수는 없다. 과즙의 맛이 비교적 심심하다. 산미가 높아서 좋으나 향미에 좀처럼 관심이 동하지 않는다. 가능하다면 발효를 촉진해 보고 나중에 향미가 풍부한 사과를 추가해야겠다.

2015년 10월 17일 토요일, 코펜하겐

사과를 더 압착해 사이다에 넣을 계획이다. 2주 전에 짜낸 과즙이 굉장히 빨리 발효했다. 단맛이 거의 없다. 오늘이 과즙에 여러 품종을 추가할 텐데, 잉그리드 마리보다 향미가 훨씬 풍부한 산타나와 엘스타르를 많이 넣을 것이다. 그냥 먹기에는 심심할 수 있으나 잉그리드 마리 과즙에 추가하면 맛을 배가해 줄 것이다. 지금 과즙은 맛의 방향성이 부족하다.

2015년 10월 25일 일요일, 코펜하겐

사이다에 당분이 15그램 남아 있다. 아직 발효가 진행 중이다. 어제 파트리크 부쥐와 이야기했다. 펫낫을 병입할 때 당분이 어느 정도인지 물어보았더니 15그램쯤 된다고 대답했다. 오베르뉴에도 사이다를 만드는 동료들이 있는데, 그들도 보통 이 정도 당분을 남기고 병입한다. 내 목표는 요즘 찾아볼 수 있는 보편적인 덴마크 사이다보다 훨씬 산미가 강하고 달지 않은 사이다를 만드는 것이다. 샴페인과 똑같은 방식으로 마시면 좋겠다. 내 입맛에 대부분의 사이다는 너무 달고, 캐러멜화 풍미까지 느껴지며, 거품의 식감이 크림처럼 부드러워 그다지 마음에 들지 않는다. 한 모금 마셨을 때 사과를 한 입 깨무는 것 같다면 정말 좋을 텐데!

2015년 10월 30일 금요일, 발비네르

과즙을 맛보러 다시 발비네르에 왔다. 전부 맛있다. 샤르도네만 발효가 너무 늦은 듯해 고민이다. 시라와 그르나슈 배합 과즙의 타닌이 벌써 확연히 좋아졌다. 더 부드럽고 접근하기 쉽다. 샤르도네와 가벼운 레드 과즙(카베르네 소비뇽, 그르나슈 누아, 카리냥 배합)을 섞어 더 가벼운 레드를 만들고 싶다. 레드 포도즙의 맛 구조가 탄탄하다면 재미있는 결과물이 나올 수 있다. 하지만 다른 배합 과즙들을 맛본 후에는 좋은 생각이라는 확신이 약해졌다. 제랄드는 와인 배합에 아주 능숙하다. 정확히 언제부터 했는지 기억조차 하지 못한다고, 자크 네오포르와 함께 일하던 시절부터 했다고 한다. 제랄드가 사용하는 기술은 두 과즙으로 여러 배합액을 만들되, 각각 비율을 다르게 만든 뒤 며칠 간격으로 여러 번 시음하는 것이다. 과즙을 섞은 후 그다음 날 맛보고, 일주일 지났을 때 맛보고, 일주일 지났을 때 또 맛보는 식이다. 전부 안대를 착용한 채 시음한 후 각각 어떤 배합인지 맞혀야 한다. 목표는 과즙이 어떻게 변하는지, 앞으로 어떻게 될지 암시를 얻는 것이다.

제랄드와 함께 일하면 정말 좋다. 그는 베풀기를 참 좋아하고 기꺼이 지식을 나눈다. 완벽한 배합을 찾아내려는 집착이 대단하다. 적어도 배합하는 것이 좋은 생각일지 알아내고자 한다. 우리는 오후 내내 과즙을 배합하고 맛보았다. 시험 삼아 제랄드의 와인과 내 와인을 섞어 보기도 했다. 그는 아이처럼 호기심이 많은 데다가 민감하고 직감도 풍부하다. 나는 정말 놀라고는 한다. 그리고 제랄드가 네오포르에게 배운 시음법을 알려 주었다. 시음법은 다음과 같다. 바깥에서 햇볕을 쬐며 과즙을 하나하나 맛본 다음, 머릿속에 맛의 인상을 간직한 채로 후에 빈 술잔의 향을 맡아 보는 것이다. 제랄드는 〈와인 기억법〉이라고 부른다. 다양한 배합 과즙의 맛 구조를 더 깊이 이해할 수 있어 아주 흥미로운 방법이다. 내일은 취라에서 스테판 플랑슈와 시음할 것이다. 마음의 준비는 아직이다.

2016

2016년 1월 10일 일요일, 코펜하겐

사이다 입구 침전물 제거 작업을 준비 중이다. 병입한 후로 줄곧 눕혀 놓았는데, 이제 거꾸로 세워 놓았다. 찌꺼기가 술병 입구 쪽으로 가라앉으면 제거할 것이다.

2016년 1월 17일 일요일, 코펜하겐

찌꺼기가 금세 가라앉아서 오늘 침전물을 제거했다. 아네가 도와준 덕에 둘이 두어 시간 만에 끝냈다.

2015 | 더 브라이트 사이다 오브 라이프[97]

거품이 작고 아주 우아하다. 맛 역시 흡족하다. (다른 작업자들처럼) 산화나 침출 작업을 진행하는 대신 바로 압

97 The Bright Cider of Life. 〈찬란한 삶의 사이다〉라는 뜻의 영어. 흔히들 〈인생의 멋진 순간〉이라는 뜻으로 〈사이다cider〉 대신 발음이 비슷한 낱말 〈면side〉을 넣은 표현을 쓴다.

착해서 한결 우아하고 샴페인과 유사한 사이다를 만들어 내려 했는데, 성공일까? 곧 다시 시음해 답을 확인할 수 있을 것이다. 가능할 것도 같다. 맛있는 술이 탄생할 예감이 든다.

2016년 3월 16일 수요일, 코펜하겐

사이다는 당장 팔아도 될 만큼 맛있다. 병에 두 달쯤 두었더니 맛이 잘 어우러졌다. 산미와 풋풋한 쓴맛이 잘 이어졌고, 침전물을 제거할 당시보다 거품이 훨씬 작아졌다. 내 이론이 입증되었다. 캐러멜화 풍미의 농도를 낮추고 싶다면 침출과 산화 작업을 피해야 한다.

2016년 4월 5일 화요일, 코펜하겐

몇 주 전에 어느 와인 잡지에서 뵈프 베아르네즈[98]에 어떤 와인을 곁들이면 좋을지 물어보았다. 조금 어리석은 질문 같다. 나는 그런 요리를 좋아하지 않는다. 사실은 우리가 뵈프 베아르네즈 같은 요리를 마주할 때마다 지각

98 Boef Béarnaise. 소고기 스테이크에 베아르네즈 소스를 곁들인 요리. 베아르네즈 소스는 달걀노른자, 버터, 크림 등 동물성 재료가 많이 들어가 진하고 무겁다.

있는 소비자로서 과연 그런 요리를 먹는 것이 옳은 일인지 자문해야 한다고 생각한다. 정말 구시대적인 음식이다. 세상에 대한 존중도, 우리의 환경이 직면하고 있는 문제와 난관에 관한 인식도 없는 음식이다. 나는 잡지사에 답변을 보내 기획이 딱히 마음에 들지 않고, 그런 주제에 관해 글 쓰는 일은 내 직업과 관련이 없는 듯하다고 말했는데도 그쪽에서 자꾸 부탁해 왔다. 그래서 맛이나 요리의 문제가 아니라 그 외의 여러 이유로 소고기도 베아르네즈 소스도 좋아하지 않는다고 설명했다. 무슨 말인지 이해했으려나, 잘 모르겠다.

질문은 간단했다. 뵈프 베아르네즈에 어떤 와인을 곁들이면 좋을까? 내가 이 질문이 어리석다고 생각하는 이유는 접시에 담긴 요리가 상징하는 것이 결국 최악의 불균형이기 때문이다. 그간 최고의 균형을 이루기 위해 오랜 시간을 쏟은 만큼, 질문에 답하고 싶지 않다. 어쨌든 글을 쓰기는 했는데 잡지에 실리지는 않았다. 여기 잡지 『방*Vang*』에 송고한 내 글을 기록해 둔다.

편집자님들께,

뵈프 베아르네즈에 가장 잘 어울릴 와인을 찾아 달라고 하셨지요. 하지만 그러고 싶지 않습니다. 이 요리를 이용해 작업하고 싶었던 적이 한 번도 없었거든요. 거듭 요청하셔서 짧게 글을 썼습니다. 많이 고민했던 주제라서요. 이 글을 쓰며 일말의 자기만족도 느끼지 않았다는 것을 알아주시기를……. 이 고전적이되 획일적인 요리에 관한 색다른 관점을 제안하고, 뵈프 베아르네즈와 이 요리가 상징하는 바에 관한 제 의견을 귀사의 독자들에게 알려야만 한다는 느낌이 드네요. 그럼 뭐, 많이들 드세요!

현재 덴마크에서 가장 뛰어난 음식 평론가라고 할 만한 마르틴 콩스타드가 뵈프 베아르네즈를 요리의 왕이라고 선언한 바 있지요. 하지만 베아르네즈 소스와 마찬가지로 스테이크는 이 세상의 모든 추한 것을 뭉쳐 놓은 커다랗고 흐물흐물한 고깃덩어리에 지나지 않습니다. 1999년 여름 스테레오 바에서 운명의 여자아이를 만났을 때 느낀 황홀한 기분을 낭만적으로 회상하는 것과 마찬가지로, 이런 요리에 얼마나 끔찍한 모순이 있는지 정확히 인식하기 힘들겠지요. 저는 부러 이런 이야기를 글로 쓰거나 입 밖에 내지 않습니다. 이런 요리에 나의 이야기를 불어넣거나 요리에서 이야기를 얻어 내려 애쓰지 않습니다. 이토록 관심이 가지 않는 요리에 와인을 곁들이려고 애쓰지도 않습니다. 이런 요리는 무관심과 정체를 야기할 뿐입니다.

저는 소스에 관해 이야기하는 것입니다. 흰자를 노른자와 분리하고 유장을 버터에서 분리함으로써 우아함과 다양성을 표현하는 모든 것이 사라지지요. 그리고 소고기가, 지속 가능성이라는 개념을 전혀 가늠하지 못하는 재료가 있어요. 환경을 고려하지 않는 세상, 영혼이 자유롭지 못한 세상, 나누려는 마음이 부족한 세상, 각박한 삶으로 점철된 세상의 한가운데에 베인 상처처럼 커다랗게 헤벌려져 있지요. 그 와중에 세상에는 소 한 마리를 통째로 먹으려 드는 사람도 하고많아요. 문화에 경의를 표한답시고 잡지에 와인에 관한 이상론을 펼치며 와인 양조를 낭만화하고 온갖 언어로 게걸스러운 자아에 먹이를 주는 와인메이커나 소믈리에도 하고많은데, 저까지 가세할 필요 있나요.

와인은 정치적입니다. 올리브 나뭇가지를 꺾을 수 있듯이 와인도 마실 수 있지요. 그리고 올리브나무나 흰 비둘기와 마찬가지로 와인이 존재하는 세상에는 핵폭탄, 기후 위기, 남유럽으로 밀려드는 난민 보트도 존재해요. 꿀벌이 꽃을 찾지 못하는 (혹은 꿀벌과 꽃이 만나지 못하는) 세상입니다. 지질학자들이 〈인류세〉라고 이름 붙인 시대, 인간이 자연의 한 동력이 되어 기후와 생태계에 영향을 끼치는 시대에 우리는 신나게 와인이나 마시고 있는 겁니다. 우리가 기후 위기를 일으켰어요. 우리가 의도한 것은 아니었겠으나 과학계에서는 인간의 활동이 일으킨 효과라고 전반적으로 동의하고 있지요. 마찬가지로, 화산이 일부러 폭발을 일으켜 도시를 용암에 담그고 인간을 전부 없애 버린 것은 아니겠지요. 우리에게 지구를 해하려는 의도는 없었습니다만 의도하지 않은 짓을 저지르고 만 거예요.

이렇게 우리와 와인의 관계를 고민해야 할 이유가

생겨납니다. 와인이 종종 상류층의 사치와 연결되어 북적북적한 세상에서 멀어지는 사이 폭탄이 떨어지고, 권력자들이 무력자들을 전쟁으로 쑥대밭이 된 땅에 떠밀거나 지중해에 빠뜨려 죽입니다. 와인은 뭐 하러 만들지요? 와인에 관한 글은 뭐 하러 쓰고요? 아니, 와인을 뭐 하러 마십니까? 우리가 수입하는 와인은 저 멀리 어느 관습화된 농장에서, 단일 재배로 황폐해진 어둠의 땅에서 생산한 것들입니다. 우리가 사는 세상 — 환경이 오염되고 굶주림과 탈수가 만연한 곳 — 에 간절히 필요한 가치와 정반대되는 것들이지요.

그러니 지금 나는 무슨 말을 하려는 걸까요? 와인과 사랑에 빠지되, 그 와인이 어떤 환경에서 누구에 의해 무슨 목적으로 양조되었는지 잊지 마세요. 뵈프 베아르네즈는 과거의 세상, 자아 비만과 자기 찬양과 현실 안주의 세상에 어울리는 요리입니다. 내추럴 와인은 미래에, 더욱 포용적인 세상에 어울리지요. 그런 세상이라면 저 역시 기꺼이 인간으로 살겠습니다.

2016년 4월 30일 토요일, 오베르모르슈비르

술통들을 하나하나 맛보고 2015년 과즙의 술통을 교체하는 중이다. 여름을 맞아 저장고에 옮겨 두고 싶다.

2013 | 피노 그리와 게뷔르츠트라미너

산화 풍미가 벌써 톡톡한 존재감을 선보이고 있다. 2013년 수확 때부터 술통에 저장해 두었으니 다른 술통에 있는 와인보다 15개월 정도 더 묵은 셈이다.

2013 | 피노 그리 (술통 1)

산화가 막 시작되었다. 그래도 꽤나 앳된 와인이다.

2013 | 피노 그리 (술통 2)

산화는 아직이지만 발효는 끝났다.

2013 | 게뷔르츠트라미너

아직 발효 중이다.

2013년에 만든 네가지 과즙 모두 아주 흥미로운 잠재력이 있다. 시간을 두고 변화를 지켜볼 생각에 마음이 두근두근하다. 네 과즙 모두 산화 풍미를 잘 품어 낼 수 있기를 바란다.

2015 | 피노 그리

발효가 거의 끝났고, 수확하고 맛보았을 때보다 맛 구조가 더 좋다. 레몬 껍질의 향미와 짠맛이 강해졌다.

아직도 (매우 활발하게) 발효 중이다. 여전히 게뷔르츠트라미너 품종의 맛이 많이 느껴진다. 딱히 놀라운 일은 아니지만 내 취향에 비해 너무 강한 것 같다. 시간이 해결해 주기를 바라고 있다.

발비녜르로 오는 길에 르코르뷔지에가 디자인한 성당인 롱샹의 노트르담 뒤 오에 들렀다. 두 번째 방문이다. 참 고요하고 평화로우며 지극히 아름다운, 정말 특별한 곳이다. 햇살이 알록달록한 창문을 통과하며 다채로운 빛깔로 변하는 광경, 수녀님들이 우아한 정원에서 작업하는 모습을 바라보며 온종일 머무를 수도 있을 것 같다.

2016년 5월 1일 일요일, 발비녜르

오늘 생앙데올 드 발스에 있는 집을 보고 왔다. 본채 주변에 계단식 농지가 있는 오래된 농가다. 포도나무를 비롯해 다양한 과일 나무가 있고 견과 나무도 아주 많은 데다가 자연 온천도 있다. 마법 같은 곳이다. 단점은 너무 외딴 지역에 있다는 것, 발비녜르에서 아주 멀다는 것이다.

곧 2015년 과즙을 병입할 것이다. 맛을 보니, 수확 당시에 이해하지 못한 것들이 있었다는 것을 잘 알겠다. 일단 날씨가 생각보다 더웠던 것 같고, 더울 때 생길 수 있는 이런저런 문제에 관해 사실을 잘 몰랐다. 2013년, 2014년 빈티지는 양조가 비교적 쉬운 편이었는데 2015년 빈티지는 쉽지 않았다. 병입 준비를 마친 과즙을 맛보고 나니, 더 좋은 결과를 (적어도 지금과는 다른 결과를) 낼 수 있었을 방안들이 명확히 보인다. 가령 침출할 때 배합액에 포도 열매를 덜 넣고 과즙을 더 넣는다거나, 화이트 과즙을 레드 열매와 배합해서 더 오래 침출할 수도 있었을 테다. 그러면 와인에 더 튼튼한 중심과 맛 구조가 생겼을지도 모른다. 아닐 수도 있다. 그냥 타닌만 더 많아지고 무거워졌을지도?

다만 확실한 사실 한 가지는 내가 수확기에 이곳에서 더 많은 시간을 보냈다면 낱낱이 관찰하고 제대로 대응할 수 있었다는 것이다. 우리의 과즙과 와인은 일정 수준에 도달했지만 좀처럼 개선의 여지가 보이지 않는다. 품질은 안정적인 수준이되, 특정 수준을 넘어서지 못하는 것이다. 2013년, 2014년 빈티지는 둘 다 괜찮지만 2015년 빈티지는 끔찍하다. 양조와 수확에 오롯이 전념했어야 했는데 그러지 못했다.

지난 몇 달 동안 아네와 나는 프랑스로 이사하면 어떨까 상의했다. 아네는 직업 생활에 변화가 생기면 좋겠다고 생각 중이고, 사실 전부터 프랑스에서의 삶을 꿈꾸고 있었다. 아이들 역시 이사해도 괜찮을 나이다. 덴마크가 아닌 프랑스에서 학교를 다녀도 괜찮을 것 같다. 그러니 프랑스로 오면 안 될 이유가 뭐야? 오래된 농가를 사면 안 될 이유는 뭐고? 발비네르에서 너무 멀지만 않았다면 완벽했을 텐데. 올해 수확기에 최대한 오랫동안 이곳에 머무르며 결과물에 차이가 있을지, 어떤 양조가 가능할지 알아봐야겠다. 장마르크의 동의도 필요하다. 그는 프랑스에 있는 날이 거의 없지만, 결국 이 프로젝트와 와인은 그의 것이기도 하니까.

2016년 5월 3일 화요일, 발비네르

2014년에 압착기로 짜낸 시라를 포함해 총 네 종류의 레드와인을 병입하기로 했다. 2014년 수확 때부터 나무통에서 숙성 중이었으나 이제는 준비가 끝났다. 이름은 〈시, 세 라르〉[99]로 정했다. 나머지 세 와인은 2015년 빈티지다. 하나는 100퍼센트 그르나슈 누아로 만들었고, 다른 두 종에는 같은 이름을 붙여 〈바다에 플라스틱을 버리지 마세요, 제발〉이라고 부르기로 했다. 많은 사람에게 메시지를 전달하기 위해 가장 많이 쓰이는 열두 가지 언어로 라벨을 번역할 계획이다. 상자에 각 언어별로 총 열두 병을 넣고, 기획에 관한 설명이 적힌 메모와 함께 술을 다 마신 다음 병을 분리수거할 수 있도록 옥수수로 만든 가방도 넣을 생각이다.

기계 없이 술병을 채우고 라벨을 붙여 상자에 넣을

99 Si, C'est Rare. 〈네, 이런 건 드물죠〉라는 뜻의 프랑스어.

수 있는 시스템을 만들었다. 이번에도 조슬린과 제랄드가 〈도멘 뒤 마젤〉에서는 모든 것이 가능하다는 사실을 보여 주었다. 두 사람의 도움 없이는 불가능했을 것이다. 역할을 나눠 한 사람이 빈 병을 가져다 대면 다른 사람이 술을 넣어 병을 채웠다. 그리고 네 명이 각각 언어 세 개씩 담당해 라벨을 붙였다. 두 사람이 병을 상자에 넣고 또 한 사람(조슬린)이 문제가 없는지 검수한 후 상자를 봉했다. 덴마크 친구 세 명이 도와주러 왔다. 세 사람 없이는 해내지 못했을 것이다.

2014 | 시, 세 라르

2014년에 수확한 시라의 가장 농밀하고 완전한 과즙이다. 압착기를 이용해 짜냈다. 술통에 1년 반을 두었더니 타닌이 좋아졌고, 0.5그램의 미세한 볼라틸이 와인에 생동감을 더한다. 볼라틸 산미라는 것이 존재해서 다행이다. 없었다면 수많은 와인이 제법 심심한 맛을 냈을 것이다.

2015 | 스 네 파 몽 시앵[100]

100퍼센트 그르나슈 누아다. 마음에 들지만 마실 준비가 되려면 시간이 필요하다. 양이 많지 않다. 자신 있게 선보일 수 있을 만큼 균형감이 개선될 때까지 보관해 둘 생각이다.

100 Ce N'est Pas Mon Chien. 〈그건 내 개가 아닌데요〉라는 뜻의 프랑스어.

2015 | 바다에 플라스틱을 버리지 마세요, 제발 | (Lot.CABCG.15)

그르나슈 누아 20퍼센트, 카리냥 30퍼센트, 카베르네 소비뇽 50퍼센트 배합이다. 실외 탱크에서 딱 열흘 침출했다. 압착 후에 줄곧 실외에서 발효를 진행했다. 보졸레 스타일의 가벼운 레드와인으로 달콤하고 사탕 같은 맛 구조 덕분에 목 넘김이 아주 부드럽다.

2015 | 바다에 플라스틱을 버리지 마세요, 제발 | (Lot.GR.SY.15)

이 와인은 시라 50퍼센트와 그르나슈 누아 50퍼센트 배합이다. 외부에서 열흘 이상 침출했다. 압착 후에는 제랄드의 오래된 오크 술통에 저장했다. 타닌이 아주 풍부하고 맛 구조가 좋다. 그르나슈 누아 와인과 마찬가지로 판매를 시작하기 전에 한동안 저장해 두려고 한다.

2016년 5월 6일 금요일, 발비녜르

그레고리 기욤네 저장고에 있는 와인을 전부 맛보았다.

2014 | 럭키[101]

샤르도네를 열 달 동안 나무통에 저장한 후 이제 스테인리스 탱크에 옮겼다. 리덕션과 마우스가 조금 느껴지는데, 마우스는 곧 사라질 것이다. 산미가 높지는 않으나 쓴

101 Lucky. 〈운이 좋다〉는 뜻의 영어.

〈바다에 플라스틱을 버리지 마세요, 제발〉 병입 중.

저장고에서 〈바다에 플라스틱을 버리지 마세요, 제발〉을
병입 중인 조슬린.

맛이 훌륭하고, 버터와 팝콘의 향미 구조가 있다.

2015 | 럭키

수확 이후로 줄곧 술통에 있었던 샤르도네인데, 아직 침전물이 남았다. 술통의 향이 코를 깊이 자극한다. 와인만 맛보아도 날씨가 따뜻했다는 사실을 쉽게 파악할 수 있다. 2~3주 내로 병입할 계획이다.

2015 | 그르나슈 블랑

침전물이 남은 상태로 나무통에 보관 중이다. 균형감이 훌륭하다. 아몬드, 신선하고 풋풋한 헤이즐넛, 재스민, 레몬 껍질, 사과의 달콤한 향미가 느껴진다. 정말 멋진 과즙이다!

2015 | 루포로제

알리칸테 품종이다. 유칼립투스, 흑후추, 월계수 같은 허브와 향신료 향미의 향연 같은 와인이다. 어린 보졸레 와인을 상기하면서도 남부에서 만든 티가 난다. 같은 이름의 2014년 빈티지 로제보다 붉은빛이 덜하다. 베리, 크림, 머랭이 들어간 디저트와 함께하면 근사하겠다.

2015 | 레피퀴리앵[102]

그르나슈 누아 품종이고 당분이 4~5그램 정도 남았다.

102 L'Épicurien. 〈에피쿠로스주의자, 쾌락주의자〉라는 뜻.

농밀하고 강렬한 동시에 정확하고 알맞은 맛이 마치 쥘리앵 쿠르투아나 바바스가 만든 루아르 와인 같다. 타닌의 균형이 어긋난 듯하지만 숙성 초기에는 당연한 현상이다. 두 탱크에서 (발효하던) 과즙이 서로 어우러져 균형감을 이루면 병에 넣을 예정이다.

2015 | 미스테르[103]

시라 품종으로, 나무통에서 바로 꺼내 마셔 보았다. 리덕션이 조금 있지만 나무통에 있을 때는 자연스러운 일이다. 풍미가 아주 정확하다. 흑후추와 블랙베리 풍미가 있고, 금속성과 타닌이 느껴지는 거의 고기 같은 맛 구조가 있다. 아직 숙성 초기 단계이고 타닌이 도드라져 약간 부드러워질 필요가 있다. 그레고리의 바람도 똑같다. 조만간 병입할 일은 없겠다.

2015 | 렉셍트리크[104]

메를로 품종이며, 근사한 볼라틸 산미가 은은하게 숨어 있다. 마음에 쏙 든다. 산미가 있으니 과일잼 같은 메를로에 개성이 더해졌다. 분명 개성 있는 와인이다. 메를로 품종으로 이렇게 근사한 와인을 만들 수 있는 와인메이커는 몇 안 된다! 그레고리는 정말 재능 있는 친구다.

103 Mystère. 〈미스테리〉라는 뜻의 프랑스어.
104 L'Excentrique. 〈엉뚱한 것, 기발한 것〉이라는 뜻의 프랑스어.

질 아초니와 함께 그가 만든 1987년 비오니에 와인을 마심.

마야, 제랄드와 바비큐 점심.

메를로와 시라를 압착기에서 바로 배합했다. 성공적이다. 이번에도 흑후추와 농익은 과일 풍미가 느껴진다. 다른 와인에는 점차 우아함을 배가해 줄 산미와 싱그러운 맛이 있는데, 이 와인에는 없는 듯하다.

2016년 7월 9일 토요일, 코펜하겐

이맘때쯤 되면 곧 수확할 포도로 어떤 와인을 만들고 싶은지 생각하게 된다. 요즘에도 그런 생각을 하고 있는데, 문제는 알자스의 저장고에 있는 와인들이다. 전부 품질도 좋고 안정적이지만, 그전에 같은 탱크에 양조했던 와인들도 이맘때에는 안정적인 맛을 내다가 연말쯤 되자 많이 휘청였다. 왜? 다행히도 병입 후에는 새로운 생명력을 얻었다. 적어도 새로운 생명력을 원하는 마음이 느껴졌다! 열려 있는 (더 좋은) 길로 움직이기 시작했다.

발비녜르에서는 샤르도네가 골칫거리다. 빌어먹을 샤르도네! 애초에 문제가 생기리라는 걸 알았다. 와인 챔피언 리그 같은 곳에 등장하는 일류 화이트 품종이니까. 나는 지금껏 만든 와인이 전부 사람처럼 느껴진다. 여러 면에서 나와 똑같으면서도 아주 다르다. 내가 어떤 길로 가라고 정해 주면 다들 다른 길이나 자기만의 길을 선택할 때가 많다. 어떤 면에서는 후련하지만 좌절스러울 때도 있다. 평소라면 와인의 맛 표현을 간섭하거나 방해하고 싶은 마음이 전혀 없는데, 이 샤르도네는 도움이 필요하다. 샤르도네의 맛 표현을 바꾸고 싶다. 마음에 안 들어서 그러는 것이 아니라 더 나아질 수 있으니까. 구조감, 적어도 확고한 방향감이 있어야 한다. 샤르도네 와인을 위해 이것저것 생각해 둔 것이 많다. 다른 품종과 섞거나, 가볍게 침출 작업을 하거나, 그와 비슷한 처치를 고민 중이다. 볼라틸 산미의 수준에 따라 다를 텐데, 이미 치명적인 수준인지도 모르겠다. 내가 산미를 희석하면 위험 부담은 줄어들 것이다. 그와 반대로 볼라틸 산미가 더 증가할 위험도 있다. 아무래도 위험을 감수해야 할 듯하다. 무모하게 굴고 싶지 않을 뿐이다.

2016년 7월 11일 월요일, 코펜하겐

다시금 오베르모르슈비르에 있는 와인에 관해 고민 중이다. 과즙이 망가지기 쉬운 발효 마지막 단계인 만큼 개입하는 것은 위험하다. 지금 생기는 변화가 미래의 와인에도 영향을 줄 수 있다. 더 고민해야겠다. 이론상으로 지금 과즙을 건드리면 박테리아가 이리저리 이동하며 다른 종류의 산미를 발생시켜 망할 놈의 볼라틸을 만들어 낼 수도 있고, 최악의 경우 아세테이트가 발생한다. 아직 알자스에서는 아세테이트를 경험하지 못했다. 왜일까?

알자스에서는 양조를 시작하고 줄곧 단일 품종 와인에 집중했다. (아닐지도 모르겠지만) 배합을 시작하면 좋겠다는, 그럴 때가 되었다는 생각이 든다. 올해 수확 결과에 달려 있다. 수확이 변변치 않으면 성공 확률이 줄어든다. 그렇지만 달리 생각해 보면, 대체 성공이란 게 뭘까? 흥미롭고 맛 좋은 와인을 만들어 내고 행복해하면 그만이다. 올해에는 간단하고 우아한 것을, 더 깊이 있는 것을 만들어 내고 싶다. 올해는 그저 〈좋은〉 것 이상이어야 한다. 〈꿀꺽꿀꺽〉 마시기 좋다는 우스꽝스러운 와인이 지척에 널려 있어 피곤하다.

2016년 7월 12일 화요일, 코펜하겐

또 다른 고민거리는 발비녜르에서 (바라건대) 발효 중인 샤르도네다. 조금씩 볼라틸이 강해지고 있다. 아직은 0.5그램도 되지 않아 치명적인 단계는 아니지만, 당분이 줄어드는 속도가 빠르지 않다. 어떻게 해야 할까? 몇 가지 대처법을 고려 중이다.

다른 과즙이나 올해 수확할 포도로 지지부진한 샤르도네를 자극해 주고 싶다. 목적은 발효가 마무리되도록 돕는 것이다. 결국 나는 〈피에 드 퀴브pied de cuve〉, 즉 발효제를 만들고 싶은 것이다. 올해 수확한 포도 껍질과 과즙이 발효를 시작하면, 작년에 만든 샤르도네 과즙과 천천히 섞어 주려 한다. 올해 얻어 낸 건강한 포도즙이 왕성하고 근사한 발효를 시작하는 순간, 바로 그때가 배합 작업의 적기다. 그리고 올해는 일찍이 화이트 품종 포도를 수확해야 할 것 같다. 시기도 일찍, 시간도 일찍, 아침 일찍 일어나서 해야겠다. 그러면 올해 포도는 당분이 적어 더 힘차게 발효를 시작할 수 있을 것이다. 하지만 이런 이야기는 전부 이론에 불과하다.

(아마도 샤르도네나 소비뇽 블랑으로) 첫 번째 화이트 포도를 압착했는데 산미와 당도의 균형이 잘 맞으면 며칠 더 침출해 발효를 촉진할 생각이다. 어쩌면 껍질에서 타닌을 조금 추출할 수도 있겠다. 이 과즙을 알코올이 강한 2015년 빈티지 화이트와인에 넣으면 흥미롭겠다. 올해 포도즙이 본격적인 발효를 시작하면 작년 빈티지를 조금씩 추가해 줄 것이다. 올해 얻을 과즙 두어 통에 며칠 간격을 두고 작년 과즙을 섞어 주면 가장 좋을 테다. 한꺼번에 섞어 버리면 발효 중인 포도즙 안의 알코올과 활성화된 배양 효모가 만났을 때 과격한 반응이 일어날 수 있다. 작년 과즙의 알코올이 올해 과즙의 효모를 죽여 버리면 전보다 더 큰 문제가 발생할 것이다.

꽤 심각한 수술을 앞둔 셈이다. 방법이 잘 먹혀들어 작년과 올해 과즙을 전부 성공적으로 배합해 낸다고 가정해도, 침출과 발효 후에 한 번 더 압착을 진행해야 하니 큰 고비가 남아 있다. 볼라틸이 또 증가할 수 있다. 작업할 때 아주 조심해야 할 것이다. 2015년 빈티지 샤르도네가 큰 교훈을 남겼다. 기존의 접근법을 돌아보고, 올해뿐만 아니라 앞으로도 줄곧 작업 방식에 변화를 시도해야 할 것 같다. 화이트를 계속 만들 계획이라면 말이다.

그날의 후속 기록 — 오베르모르슈비르

오늘 알자스로 와서 내가 만든 화이트와인을 맛보았다. 정말 행복하다. 숙성이 짧았던 와인과 길었던 와인 전부 근사하다. 이곳 알자스에 있는 작업장은 적막해서 마음에 쏙 든다. 와인의 균형감도 훌륭하다. 맛보면서 평화를 느꼈다. 숙성이 짧았던 피노 그리와 게뷔르츠트라미너는 여전히 청소년 단계다. 하지만 숙성이 긴 2013년 빈티지들, 특히 피노 그리와 게뷔르츠트라미너 배합은 맛이 좋고 산화 풍미도 약간 느껴진다. 이 와인들은 술통에 두고 몇 년 더 묵혀야겠다. 앙증맞고 예쁜 아기 괴물 같은 와인들! 올해 아르데슈에서 얻을 과즙의 품질이 좋아 발효가 잘되고 양도 넉넉하다면, 지금 맛본 강렬한 발효 과즙을 넣어 줄 수도 있겠다. 아르데슈 와인에 더 깊은 맛 표현이 생기면 참 재미있을 것이다.

2016년 7월 16일 토요일, 오베르모르슈비르

어떻게 하면 아르데슈의 작업 방식을 알자스와 비슷하게 맞출 수 있을지 고민했다. 몇 가지 방안을 생각해 냈다.

- 나무통에 더욱 집중하기
- 와인이 완성될 때까지 건드리지 말고 가만히 두기
- 포도를 천천히 오랫동안 압착하기
- 열매를 적게 쓰고 과즙을 많이 쓰기
- 침출 시간 늘리기

이곳 알자스의 와인은 차분하고 진중한 면이 있다. (당연히) 포도 자체의 특성일 수도 있고, 몇 달 동안 나 없이 홀로 자라난 결과일 수도 있고, 그저 병입하기 전에 오랫동안 술통에 놔둔 결과일 수도 있다. 유념하자.

2016년 7월 17일 일요일, 발비네르

2015년 빈티지 샤르도네 생각이 머릿속을 떠나지 않는다. 또 한 가지 방안은 다른 단순한 과즙과 마찬가지로 이런저런 레드 과즙에 넣어 보는 것이다. 작년에는 두 가지 레드 과즙 모두 화이트 과즙의 싱그러움이 필요했다. 그래서 발효가 가장 왕성했을 때(과즙의 밀도는 1,030~1,040, 당류는 70~80그램이었다) 화이트 과즙 20퍼센트와 레드 열매 80퍼센트로 침출을 진행했다. 이쯤 되자 과즙은 상대적으로 안정적이었고, 배양 효모도 새로운 환경에 잘 적응해 열매와 과즙 속 당분을 해치웠다. 만약 반응 속도가 아주 빠를 경우 내가 발효의 힘을 조절하는 데에 도움이 될 것이다. 하지만 그 전에 볼라틸 산미로 인한 문제가 없는지 확인해야 한다. 보통은 그렇게 작업해 왔다. 그러니 배합 작업을 하고 싶다면 그 전에 볼라틸을 분석해야 할 것이다. 마지막으로 맛보았을 때는 문제가 아니었기에 이제 와서 문제가 될 것 같지는 않다.

2016년 7월 19일 화요일, 발비녜르

휘발성 산미를 약화하려면 발효 중인 레드 과즙에 샤르도네를 넣는 방법이 효과적일 수 있다. 내 입에는 지금 산미가 너무 강한 것 같다. 이는 실제로 배합하기 전에 과즙을 얼마나 넣을 것인지 계산해야 한다는 뜻이다. 썩 마음에 들지는 않는다. 직감과 느낌을 위한 자리가 없으니까.

그날의 후속 기록

그러니까 과즙을 섞을 때는 탱크 꼭대기가 아니라 가장 밑에 있는 잠금장치를 사용해야 한다. 제랄드와 오후에 이 문제에 관해 이야기했다. 그는 마음에 든다고, 잘 먹혀들 것 같다고 했다. 중력을 이용하고 싶다면 일찍이 새로운 과즙을 섞어두어야 둘이 잘 어우러지고 한쪽이 놀라지 않는다고 덧붙였다. 제랄드의 펌프를 사용하면 가능할 것 같다. 정말 굉장한 펌프다. 와인을 퍼낸다기보다는 몰아낸달까. 작업을 시작하기 전에 제랄드에게 점검을 받아 볼 생각이다. 제랄드는 항상 나를 보살펴 준다.

2016년 7월 20일 수요일, 발비녜르

2014년 로제는 맛이 괜찮다. 올해도 로제를 만들고 싶다. 한동안 침출한 후에 압착하거나, 그저 압착을 오랫동안 해봐도 재미있겠다. 어쩌면 며칠 동안 말이다. 포도 양이 적을 때도 이 방법이 통할지 한번 시도해 볼 생각이다. 쓴맛이 살짝 느껴지는 매력적인 로제가 탄생할 수도 있다.

2016년 7월 21일 목요일, 발비녜르

샤르도네를 조금만 병입해서 탄산이 만들어지는지, 무슨 일이 일어나는지 볼까? 시도하기 전에 먼저 장마르크와 이야기를 나눠야 한다. 장마르크라면 분명 다른 방법을 제안해 줄 수 있을 것이다. 올해도 장마르크가 프랑스에 오지 않으리라는 예감이 든다. 내가 부재중 전화를 걸고 한참이 지났는데도 답이 없다. 만날 이런 식이다.

나는 과즙으로 이것저것 다양한 시도를 하는 작업이 정말 즐겁다. 여러 가지 양조법을 조금씩이라도 전부 시도해 보고 싶고, 가능한 한 다양한 품종을 사용해 서로 다른 와인을 많이 만들고 싶다. 나는 줄기를 제거한 열매와 과즙을 섞는 방식을 좋아하는 것 같다. 그러면 와인에 아주 아름다운 맛 표현이, 가령 더 길고 짭짤한 쓴맛, 부드러운 타닌, 달지 않은 과일 맛, 더 탄탄한 맛 구조 같은 것들이 생긴다. 지금 단계에서는 더 집중력을 발휘하고 마음을 가다듬어서 과즙이 자기 나름의 발전을 이룰 수 있도록 자유롭게 내버려 두어야 한다. 재정적 부담이 과해지는 일 없이 작업을 끝낼 수 있기를 바란다.

2016년 7월 22일 금요일, 발비녜르

자꾸 오베르모르슈비르에 있는 와인들이 생각난다. 균형감이 훌륭하고 편안함을 선사하는 와인들이다. 이곳에서도 같은 기분이라면 좋을 텐데.

2016년 7월 28일 목요일, 발비녜르

조슬린과 제랄드의 저장고 뒤에 있는 작은 숲에 혼자 앉아 있다. 외롭지는 않지만 나는 혼자라는 사실을, 절절하게 혼자라는 사실을 실감하고 있다. 지난 일주일 동안 여러 번 장마르크와 통화를 시도했으나 응답이 없다. 문자를 보내 봤자 소용이 없다. 그가 함께 만들기로 한 와인 가까이에 머물며 작업에 몰입해 주지 않는다면 그와 계속 일할 수 없다. 장마르크가 없다는 사실 때문에 마음이 안 좋고 자꾸만 집중력이 흐려진다. 올해 작업에 오롯이 내 집중력을 쏟아붓고 싶다. 힘과 기력이 생기는 즉시 전화를 하거나 메일을 보내야겠다. 이런 상황에 마침표를 찍어야 한다. 앞으로는 혼자 작업해야겠다.

2016년 8월 31일 수요일, 발비녜르

장마르크 브리뇨에게 이제는 작별이라고 메시지를 보냈다. 앞으로 혼자 일하겠다고 결심했다. 자신이 혼자라는 사실을 명확히 인식할 수 있다면 혼자 있는 것도 나쁘지 않다. 그렇게 어중간한 상태로 계속할 수는 없었다. 긍정 에너지를 잔뜩 허비했다.

오늘 수확을 개시했다. 〈도멘 뒤 마젤〉의 저장고가 내려다보이는 언덕의 포도밭에서 제랄드와 조슬린의 샤르도네를 수확하는 것이 첫 작업이었다.

안드레아 칼렉의 샤르도네를 일부 수확한 후에 추가로 〈도멘 뒤 마젤〉의 포도를 땄는데, 이번에는 고도가 낮은 포도밭에서 기른 것이었다. 조슬린과 제랄드의 밭에 있는 포도는 거의 다 맛보았다. 물론 일부는 (사실 상당수는) 아직 수확할 준비가 안 된 상태다. 하지만 앞으로 어떻게 될지 암시를 얻을 수 있었다. 올해는 화이트 품종들이 아주 흥미롭고 작년보다 열매도 많은 듯하다. 내일은 다 함께 내가 기른 샤르도네를 수확할 것이다.

오늘 수확한 샤르도네.

발비네르 여기저기로 포도를 따러 다님.

2016년 9월 2일 금요일, 발비녜르

샤르도네 과즙이 100퍼센트 만족스럽지 않다. 내가 원하는 방향성이 없는 것 같다. 풋내가 심하고 맛 구조가 약하다. 빈티지의 특성인지, 내 취향에 비해 너무 일찍 수확한 것인지 잘 모르겠다.

2016년 9월 5일 월요일, 발비녜르

〈다 끝났다, 못 하겠다, 뭐 하러 도전하냐, 좋은 결과는 없을 거야.〉 이런 한심한 생각이 자꾸만 떠오른다! 나 자신을 몰아붙이고 싶지 않건만 왜 이럴까. 바보 같다. 대체 왜 이러지? 못 하겠다. 도저히 내가 원하는 수준으로 실력을 끌어올릴 수 없고, 노력할 마음조차 생기지 않는다. 나 자신을 상대로, 내 감정을 상대로 전쟁을 치르는 기분이다.

그러니 아무것도 이해할 수 없고 손에 넣을 수 없을 것만 같다. 걱정스럽고 불안하다. 어쩌면 나는 걱정과 불안을 바라고 있는 걸까. 나는 불안감을 지향하는 사람인지도 모르겠다. 불확실성, 그리고 불안에서 오는 긴장이 있어야만 하는 사람인 것이다. 지금 나를 찌르는 것, 이 느낌은 사실 부정적이지 않다. 긍정적이다. 그렇게 생각한다. 나는 삶과 와인에 관해 더 많이 알고 싶다. 이제 끝

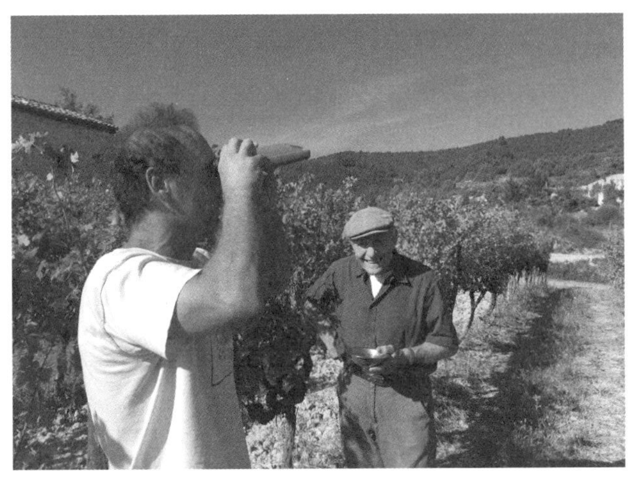

제랄드가 기른 비오니에의 당도를 확인하는 중.

이라니, 끝나야 한다니, 받아들일 수 없다. 사실 나는 선명하지 않은 경계, 흐릿한 선이 더 좋다! 조금씩 진동하기를, 가만히 멈춰 있지 않기를 바란다. 내가 이 프로젝트로 어떤 결과를 얻게 될지, 이 모든 것이 어디서 끝날지 알 수 없는 상태가 좋다. 꽉 막힌 실내가 아니라 탁 트인 수평선인 것이다. 나는 경계 너머를 보고 싶다. 그러다가 떨어진다 해도 괜찮다. 위험할 수도 있다. 미쳐 버릴 수도 있다. 그 정도 위험은 감수할 수 있고, 사실 그 위험은 유혹적이다. 그러니 미지의 영역으로 나아가야겠다. 나 자신을 통해, 나만의 사고를 통해 내가 알지 못하는 곳으로 나아갈 것이다. 나는 이 전진이 아주 중요하다고 생각한다.

주말에 수확할 소비뇽 블랑에 작년의 샤르도네를 배합해서 내가 원하는 긴장감을 만들어 낼 수 있을지 확인할 생각이다. 샤르도네와 소비뇽 블랑을 배합하면 질 아초니 스타일의 근사한 화이트와인을 만들 수 있다. 남은 샤르도네는 당분간 그대로 두고 어떻게 변하는지 지켜볼 생각이다.

2016년 9월 10일 토요일, 발비녜르

소비뇽 블랑 압착을 앞두고 있다. 오늘 수확한 포도는 제대로 무르익었다. 과즙과 껍질 일부를 작년의 샤르도네와 배합하고, 나머지는 올해 샤르도네와 섞을 것이다. 덴마크 친구 세 명이 들렀다. 이 친구들이 이틀 전에 멧돼지를 한 마리 잡은 참이라 오늘 밤에는 수확을 함께한 동료들, 마을 친구들, 다른 와인메이커를 초대해 성찬을 벌일 계획이다. 절친한 친구 에밀이 합류한 지도 일주일이 넘었다. 매일 모두를 위해 점심을 만들어 주는데, 오늘 밤에 또 요리를 해주겠단다. 참 마음 넉넉한 친구다!

2016년 9월 11일 일요일, 발비녜르

소비뇽 블랑의 발효가 순조롭게 시작되었다.

2016년 9월 12일 월요일, 발비녜르

내 머릿속에 있는 것을 항상 신뢰할 수는 없다. 당연하다. 조건적 신뢰가 기본 전제다. 내가 모든 것을 있는 그대로 기억할 수 있으리라 믿지도 않는다. 사건이 일어나는 순간에 기록을 남겨야지, 그렇지 않으면 기억은 사라진다. 기억의 휘발성은 아름다운 면도 있으나 조금 짜증스럽기도 하다. 모든 사건은 자기만의 형식이 있으며 서로 인과가 느슨하고 예측 불가능하기에 내 의지대로 진행되지 않는다. 그래서 짜릿하고 재미있다. 모든 것을 통제하려는 태도를 버리고 행동하면 미지의 새로운 경험을 하게 된다.

이는 나만의 작업 방식이자 일종의 전략, 미적 철학이다. 나는 내 행동을 통해 자유를 얻는다. 이런 작업 방식이 굉장히 흥미로운 것은, 와인이 스스로 만들어진다는 뜻이거나 와인이 스스로 만들어지는 과정에서 내가 맛 표현을 끌어낼 수 있다는 뜻이기 때문이다. 말로 설명하기 어렵지만 마음에 든다. 길들일 수 없는 것을 상대할 때는 이런 점이 재미있다. 앞으로 이 재미를 많이 누리게 될 테다. 내가 작업 과정을 전부 시스템화한다면, 모든 것이 너무 적절하고 용의주도하다면 재미없을 것이다. 생각만 잔뜩 하는 작업은 생각하기도 싫다. 정서적인 것이 하나도 없는 작업을 무슨 재미로 해? 행동, 직감, 진심에 관해 이야기할 수 있는데 왜 주절주절 생각만 늘어놓지?

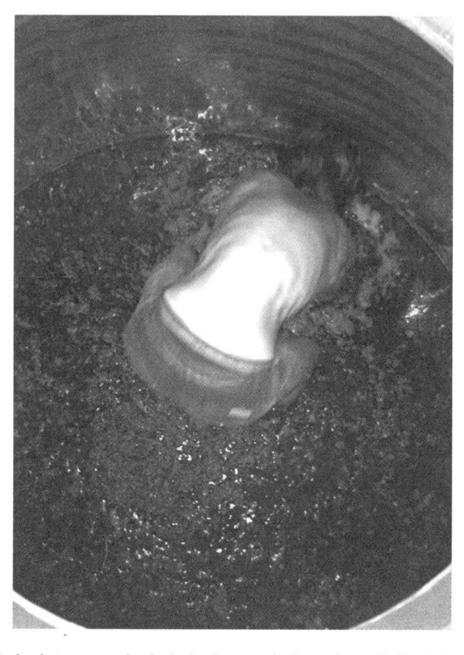

거지 같은 2015년 빈티지 샤르도네에 소비뇽 블랑 침출 중.

생각은 집어치워! 현명해지고 심사숙고하는 것에는 전혀 관심 없다. 와인은 기술이 아니라 철학의 산물이다. 중요한 것은 와인을 마시게 될 사람들에게 선사할 인상 말이다.

처음 포도에 접촉하는 단계가 가장 중요하며 모든 것을 결정한다. 이때는 직감이 통제권을 잡고 자유롭게 활약할 수 있어야 한다. 첫 접촉 혹은 관계는 중요하지만 어렵다. 요즘 나는 전보다 자주, 수월하게 포도와 관계를 형성하고 있다. 어쩌면 직감이 경험치로 변한 걸까? 한편의 근사한 그리스 희곡 같다! 내 작업의 여유로움에 푹 빠졌다. 만들어 둔 과즙을 다시 집어 들고 한 모금 마셨더니 맛있을 때, 좋은 와인이라는 확신이 들거나 좋은 와인이 되겠다는 예감이 들 때 정말 기분이 좋다. 힘이 된다. 나 자신을 와인메이커 대신 큐레이터, 와인과 함께하는 사람이라고 생각하면 와인에게도 내게도 절실한 자유가 생긴다.

2016년 9월 14일 수요일, 발비녜르

2006 | 팽 리메[105] | 장마르크 브리뇨

샤르도네와 플루사르 펫낫이다. 부지런히 마시는 쪽이 좋았겠다. 하지만 기포가 어느 정도 남아 있었고, 장마르크의 쥐라 와인에서 어김없이 느껴지는 긴장감도 있었다. 플루사르는 와인의 단맛을 중화해 준다. 정말 좋다.

2011 | 리리스[106] | 장피에르 로비노

농밀한 슈냉 블랑이다. 로비노는 실력이 굉장하다. 마실 때마다 황홀해진다. 수확하고 5년이 지났는데 부르고뉴 화이트의 고유한 특성을 갖추었고 생동감도 넘친다.

105 Fin Limé. 〈다듬어진 결말〉이라는 뜻의 프랑스어.
106 L'Iris. 〈아이리스〉를 뜻하는 프랑스어.

2007 | 플루사르 | 피에르 오베르누아

사랑스러운 레드와인이라는 것 외에 무슨 군말을 덧붙여야 할까.

2011 | 생필리프Saint-Philippe | 도멘 뒤 마젤

여전히 나무통의 풍미가 느껴진다. 하지만 시라는 진한 과일과 향신료 풍미, 나무 맛 사이에서도 균형을 만들어 낼 수 있는 품종이다. 제랄드는 탄소 침출의 대가다. 그의 와인은 전부 입에 넣자마자 아주 농밀하고 우아한 과일 맛이 느껴지고, 곧 다른 층위의 풍미가 차례차례 드러난다. 포도 풍미의 우주로 여행을 떠나는 기분이다. 정말 인상적인 와인이다!

2016년 9월 19일 월요일, 발비녜르

오늘 비로소 탄소 침출이 무엇인지 깨우친 것 같다. 오랫동안 궁금한 것이 많았고 답을 얻고 싶었다. 탄소 침출은 세상에서 가장 우아한 와인 양조법 아닐까? 과일을 비롯한 여러 향미로 지극히 우아하고 독특한 균형감을 만들어 낸다. 오늘 제랄드가 시간을 내서 탄소 침출의 모든 것을 설명해 주었다. 장단점에 관해 긴 논의를 거친 끝에 내린 결론은 평소의 생각과 다르지 않았다. 이론상으로는 그럴듯해도 성공하지 못할 때가 있는 반면, 직감을 믿어

9월 14일에 시음한 와인들.

서 실패하는 경우는 드물다는 것이다. 제랄드가 지금 그의 작업 방식을 고수하는 이유는 지금껏 배운 바에 맞고 편안함을 느끼기 때문이다. 그리고 내가 지금 나의 작업 방식을 고수하는 이유는 지금껏 배운 바에 맞는 데다가 내가 잘 알고 안정감을 느끼기 때문이다.

탄소 침출법은 원래 루이 파스퇴르[107]가 고안한 것

107 Louis Pasteur(1822~1895). 프랑스의 화학자. 우유와 와인의 보

인데, 미셸 플랑지[108]와 쥘 쇼베가 대중화한 결과 단기간에 레드와인을 양조할 수 있는 최고의 수단으로 등극했다. 반면 탄소 침출법으로 양조한 화이트와인은 우아함이나 가벼움이 부족할 때가 있다. 너무 무겁거나 너무 부드럽다. 완전히 밀폐할 수 있거나 입구가 아주 좁은 용기를 사용(해야지 그러지 않으면 폭발)한다. 일단 포도밭에서 품질이 좋지 않은 포도를 선별해 제외해야 한다. 중요한 지침은 포도 껍질이 온전히 붙어 있어야 한다는 것, 포도를 탱크에 넣기 전에 조심스럽게 취급해야 한다는 것이다. 이런 지침을 잘 지키면 두 가지 긍정적인 효과를 얻을 수 있다. 첫째, 껍질이 자연스러운 방어막 역할을 하며 산화를 막아 준다. 둘째, 세포 내부에서 발효가 일어나기 때문에 다른 양조법에서는 얻을 수 없는 추가적인 향미가 생긴다.

포도를 탱크에 넣기 전에 꼼꼼하게 씻는 것은 다른 양조법과 마찬가지다. 이 단계에서는 아무것도, 특히 효모를 첨가하지 않아야 한다. 인공 효모는 테루아의 표현을 보존해 줄 수 없다. 제랄드의 설명에 의하면 각 지방, 지역, 마을, 밭마다 자기만의 고유한 효모가 있으며, 중요한 과제는 각 효모만의 표현을 강조하는 것이다. 탄소 침출법을 이용하면 며칠 지나지 않아 발효가 시작된다. 그

존 기간을 늘리는 저온 살균법을 개발한 것으로 유명하다. 양조에 도움이 되는 다양한 연구를 했다.

108 Michel Flanzy(1902~1992). 프랑스의 양조학자로, 현대 포도주 양조학의 선구자다.

러므로 빨리 탄소 가스를 넣어 포도를 보호하며 산화를 방지하는 것이 최상이다. 어쨌든 발효는 약 18도 정도로 저온에서 시작해야 한다. 일반적으로 초반의 과즙 발효가 천천히 이루어질수록 와인의 맛 표현이 길어지고 향미의 층위가 다양해지기 때문이다. 과일 맛 뒤에 숨어 있던 온갖 풍미에 균형감이 생기면서 오히려 과일의 풍미가 더 도드라진다. 이렇게 위대한 와인의 토대가 형성되는 것이다. 물론 테루아와 빈티지 같은 요소도 좋아야 한다.

제랄드의 설명을 듣고 그가 양조 중인 와인을 맛보는데, 모든 것이 완벽하게 맞아떨어졌다. 제랄드의 와인은 전부 발비녜르 품종을 직접 길러 만든 것이다. 원래 발비녜르 포도는 맛이 진하고 타닌이 도드라지는 것으로 잘 알려져 있다. 하지만 〈도멘 뒤 마젤〉의 와인은 정반대다. 항상 생명력과 에너지로 가득하고 타닌이 지나친 법도 없다. 과일 풍미가 주를 이룬다. 보졸레의 물랭아방이나 쥘리에나에서 생산되는 가메이 와인과 비슷하다. 보졸레에서 가장 우아한 맛을 내는 와인이다.

압착 작업도 마찬가지로 흥미롭다. 제랄드는 과즙의 농도가 1,010~1,040(잔여 당류는 50~80그램)일 때 압착하는 편을 선호한다고 한다. 이때 압착하면 주요한 과일 풍미를 보존하는 데에 도움이 된다. 그리고 술통 교체에 있어서는 열매에서 과즙이 나오는 날에 중력을 이용해 자연스럽게 바꿔 주는 것이 목표다. 작업이 이상적으로 진행된다면 와인은 자체적인 침출만 거치게 된다. 굉장하다! 정말이지 기발한 양조법이다. 제랄드의 작업 방식, 그리고 자신의 굉장한 지식을 나누는 너그러움이 진심으로 감탄스럽다.

2005 | 네즈마 | 질 아초니

믿기 힘들 정도로 숙성이 훌륭하다. 진한 과일 풍미는 여전한데 앳된 맛 표현까지 느껴진다. 비오니에, 소비뇽 블랑, 어쩌면 뮈스카 품종도 섞인 것 같은데 확신은 서지 않는다.

2016년 9월 21일 수요일, 발비녜르

포기하면 쉽다. 그런데 마음대로 되지 않는다. 잔말 말고 힘내서 일을 시작하거나 다 놓아 버려야 한다는 것을 알고 있다. 일단 시작하고 나면 다 괜찮아지리라는 것도 알고 있다. 나는 자신을 너무 몰아붙인다. 와인이 또 하나의 새로운 맛 표현을 얻어 내기를, 더 높은 수준에 도달하기를 바랄 뿐이다.

다 함께 그르나슈 누아와 시라를 수확했다. 전부 줄기를 제거했고, 이제 소비뇽 블랑 과즙에 넣어 침출 중이다. 오랫동안 침출해서 타닌을 늘이되 더 탄탄한 맛 구조를 만들어 낼 계획이다. 계획대로 되고 있는 것 같다.

질 아초니의 2005년 네즈마.

2016년 9월 26일 월요일, 발비네르

오늘 아침에 다 함께 카리냥을 수확했다. 수확량의 일부를 가져다가 시라, 그르나슈 누아, 소비뇽 블랑 배합에 넣을까 싶다. 나머지도 줄기를 제거해서 샤르도네와 소비뇽 블랑 배합에 침출할 생각이다. 올해는 화이트와인을 만들고 싶지 않다. 어쩌면 카리냥으로 화이트 과즙에 없는 싱그러움과 생동감을 만들어 낼 수도 있겠다.

매일 같이 〈라 투르 카세〉에서 저녁을 먹고 있다. 식당을 운영하는 클레르와 장클로드는 내게 참 친절하다. 요리 한 가지에 와인 한 잔만 즐기고 있다. 클레르는 더 이상 무엇을 먹고 싶은지 물어보지 않는다. 아직 내가 맛보지 못한 요리를 만들어 줄 뿐이다. 편하다!

2016년 9월 27일 화요일, 발비네르

제랄드와 나무통에서 와인을 숙성하는 문제에 관해 논의 중인데, 자기가 쓰던 오래된 통을 써보라고 하더라. 그럴 생각이다.

2016년 9월 29일 목요일, 발비네르

시라/그르나슈/카리냥/소비뇽 배합 과즙을 압착해 술통을 교체할 계획이다. 카리냥을 넣은 후로 산미와 타닌이 빨리 발달했다. 지금 상태도 아주 만족스럽다. 소비뇽 블랑이 레드 품종의 맛 구조에 흥미로운 과일 풍미를 더했다.

2016년 10월 4일 화요일, 코펜하겐

며칠간 코펜하겐에 머무를 계획이다. 우리 집 근처에 있는 카페에서 커피를 마시며 스피커에서 흘러나오는 좋은 음악을 듣거나 옆 테이블의 대화를 듣는다. 그 누구도 대

카리냥 수확 중.

책을 내놓지 못할 문제에 관해 끝도 없는 탁상공론이 벌어진다. 이곳 사람들의 취미 생활이다. 코펜하겐에서 나의 하루는 조금 더 늦게 시작하기에 첫 커피는 오전 10시쯤에 마신다. 커피를 주문했을 때 아주 기분 좋은 경험을 했다. 바리스타가 나를 보더니 〈코르타도 커피 맞죠? 사이즈는 큰 걸로!〉라고 말했다. 이렇게나 오랫동안, 적어도 5~6주는 자리를 비우고 돌아왔는데 내가 주문하는 메뉴를 아직도 기억하는 것이다. 나는 제대로 대답하지 못하고 웅얼거렸는데, 그가 뒤이어 말했다. 「코스티스의 음악은 마음에 들던가요?」 수확 전에 구입했던 앨범을 두고 하는 말이었다. 이 친근한 청년은 내가 좋아하는 커피뿐만 아니라 지난번에 가게에서 구입한 음반까지 기억하고 있었다. 나는 깜짝 놀랐다. 손님 한 명에게 이렇게나 신경 써줄 수 있다니, 드문 재능이다. 이 친구 덕분에 비로소 고향에 온 기분이다. 카페에 머물며 그와 EU 선거에 관해, 덴마크 정치와 곧 샤를로텐보리에서 열릴 가을 전시회에 관해 두어 시간 정도 이야기를 나누었다. 와인으로부터 멀어져 휴식을 취할 수 있어 좋았다. 비현실적인 현실이었다. 코펜하겐도 발비녜르와 마찬가지로 오순도순한 동네인가 보다. 옷차림만 조금 다를 뿐.

2016년 10월 6일 목요일, 발비녜르

홀로 침출, 발효 중이던 카리냥의 술통을 바꿔 주었다. 자연 압착 과즙과 압착기로 짜낸 과즙을 분리할 생각이다. 서로 사뭇 다르다. 두 과즙 모두 나무통에 넣어 둘 계획이다. 카리냥은 정말 매력적이다. 특히 자연 압착 과즙은 피노 누아나 플루사르를 마시는 듯한 인상을 준다. 피노 누아를 더 닮은 것 같기는 하다. 정말 가볍고 우아하다. 남부 카리냥은 잼처럼 농밀한 질감으로 유명하지만, 이 과즙은 전혀 그렇지 않다.

2016년 10월 9일 일요일, 발비네르

카리냥, 샤르도네, 소비뇽 블랑 배합액을 압착할 계획이다. 알코올이 거의 없어서 재미있다. 도수가 겨우 11퍼센트다. 로제처럼 색이 옅은데 맛 구조가 정말 다층적이다. 트루소처럼 짭짤하며 플루사르처럼 가볍다. 정말 만족스러운 와인이다. 실외 탱크에서 발효할 것이다.

저장고에 있는 나무통들

1번: 카리냥 50퍼센트, 시라 20퍼센트, 그르나슈 누아 30퍼센트

2~4번: 카리냥, 압착기로 짜낸 과즙

5~6번: 카리냥, 자연 압착 과즙

외부에 있는 탱크들

3번: 카베르네 소비뇽 50퍼센트, 시라 50퍼센트, 바로 압착법으로 짠 로제

17번: 샤르도네(2015) 95퍼센트, 소비뇽 블랑(2016, 껍질만 10~15일 침출)

28번: 카리냥 20퍼센트, 시라 20퍼센트, 그르나슈 20퍼센트, 소비뇽 블랑 40퍼센트

46번: 카리냥 40퍼센트, 비오니에 40퍼센트, 샤르도네 20퍼센트

2016년 10월 11일 화요일, 오베르모르슈비르

새로운 과즙을 담아 둘 나무통이 필요해서 2013년에 만들어 둔 와인을 병입했다. 기계 없이 수작업으로 병을 채웠다. 200병이었기에 어렵지 않았다.

2013 | 르 르블로셰

아주 만족스럽다. 알자스의 향미 강한 포도가 산화 와인을 만들기에 적합하다는 사실을 증명해 준 와인이다. 2013년에 스테판, 장마르크와 시음한 와인도 이런 느낌이었고, 다른 통에 있는 와인들도 마찬가지다. 알자스에서 산화 와인을 만들 수 있다는 증명인 셈이다. 이제 아르데슈에서 같은 성공을 거둘 일만 남았다.

2016년 10월 13일 목요일, 오베르모르슈비르

항상 그랬듯이 동료들의 도움을 받아 알자스에서 포도를 수확하고 있다. 하지만 다시금 밀려드는 회의와 불안에 맞서 홀로 싸우고 있다. 올해의 포도는 2013년과 2015년에 비하면 우아함이 뛰어난 반면 풍미의 풍만감은 덜하다. 풍만감은 약하되 존재감이 뚜렷하고, 서투름이 없으며, 맛의 초점이 잘 유지된다. 아직 이 포도를 제대로 이해하지 못한 것 같다.

〈르 르블로셰〉 병입.

정신없는 수확기였다. 사실 수확기 내내 정신이 없었다! 포도밭에서 좋은 포도와 나쁜 포도를 골라내야 했는데, 지난 몇 년간 한 번도 경험해 보지 못한 방식으로 작업했다. 각자 양동이를 두 개씩 든 채로 한쪽에는 예쁜 포도, 다른 한쪽에는 덜 예쁜 포도를 넣었다. 저장고에 완벽한 포도만 가져올 수 있도록 거듭 확인해야 했다. 스테판과 레진 반바르트는 자기 포도에 기대가 높고, 가장 좋은 것만을 원한다. 그 마음을 깊이 존중한다.

두 가지 와인을 작업했다. 배합하지 않은 순수한 게뷔르츠트라미너 과즙을 하룻밤 산소에 노출한 후 탱크에 넣었다. 그리고 맛이 환상적인 피노 누아는 이틀 밤하고 한나절 동안 침출했는데 짠맛과 함께 꽃향기가 근사하다. 장미꽃잎, 오렌지꽃, 재스민이 느껴진다. 지금은 아주 엷은 붉은색이다. 겨우내 와인의 색이 진해졌으면 좋겠다. 어쩌면 나는 의외의 결과를 기대하고 있을지도 모른다. 마치 화지처럼 연약하고 엷은 붉은빛, 꽃 같은 빛깔이 생겼으면 좋겠다.

산화한 게뷔르츠트라미너와 피노 그리를 처음으로 병입했다. 가슴이 벅차오른다. 스테판 반바르트는 내가 와인메이커로서 새로운 챕터를 써냈다고 믿는데, 무슨 뜻인지 알쏭달쏭하다. 다음에 와인을 맛볼 때 깨닫게 될 것이다. 내가 스테판처럼 평온한 사람이라 제때까지 기다릴 수 있다면 말이다. 가끔은 내가 너무 빨빨거린다는 느낌이 든다. 이 와인의 이름은 〈르 르블로셰〉라고 지을 것이다. 사부아 지방에서 우유를 짜내 치즈를 만들 때 마지막에 짜낸 가장 농밀하고 지방이 풍부한 우유로 르블로숑 치즈를 만든다고 한다. 그래서 이 와인을 〈르 르블로셰〉라고 부르기로 했다. 2013년에 짜낸 게뷔르츠트라미너와 피노 그리의 마지막 과즙, 가장 농밀하고 맛이 풍부한 과즙으로 만든 와인이니까.

2016년 10월 14일 금요일, 아르부아

오늘 오전에 옥타뱅에 가서 알리스를 보고 왔다. 알리스

알자스의 실외 탱크.

의 와인은 굉장하다. 성격도 참 다정하고, 이제 모든 걸 혼자 해야 하는 상황에서 아주 열심히 일하고 있다. 그렇게 힘이 넘치고 마음이 따뜻한데 혼자 일해야 한다니, 나라면 못 견딜 것 같다. 나는 누군가와 머릿속의 생각을 나눌 수 있어야 한다. 아네와 나누면 가장 좋겠다! 우리 둘은 함께 와인을 만들어야 한다.

알리스네 정원에 앉아 다 지나간 수확에 관해 곰곰이 생각했다. 장마르크 없이 작업을 계속하기로 한 결정은 온당한 선택이었다. 내가 구하고 꿈꾸던 평온과 집중력을 얻어 낼 수 있었다. 카리냥으로 만든 다양한 과즙과 화이트/레드 배합이 만족스럽다고 알리스에게 말했더니, 지금과 똑같은 방향으로 계속 밀고 가라고 격려해 주었다. 알리스가 작업할 때 참고하는 것은 언제나 음악, 가볍고 연약한 것을 포착하는 음악이다. 그러나 플루사르와 사바냉, 쥐라의 전반적인 맛을 강렬하게 표현하고 있다. 알리스가 말하기를, 중요한 것은 한 가지 악기가 아니라 다양한 악기가 균형감 있게 음악적 아름다움을 만들어 내는 것이다. 과연 시적이다!

2016년 10월 15일 토요일, 아르부아

스테판 플랑슈의 집에서 잤다. 쥐라 사람들이 다 그렇듯 스테판도 참 성격이 좋다. 응원에 아낌이 없으며 호기심도 많다. 바젤로 향하는 비행기 시간에 맞춰 일어나 스테판이 깨기 전에 집을 빠져나왔다. 알자스에 있는 와인을 담아 두기 위해 나무통 전문가 클로드 질레에게 10년 사용한 중고 나무통을 주문했다. 그의 술통으로 작업할 생각에 매우 행복하다. 일이 잘 풀리면, 봄에 통을 교체할 시기에 맞춰 배달받을 수 있을 것이다.

2016년 10월 24일 월요일, 코펜하겐

마침내 집에 도착했다. 조금 낯설다. 코펜하겐은 내 보금자리지만 프랑스에서 두 달을 보내고 돌아오니 이중생활을 하는 기분이다. 내가 사는 도시에서 이방인이 되었다. 그러나 이곳에는 가족이 있다. 다행히 그들은 아직은 나를 낯설어하지 않는다. 내가 좋아하는 커피를 기억해 준 카페도 여전하다. 나를 기억한다는 사실이 감동적이다. 카페 주인은 부모 중 한쪽이 스페인계라고 했다. 내 와인을 한 병 주면 어떨까? 그러면 그가 보여 준 관심을 조금이나마 되돌려줄 수 있을 것 같다.

2016년 11월 28일 월요일, 오베르모르슈비르

두 개의 외부 탱크와 모든 술통에 있는 와인을 맛보았다. 전부 상태가 좋다. 엷은 붉은빛 레드 피노 누아는 아주 빠르게 투명해져서 거의 완성된 듯하다. 게뷔르츠트라미너는 갈 길이 멀다. 2013년 빈티지 중 후반에 작업한 과즙들은 아직도 발효 중이다. 이해가 안 된다. 3년이나 됐는데 왜 발효가 끝나지 않는 걸까? 혹시 천천히 발효되며 산화도 함께 진행되고 있는 걸까? 좀처럼 이해되지 않는다. 그러나 맛은 정말 좋아서 이 와인이 완성되는 날이 기대된다.

2016년 11월 29일 화요일, 발비네르

얼마 전 코펜하겐에 며칠 다녀왔다. 덴마크는 날씨가 추워지고 있었다. 다들 꽁꽁 싸매기 시작했는데, 옷뿐만 아니라 마음도 마찬가지인 것 같았다. 나 역시 전처럼 사람을 만나고 싶지 않았고, 만난 사람들은 전처럼 이야기를 나누려 하지 않았다. 날이 추워질 때는 어쩔 수 없는 것 같다. 나비처럼 날다가 고치 속으로 숨는 것이다. 추위를 피해 성장을 거스른다.

차를 끌고 베를린으로 시음하러 다녀왔다. 베를린에서 친절하고 재미있는 사람을 많이 만났고, 훌륭한 스페인 와인을 맛보았다. 특히 호안 라몬[109]이 슈냉 블랑으로 양조한 2015년 〈엘스 바소테츠Els Bassotets〉가 좋았다. 은은한 볼라틸이 근사했으며, 단맛도 조금 느껴졌다. 맛이 아주 좋고 균형감이 정말 끝내줬다. 당분이 볼라틸을 잡아먹는 듯했다. 이곳 발비네르에 있는 나의 2015년 빈티지 샤르도네를 떠올리며 다소 위로받을 수 있었다. 이 와인을 향한 믿음이 자라나기 시작했다. 제랄드가 하는 말처럼 시간이 필요할 뿐이다. 아니면 조슬린이 하는 말처럼 샐러드에 채소를 많이 추가하면 그만이다. 프랑스 사람들이 샐러드드레싱에 식초를 얼마나 많이 넣는지 아

109 Joan Ramon. 스페인 카탈루냐에 기반을 둔 내추럴 와인메이커. 와이너리는 〈에스코다사나후아Escoda-Sanahuja〉로, 1999년부터 양조를 시작했다.

는 사람만 이해할 수 있는 농담이다.

어쨌든 지금 나는 발비녜르에 있고, 이곳의 와인 역시 맛이 좋다. 여기서 평화를 찾았다. 조용하다. 모든 과즙이 소리 없이 순조롭게 발효 중이다. 특히 실외에 있는 과즙의 상태가 좋다. 훌륭한 맛 구조를 발견했다. 가벼움이 느껴지고, 짠맛과 쓴맛과 과일 풍미의 균형감이 좋다. 이와 비슷한 양조를 이어 가야겠다. 아주 흥미롭다.

화이트 과즙, 이 문제아 때문에 여전히 고민이 많다. 소비뇽 블랑 껍질을 침출한 샤르도네다. 호안 라몬의 〈엘스 바소테츠〉 같은 와인을 목표로, 곧 병입하면 어떨지 고민 중이다. 나중에 제랄드와 상의해야겠다. 지금 제랄드는 미열이 나고 온몸이 쑤시는 등 몸 상태가 최상은 아니다. 그런데도 술통 교체 작업을 도와주러 왔다. 깊이 존경하고 있다. 우리는 사고방식이 아주 비슷한 동시에 아주 다르다. 하지만 그와 조슬린은 새로운 층위의 인간성이 있는 것 같다. 자신을 위해 일하는 것에 그치지 않고, 타인을 위한 공간을 만들어 낸다. 하고많은 사람들을 위한 넓디넓은 공간을! 내가 그들과 함께 일하게 되어 얼마나 기쁜지 전해질 수 있도록 진심을 담아 고마움을 표현하고 싶은데, 모국어로만 전할 수 있는 이야기라서 복잡하다.

2016년 11월 30일 수요일, 발비네르

얼마 전 발비네르 마을 안쪽에서 작은 주택을 봤다. 그리고 오늘 또 보러 갔다. 이곳이 우리의 보금자리라고 굳게 믿고 있다. 아네와 나는 프랑스로 이사해 와인과 더 가까이 살기로 결심했다. 올해 수확기는 너무 길었고, 가족과 떨어져 있는 시간도 너무 길었다. 1년쯤 임대해서 세상에서 가장 아름다운 정원을 꾸미고 싶다. 정원은 본채에서 100미터쯤 떨어져 있는데, 그곳에서 채소도 기를 수 있을 것이다. 얼마나 좋을까. 이곳 지자체에서는 원한다면 누구나 자기만의 정원을 누릴 수 있어야 한다고 주장한다.

오후에는 제랄드와 트러플을 땄다. 특정 종의 파리를 따라다니며 트러플을 포착하는 특별한 기술을 사용했다. 강아지와 마찬가지로 트러플 향을 좋아하는 파리들이다. 파리를 찾아내 어디에 착지하는지 지켜보다가, 마침내 착지하면 작은 막대기나 풀잎으로 쫓아낸다. 만약 파리가 같은 곳으로 돌아온다면 주변에서 트러플을 찾아낼 확률이 크다는 뜻이다. 그러면 제랄드와 나 둘 중 한 명이 트러플을 찾아 땅을 파고 다른 사람은 계속 파리를 뒤쫓았다. 트러플은 워낙 향이 강해서 땅을 파기 시작하면 흙에서 냄새가 풍긴다. 엉뚱한 곳을 파면 바로 향이 사라지기 때문에 향이 더 강해지는 쪽으로 방향을 바꾸면 된다. 우리는 자그마하면서도 소담스러운 블랙 윈터 트러플을 대여섯 개 채취했다. 향도 근사하고 맛도 좋은데,

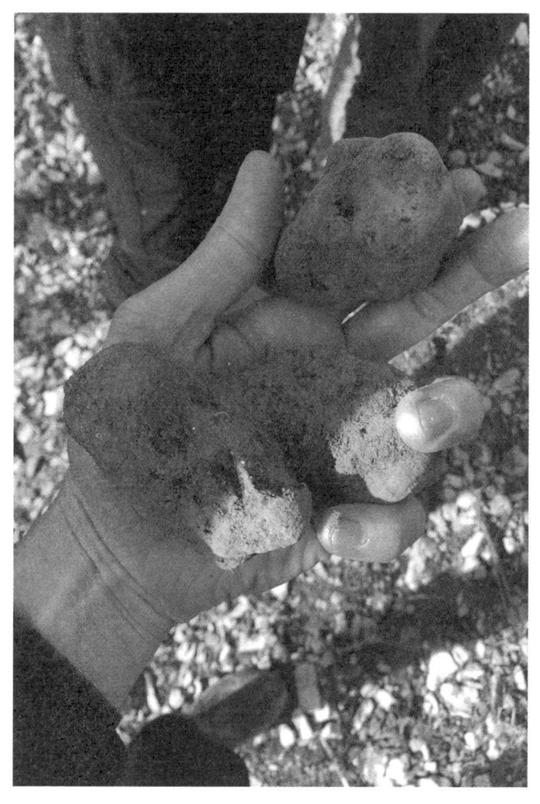

제랄드와 함께 땅에서 찾은 트러플.

향이 맛보다 강렬하다. 오믈렛에 넣어 우리 가족과 우스트릭 가족이 다 함께 나눠 먹으면 완벽하겠다. 정말 즐거우리라 굳게 믿는다.

2017

2017년 1월 24일 화요일, 오베르모르슈비르

피노 누아 과즙은 더 이상 레드라고 부를 수 없다. 보아하니 화이트와인이 되고 싶은 듯하다. 레드의 특성이 남아 있어 꽤나 특이한 화이트다. 껍질의 섬세한 쓴맛과 함께 피노 누아에서 한 번도 느껴보지 못한 산미와 광물성이 느껴진다. 옥타뱅의 알리스와 샤를이 만든 〈퀴 롱〉[110]이 떠오른다. 오늘 밤 알리스에게 가서 한 병 맛볼 수 있는지 물어봐야겠다.

2017년 1월 25일 수요일, 보르나르

알리스와 함께 아르부아에서 어젯밤과 오늘 아침을 보냈다. 어제는 함께 이야기를 나누며 병입한 와인 대부분을 맛보았고, 오늘 아침 일찍 미완성 와인을 전부 맛보았다. 알리스의 새로운 네고시앙 프로젝트 때문에 저장고에서

110 Cul Rond. 〈포동포동한 엉덩이〉라는 뜻.

미셸 기니에, 오카 히로타케, 그리고 다테노.

시음하는 것조차 몇 시간이 걸린다. 알리스는 와인을 많이도 만든다! 어쨌든 잽싸게 점검을 끝냈다. 지금은 미셸 기니에와 늦은 점심을 먹고 오는 길이다. 내 생각에 미셸은 보졸레에서 제일가는 와인메이커다. 미셸의 가메이는 부르고뉴의 으뜸 포도밭에서 양조한 피노 누아 같다. 그의 와인은 믿을 수 없을 만큼 훌륭한데, 양조법은 정말이지 간단하다.

나와 거래하는 일본인 수입업자 다테노와 우연히 만났다. 이틀 후에 발비녜르에서 만나기로 약속해 둔 참이었다. 우연히 만나 비공식적인 대화를 나눈 것도 좋았다. 하루 이틀 후에는 더 진지해질 수 있을 것이다. 함께 미셸의 와인을 대부분 맛보았는데, 내가 보졸레에서 맛본 것 중 최상급이다. 보졸레 와인은 하나같이 긴장감과 힘이 풍부하고, 짠맛이 길며, 아주 우아한 과일 맛이 느껴진다.

2017년 1월 27일 금요일, 발비녜르

카리냥 자연 압착 과즙은 여전히 저장고의 나무통에서 발효 중인데, 쥐라의 플루사르와 비슷한 맛이 난다. 산미가 아주 생생해서 전기처럼 짜릿한 수준이다. 어떻게 이런 맛을 내는지 모르겠다. 푹 빠져 버렸다. 저장고에서 한 잔 따라 밖으로 나왔다. 아직 오후의 빛이 남아 있는 지금, 떠오르는 달을 바라보며 홀짝이고 있다. 정말 특별한 순간이다.

수확 일정과 양조법에 관한 과거의 기록을 검토하고 있다. 유용한 정보가 그다지 많지 않다. 와인 역시 직감의 산물인 것이다. 양조 과정에서 내가 그다지 중요한 존재가 아니라는 사실, 내가 와인을 만드는 사람도 아니고 포도를 기르는 사람도 아닌 와인의 변화를 따라가는 사람일 뿐이라는 사실이 점점 더 명확해지고 있다. 모든 기술은 한계를 폐기하고 새로운 틀을 만들어 내는 것, 자기만의 틀을 만들어 내는 것이 관건이다. 하지만 와인의 경우 틀 안에, 와인이 아닌 다른 사람들이 정해 놓은 갑갑한 틀 안에 머물러야 할 때가 많다. 아주 이상하다고 생각한다. 나는 그런 관습 안에 갇히는 것이 싫기에 와인에게도 절대 강요하지 않을 것이다. 치열하게 고민해야 한다. 이미

요즘 자주 먹는 트러플 오믈렛.

존재하는 와인의 이야기에서 벗어날 수 있는 모델을 생각해 내서 나의 와인이 완전한 자유와 독립을 이루도록 작업해야 한다.

점심은 〈도멘 데 비뇨〉[111]에서 다테노와 먹었다. 이번에는 엘렌과 크리스토프 콩트, 조슬린과 제랄드 우스트릭도 동석했다. 메뉴는 트러플 오믈렛이었다. 요즘에는 이것만 먹는 것 같다. 내일은 다 같이 빌어먹을 샤르도네를 병입할 예정이다.

111 Domaine des Vigneaux. 아르데슈에 있는 내추럴 와이너리. 부부 와인메이커인 엘렌Hélène과 크리스토프 콩트Christophe Comte가 3대째 운영 중이다.

2017년 1월 28일 토요일, 발비네르

2015 빈티지 샤르도네를 병입했다. 그러나 지금 이 와인을 마셔도 괜찮을까? 아니! 맛이 좋아지기까지 몇 년 기다려야겠지. 어쩌면 두어 해쯤 기다려야 할 것이다. 제랄드는 2022년쯤이면 마셔도 될 것 같다고 했다. 조슬린은 우리 두 사람을 보고 웃으며 샐러드가 몹시 기대된단다. 여기서 해야 할 일을 마무리 지음 다음 차를 끌고 몽펠리에로 가서 시음회에 참석한 후, 또다시 코펜하겐까지 운전할 것이다.

2017년 2월 14일 화요일, 코펜하겐

예술은 늘 위대한 감정, 그리고 정치와 연결되어 있었다. 어쩌면 동시대 예술을 감상할 때 무언가 부족하다는 느낌이 드는 이유가 바로 그런 연결이 없기 때문일까. 이 연결이 사라지고, 그저 유쾌함이나 즐거움을 주면 그만이라는 관념이 생긴 것 같다. 그 어떤 상황에서도 분노나 저항 정신을 자극해서는 안 된다는 식이다.

왜 모차르트나 쇼팽은 즐거운데 베토벤은 그렇지 않을까? 왜 피카소나 요른, 폴록의 회화는 보는 이의 내면을 경멸, 경이, 고뇌로 채우는 반면, 모네의 회화는 그저 아름답기만 할까? 예술가의 머리나 마음에 무언가가 있었고, 그가 자신의 진심 어린 감정을 표현하고자 작업에 헌신했으며, 보는 이가 자신의 예술에 공감하기를 바랐기 때문일까? 내 생각에는 그런 것 같다. 나는 예술가가 아니고, 와인을 통해 내밀한 감정을 표현하고 싶은 마음은 없다. 하지만 와인을 정치적으로 사용하고 싶은 마음은 있다. 정치적 감정을, 모두가 골치 앓는 문제를 표현해내고 싶다.

2017년 2월 25일 토요일, 코펜하겐

며칠 후면 프랑스로, 아르데슈 발비녜르로 이사하게 된다. 구한 적 없는 것을 발견한 듯, 추상적이고 현대적인 감각을 경험하고 있다. 이름난 건축가가 설계한 1970년대 주택에서 현대식 문손잡이를 발견한다거나 며칠, 아니 몇 주 동안 입은 적 없는 재킷 주머니에서 열쇠를 발견하는 것 같은 이상하고 우스운 기분이다. 마음이 놓이고 놀라우면서도 한편으로는 당연하게 느껴지는 발견이다. 평생 발비녜르 지역을 왔다 갔다 했건만, 보금자리라고 생각하니 마음의 준비가 필요했다. 이제는 완벽하게 준비됐다.

짐을 싸서 프랑스로 떠나기 전, 코펜하겐의 아파트에서.

코펜하겐을 떠나기 전에 마지막으로 마신 와인.

2017년 3월 8일 수요일, 발비녜르

생각하면 할수록 나의 와인에게 주어진 기회를 (아니, 내게 주어진 기회를) 활용해야만 한다고 느끼게 된다. 책임감을 발휘해 현명하게, 정치적으로 활용해야 한다.

2017년 3월 15일 수요일, 발비녜르

와인에 〈우리가 살고 싶은 세상을 입에 넣자Let's Eat the World We Want to Live In〉라고 이름을 붙여 줘야겠다. 행동하도록 권장하고 자극하는 와인, 지침으로 삼을 수 있는 와인이 탄생하면 기분이 좋다. 나는 우리가 원하는 변화를 〈구매〉할 수 있다고 — 정치적으로 — 믿는다. 정치적인 태도를 갖춘 채로 지갑과 장바구니를 열면 된다. 유기농 농업과 지속 가능성, 바로 이것들이 우리가 직면하고 있으나 아직 해결해 내지 못한 수많은 문제에 답이 되어 줄 것이다. 오늘날의 문제를 풀어낼 해결책은 미래에 있지 않다고, 과거에서 찾아내야 한다고 생각한다. 내가 보기에는 내추럴 와인이 해결책이다. 세계 곳곳의 환경과 인간의 몸속에 존재하는 문제에 대한 해답이 무엇인지, 내추럴 와인이 보여 줄 수 있다. 그러므로 내추럴 와인을 마시는 것은 지구, 자기 자신, 주변 사람들을 책임지는 행위일 수 있다. 포도밭에 화학 물질을 쓰지 않는 와인메이커를 지지하는 행위는 유기농이나 바이오다이내믹 재료를 소비하는 것과 마찬가지다. 자연이 우리에게 베풀어 준 만큼 되돌려주는 행위다. 내가 보기에 내추럴 와인의 핵심은 이산화 황 사용이나 여과 작업을 지양하는 것이 아니라 정치적인 입장을 취하는 것이다. 우리가 변화해야 한다는 사실, 무엇보다 우리가 과거의 생활 방식으로 돌아가야 한다는 사실을 세상에 보여 주는 것이다. 다시 말하련다. 미래는 과거 속에서 찾아야 한다.

2017년 3월 19일 일요일, 발비네르

곰곰이 생각하면 할수록 더 명확해진다. 진심으로 이 행성을, 우리가 살고 있는 세상을 구하고 싶다면, 노인들에게 귀 기울이기 시작해야 한다. 노인들은 기계와 인공 첨가물을 사용하지 않던 시절에 어떻게 와인을 만들었는지 기억하고 있다. 우리 눈앞에 수많은 해결책이 있다. 오늘 아침은 제랄드와 함께 보냈다. 사실 요즘에는 제랄드, 제랄드의 아버지 폴루와 함께 아침 시간을 보내는 날이 많다. 폴루는 1946년, 그가 열네 살일 때부터 이곳 발비네르에 있는 포도밭에서 변함없이 포도를 기르고 있다. 아버지에게 심각한 허리 질환이 생겨 달리 방법이 없었다고 한다. 학교를 중퇴하고 포도밭에서 일생의 직업을 시작했다. 폴루는 오늘날 포도 농부들이 직면하는 심각한

포도밭에서 일생을 보낸 폴루와 산책 중.

문제들 때문에 걱정이 많고, 왜 나서서 해결하려는 사람이 없는지 의아해한다. 요즘처럼 포도밭에 병충해 따위의 골칫거리가 심각했던 적이 없다고 한다. 농사에 문제가 많기로서는 다른 와인메이커도 마찬가지다. 폴루는 그저 눈을 크게 뜨고 현명하게, 자연의 리듬에 최소한으로 개입하며 유기농법으로 작업할 뿐이다.

2017년 5월 9일 화요일, 발비네르

이틀 동안 외부 탱크에 있는 와인을 전부 나무통으로 옮겨 주었다. 다들 상태가 좋아 보이는데, 특히 카리냥/샤르도네/비오니에 배합 과즙이 가볍고 근사하다. 전처럼 사탕 같은 과일향 대신 신선한 라즈베리나 레드커런트 같은 맛이 난다. 앳된 플루사르를 닮았다.

2017년 5월 24일 수요일, 생로맹

나무통 장인 에므리크 질레Aymeric Gillet와 두어 시간쯤 같이 있었다. 그가 이곳 생로맹에 있는 작업장을 소개해 주었다. 나중에 어떤 술통을 쓰면 좋을까, 어서 고르고 싶다. 이곳의 술통을 사용한 지도 아주 오래되었는데 — 2013년이니 그렇게 오래되지는 않았구나 — 매우 만족하고 있다. 그들의 작업도, 최고급 오크 목재를 골라내는 안목도 존경스럽다. 이곳에서는 성심껏 고른 목재를 비가 오든 눈이 오든 상관 없이 두어 해 정도 외부에 둔다고 한다. 목재에 있는 불순물을 전부 씻어 내기 위함이다. 그 후에 조각조각 작게 잘라 더는 형태가 변하지 않을 때까지 몇 개월 또는 몇 해 더 묵힌다.

목재를 제공하는 오크나무는 전부 수령이 150년에서 200년이고, 프랑스 최고의 숲인 알리에와 보주 숲에서

에므리크 질레의 작업장을 방문함.

생로맹의 햇살 속에서 아내와 나.

벌목한 것이다.

각양각색의 목재를 살펴보았다. 나는 맛이 가장 약한 나무통을 쓰고 싶기 때문에 228리터 통은 알리에의 목재로 만든 것을, 500리터 통은 보주의 목재로 만든 것을 골랐다. 두 숲 모두 기후가 서늘하고 습하며, 토양이 아주 비옥하다. 그래서 목재가 단단하고 나무의 성장이 느리며 향이 덜하다. 〈쇼프 블랑슈chauffe blanche〉라고 부르는 가열 기구를 이용해 목재를 가볍게 두드림으로써 태우지 않고 유연하게 휘어 내는데, 그 결과 술통 속의 와인은 향미의 균형감과 전반적인 품질이 향상된다. 내 생각에 〈엘레강스Elegance〉라는 나무통이 가장 좋은 선택일 것 같다. 이곳 작업장의 풍경도 마찬가지로 인상적이다. 이곳의 장인들은 질레와 일한 지 15년에서 25년쯤 되어 다들 작업에 관해 빠삭하다. 이미 술통 작업장을 방문한 경험이 많지만, 오늘 본 것들은 인상적이었다.

2017년 5월 30일 화요일, 발비네르

이제는 술통을 옮겨 침전물을 제거할 필요가 없겠다. 효모 맛이 좀처럼 느껴지지 않고, 목재의 쓴맛도 거의 없다. 과즙은 전부 끝맛이 길고 짭짤하며, 과일 풍미에서 탄생한 길고 수직적 산미가 있다. 흥미롭다. 저마다 개성이 뚜렷하지만 전부 마음에 든다.

2017년 6월 1일 목요일, 오베르모르슈비르

탱크 두 개에 있는 와인을 전부 나무통으로 옮겼다. 둘 다 기름 질감의 결점이 있다. 젠장! 피노 누아에서 가장 도드라진다. 게뷔르츠트라미너는 괜찮을 것이다. 전에 비슷한 과즙에서 같은 결점을 경험한 적이 있어서 안다. 피노 누아가 더 걱정스러운 것이, 맛 구조가 탄탄한지 확신이 서지 않기 때문이다.

침출을 약하게 한 덕분에 독특한 쓴맛이 생겼으나 그 쓴맛이 술통을 바꾼 후에도 남아 있을까? 와인에 기름 질감의 결함이 있으면 술통을 옮길 때 조금 거칠게 다뤄 주는 쪽이 좋은 것 같다. 예를 들어, 펌프로 옮겨서 공기 접촉을 극대화하는 식의 방법을 쓰면 과거에는 꽤나 큰 효과가 있었다. 평소에는 탱크에서 목제 술통으로 옮길 때 기구 없이 중력을 이용하지만, 오늘은 과즙에 기름 질감을 만들어 내는 사슬 분자를 끊어 내기 위해 오래된 전기 펌프를 썼다.

2017년 6월 12일 월요일, 발비녜르

2016 빈티지 로제를 병입하는 중이다.

알자스에 있는 우리의 저장고.

2016 | 디 아티스트 포멀리 노운 애즈 피치[112]

카베르네 소비뇽 50퍼센트, 그리고 시라 50퍼센트를 바로 압착법으로 짜낸 후 외부의 이녹스 탱크에서 9개월 동안 발효했다. 〈프리덤 오브 피치〉와 똑같은 달콤한 복숭아 맛이 느껴진다.

2017년 6월 15일 목요일, 발비녜르

병입 작업이 이어지고 있다. 오늘은 나무통에 있던 세 과

112 The Artist Formerly Known as Peach. 〈과거에는 복숭아라고 알려져 있던 예술가〉라는 뜻의 영어.

즙 차례다. 굉장한 경험이었다. 카리냥의 새로운 가능성을 알게 되었다. 전에는 줄곧 피노 누아와 비슷하다고만 생각했다. 타닌이 너무 과한 유형, 가볍고 우아하며 투명한 유형 두 가지뿐이라고 생각했다. 오늘 병입한 와인 중 두 가지만 기존의 분류에 들어맞았다. 세 종류 모두 매그넘 용량으로 병입했다. 몇 해쯤 묵혀 두면 흥미로운 맛이 날 것 같고, 매그넘은 그런 용도에 적합하다.

2016 | 아이 레드 더 뉴스 투데이, 오 보이![113]

카리냥 50퍼센트, 시라 20퍼센트, 그르나슈 누아 30퍼센트 배합이다. 22일 침출 후 9개월 동안 술통에서 (교체 작업 없이) 발효했다. 완성된 와인을 맛보니 침출 기간이 너무 길었던 것 같다. 타닌이 지나치게 도드라진다.

2016 | 드리밍 아웃 라우드[114]

100퍼센트 카리냥, 8일 동안 침출을 진행했다. 자연 압착 과즙으로 다른 와인을(〈사랑 노래를 만들어 줄 수 있다면 얼마나 좋을까〉) 만든 뒤 남은 포도를 사용했다. 남은 포도를 압착한 과즙만으로 9개월 동안 술통에서 발효했고, 역시 술통 교체는 하지 않았다. 병입이 막 끝난 지금으로서는 균형감이 애매하다. 하지만 잠재력이 굉장하다. 몇

113 I Read the News Today, Oh Boy! 〈오늘 뉴스를 읽었어, 난리 났더군!〉이라는 뜻의 영어.

114 Dreaming Out Loud. 〈큰 소리로 꿈을 말하기〉라는 뜻의 영어.

년 후 다시 맛보게 될 날을 고대하고 있다.

2016 | 아이 우드 라이트 어 러브 송 이프 아이 쿠드[115]

100퍼센트 카리냥, 자연 압착 과즙만 사용했다. 8일 침출 후 9개월 동안 나무통에서 발효했다. 술통을 교체하지 않았다. 이보다 더 간단하고 명확하게 말할 수 있을까? 이 와인에 사랑 노래라도 만들어 주고 싶은 심정이다. 하지만 그럴 능력이 없으므로 그저 죽 늘어선 술병에 대고 차례차례 말해 줄 뿐이다. 너에게 푹 빠져 버렸다고! 카리냥이 선보일 수 있는 가장 가볍고 가장 우아한 표현이 깃들어 있다. 장미수를 똑닮은 향미를 표현했다. 술통에서 보낸 9개월 동안 긍정적인 변화가 일어나서 수많은 연약한 풍미가 서로 어우러질 수 있었다. 몇 달 내로 두어 병쯤 마시고 조금만 판매한 다음 나머지는 미래를 위해 아껴 둘 생각이다.

2017년 7월 14일 금요일, 발비네르

생각의 파편들. 직감이 사고를 압도할 때 나의 영혼은 어떤 익숙한 곳으로 흘러든다. 아주 특별한 공간, 특별한 순간이다. 때로는 굉장히 편안하다. 여행을 다녀온 것 같기

115 I Would Write a Love Song if I Could. 〈사랑 노래를 만들어 줄 수 있다면 얼마나 좋을까〉라는 뜻의 영어.

도 하고, 터널을 통과했더니 내가 풀어내지 못할 것만 같던 질문에 대한 명쾌하고 명백한 대답을 얻어 낸 것 같기도 하다. 직감에 이끌릴 때면 깨달음을 얻기 위해, 내가 품고 있던 호기심을 발견하기 위해 여행 중이라는 느낌이 든다. 바로 이거다. 나는 각성과 합리성의 상태를 유지하려고 애쓰지만, 나도 모르게 직감의 영역으로 향하는 것이다. 나를 통제할 수 있는 능력을 잃어버리거나 자발적으로 자기 통제에서 벗어나려 한다. 외부의 힘이 — 친숙한 외부의 힘이 자발적으로 — 나를 돌봐 주고 있는 느낌이다. 때로는 도저히 이해할 수 없는 황당한 일, 정말 터무니없는 일이 일어나지만 그것조차 나쁘지 않다. 나의 내면에서, 와인의 심연에서 새로운 것을 발견해 낼 수 있으니까.

직감에 휩싸인 나를 오롯이 받아들이는 이유는 이쯤 되면 저항하기에도 너무 늦었기 때문이다. 직감의 흐름을 끊고 작별을 고하기에는 너무 늦었다. 〈난 괜찮아, 직감에 의지하는 건 싫고 생각이나 조금 더 해보고 싶어.〉 아니, 질주는 시작되었고, 나는 끓어오르는 직감의 에너지에 뒤흔들린다. 종종 감정에 취해 괜한 짓을 할 때도 있다. 나도 인정한다. 일부러 의식을 놓아 버린다. 궁금하니까! 와인을 맛보기 전 머릿속에서 어떤 합리적인 예측이 반짝인다 해도 그냥 다 놓아 버린다. 사고를 놓아 버리고 직감을 따르기로 결정하는 것이다. 합리적이고 의식적인 결정이라고 말할 수도 있겠다. 안녕, 나는 떠나련다. 하지만 어디로 갈 건데? 이제 명확해진다. 나는 돌아오는 길을 찾을 수 없을 만큼, 와인에 객관적으로 몰입할 수 없을 만큼 사고를 놓아 버리고 싶지는 않은 것이다. 그런 일이 과거에도 지금도 여전히 일어나고 있다. 딱히 긍정적이라고 할 수 없는 사건이잖아? 그러면 이렇게 말할 수밖에 없다.

「아, 그래, 이제 난 여기 있어. 우리가 여기 있어, 와인과 내가 함께. 괜찮아. 앞으로 일어날 모든 일이 잘 풀릴 거야. 전부 잘 풀릴 거야.」

2017년 8월 3일 목요일, 발비녜르

며칠 전 작년에 만들었던 가벼운 레드를 병입했고, 오늘은 또 다른 레드를 완성했다.

2016 | 일바 사바 주베 주세[116]

카리냥 40퍼센트, 샤르도네 20퍼센트, 비오니에 40퍼센트 배합이다. 12일 침출 후 섬유 탱크에서 9개월 동안 발효했다. 로제와 레드 중간에 위치한 아주 가볍고 연약한 분위기의 와인인데, 끝맛이 길고 짭짤하다. 카리냥은 다시금 자신의 가치를 보여 줬다. 이제 내게 2016년 빈티지

116 Il Va, Ça Va, Je Vais, Je Sais. 〈그가 간다, 그것이 간다, 내가 간다, 나는 안다〉라는 뜻의 프랑스어.

는 두말할 것 없이 최고라는 뜻이다. 이 와인만 맛보아도 잘 알 수 있다.

2016 | 렛츠 잇 더 월드 위 원트 투 리브 인

카리냥 20퍼센트, 시라 20퍼센트, 그르나슈 누아 20퍼센트, 소비뇽 블랑 40퍼센트 배합이다. 18일 침출 후 섬유 탱크에서 9개월간 발효했다. 〈일바 사바 주베 주세〉보다 길고 부드러운 산미가 있어 균형감이 우월하다. 아주 맛있고 놀라울 정도로 완성도가 높아 바로 마실 수 있겠다.

2017년 8월 9일 수요일, 발비녜르

다 같이 수확 준비를 시작했다. 지금은 마음의 준비가 가장 중요하다. 곧 실질적인 것들, 가령 세척 작업도 시작해야 한다. 가위, 양동이, 상자, 탱크, 오래된 목제 압착기를 포함해 큰 압착기 두 개를 싹싹 씻어야 한다. 오늘은 언제 제랄드네 화이트 품종을 수확해야 할지 상의했다. 제랄드네 화이트가 가장 먼저 자라고 익기 때문에 매년 제일 먼저 수확하고 있다.

제랄드, 안드레아 칼렉과 함께 오전에 포도밭을 살펴보았다. 나와 아네의 밭, 안드레아와 제랄드의 포도밭까지 전부 보았다. 레드 품종은 아직 여유가 있으나 샤르도네와 비오니에는 7~10일 안으로 수확하게 될 것이다.

안드레아는 분석을 통해 낱낱이 파악하는 것을 좋아한다. 예상 알코올 도수, 과즙의 산성도, 질소의 농도 등을 일일이 측정한다. 온갖 숫자 때문에 정신없다. 솔직히 나는 그저 포도를 맛보고 내 미각을 믿는 쪽이 좋다.

샤르도네: 2.8pH, 예상 알코올 도수 10.6퍼센트

비오니에: 3pH, 예상 알코올 도수 9.4퍼센트

2017년 8월 11일 금요일, 발비녜르

올해 처음으로 〈레 비뉴 데 앙팡Les Vignes des Enfants〉, 즉 〈아이들의 포도나무〉라고 불리는 밭에서 열매를 수확해 단독으로 와인을 만들 것이다. 특별한 의미가 깃든 작은 삼각형 모양 밭이다. 〈마른 블뢰〉[117] 토양에 20년 전에 심은 프티트 시라가 자라고 있다. 굉장히 흥미로운 품종이다. 포도를 맛보면 딱히 맛 구조가 시라와 비슷하다는 느낌은 들지 않는다. 산미가 더 강하고 타닌이 덜 도드라진다. 껍질이 얇아 피노 누아와 비슷하지만 색은 더 짙다. 깊고 농밀한 맛, 블루베리와 블랙커런트 향이 느껴지는 동시에 가볍고 섬세하게 다크 초콜릿, 후추, 다른 강렬한 향신료 풍미가 감돈다. 이 밭에서 얻은 포도와 과즙, 그리고 와인의 성장을 지켜볼 나날을 고대하고 있다.

117 Marne Bleue. 〈푸른 이회암〉이라는 뜻의 프랑스어.

2017년 8월 18일 금요일, 발비네르

나는 첫 시작이, 이 모든 자그마한 순간들이 너무나도 좋다. 오늘 다 함께 수확을 개시했다. 어떤 와인을 만들지, 올해는 어떤 와인이 탄생할지 상상 중이다. 자그마한 시작, 끝나지 않은 시작. 시작하다 멈추고, 시작하다 멈추고, 그러다가 더는 멈출 수 없는 움직임으로 자라날 것이다. 끝나지 않은 것들은 마치 이루어지지 않은 연애 감정과 사랑 같다. 추억과 생동감이 가득하다. 오늘 새로운 생활이 시작되었다. 샤르도네를 따서 조슬린과 제랄드네로 가져감으로써 수확이 시작된 것이다.

2017년 8월 21일 월요일, 발비네르

오늘 비오니에를 압착했다. 작년에 샤르도네를 압착했던 방식 그대로 천천히 오랫동안 짜내고 싶었다. 포도 맛이 아주 좋고 잘 농익었다. 천천히 오래 압착함으로써 껍질에서 약간의 쓴맛과 짠맛을 추출할 수 있으리라 기대한다. 내 유일한 걱정거리는 압착하는 동안 과즙이 산화하거나 오래된 목제 압착기 속에서 발효를 시작하는 것이다.

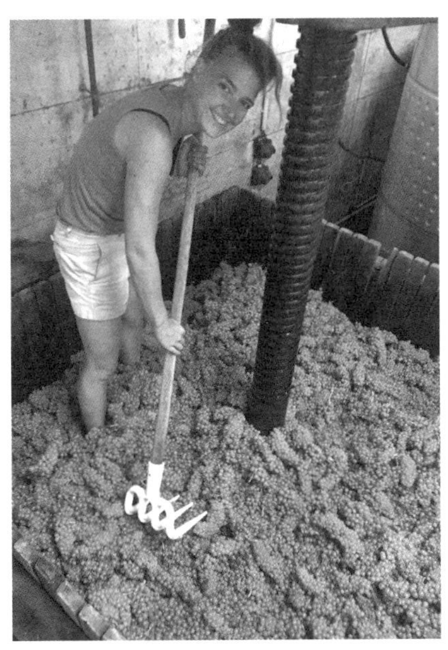

목제 압착기로 샤르도네 압착을 준비 중인 아네.

2017년 8월 24일 목요일, 발비네르

나는 아네와 둘이서 작업하는 것이 좋다. 우리끼리 와인을 만드는 것이다. 우리의 삶이 고립된 것인지 의아할 때도 있으나 전혀 외롭지는 않다. 그저 우리 둘이 오붓한 삶과 평온을 즐기고 있다. 정말이지 마음에 든다. 내 주변 환경과 주변 환경이 제공해 주는 포도, 포도의 활발한 효모, 그 신실함을 탐험 중인 기분이다. 어쩌면 물리적 현실보다는 마음의 문제일지도 모르겠다. 혼자 미지의 세계와 미개척의 영역을 거닐며 때로는 너무 깊이 빠져들고 때로는 거부감에 튕겨 나감으로써 현실 감각을 얻는다. 하지만 무엇보다 이 세계가 스스로 생성되고 와인을 만들어 내는 과정을 지켜보며 현실을 실감한다.

나는 새로운 만남이나 새로운 경험에 그다지 관심이 동하지 않는다. 그저 무언가가 나타나기를 바랄 뿐이다. 그리고 시간을 쪼개어 생활을 운용하고, 우리가 무언가를 좇거나 그것이 우리를 좇을 수 있도록 스스로 마음의 평화를 허락하며, 포도와 과즙을 (몇 번씩) 맛보며 그것이 자기만의 길을 결정하도록 기다리는 삶에는 아주 아름다운 구석이 있다. 세상만사에 일일이 자기 의견을 펴지 않는 삶이란 자유로운 것이다. 한두 가지 주제에 의견을 견지하는 것은 괜찮겠으나 없는 편이 낫다. 그러면 마음에 평화가 생겨 알 수 없는 미래를 받아들이고 경험하기가 수월해진다. 나는 이루고 싶은 것들을 전부 이루려고, 오늘 하루와 내가 가진 시간을 최대한 활용하려고, 할 일을 해치우려고 분투한다. 다만 때로는 그냥 다 놓아 버리는 것도 좋다. 내가 온종일 개고생했다는 사실을 받아들이고 이 공허감이 무엇을 야기하든 다 즐기는 것이다. 시간을 운용할 때도, 지금 무슨 일이 일어나는 것인지 이해하려 애쓸 때도 마찬가지다. 하루는 그저 하루일 뿐이다. 살아 냈으면 그것으로 좋은 하루다. 내가 게으르지 않았다고 자부하기 위해 할 일을 잔뜩 할 필요는 없다. 하루가 끝나면 일어난 일은 이미 일어났으며 되돌릴 수 없다.

그 시간을 활용해 무언가를 해냈든 아무것도 하지 못했든 현실을 있는 그대로 받아들여야 한다. 그것이 시간에 깃든 자유로운 아름다움이다.

2017년 8월 25일 금요일, 발비녜르

압착기에 있던 비오니에를 비웠다. 아주 흥미로운 과즙이 탄생했다.

2017년 8월 26일 토요일, 발비녜르

나는 지금 이곳에 존재하고 싶다. 이 공간은 내게 하고 싶은 이야기가 있는 것 같다. 모종의 목적을 위해 이곳을 사용할 수도 있을 것이다. 어쩌면 이 공간 혹은 순간이 나를 사용할 수도 있겠다. 요즘 나는 내가 자리한 시공간을 꽉 붙잡으려고 애쓰고 있다. 말은 쉽지만 어려운 일이다. 전혀 쉽지 않다. 나는 〈내가 지금 이곳에 존재하고 있다〉라고 확신할 수 있는 방식으로 시공간을 인식하는 생각의 틀을 찾고 있다. 너무 어려운 일이다. 인생이란 어떤 걸까, 순간순간이 꼬리를 물고 이어지는 긴 연속의 합일까? 하지만 내 경험을 돌이켜 보면 그렇지 않다. 그렇게 간단한 문제가 아니다. 나는 정신을 똑바로 차리려고 애쓰지만 소질이 없다. 나는 지금 이곳에 집중하는 존재 방식에 능숙하다. 그래서 내 주변에 있는 사람들도 이곳에 없는 사람들도 다 잊어버리고는 한다.

나는 자기 생각을 표현하는 사람이다. 그게 다다. 하지만 표현이 좋은 걸까, 나쁜 걸까? 모르겠다. 가끔 힘에 부칠 때가 있어 기분이 좋지 않다. 때때로 무언가를 맛보거나 어떤 이야기를 듣고 났는데 이상하고 형편없다는 생각이 들면 속내를 숨길 수가 없다. 말로 표현할 때도 있다. 그리고 주변을 둘러보면 내가 정말 그런 말을 했다는 사실을 믿을 수가 없고, 아무도 듣지 못했기를 바란다. 아무 일도 없었던 척하지만, 내가 이상하게 행동하고 있다는 사실을 똑똑히 인식한다. 상황이든 사람이든 사물이든 마음에 안 드는 것이 있을 때면 꾹 참고 있기가 참 힘들다.

2017년 8월 28일 월요일, 발비네르

나는 사실상 감각에 중독된 것 같다. 마구잡이로 탐닉한다. 풍미, 향기, 맛의 균형, 느끼고 또 느껴도 부족하다. 수확이 시작되었고, 내가 가는 곳마다 감각으로 가득하다. 우리와 함께 수확하는 동료들은 표현이 굉장히 풍부하다! 동료들에게 푹 빠졌다. 많은 영감을 받고 있다. 그들과 함께 와인을 만드는 생활에 푹 빠졌다.

지금껏 시라를 수확해 상당 분량 줄기를 제거했다. 나머지는 바로 압착법으로 짜낸 뒤 소량의 비오니에 과즙과 섞었다. 시라는 금방 타닌이 과해지는 품종이다.

2017년 8월 30일 수요일, 발비녜르

회의감이 밀려든다. 알고 있다. 다 끝이다. 전에 만들었던 훌륭한 와인을 또 만들어 내는 것은 불가능하다. 나는 잘하는 것이 없다. 그냥 운이 좋았을 뿐이다. 힘도 영감도 느껴지지 않는다. 전에도 종종 이랬다. 지금처럼 본격적인 수확이 시작되기 직전이면 꼭 이런다. 다시는 예전만큼 잘 해낼 수 없을 것 같고, 작업에 필요한 노동을 해내지 못할 것 같다. 정말이지 힘든 일이다. 내가 또 다시 해낼 수 있을까? 이 산을 다시 오를 수 있을까? 새로운 빈티지와 수확이라는 높은 산을!

지금 내 몸에 불안의 에너지가 흐른다. 평온을 찾아내려 애쓰고 있다. 제랄드, 조슬린과 이야기하고 그들의 평온을 나눠 받으려 한다. 세세한 요소들을 살펴보고, 과거의 메모를 읽고, 작년에 이해하지 못한 것을 이해하려 노력 중이다. 그러나 정해진 대본은 없다. 그냥 포기해 버리면 편하겠지만 어떻게 나 자신에게 그럴 수 있겠는가. 말이 안 된다. 포기할 거라면 진작에 했어야 했다. 나는 깰 수 없는 약속을 너무 많이 한다. 제대로 고민하지도 않고 선불리 승낙하기 때문이다. 그래서 문제가 생기기도 한다. 〈약속해 놓고 이제 와서 빠져나갈 수는 없는 거잖아?〉 결국 내 인생이 힘들고 복잡해진다. 심란하다. 싫다는 말을 못 하겠다. 타인의 요청을 거절하려면 며칠 동안 용기를 그러모아야 한다. 마음이 천근만근이다. 몸과 머리에 원하지 않는 생각과 감정이 가득하다.

2017년 9월 2일 토요일, 발비네르

개똥 만큼도 배운 게 없는 기분이다. 그동안 하나도 똑똑해지지 못한 것 같다. 실험을 참 많이 했지만, 어떻게 해야 그 실험들에서 유용한 결과를 도출할 수 있는 걸까? 실험들은 유용한 결과를 도출하고 싶은 마음이 없는 것 같다. 그저 새로운 실험이 이어지기만을 바라는 듯하다. 내가 너무 순진했던 걸까? 호기심 많은 무지렁이였다. 타인이 나를 똑똑한 사람이라고 평가하든 말든 인정하든 말든 관심없다. 실제로 내가 전보다 똑똑해졌다는 생각이 들지 않는다. 나는 순수한 사람, 또렷한 의식과 호기심이 있는 사람이고 싶다. 항상 온 세상에 자신의 지성을 내보여야 하는 사람은 되기 싫다! 똑똑한 사람으로 인식되는 순간 질문하거나 호기심을 품을 수 없다. 그런 삶은 하나도 즐겁지 않다. 아무것도 모르는 채로 처음부터 다시 배워 가는 쪽이 훨씬 즐겁다.

2017년 9월 8일 금요일, 발비네르

지금 나는 과즙 한 잔을 앞에 놓고 앉았다. 내면의 회의감을 그대로 내버려 둘 생각이다. 이 모든 것이 결국 어떻게 될지 지켜보아야 한다. 오늘 처음으로 〈레 비뉴 데 앙팡〉의 포도를 수확했다. 기분이 오묘하다. 웬일인지 지금은 그저 과즙 상태인데도 다른 와인들보다 더 굉장하게 느껴진다. 벌써 맛이 안정적이고 돌처럼 굳건하다. 덧붙일 말이 없다. 나는 과즙을 놓아줄 것이다. 어쩌면 과즙이 나를 놓아주는 것일지도 모르겠다. 아마 후자가 정답일 것이다. 마법 같은 느낌이다. 과즙 속에 느껴지는 테루아의 특성도, 균형감도 그저 완벽하다. 믿어지지 않는다.

2017년 9월 10일 일요일, 발비네르

수확이 시작하기도 전에 끝난 기분이다. 올해에는 무언가를 이뤄 냈다. 좋은 일이다. 무언가를 성취하고, 시간을 쏟고, 시간을 잘 활용하며 살고 싶다. 그리고 성공했다. 2017년은 훌륭한 빈티지가 될 것이다. 포도를 통해 짜릿한 경험을 했다. 과거에 겪어 본 적 없는 경험이다. 흥미로운 와인이 탄생했다. 화이트 한 종류, 아니 사실은 세 종류다. 사흘 동안 바로 압착법으로 짠 비오니에, 이틀간 압착한 샤르도네, 아주 흥미로운 그르나슈 누아 화이트

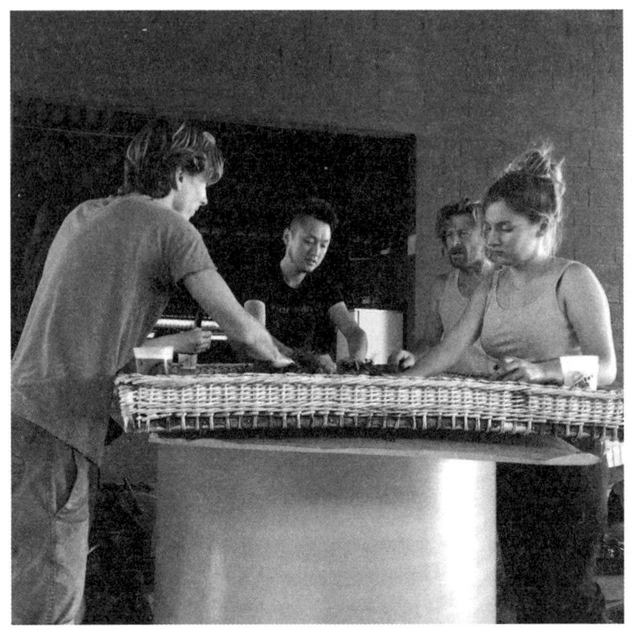

〈레 비뉴 데 앙팡〉의 포도 줄기 제거 중.

과즙까지. 그르나슈 누아 화이트 과즙을 짜내고 남은 것으로 만든 레드 과즙은 꽃향기가 정말이지 믿을 수 없을 정도로 근사하다. 감당하기 힘들 정도다.

이틀 전에 훌륭한 카리냥 포도를 수확해서 상당 분량을 바로 압착법으로 짜냈다. 줄기는 일부만 제거했다. 그러고는 샤르도네와 카리냥 과즙, 줄기를 없앤 카리냥 포도를 섞었다. 껍질의 영향 덕분에 벌써 과즙의 맛 구조가 강해졌다. 이틀쯤 지나면 압착할 듯하다.

2017년 9월 11일 월요일, 발비네르

아르데슈의 화이트와인 때문에 오랫동안 힘들었다. 잘 익지 않은 포도로 만든 것인지, 과즙이 풍부하지 않았던 것인지, 맛의 지속감이나 긴장감이 부족하다고 느꼈다. 작년부터 농밀함과 쓴맛이 더 필요하다는 사실을 절감했다. 그런데 지난 봄에 우연히 샴페인에 관한 글을 읽다가 와인메이커들이 쓴맛 생성과 산화를 방지하기 위해 압착 속도를 최대한 빠르게 유지한다는 사실을 알게 되었다. 쓴맛과 산화는 내가 간절히 구하는 것들이다. 이런 생각이 들었다. 〈오랫동안 길게 압착하면 어떨까?〉 쓴맛과 산화를 유도하되 침출이 일어나지 않도록 일정한 흐름을 유지하는 것이 관건이었다. 가장 먼저 샤르도네를 압착했는데, 지금 과즙을 맛보니 압착 시간이 너무 빨랐던 것 같다. 반면 비오니에 포도는 열매가 잘 익은 상태라 하루 더 압착했다. 샤르도네보다 훨씬 낫다.

그르나슈 누아 역시 흥미롭다. 그르나슈 누아로 화이트 과즙을 만들고 싶었던 것이, 올해는 화이트 품종을 많이 수확하지 못했기 때문이다. 예정된 수확일 며칠 전에 태풍이 불어 우박을 퍼부었는데, 화이트 품종의 피해가 특히 심했다. 하지만 새로 고안한 압착법이 그르나슈에 잘 먹혀들어서 레드 품종으로 훌륭한 화이트 과즙을 짜낼 수 있었다. 마지막에 짜낸 레드/로제 과즙은 훨씬 더 흥미로워졌다. 향미가 강하고 꽃향기가 근사해서 마

수확기에 포도밭에서 피노 그리를 선별하는 모습.

치 아이들이 좋아하는 사탕 같다.

그르나슈 누아의 과즙을 맛볼 때면 우리의 2015년 빈티지 카베르네 소비뇽 로제와 비교하게 된다. 아직 술통에서 발효 중인데 정말 걷잡을 수 없다. 이해 불가다. 지금껏 내가 만들었던 로제와 완전히 다르다. 구조가 뚜렷하고 깊고 무거우면서 도드라지는 맛 표현이 있다. 혹시 상한 걸까? 그럴 수도 있다. 원래 로제는 빨리 마시는 편이 좋은 와인인데, 카베르네 소비뇽 로제는 술통에 저장한 채로 벌써 2년이나 지났다.

2017년 9월 12일 화요일, 발비녜르

카리냥 과즙 두 종류 모두 술통을 교체했다. 슬프게도 내가 바라는 만큼 길게 침출할 수 없다. 이유는 단순하다. 너무 세고 강렬한 빈티지라 그렇다. 와인에 너무 빨리, 너무 많은 타닌이 녹아날 것이다. 침출 일주일 만에 과한 수준이 되었다.

2017년 9월 18일 월요일, 오베르모르슈비르

알자스로 와서 슬슬 레드 과즙을 준비 중이다. 시작은 피노 누아다. 나는 작년의 피노 누아와 블랑 드 누아가 마음에 들었다. 피노 누아 레드를 한 번 더 만들어 보고 싶은 것도 사실이다. 가장 섬세한 레드 품종, 피노 누아의 대가가 되고 싶다.

포도가 아주 잘 익었다. 침출에 쓸 만큼 근사하지 않은 포도가 있어서 포도밭에서 열매를 선별했다. 이제 선별한 포도를 압착하고 나머지 포도의 줄기를 따서 피노 누아 과즙에 침출할 것이다.

2017년 9월 20일 수요일, 오베르모르슈비르

다른 와인메이커들과 함께 게뷔르츠트라미너를 수확 중이다. 예쁜 열매와 덜 예쁜 열매를 선별할 필요가 없는 것이, 전부 탐스럽게 잘 익었다. 바로 압착법으로 짜낼 생각이다. 과즙에 피노 그리를 조금 첨가할지도 모르겠다. 게뷔르츠트라미너가 너무 개성이 강해 방향성이 부족해지면 피노 그리가 개입해 맛 표현의 집중도를 높여 줄 수 있을 것이다.

나는 자신을 몰아넣는 경향이 있다. 한 구석에 몰리면 가능성이 줄어들고 모든 것이 단순하며 확고해진다. 때로는 후회스럽다. 그렇게 완벽만을 추구하는 유토피아에 들어서는 순간 자신에게서 가능성을 빼앗게 되는데, 내게는 다양한 선택지가 필요하니까. 자꾸 조급해진다. 빠르되 제대로 해내고 싶다. 시작하기도 전에 다 완성되어 있었으면 좋겠다. 자꾸 마음이 조급해진다. 왜 모든 것이 기다려야만 이루어지는 걸까? 다른 사람과는 관계 없다. 오직 나 자신이 야기한 감정이다. 딱히 분노나 좌절감으로 이어지지도 않는다. 그저 통제할 수 없는 불안감뿐이다. 우습기만 하고 건설적이지 못한 감정이라는 사실을 안다. 쓸데없다. 내가 조급해한다고 와인이 더 좋아지는 일은 절대 없으니까! 다른 행동 모형을 찾아내야 할 시간이다. 해야 한다는 것을 알지만 아직 해내지 못한 과제다. 어쨌든 나 자신에게 여유를 주고 싶다.

와인과 첫사랑에 빠진 순간을, 난생 처음으로 푹 빠져 버린 와인을 기억한다. 브뤼노 쉴레르의 〈2000년 제루 데포〉였다. 물론 전에도 좋은 와인을 많이 시음하고 마셔 보았으나 대부분 산업의 관습에 충실한 와인이었다. 제루 데포는 완전히 달라서 진솔한 맛이 있었다. 그때는 2004년 늦여름의 오후, 나는 내가 무엇을 하는지도 모르고 처음으로 파리에 있는 와인 전문점 〈카브 데 파필Cave des Papilles〉에서 내추럴 와인을 구입했다. 〈제루 데포〉는 아이슈베르Eichberg 그랑 크뤼를 받았으나 알자스 아펠라시옹 사용 승인은 거부당한 와인이었다. 단맛은 전혀 없으며 거의 산화되었고, 리슬링의 농익은 과일 맛이 광물성과 근사하게 어우러졌다. 맛도 안 보고 구입했던 기억이 난다. 그저 제대로 인정받지 못한 와인의 사연이 마음에 들었다. 그 후 덴마크로 돌아왔고, 다른 그랑 크뤼 리슬링 와인을 여럿 구해다가 동료 소믈리에들과 맛보았다. 〈제루 데포〉는 아무도 좋아하지 않았다. 나는 전형적인 미슐랭 식당 조리부의 어린 견습생이었고, 사실상 혼자서 병을 비웠다. 〈제루 데포〉의 양면성과 불가해함에 홀딱 반해 버렸다. 절대 손에 넣을 수 없을 듯 도도했고, 절대 풀어낼 수 없을 듯 정교했다. 깨끗해지는 기분이었다. 어쩌면 브뤼노가 2000년에, 그 후로 줄곧 그랬던 것처럼 그저 와인이 자기만의 길을 선택할 수 있도록 내버려두어야 할지도 모르겠다.

2017년 9월 22일 금요일, 오베르모르슈비르

피노 누아를 압착 중이다. 과즙의 맛 구조가 순식간에 바뀌어 버려 정말 재미있다. 침출 초반에는 과즙에 색소나 타닌이 많이 녹아나지 않았는데, 지난 24시간 동안 빠른 변화가 일어났다. 지금은 로제가 아니라 레드가 되었고, 타닌으로 인한 맛 구조와 쓴맛이 제대로 느껴진다. 과즙을 짜내기에 적당한 시점이다. 그리고 내가 좋아하는 섬세한 맛 표현도 그대로 남아 있다. 가끔 이런 와인이 탄생하면 정말이지 기분이 끝내준다. 기대는 안 해도 가끔 나타난다. 와인이 진솔하게 자기 본연의 모습으로 돌아가는 것이다. 그런 와인을 한 모금 맛보면, 마치 누군가가 내 눈을 깊이 들여다보는 기분이다. 방해하고 싶지 않다. 나는 최대한 조심스럽게 행동한다. 다음에 또 이런 일이 일어나리라 기대한다면 지나친 망상이다.

　와인은 나의 존재감을 느낄 수 있으리라. 이 순간을 망치고 싶지 않다. 나는 생각이 너무 많고, 이런 이야기는 전부 상상에 지나지 않다는 것을 나도 안다. 그저 이 순간에 만족해야 한다. 이 순간은 고유한 채로 사라질 것이다. 이 순간을 만들어 낼 수 있는 메커니즘도, 계획도, 체계적인 시스템도 없다. 순전히 마법처럼 자연스럽게 만들어지는 것이다. 내가 누릴 수 있는 것을 기꺼이 받아들이고 즐기기 시작하면 감정이 밀려든다. 곧바로 모든 것이 가능하다는 망상에 사로잡혀 상상력이 활개친다.

피노 누아 과즙.

알자스 피노 누아의 술통을 교체함.

다만 상상력은 인간이 지닌 가장 중요한 힘으로서, 머릿속에 온갖 이미지와 아이디어를 싹틔운다. 와인과 함께하며 겪게 되는 순간들에 깊이 감동하고 있다. 삶의 이유가 되어 주는 순간들이다. 짜릿해! 덕분에 오늘 피노 누아를 압착하기로 한 결정이 옳았다는 확신이 든다. 피노 누아와 게뷔르츠트라미너 둘 다 봄이 올 때까지 외부 섬유 탱크에 둘 생각이다. 그리고 어떤 일이 일어나는지 지켜봐야겠다.

2017년 10월 18일 수요일, 발비녜르

우리에게 와인의 이름은 아주 중요하다. 사람들은 작은 문구에 관심이 많고, 각자 자기만의 방식으로 이입한다. 술을 마시는 사람들의 의미 해석과 이야기가 문구에 덧붙여지는데, 내게는 아주 흥미로운 현상이다. 아내와 내가 와인에 붙여 준 이름과 숨겨진 의미에 관해 많은 이야기를 나누는 것도 사실이지만, 분명 이름 역시 자기만의 생을 살아가고 있다. 그게 바로 표현과 효과의 아름다움일 것이다.

몇 년 전에 어느 브라질 여성에게서 편지를 받았다. 남편과 이혼하기 전에 마지막으로 함께 여행을 다녀오고 싶어서 캘리포니아주로 휴가를 떠났다고 했다. 그런데 〈감미로운 시작과 그보다 멋진 결말〉을 마시고는 (와인이 직접적인 원인은 아닐지라도) 다시 사랑에 빠졌다는 것이다. 브라질에서 두 번째 결혼식을 올릴 때 같은 와인을 마시고 싶다고 편지에 적혀 있었다. 아름답다! 안타깝게도 와인은 재고가 없었는데, 캘리포니아주에 있는 친구 몇몇의 도움을 받아 보내 줄 수 있었다. 샌프란시스코에서 보냈던가, LA에서 보냈던가 정확한 기억은 없다.

이 일화를 계기로 와인 이름의 시적인 면모에 관해 많이 생각하게 되었다. 그리고 한 번 더 말하지만, 올해는 와인 양조에 해결해야 할 과제가 많았다. 내내 따뜻했던 탓에 2015년에 그랬던 것처럼 과즙에 놀라고 있다. 처음 만난 사람과 악수하는데 악력이 너무 세서 당황하는 기분이다. 재작년에도 나는 당황스러워 어쩔 줄을 몰랐다. 이번에는 전보다 단단히 준비된 듯하다. 침출은 더 짧고 정확했으며, 바로 압착법으로 천천히 길게 과즙을 짰다. 포도마다 압착 부위에 변화를 주기도 했다. 퀴베의 가짓수도 전보다 늘어났는데, 전부 맛 표현이 정확하고 풍부하다. 지난 수확을 돌아보니 시간이 쏜살같이 지나갔구나 싶다. 짧은 시간 내에 포도를 수확해야 했고, 나는 작년이나 재작년보다 훌륭한 와인을 만들고 싶어서 나 자신을 많이 몰아세웠다. 날이 아주 따뜻하고 해가 쨍쨍해서 특히 신경써야 했다. 그 모든 것을 감안했을 때, 감안하지 않더라도, 올해 만든 와인에 아주 만족하고 있다.

2017년 10월 23일 월요일, 발비네르

지난 몇 주 동안 〈레 비뉴 데 앙팡〉에서 일했다. 계단식 농지 사이의 좁은 경사로를 청소하고, 돌벽을 다시 세우고, 오래된 포도나무의 가지를 쳐냈다. 코르나스와 론 북부의 다른 아펠라시옹에서 보았던 것과 비슷하게 나무 기둥을 설치하려고 한다. 220센티미터짜리 긴 나무 기둥을 설치하면 나무가 더 높이 자라날 수 있을 것이고, 잎도 무성해져 포도에 그늘이 잘 드리울 것이다. 잎이 많아지면 포도의 성숙기가 길어지며 산미가 높아진다. 그리고 나뭇가지를 기둥에 묶어 잘 고정하면 꼭대기를 다듬지 않아도 될 것이다. 결과적으로 포도의 스트레스가 적어진다. 곧 나의 이론이 맞는지 알게 될 테다.

2018

2018년 1월 5일 금요일, 오베르모르슈비르

처음으로 겨울의 알자스에서 병입 작업을 진행 중이다. 지금까지는 별문제 없었지만, 추운 날에 와인을 옮기려면 어김없이 걱정스럽다. 효모 활동이 낮을 때 와인을 건드리면 산화할 가능성이 있고, 이런 종류의 산화는 볼라틸을 야기할 수 있다. 나무통에 있던 와인을 병입했고, 작년 수확 후로 줄곧 밖에서 발효 중이었던 2017년의 과즙으로 빈 나무통을 채웠다. 나무통에 담겨 저장고로 옮겨진 후에도 발효가 잘 이어지는 중이라 딱히 걱정거리는 없다.

2015년에 만든 피노 그리와 게뷔르츠트라미너를 병입했다. 레진 반바르트와 스테판 반바르트가 작업 준비를 도맡았다. 병을 주문해 두었고, 병입과 코르크 투입에 필요한 소소한 준비물들을 마련했다. 알자스에 머무를 때면 두 사람이 베푼 것들을 어떻게 되갚을 수 있을지, 그들이 준 도움을 어떻게 되돌려줄 수 있을지 고민하게 된다. 두 사람은 당연하다는 듯이 우리 옆을 지키며 어떻게

든 도움을 주면서도 결코 대가를 요구하지 않는다. 보답할 방법을 생각해 내야겠다.

작년에 만든 가벼운 피노 누아는 과즙이 여전히 붉은데, 앞으로도 이런 색일지 잘 모르겠다. 2015년의 과즙을 담아 두었던 나무통에 작년의 피노 누아와 게뷔르츠트라미너를 넣었다. 곧, 어쩌면 내년에 피노 누아를 병입할 수 있을 듯하다. 반면 게뷔르츠트라미너는 시간이 필요하다. 과일 맛이 여전히 일차원적이다. 산소에 노출하면 깊이가 생길까?

2015 | 리닝 백 인 타임[118]

감미로운 쓴맛이 길게 이어지고 짠맛도 넉넉하다. 피노 그리로서는 드문 수준인 것 같다. 와인의 맛에서 따뜻했던 날씨가 느껴지는데, 알코올이 너무 강해 집중이 흐트러지지도 않는다.

2015 | 우아조 드 메르[119]

(처음에는) 발효가 끝나기까지 오래도록 기다려야 했고, 그 후에는 균형감을 찾으려고 또 오래도록 기다려야 했다. 이제 산소에 노출되고 알코올 도수가 올라간 덕분에 마실 준비가 끝났다. 〈알코올 도수가 올라간 덕분〉이라니, 내가 이런 말을 하게 될 줄은 몰랐다. 전에는 (백도,

118 Leaning Back in Time. 〈여유롭게 시간 보내기〉라는 뜻의 영어.
119 Oiseau de Mer. 〈바닷새〉라는 뜻의 프랑스어.

리치 등의) 〈달콤한〉 과일 맛과 (재스민) 꽃향기가 과했다. 지금도 달고 향긋하기는 하지만 술통에서 시간의 흐름과 함께 산화가 진행되고 알코올 도수도 15.5퍼센트까지 올라 과한 맛과 향이 누그러졌다. 원래 나는 알코올 도수가 높은 와인을 좋아하지 않지만, 이번에는 알코올 덕분에 와인이 한결 가벼워질 수 있었다. 게뷔르츠트라미너 품종이 점점 더 좋아지고 있다.

2018년 1월 16일 화요일, 발비녜르

오늘 돼지 세 마리를 얻었다. 알바 라 로멘 북부에서 방목해 기른 돼지들이다. 가장 덩치가 큰 녀석은 400킬로그램에 육박한다. 굉장하다! 세 마리 다 잡아서 소분한 후 어느 부위로 어떤 샤퀴트리를 만들지 선별했다. 이 동네에 사는 일곱 가족이 총출동해 3~4일 동안 함께 작업할 계획이다. 〈레 비뇨〉의 엘렌과 크리스토프 콩트, 안드레아 칼렉, 알랭 알리에,[120] 조슬린과 제랄드 우스트릭, 마을 친구의 가족, 파비엔과 탕기, 아네와 나까지. 마음에 든다. 모든 것이 체계적이다. 다들 오랫동안, 아마 평생 해온 일이라 그런 것 같다. 마을 사람 여럿이 도와주겠다며 합류했다. 정말 재미있다. 전부 똑같은 양을 얻을 수 있도

120 Alain Allier. 랑그도크 루시용에 있는 내추럴 와인메이커. 와이너리는 〈도멘 무레시프Domaine Mouressipe〉로, 2004년부터 양조를 시작했다.

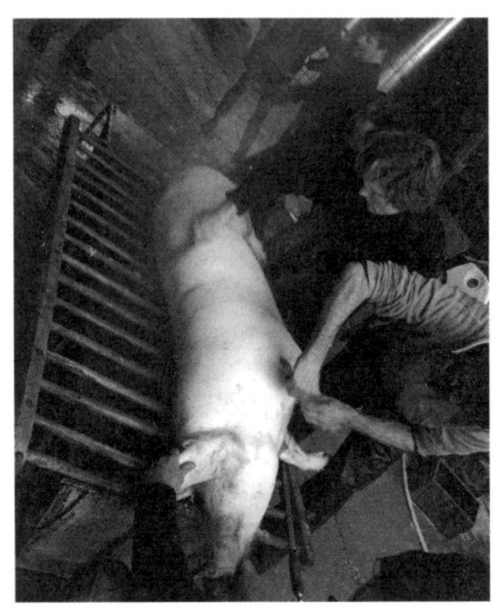

돼지와 함께한 일주일.

록, 돼지고기를 하나도 (단 하나도) 낭비하지 않도록 나눔 계획을 세웠다. 부댕 누아르[121]부터 리예트,[122] 파테,[123] 프로마주 드 테트,[124] 생 소시지, 저장고에서 말려 먹을 소시지까지 전부 만들 것이다. 수확기에 동료들과 나눠 먹을 생각에 마음이 두근두근하다!

121 Boudin noir. 돼지의 피와 고기를 넣어 만드는 소시지. 순대와 유사하다.

122 Rillettes. 돼지고기 중 기름기가 많은 배나 어깨 부위에 향신료를 넣고 낮은 불에서 오래 가열해 으깬 것.

123 Pâté. 고기나 간을 가열한 후 여러 재료를 넣고 곱게 간 것. 파이처럼 반죽을 입혀 굽기도 한다.

124 Fromage de tête. 머릿고기에 향신료를 넣어 익힌 뒤 젤라틴에 넣어 굳힌 것. 편육과 비슷하다.

2018년 1월 18일 목요일, 발비네르

2016 | 게뷔르츠트라미너 | 클레망 리스너[125]

정말 마음에 드는 오렌지 와인을 만나는 것은 드문 일이다! 의외의 와인이 나타났다. 반바르트의 와인과 마찬가지로 이 와인 역시 아직 앳되면서도 침출 효과가 근사하게 느껴진다.

2018년 1월 23일 화요일, 발비네르

포도나무 가지치기법에 관해 더 배우고 싶다. 어떤 기술들이 있는지, 가지를 얼마나 잘라야 하는지 알고 싶다. 가지를 다듬을 때 결정해야 할 것이 정말 많다. 조슬린과 제랄드의 아버지 폴루에게 시간이 있다면 가지치기법을 알려 달라고 부탁했다. 「제대로 알려 주면 오후가 다 지나 있을걸.」 폴루가 대답하고는 함께 버섯을 따러 가자고 했다. 폴루를 도와 버섯을 따는 동안 전부 다 설명해 주겠다고 했다. 아주 많이. 그래서 〈마젤〉의 저장고 뒤쪽 작은 숲속에서 오후 내내 폴루와 함께 있었다.

가지를 다듬을 때는 사실상 올해와 내년 포도의 품질뿐만 아니라 분량을 결정하게 된다. 과학적으로 포도송이가 많고 길이가 길면 (그리고 알이 많이 맺혀 있으

125 Clément Lissner. 알자스에 있는 내추럴 와이너리.

면) 열매가 더 많이 열린다. 하지만 열매가 많이 열리면 품질은 낮아지고 훗날 나무 자체가 약해지게 된다. 심각할 경우 나무가 지쳐서 말라 죽게 된다. 폴루가 아주 흥미로운 가설을 공유했다. 포도밭에서 오래도록 일하며 얻은 경험에 의하면, (우리 포도나무처럼) 나이가 많은 나무는 짧게 잘라 송이를 소수만 단정하게 유지하면 병에 걸리지 않는다는 것이다. 병을 막는 것은 포도나무의 건강 뿐만 아니라 나무 주변의 식물 다양성에도 중요하다. 식물들의 스트레스를 줄여 주기 때문이다. 포도나무를 제대로 다듬는 것, 퇴비를 적절히 쓰고 토양을 잘 가꾸는 것만으로도 이런 긍정적인 효과를 이뤄 낼 수 있다. 70년의 경험을 가진 명인의 의견이니, 과연 토씨를 달기는 힘들다.

2018년 1월 25일 목요일, 발비녜르

친구 하이디가 런던에서 와인과 포도에 관한 강좌를 개설하려고 준비 중이다. WSET의 대안으로 계획한 듯하다. 하이디의 접근법이 마음에 쏙 들어서 인터뷰에 응하기로 했다.

- 당신은 자격증에 관해 어떻게 생각하는지? 자격증은 중요한가?

중요하다. 내 생각에 자격증은 정치적이다. 자격증이 있든 없든 와인메이커의 작업 방식은 똑같지만, 다른 사람이 그의 작업을 이해하는 방식이 달라진다. 유기농 농산품을 기르고 만드는 사람으로서 깨끗하고 순수한 농업 접근법에 관해 끊임없이 언급해야 한다고 생각한다. 그런 점에서 자격증은 중요한 도구가 되어 줄 수 있다.

- 현재 통용되는 내추럴 와인 생산 지침이 충분하다고 생각하는가? 가령 허가 사항에 관해 읽어 보면, 이산화 황은 화이트와인의 경우 1리터당 140밀리그램까지 사용할 수 있는데, 실제 생산자들은 이보다 훨씬 적은 양을 사용한다. 상업용 효모를 사용하는 것도 허락되는 상황이다.

아니, 생산 지침은 충분하지 않다. 터무니없이 느슨하다고 생각한다. 화학, 인공 첨가물은 절대 들어가서는 안 된다. 종류를 막론하고 유기농품을 생산할 때는 그 어떤 것도 더하거나 없애서는 안 된다.

- 와인메이커로서 내추럴 와인을 만들며 겪는 가장 큰 어려움은 무엇인가?

가장 큰 어려움은 가장 큰 축복이기도 하다. 바로 자기 주변을 둘러싼 자연의 리듬과 주기를 따를 수밖에 없다는 것이다.

- 내추럴 와인의 접근법에 회의적인 사람들을 설득해야

한다면, 어떤 이야기를 하고 싶은가?

나는 컨벤셔널 와인 양조용 포도밭과 내추럴 와인 양조용 유기농 포도밭에 직접 가보기를 추천할 것이다. 포도밭마다 기후와 효모가 어떻게 다른지, 두 포도밭에 사는 곤충, 동물, 식물의 다양성이 얼마나 차이나는지 볼 수 있다. 그리고 자기 자신만을 생각하는 선택에 관해, 한 사람이 내리는 선택이 타인, 동물, 자연 전반에 미칠 수 있는 거대한 영향에 관해 이야기할 것이다. 내추럴 와인을 비롯해 자연적인 제품을 구입하면 자기 자신만 보살피는 것이 아니라 자연의 수많은 문제 해결에 기여하게 된다. 그와 반대로 화학 제품을 사용해 만든 컨벤셔널 와인을 비롯해 산업의 관습에 충실한 제품을 구입하면, 이미 잘 알려진 대로 조금씩 지구를 망치는 산업을 지원하는 셈이 된다.

- 한 해 동안 어떤 일을 하는지 간단히 설명해 줄 수 있을까? 소믈리에와 와인 시장은 수확이나 와인 출고에 초점을 맞출 때가 많지만, 사실 포도와 와인은 한 해 작업의 결과물이다. 우리는 더 균형 잡힌 관점으로 와인메이커의 작업, 와인이라는 최종 결과물에 들어가는 어마어마한 정성에 집중하려 한다.

나는 수확이 끝나자마자 다음 수확을 준비한다. 당연히 동절기 내내 발효 과정을 살펴보기는 하는데, 직접 개입하지는 않는다. 10월과 11월쯤이면 슬슬 토양 작업을 개시한다. 가을비와 겨울비가 나무 뿌리에 쉬이 스며들 수 있도록 흙을 뒤집어 둔다. 그다음에는 거름을(말똥과 소똥, 지난해에 쓰고 남은 썩은 포도) 뿌린다. 토양 작업이 끝나면 포도를 손보는데, 보통 12월, 1월, 2월쯤 나뭇잎이 다 떨어진 후에 작업한다. 가지를 다듬다가 필요할 경우 묶어 주기도 한다. 3월이나 4월에는 술통을 교체하고 병입 준비를 한다. 이 시기에 나무에서 다시 새순이 돋아나기 때문에 지저분하거나 열매가 열리지 않을 듯한 가지를 잘라 준다. 그리고 추가 토양 작업을 한다. 가을에 했던 것과 마찬가지로 또 뒤집어서 비를 마시게 해준다. 어떤 와인메이커는 이때 잎을 떼어 내거나 나뭇가지를 자르기도 한다. 나도 가끔씩 잎을 떼어 내지만, 새로 자란 긴 가지를 다듬는 일은 정말 드물다. 혹시 병이 날까 면밀히 살피기도 한다. 식물에 도움을 주고 싶다면 병을 일찍이 감지해야 한다. 여름에는 날씨만 좋다면야 한가하다. 이때 포도가 바람과 햇볕을 받으며 잘 익을 수 있도록 잎을 떼어 내 숨을 틔워 주기도 한다. 나는 보통 날이 너무 더워지기 전에 와인을 병입한다. 발효를 실외에서 진행하므로 여름의 열기가 와인을 강타하기 전에 병으로 피신시키는 것이다! 그리고 8월, 9월, 10월은 수확기다. 수확이 끝나면 처음부터 다시 시작이다.

- 가지치기가 포도와 와인에 얼마나 중요한지 설명해 줄 수 있을까?

가지를 다듬을 때 다음 수확기의 포도 수확량이 결정된다. 그리고 열매의 품질도 결정된다. 보통 나무에서 열리는 열매 수가 적으면 품질은 좋다. 이렇게 간단한 이야기는 아니지만, 한 가지는 확실하다. 한 나무에 열매가 잔뜩 맺히면 품질은 최상을 유지할 수 없다. 그러므로 가지를 다듬는 시기와 방식은 와인의 품질을 결정하는 중요한 요인이다. 제대로 다듬으면 포도의 맛 구조가 탄탄해지므로 더욱 다채로운 와인이 탄생한다.

- 처음으로 와인 양조를 접한 시절부터 지금까지 재배에 관해 어떤 중요한 것들을 배웠나?

해야 할 일을 적당한 시기에 해야 한다는 것, 잘 해내기 위해서는 충분한 시간을 들여야 한다는 것을 알게 되었다. 나는 결코 작업 속도가 빠르지 않다. 전부 수작업으로 하자고 결심했기 때문에 일하는 속도가 더욱 더디다. 그래서 나무와 포도, 발효, 와인 등에 관해 생각하고, 느끼고, 이해할 시간이 넉넉하다. 나는 주변의 자연을 둘러보는 것, 달력뿐만 아니라 자기 직감을 따르는 것이 중요하다고 생각한다.

- 포도에 (흰가룻병 같은) 병해가 생길까 봐 전전긍긍하는 편인가? 병해를 막아 내기 위한 효과적인 방안이 있는가?

내가 와인을 만드는 지역은 병해가 많지 않은 곳이

다. 오이디엄이나 흰가룻병이 조금 생기기도 했으나 심각한 문제는 없었고, 약은 사실상 하나도 안 쓴다. 그러나 정말 필요할 때는 황을 비롯한 다양한 물질을 고려한다. 포도밭에서 황을 완전히 몰아낼 수는 없다고 생각하지만, 사용량을 최소한으로 줄일 수는 있다. 염수, 탄산수소염, 칼슘이나 석회암 가루의 도움을 받아 식물과 토양에 정확한 접근법을 쓰면 식물이 병에 저항할 수 있도록 힘을 길러줄 수 있다.

- 포도 농사에 능숙해지며 와인의 품질도 올라갔는지?

대답하기 어렵다. 나의 와인을 취급하는 쪽에서 대답해 주는 것이 더 적절하지 않을까? 하지만 이런 대답은 가능하다. 포도와 포도의 맛 구조에 관한 이해가 깊어질수록, 내가 정말 좋아하는 와인과 만들고 싶은 와인에 좀 더 가까워질 수 있다. 나의 양조법은 아주 단순하다. 포도를 맛보고 품종을 배합한 후 매년 다른 방식으로 발효한다. 나를 매료하는 것을 발견하고 경험할 때까지.

- 황에 관해 어떻게 생각하나? 다들 황에 관심이 많은데, 저마다 관점이 제각각이라 의견이 갈리는 듯하다.

쉬운 질문이다. 황은 쓰지 말 것! 포도밭에서 황을 사용하는 것은 이해할 수 있다. 때로는 빈티지의 생사가 걸려 있으니까. 그러나 양조 과정에서 이산화 황을 쓴다니, 정말이지 이해가 안 된다. 내 생각에 와인에 이산화 황을 넣으면 만들 때도, 마실 때도, 심지어 저장할 때도 흥미가 떨어진다. 포도의 수많은 아름다운 풍미가 사라진다. 내가 보기에는 게으름이고 창의력 부족이다.

- 개입을 최소화하는 접근법을 사용할 때 저장고에서 마주하게 되는 가장 큰 과제는 무엇인가?

식초를 만들지 않는 것. 자신이 와인을 만드는 것이 아니라 와인을 따라가고 있다는 사실을 받아들이는 것.

- 내추럴 와인 접근법은 와인이 완성되었을 때 어떤 느낌을 주나?

포도, 와인, 작업자에 관한 더 진솔한 이야기를 듣는 것 같다. 모든 요소의 맛이 아주 정직하게 느껴진다. 포도 품질과 자연 발효의 영향, (탱크, 나무통, 배합, 침출 시간 등) 와인과 관련한 부수적인 요소들의 결과를 직접 느낄 수 있다.

- 바이오다이내믹과 내추럴 와인 양조가 늘어나는 현상에 관해 어떻게 생각하는가?

나는 바이오다이내믹을 정확한 지침보다는 영감의 원천으로 보고 있다. 달의 움직임과 음력을 따르면서도 무엇이든 내가 직접 보고 느끼는 것이 더 중요하다. 수확일을 예로 들자면, 음력에는 일요일에 수확하는 것이 좋다고 나와 있어도 토요일이나 월요일에 수확한다. 일요일에 일하는 것이 싫기 때문이다. 가족이나 친구와 거한 점심을 먹고 여유롭게 쉬는 편이 좋다. 달이나 별이 주는 에너지보다 그런 에너지가 더 자연스럽고 중요하다고 믿는다.

- 요즘에는 내추럴 와인 페어가 많다. 이런 행사의 역할은 무엇인지? 와인메이커가 자기 와인을 홍보하는 것인가, 아니면 전반적인 〈내추럴〉 와인업계를 홍보하는 것인가? 이런 행사는 과거만큼 중요한가?

내게는 전혀 중요하지 않다. 나는 다른 방식으로 와인을 판매한다. 하지만 종종 페어에 참여하기는 한다. 고객의 편의를 위한 것이다. 고객으로서는 발비네르를 비롯해 다른 와인메이커들이 있는 시골까지 먼 길을 떠날 필요 없이 모든 신상품을 빨리 맛볼 수 있으니 좋을 것이다. 나는 거래처에서 나를 찾아오는 쪽이 더 좋다. 그러면 이야기를 나누고, 아직 발효 중인 와인을 맛보고, 포도밭을 구경할 시간 여유가 있으니까.

- 당신의 도멘과 내추럴 와인업계의 미래는 어떻게 될까?

글쎄, 내 〈도멘〉에 관해 이야기하자면 — 나는 그저 와인을 만들 뿐 도멘 같은 건 없다 — 처음부터 지금까지 해온 작업을 계속할 것이다. 포도 재배량을 늘릴지도 모르겠다. 와인 양조의 경우, 포도와 포도가 선사하는 풍미를 잘 따라가며 전과 똑같은 방식으로 작업을 이어 갈 것이다. 아르데슈에서는 더 섬세한 와인을, 알자스에서는 산화를 유도한 와인을 만들 계획이다. 나무통에 관해서도 더 연구해 보려 한다. 언젠가 사이다나 펫낫을 또 만들어 볼지도 모르겠다.

2018년 2월 1일 목요일, 발비녜르

오늘 〈레 비뉴 데 앙팡〉에 있는 낡은 쇠기둥과 선을 전부 제거하고 코르나스와 코트 로티에서 많이 쓰는 긴 목제 기둥을 박았다. 설치해야 할 기둥이 3천 개가 넘는다. 전부 수작업이다. 포도나무가 너무 다닥다닥 붙어 있어 트랙터가 지나갈 수 없으니 어쩔 수 없다. 작업이 끝나면 아름다울 것이다. 포도나무와 미래의 과실에 지극히 긍정적인 결정이라고 생각한다. 잎이 많아지고, 열매는 적어지고, 산미는 높아지고, 포도 품질이 증대될 테다.

2018년 2월 8일 목요일, 발비녜르

2014 | 뱅 드 프랑스[126] (ex. 코르나스) | 오카 히로타케

짙은 꽃향기와 과일 향미가 코를 간질이고, 과일 풍미에서 오는 싱그러움이 특히 강하다. 마셔 보니 내 취향에 비해 약간 타닌이 세다. 산미가 부족한 것은 아니지만 타닌

126 Vin de France. 〈프랑스 와인〉이라는 뜻의 프랑스어.

2월 8일의 시음.

〈르 마젤〉의 오래된 와인을 맛보다.

이 균형감을 망쳐 버린다. 잠재력이 큰 와인인 것 같다. 다만 너무 일찍 마셨을 뿐이다. 슬프다. 나는 오카의 와인을 아주 좋아하는데!

2017 | 페르세포네 엉 페릴[127] | 다니엘 사주

사주가 자기 포도밭에서 직접 기른 가메이 품종과 〈르 마젤〉의 카리냥으로 만든 와인이다. 색깔과 질감이 내가 생각했던 것보다 레드에 가깝다. 타닌과 과일 풍미, 산미의 균형감이 아주 좋다.

2018년 2월 10일 토요일, 발비녜르

〈레 비뉴 데 앙팡〉 주변의 포도밭 매수 제안을 받았(고 승낙했)다. 발비녜르 남쪽에 있는 발그랑이라는 작은 골짜기에 있는 밭이다. 아주 흥미로운 지역이라 생각하는 이유가 몇 가지 있다. 첫째, 일대에 포도를 기르는 사람이 우리밖에 없다. 땅에 화학 물질을 뿌릴 사람이 없다는 뜻이다. 10만 제곱미터, 즉 3만 평의 땅을 직접 관리하게 될 것이다. 포도나무를 심은 땅이 1만 2천 평 조금 넘고 나머지는 그저 숲이다. 실개천이 두세 개쯤 있고, 군데군데 황무지에 풀과 잔디가 자란다. 둘째, 테루아가 정말 독특하다. 〈마른 블뢰〉라고 부르는 토양이 있는데, 일종의 석회

127 Perséphone en Péril. 〈위험에 빠진 페르세포네〉라는 뜻의 프랑스어.

암 토양이라 이곳의 와인은 항상 광물성이 뛰어나다. 이 지방의 다른 포도밭보다 고도가 조금 높고, 동향이라 아침과 오후에 선선하다. 봄에 흙이 조금 건조할 수도 있다. 건조한 해에는 문제가 되겠으나, 습한 해에는 병충해를 막는 데에 도움이 될 것이다.

이번에도 제랄드가 어마어마하게 고마운 제안을 했다. 새로운 포도밭의 포도나무가 엉망진창이라 회복시켜야 하는데, 그 큰일을 도와주겠다는 것이다. 몇 년이나 방치되어 대대적인 돌봄이 필요한 상황이다. 전보다 더 꼼꼼하게 나무를 다듬고, 땅을 갈 수 있는 곳은 어디든 갈아주어야 한다. 가장 중요한 작업은 폭우 때문에 토양이 다량 유실된 포도나무에 흙을 공급해 주는 것이다. 제랄드와 계산해 보았는데, 트랙터와 굴삭기 기술자를 네 명 정도 데려다가 2~3주는 작업해야 할 것 같다. 경험 많은 제랄드가 없었다면 결코 해낼 수 없었을 일이다.

2018년 2월 27일 화요일, 발비네르

지난 일주일 동안 아네는 시라 포도와 〈레 비뉴 데 앙팡〉의 나무를 다듬었고, 우리는 흙 운반 작업을 마쳤다. 오늘은 발그랑 맨 밑에 있는 밭 두 뙈기의 그르나슈 누아 나무를 전부 다듬었다. 흙도 갈아엎었는데 콘크리트처럼 딱딱하다. 평소라면 이렇게 흙을 많이 건드리지 않았을 것이다. 그간 아네는 영속 농업[128]에 관한 자료를 많이 읽었다. 포도 농사에 적용하면 좋을 듯한 흥미로운 발상이 많다. 하지만 토양이 놀랄 만큼 형편없다. 유기 물질과 퇴비, 공기량이 심각하게 부족하고, 영속 농업을 시작하기 전에 해야 할 작업이 많다. 어제 첫 꽃망울을 틔운 아몬드나무를 봤다. 이제 곧 봄이다!

2018년 3월 4일 일요일, 발비녜르

아몬드나무에 뒤이어 살구나무도 꽃을 피우기 시작했다. 한 번도 본 적 없는 광경이다. 보통 아몬드꽃이 피고 한 달은 지나야 살구꽃이 피는데 말이다.

2018년 3월 6일 화요일, 뉴욕

어젯밤 브루클린에 있는 〈옵스 피자〉에서(참고로 이 식당 참 괜찮더라!) 네츄럴 와인 수입업자 제브 로빈, 크리에이티브 디렉터 에밀리 아이젠과 함께 긴 대화를 나누었다. 주제는 SNS 사용, 진지한 기자와 와인 비평가가 사라져 가는 현실이었다. 와인계의 관심이 실질적인 포도

128 땅을 경작하고 작물을 재배함에 있어 생태계에 긍정적인 영향을 주어 지속 가능성을 추구하는 농업 방식.

재배와 와인 양조에서 유리되어 그럴싸한 라벨과 내추럴 와인 〈사용자〉의 이력에 끼치는 영향으로 이동해 버렸다는 이야기를 나누었다. 우리가 와인에 관해 읽고 쓰기를 멈추어 지식을 잃어버리고 있다는 현실이 슬프다. 인스타그램의 이미지 몇 장보다는 더 깊고 철저해야 하지 않을까. 에밀리는 과거에 유명한 사람 여럿과 함께 일한 경험이 있어 SNS의 막대한 영향력에 관해 누구보다 빠삭한 사람인데, 그가 흥미로운 지적을 몇 가지 했다. SNS의 원동력은 한 사람의 개성이지만, 훌륭하고 진지한 언론의 원동력은 — 언론에서도 개성이 중요하기는 하지만 — 주로 재능과 지식이라는 것이다. 그리고 SNS는 점점 더 자기 자신을 세상에 내보이는 것이 중요해지는 공간인 반면, 어찌 되었든 언론의 목적은 전과 마찬가지로 세상에 정보를 전달하는 것이다. 다만 한 가지 중요한 사실은 SNS와 언론 모두 소통 과정에서 교조적인 태도를 지양하고 객관성을 유지해야 한다는 것이다. 어쩌면 진정한 문제는 요즘 사람들이 무엇이든 손쉽게 파악하려 한다는 것일지도 모르겠다. 하지만 쉽게 파악하려 들면, 즉 제대로 이해하지 못한다면, 오해가 생기기 마련이다.

내가 보기에 와인을 마시는 새로운 (그리고 높은 확률로 어린) 세대는 〈해맑다〉. 편견 없이 내추럴 와인을 마신다는 뜻이다. 좋은 일이다. 사실 아주 근사한 일이다. 기존의 와인 매체와 비평은 유구한 세월 동안 따분한 구닥다리에게 지배당했다. 그 사람들은 정말이지 공룡만큼 오래된 사고방식으로 자기 자신과 와인에 관해 주절주절 이야기를 늘어놓는다. 내추럴 와인의 다양성을 수용하지 않고, 나를 비롯한 수많은 와인메이커의 심미적 소신을 받아들이지 않는다. 그저 항상 즐기던 부르고뉴, 샹파뉴, 코트로티의 와인, 달콤한 독일 리슬링을 마시며 그에 관한 이야기를 하고 싶을 뿐이다. (차라리 날 죽이라고!)

하지만 이런 구닥다리 기자들에게 상당한 지식이 있는 것도 사실이다. 그들에게는 다양한 빈티지, 서로 다른 토양과 테루아, 와인메이커, 양조법과 전통에 관한 내부 정보가 있다. 나는 그들의 지식을 깊이 존중한다. 지식은 언제나 중요한 기반이다. 나는 정말 그렇게 믿는다. 그러나 슬프게도 그 이상으로 나아가지 못할 때가 많다. 그들의 지식이 편견을 이기지 못할 때가 많고, 내놓는 정보도 반복적이거나 단순해질 때가 있다. 기자들이 대변하는 깊이와 철저함은 심미적이지 못한 사진처럼 사실적일지언정 흥미를 자극하지 못한다. 다시 SNS 이야기를 하고 싶다. 이런 지루한 이야기와 비교했을 때 인스타그램 사진이 더 낫다고 할 수 있나? 언어 대신 사진이라서? 내가 보기에 진지한 기자들과 와인 비평가들이 사라지는 현상은 재앙, 〈해맑은〉 태도로 내추럴 와인을 마시는 젊은 세대들은 축복이다. 하지만 우리가 알고 있는 전통적인 와인 취재가 쓸모없다면 SNS에 넘쳐흐르는 사진도 마찬가지다. 흥미로운 지식이나 이야깃거리를 기반으로 하는 경우가 너무나도 드물기 때문이다. 모든 와인 기자의 의견에 동의하지는 않으나 그들의 주도면밀한 태도와 의견, 관찰을 묘사하는 언어가 그립다. 편견 없는 젊은 세대의 새롭고 생생한 접근법, 그리고 『글루 글루*Glou Glou*』나 『피페트*Pipette*』 같은 잡지에서 볼 수 있는 깊고 빈틈없는 지식을 결합할 수는 없을까?

와인의 이해에 관한 나의 철학은, 자연에서 이루어지는 상호 작용과 그 복잡성을 완전히 이해하기란 불가능하다는 사실을 수용하는 태도에서 시작한다. 그러므로 우리는 포도밭에서 집중력을 발휘해 자연의 움직임을, 자연의 에너지와 우주적 흐름을 관찰하며 공부하려고 할 뿐이다. 그리고 직접 결단을 내리기보다는 자연의 암시를 따라가는 쪽을 선호한다. 직감을 〈빈틈없는 지식에 기반한 반응력〉이라고 정의한다면, 이를 직감이라고 부를 수도 있을 것이다. 직감 덕분에 포도밭에서 온갖 불필요한 개입을 줄일 수 있었다. 사실 과도한 개입은 자연을 그대로 받아들이지 못하고 자연에 그저 존재할 줄 모르는 우리 인간의 무능력을 나타내는 경우가 많다고 생각한다. 자연을 수용하는 태도가 훗날 와인 언론과 SNS의 기본이 될 수 있을까? 모르겠다. 너무 피곤해서 유용한 생각이 떠오르지 않는다. 저녁 식사 자리에서 가브리오 비니[129]의 〈2014년 파니노Fanino〉를 한 병 마셨다. 맛있었다.

129 Gabrio Bini. 이탈리아 시칠리아에 기반을 둔 내추럴 와인메이커. 와이너리는 〈아치엔다 아그리콜라 세라기아Azienda Agricola Serragghia〉로, 1993년에 양조를 시작했다.

2018년 3월 7일 수요일, 뉴욕

흥미진진한 장소, 상점, 식당을 돌아다니며 하루를 보내고 〈와일드에어〉에서 저녁을 먹었다. 식사는 미식적 걸작으로 가득했고, 구비한 와인도 근사했다. 추천할 만하다!

2013 | 플루사르 | 피에르 오베르누아

정말이지 근사하다. 너무 빨리 마신 것은 아닐지 논쟁이 있었는데, 맛이 좋으면 좋은 것이지 속도가 무슨 상관인가 싶다.

2006 | 사바냉 | 피에르 오베르누아

정말 맛있다. 짠맛과 견과의 풍미, 싱그러움이 완벽한 조화를 이루었다. 맛이 아직도 이렇게 생생하게 살아 있다니 믿을 수 없다.

2018년 3월 8일 목요일, 뉴욕

프란크 코르넬리선의 와인 중 지금 구할 수 있는 것은 전부 맛보았다. 소화하기 힘들 정도였다. 〈마그마〉는 엄청난 와인이다. 1.5리터 매그넘과 750밀리리터 기본 와인이 아주 다르다. 나는 기본이 더 좋다. 프란크의 와인은 소량 생산한 퀴베가 더 좋다. 특히 〈수수카루〉.

〈와일드에어〉에서 제브 로빈, 그의 동료들과 저녁.

뉴욕의 식당 〈우즈 완튼 킹〉에서 제브 로빈, 그의 동료들과
프란크 코르넬리선의 와인을 시음.

2018년 3월 10일 토요일, 뉴욕

오전에 뉴욕 현대 미술관에 갔다가 〈에스텔라〉라는 식당에서 (아주 훌륭한) 점심을 먹고 다시 미술관에 갔다. 이제 샌프란시스코로 떠난다. 내일 〈더 스타라인 소셜 클럽〉에서 열리는 〈브뤼메르〉 시음회에 참석할 것이다. 어제 〈더 포 호스맨〉에서 저녁 식사에 곁들였던 와인에 관한 메모를 적어 둔다.

2011 | 리세 블랑 엉 발랭그랭[130] | 올리비에 오리오[131]

부르고뉴 스타일의 샤르도네다. 거리가 가까워서 그런 걸까. 하지만 오해는 금물이다. 샹파뉴 언덕의 맛 표현이 잘 드러나 있으며, 광물성과 광물성이 상징하는 풍미 인상이 고스란히 남아 있다.

2008 | 뉘 생조르주 프르미에 크뤼 레 보크랭[132] | 로베르 슈비용 Robert Chevillon

새로 만든 나무통에 저장했던 피노 누아다. 재미있는 맛이지만 내 마음에 들지는 않는다.

130 Riceys Blanc En Valingrain. 〈리세 발랭그랭 지역의 화이트〉라는 뜻의 프랑스어.

131 Olivier Horiot. 샹파뉴에 기반을 둔 와인메이커. 1999년에 가족 소유의 와이너리를 물려받아 첫 빈티지를 생산했다.

132 Nuits Saint Georges 1er Cru Les Vaucrains. 〈뉘 생조르주 지역 레 보크랭 포도밭의 1등급 와인〉이라는 뜻의 프랑스어.

1994 | 코르나스 | 로베르 미셸[133]

(〈레 비뉴 데 앙팡〉 때문에) 코르나스의 포도에 흥미가 동한다. 게다가 오랫동안 숙성된 와인을 맛보는 일은 항상 재미있다. 이번에는 와인 자체보다 와인을 둘러싼 대화가 더 좋았다.

2011 | 브뤼예르 쉬르 로슈 누아르[134] | 필리프 장봉

마침내 이산화 황 무첨가 와인을 마셨다. 하지만 슬프게도 균형감이 좋지 않아서 필리프의 양조 실력을 느낄 수 없었다. 필리프는 내가 정말 존경하는 와인메이커인데! 프란크 코르넬리선과 황 사용에 관해 토론했는데, 그는 황을 영리하게 사용하면 와인의 맛 표현을 해치지 않는다고 주장한다. 나는 반대 의견이다. 이 와인의 볼라틸 산미는 내 주장을 지지해 주지 못했다. 프란크 대 앤더스, 1 대 0.

2000 | 뮈스카 프티 그랭 블랑[135] | 르 프티 도멘 드 지미오

생장드 미네르부아의 전통에 따라 만든 리큐르 와인,[136]

133 Robert Michel. 론에 기반을 둔 와인메이커. 1975년에 가족의 와이너리를 물려받았고, 2006년 빈티지를 마지막으로 은퇴했다.

134 Bruyère sur Roche Noire. 〈검은 바위 위 히드〉라는 뜻의 프랑스어.

135 Muscat Petits Grains Blanc. 〈뮈스카 블랑의 작은 열매〉라는 뜻의 프랑스어. 〈뮈스카 블랑 아 프티 그랭Muscat Blanc à Petits Grains〉이라는 품종 이름을 변형한 듯하다.

136 Vin de liquer. 발효 전이나 초기의 포도즙에 증류주를 넣어 알코올 도수를 높인 강화 와인.

그중에서도 변형 와인[137]이다. 과즙에 알코올을 넣어서 발효를 중단했다. 나라면 절대 만들지 않을 와인이지만, 단맛과 싱그러움에 더해 어마어마하게 다양한 향미를 동시에 만끽할 수 있는 즐거운 경험이었다.

3월 8일, 9일에 프란크 코르넬리선과 나눈 대화에 관하여 몇 가지 기록한다. 프란크는 와인과 테루아를 순수하게 표현해야 한다는 과제에 몰두한다. 그는 에트나 지방의 맛 표현을 방해할 생각이 없다. 양조를 통해 완전히 새로운 와인을 창조할 생각도 없다. 와인을 만들어 내는 것은 오직 테루아의 맛 표현이어야 한다. 내게는 굉장히 흥미로운 철학이다. 그는 한 지방의 전형을 보여 주는 와인, 한 지방의 전형적인 맛 표현을 좋아한다. 나는 조금 의아했던 것이, 그의 작업은 지방의 전형과는 거리가 멀기 때문이다. 프란크의 와인은 깨끗하고 균형감이 굉장하며 자기 고유의 표현이 강하다. 프란크가 아닌 와인 각자의 개성이 강하다는 말이다. 그는 자신을 와인이 대표하는 테루아의 큐레이터라고 간주한다. 자신을 와인에서 지워내고 포도밭에 플롯과 플롯의 표현까지 다 맡기려고 한다. 심지어 자기가 재배하는 포도에도 그다지 흥미를 느끼는 것 같지 않다. 적어도 테루아만큼은 아니다.

양조의 주도권을 놓아 버린 와인메이커는 궁극의 존재다. 나는 주도권을 내주려는 그의 선택과 사고를 깊이

137 Mutated wine. 리큐어 와인 중 브랜디를 넣은 것.

존중한다. 그러나 아내와 내가 목표로 하는 와인은 그와 정반대다. 우리가 바라는 바는 와인이 와인과 와인메이커의 생애 속 한순간에 관한 이야기를 들려주는 것이다. 우리는 새로운 배합, 새로운 침출이나 압착법 등을 통해 끊임없이 변화하고 있다. 같은 와인이 반복되는 대신 매번 고유한 와인이 만들어지는 것이 우리의 목표다. 그래서 매년 새로운 퀴베에 새로운 이름을 붙여 주는 것이다. 프란크의 목적은 테루아에 관한 이야기를 하는 것이기에 그의 와인은 반복적이다. 우리는 와인에게 자유를 주고 싶고, 와인이 각자 원하는 형태가 되기를 바란다. 그래서 각 와인에게 다른 와인이나 이야기를 공유할 수 없는 고유한 이름을 붙여 줌으로써 형제자매와 다른 자기만의 정체성을 부여하는 것이다. 그런 점에서 와인의 이름은 중요한 도구이고, 우리가 와인과 맺고 있는 관계에 관해 많은 것을 말해 준다. 이름으로 쓰이는 짧은 정치적, 시적 문장이 우리에게, 와인을 마시는 사람들에게 의미하는 바는 서로 다를 수도 있을 것이다.

2018년 3월 12일 월요일, 로스엔젤레스

아직도 프란크와 나눴던 대화에 관해 생각 중이다. 나는 와인을 마음의 상태나 조건을 상징하는 이미지로 바라보는 경향이 강한 것 같다. 와인이 내 마음을 반영한다고 생각한다. 포도나 테루아, 전통, 양조 방식에 관한 이야기는 하고 싶지 않다. 내가 존재하는 순간에 관해 이야기하고 싶다. 내가 어떤 사람인지, 와인을 만들던 당시에 어떤 사람이었는지 말해 주는 이미지로 순간순간을 그려 내고 싶다. 그래서 프란크의 와인에 흥미가 동하는지도 모르겠다. 프란크의 와인은 우리 것과 다르게 서로 비슷하니까. 같은 앨범의 앞뒷면 같다.

2018년 3월 13일 화요일, 파리로 돌아가는 길

뉴욕과 캘리포니아주에서 일주일쯤 보내고 났더니 SNS를 바라보는 관점이 달라지기 시작했다. SNS라니, 이상한 용어다. 여러 개념을 얼버무리고 있지 않나? 정치적 의식과 미디어가 뒤섞인 것 같은데? SNS는 난데없이 개인과 온 세상이 연결되어 있다고 주장한다. 그게 무슨 뜻일까? SNS가 있다 한들 녹아내리는 빙하를 다시 얼릴 수는 없다. 우수수 잘려 나가는 열대 우림의 나무 몇 그루나 살릴 수 있을까? 항상 온라인 상태라 해도 온전히 존재하지는 못한다. 때로는 (사실은 자주) SNS가 무슨 소용인지 의아해진다. 다만 세상을 더 좋은 곳으로 만들 수 있다면 분명 SNS를 사용할 것이다. 뻔한 프로파간다를 이용하는 직접적인 방식보다는 간접적으로 삶의 작고 아름다운 부분들을 위해 사용하고 싶다. 우리가 포도밭이나 저

장고에서 하는 일, 사용하는 양조 기술, 와인에 쏟아붓는 감정 등 우리의 작업에 관해 제대로 설명하기 위한 도구로 삼고 싶다. SNS를 통해 폴로어들에게 우리가 만드는 종류의 와인을 만들기 위해 어떤 노력이 필요한지 보여주고 싶다. 하지만 가르치듯이 굴거나 내가 더 잘 아는 척하고 싶지는 않다. 그렇지 않으니까.

우리가 인터넷에서 진정으로 하나가 되었다고 생각한다면 망상이다. 우리는 하나가 아니다. 인터넷에서 어울리고 있으나 분명 혼자다. 나로서는 항상 타인과의 접촉에 준비되어 있어야 한다는 점이 조금 껄끄럽다. 〈기분이 좋지 않은 날은 어떡하지?〉 그런 날에는 인터넷에 나를 드러내기 싫다. 기분이 안 좋으면 우리 집 앞의 행인과도 말 한마디 섞고 싶지 않은데, 인터넷에서 생판 모르는 남이랑 왜 말을 해야 하나! 휴대폰은 성가신 물건이다. 가끔 다른 사람과 소통하기 싫은 마음으로 집을 나설 때조차 휴대폰은 항상 갖고 다녀야 한다. 너무 귀찮다! 온갖 가상 공간에 존재해야 한다는 것은 짜증 나는 일이다. 내가 있는 곳은 현실인데.

2018년 3월 16일 금요일, 서울

며칠 전에 샤를 드골 공항에서 제랄드, 안드레아 칼렉, 안드레아의 여자 친구 스테파나를 비롯한 와인메이커들과 비행기를 타고 서울에 왔다. 우리의 와인을 취급하는 수입사와 함께 시음회를 열었다. 서울에서 지낸 것도 벌써 며칠째다. 겨우 몇 년 전에 내추럴 와인에 관해 알게 된 나라, 아니 사람들을 만나 보는 것은 특별한 경험이었다. 모든 것이 새로우니 — 제작자도, 와인의 분위기도, 맛도 — 어떻게 보면 그들은 와인을 마시고 이해하는 법을 다시 배우고 있는 셈이다. 그들의 접근법은 다소 혼란스러우나 호기심이 많고 굉장히 긍정적이다. 모든 것이 서툴러 보이면서도 다들 내추럴 와인에 푹 빠져 있다는 것이 느껴진다.

한국 수입사의 최영선 대표가 우리의 와인을 소개하기 위해 시음회를 개최하며 초대한 사람들은 기자뿐만이 아니다. 그가 〈내추럴 와인 애호가〉라고 명명한 사람들도 왔다. 아주 똑똑한 처사였다. 와인계의 기득권이라고 할 만한 사람은 아무도 없는 셈이니까. 이름난 와인 비평가나 기자, 소믈리에는 없는 듯하다. 기존의 지식에 짓눌려 내추럴 와인의 맛 표현을 느끼지 못할 사람은 없는 것이 낫다. 정말 영리한 결정이다! 그녀는 기득권이라고 할 만한 사람보다는 패션업계와 음악계 사람들, DJ, 아티스트 — 한국의 문화인과 교양인 — 그리고 당연하게도 사적인 〈내추럴 와인 애호가〉를 많이 초대했다. 굉장하다. 사람들은 와인이 선사할 수 있는 맛에 관해, 내추럴 와인이 상징하는 형용할 수 없는 에너지에 관해 잘 알고 있다. 깊은 인상을 받았다. 몇 년 안에 다시 한국에 와서 이 분위기가 어떻게 변했는지 확인하고 싶다. 이 싱그러운 에너지가 기득권 때문에 사라졌을까, 여전히 이어지고 있을까?

2018년 3월 19일 월요일, 파리

밤에 에밀리 아이젠과 짧은 만남을 가졌다. 오늘 아침에 한국에서 파리로 왔는데, 제랄드와 나는 파리에서 하룻밤 묵기로 했다. 뉴욕에서 에밀리를 만났을 때 이때쯤 파리에 있을 계획이라기에 제랄드, 제랄드의 친구, 나까지 넷이서 저녁을 먹자고 했다. 에밀리가 순순히 응해서 기분이 좋았다. 미국에 있을 때 경험한 SNS 난리법석에 관해 이런저런 이야기를 나누고 싶었다. 내가 SNS에 관해 진지하게 생각한 것은 이번이 처음인 듯하다.

에밀리에게 나의 아이디어를 설명했다. 궁금해하는 사람들이 있다면 SNS를 통해 별다른 대가 없이 간접적으로 우리의 이야기를 전하고 (지금까지는) 미지의 영역인 와인 양조의 세계에 관해 알려 주는 것이다. 양조 기술이나, 우리가 하는 일과 작업 방식에 관한 세세한 정보까지. 에밀리는 좋은 생각이라고 했다. 나중에 우리는 (전 주인인 피에르가 식당을 처분한 후로 발길을 끊었던) 〈라신〉에 가서 마지막 남은 와인 한 병을 겨우겨우 비워 냈고, 제랄드와 나는 호텔로 가서 시차에 피곤한 몸을 뉘였다. 에밀리는 나를 보고 웃음을 참지 못했다. 「그러니까,

앤더스는 지식을 갖춘 굳건한 정통 언론인이자 SNS의 인기인 둘 다 되겠다는 거군요. 그냥 자기 와인을 홍보하는 대신 알고 있는 걸 전부 공유하시겠다? 영리해요!」 글쎄, 〈인기인〉이라는 말은 그다지 마음에 들지 않는다. 내가 나서서 인기를 얻어야 한다는 말처럼 들리니까. 나는 단순히 호감을 얻기 위해 환상을 만들어 내고 싶지는 않다.

2016 | 플루사르 | 휴 베게 비네롱[138]

잠들기 전에 마지막으로 와인 기록 하나만 남겨야겠다. 저녁에 꽤 괜찮은 플루사르 와인을 마셨다. 내 취향에 비해 추출이 너무 길었을지도 모르겠으나 다시금 전형적인 쥐라 와인을 맛볼 수 있어 즐거웠다. 게다가 이번에는 이산화 황 무첨가 와인이었다. 자크 퓌페네[139]의 과거 빈티지가 떠올랐다. 조만간 자크를 보러 가야겠다.

138 Huges Béguet Vignerons. 파트리스 베게Patrice Béguet와 카롤린 휴Caroline Huges가 운영하는 쥐라의 와이너리. 2009년에 첫 빈티지를 생산했다.

139 Jacques Puffeney. 쥐라 아르부아에 기반을 둔 와인메이커. 뛰어난 뱅 존으로 이름났고, 〈아르부아의 교황〉이라고 불린다. 2014년에 52번째 빈티지를 끝으로 은퇴했다.

2018년 4월 5일 목요일, 발비녜르

포도나무에 작게 새순이 돋아나기 시작했다. 황을 사용하지 않는 병해 방지책을 써보기로 했다. 알자스의 와인 메이커들과 이야기를 나눴는데, 염수를 희석해서 사용하면 흰가룻병과 오이디엄을 방지할 수 있다는 가설을 확인해 주었다. 염수를 사용하면 어느 생명도 죽이지 않으며 흰곰팡이와 오이디엄에 부적합한 환경을 조성할 수 있다. 이는 포도밭에서 자연적으로 병해를 막아 주는 박테리아는 생생하게 살아 있되 흰가룻병과 오이디엄 곰팡이는 살지 못한다는 뜻이다. 올해 염수 용액을 사용해 보고 이곳 발비녜르에 적합한 방법인지 지켜볼 것이다. 한 지역에서 효과적인 기술이 다른 곳에서도 무조건 효과적이지는 않으니까.

오늘 저녁 식물이 밤을 맞아 숨구멍을 닫으려 할 때 염수를 뿌릴 것이다. 완전히 닫히기 전에 용액을 뿌릴 생각이다. 그러면 염수가 밤새 효과를 발휘하며 필요할 경우 식물을 치료해 주기도 하고, 병해 위험이 있으면 방지해 낼 것이다. 보통 염수 처치는 이른 아침에 이루어진다. 곧 식물이 온종일 숨구멍을 열고 약을 빨아들일 테니까. 나는 이 방식이 마땅하다고 생각하지 않는다. 낮에는 햇볕이 쨍쨍하니, 예민한 식물이나 용액이 악영향을 받을 수도 있다.

2018년 5월 23일 수요일, 발비녜르

아침에 뜨는 해를 바라보면 삶을 향한 열망이 차오르고, 이 감각은 매일 아침 갱신된다. 매일 아침 6시 30분이면 포도밭에 보랏빛 아침 햇살이 가득하다. 촉촉한 잎사귀 위로 빛과 색채가 아롱거리고, 우리 집에서 겨우 50미터 떨어진 곳에 사는 제빵사 야닉네 가게에서 가져온 따끈한 크루아상과 커피의 향이 어우러진다. 아름다움, 즉각적인 행복을 실감하며 마음이 벅차오른다. 더 바랄 것이 무어냐! 물론 이 행복은 개인적인 것이고, 우리가 사는 세상에서 행복이란 비교되고 측정되기 마련이라는 사실을 우리 모두 잘 알고 있다. 그러므로 내가 만들어 낸 추상적인 아름다움과 행복의 이미지는 오직 내게만 유효할 뿐, 타인에게는 시시하고 저급해 보일 수 있다. 하지만 상관 없는 일이다. 나는 내가 비관주의에 갇히도록 내버려 두지 않을 것이다. 나는 낙관적인 태도로 살고 싶다. 이제 더는 비관에 마음 주지 않고, 아침 햇살 속에서 순간순간을 즐길 것이다. 낮의 뜨거운 햇살이 내리쬐기 전까지는.

2018년 5월 26일 토요일, 발비녜르

그르나슈 블랑 밭에서 꽃이 피고 있다. 개화기에는 염수를 사용하면 안 된다. 염수가 독해서 후에 열매 맺을 꽃까

처음 돋아난 작은 새순.

시음한 와인들.

지 죽여 버릴 수 있으니까. 바람직하지 않다. 날씨가 화창하니 몇 주 지나고 염수를 사용해야겠다. 그때쯤이면 꽃은 다 지고 없을 것이다.

2018년 6월 2일 토요일, 발비네르

작년에 만든 로제를 병입하는 중이다. 로제 양조에 조금 질려 버렸다. 흥미가 생기지 않는다. 매년 똑닮은 맛만 난다. 참 만들기 싫은 와인이다. 그런데 마시면 맛있다. 과연 딜레마구나!

2017 | 피치 오브 마인드[140]

메를로, 그르나슈 누아, 시라, 카리냥, 카베르네 소비뇽 배합이다. 비율은 잊어버렸다. 단맛이 약간 남아 있지만, 이전에 만든 로제보다는 적다. 이런 와인이 지겨워진다.

2018년 6월 4일 월요일, 발비네르

올봄에 비가 많이 내렸다. 강수량이 평소보다 서너 배쯤

140 Peach of Mind. 〈마음속의 복숭아〉라는 뜻의 영어. 흔히들 〈마음의 평화peace of mind〉라는 표현을 쓰는데, 〈평화peace〉와 〈복숭아peach〉 두 낱말이 유사한 것에 착안한 이름인 듯하다.

많은 듯하다. 염수 처치는 결과가 만족스럽다. 나무에 흰가룻병이나 오이디엄을 찾아볼 수 없으니 효과가 좋은 것 같다. 염수 5퍼센트, 우물물 95퍼센트 비율로 배합해 썼다. 같은 효과를 내는 풀과 꽃이 있다는 글을 읽었다. 산미가 높은 풀을 사용하면 잎사귀와 나무 전반의 pH 균형이 조절되고, 염수와 마찬가지로 자연스럽게 흰가룻병과 오이디엄을 방지할 수 있다고 한다. 내년에는 풀을 사용해야겠다.

2018년 6월 5일 화요일, 발비네르

폴루와 보내는 하루하루, 아니 순간순간이 새로운 지식이고 깨달음이다. 폴루의 지식은 직감에서 출발한다. 포도 주변으로 움직이는 폴루의 정확한 손동작에는 부드럽고 세심한 돌봄이 깃들어 있다. 폴루는 포도밭의 식물을 전부 알아보고 사랑한다. 시간이 지날수록 절절히 느껴지는 사랑이다. 그의 손동작과 미소가 자아내는 주름이 글을 쓸 수 있다면, 책 한 권이 꼬박 채워질 것이다. 나 같은 와인메이커가 알아야 하는 것들로 가득하겠지!

같은 날의 후속 기록

포도밭에는 개화가 거의 끝났다. 염수 처치를 계속할 것이다. 그라스에 사는 친구 클로드에게 로즈메리, 타임, 케

강아지 〈오단〉, 물 마시는 중.

포도밭의 아네.

이드 총 세 가지 식물 추출액을 얻었다. (케이드는 이 지방에 자라는 주니퍼의 일종으로 나무 크기가 작으며 열매를 따다가 추출해서 사용한다.) 타임과 케이드를 섞어 쓸 생각이다. 로즈메리는 조금 산화한 듯하다. 클로드는 5~7퍼센트 희석액을 만들어 사용하라고 했다. 5퍼센트 허브 용액과 5퍼센트 염수를 함께 써야겠다.

2018년 7월 15일 일요일, 발비네르

봄에 비가 잔뜩 와서 그런지 성장이 아주 빨라졌다. 풀이 쑥쑥 크고 있다. 오늘은 올해 들어 두 번째로 풀매기를 했다. 말도 안 되는 일이다. 어제 〈건강한〉 시라 포도가 자라는 밭을 살펴보았는데, 색이 변하기 시작했다.

2018년 7월 22일 일요일, 안시

장피에르 로비노, 장이브 페롱[141]과 함께 와인을 맛보았다. 자신들의 테루아에 도취된 사람들이다. 견디기 힘들 정도다. 자기들 와인을 너무 좋아해서 다른 사람의 작업에 즐거워할 여력이 거의 없다. 그리고 황을 향한 증오,

141 Jean-Yves Péron. 사부아 지방의 내추럴 와인메이커. 2004년부터 양조를 시작했다.

아침 커피와 햇살이 있는 포도밭.

안시에서 장이브 페롱, 장피에르 로비노와 시음.

황에 관한 논의는 너무나도 일차원적이고 깊이가 없다. 듣고 있으면 민망할 지경이다. 그들의 주장 대부분에 동의하는데도 두 사람이 자기 의견을 표현하는 방식 때문인지 자꾸만 반박하고 싶어진다. 나는 참 유치하다!

2018년 7월 23일 월요일, 오베르모르슈비르

알자스 과즙을 전부 맛보았다. 2016년 빈티지는 갈 길이 멀다. 2017년 빈티지 화이트도 마찬가지다. 반면 2017년 피노 누아는 아주 맛있다! 가을이나 겨울에 병입하면 될 것 같다. 〈라 푸시에르 드 라 뤼미에르〉[142]라고 부르면 어떨까? 껍질에서 추출된 붉은빛이 일본 화지처럼 몹시 은은하고 섬세해서 엷디엷은 빛이 잔을 통과하며 아롱거린다. 그리고 2013년 빈티지 세 개 중에 두 개는 근사한 균형감을 만들어 냈다. 이쪽도 병입할 준비가 된 것 같다. 그도 그럴 것이, 거의 5년 동안 발효했으니까. 한때 이 와인들이 걱정스러웠으나 이제는 아니다. 오늘 시음했을 때 차분하고 진지한 맛을 보여 주었다. 향미가 유난스러웠던 게뷔르츠트라미너조차 우아한 와인으로 진화했다.

142 La Poussière de la Lumière. 〈빛의 부스러기〉라는 뜻의 프랑스어.

2018년 7월 25일 수요일, 발비네르

다시 발비네르다. 많이 고민했다. 나는 다른 사람들처럼 흙을 갈고 풀과 꽃을 깎아 내고 싶지 않다. 말이 안 된다. 겨울에 퇴비로 영양을 주고 나무를 다듬는 것은 질 좋은 열매를 얻으려고, 즉 포도의 성장을 유도하기 위한 작업인데, 그러고는 새순이 나면 나무를 꽁꽁 묶고 잎과 줄기를 잘라 내고 흙을 뒤엎는 것이다. 우리는 포도에 모순되는 신호를 보내고 있다. 방법을 바꿔야만 한다. 아네가 다른 접근법이 가능하다는 것을 보여 주는 새로운 연구에 관한 기사를 찾아내고 있다. 마르크앙드레 셀로스, 베르나르 베르트랑, 빅토르 르노, 에리크 프티오, 피에르 갈레, 제프 홀처 등 수많은 농업가가 서로 다른 방식으로 설명하고 증명한 바와 같이, 잔뜩 갈아엎어서 미생물, 식물, 곤충, 지렁이 등이 다 죽거나 감소한 토양보다 살아 숨 쉬는 자연 그대로의 토양이 훨씬 강하다. 그들의 기본적인 메시지는, 속이 드러나 생명력을 잃은 토양이 아닌 건강한 미생물군이 있는 토양에서 자라는 포도나무가 튼튼한 면역계를 기르고 유지할 수 있다는 것이다. 그러니까 포도나무를 제대로 관리하면 (혹은 관리하지 않고 그대로 두면) 식물이 직접 병을 이겨 낼 수 있다는 것이다. 내 생각에는 이 방법이 옳은 것 같다. 흙을 덜 건드리면 산도가 올라가고, 산도가 높으면 흰가룻병과 오이디엄이 생길 확률이 줄어든다. 사실 흙을 갈고 뒤엎으면 풀과 잡초만 사라지는 것이 아니라 토양에 산소가 닿고 균형이 무너지므로 식물에게는 병해와 싸우는 것보다 위급한 문제가 생긴다. 모든 것은 이어져 있다. 우리는 딱 맞는 시기에 〈조금만〉 흙을 건드리는 방식으로 일하자고 동의했다. 고민하면 할수록 이쪽이 더 논리적이다. 실제로 저장고에서는 2013년부터 이런 작업 방식을 유지했다. 이제 〈레 비뉴 데 앙팡〉의 포도는 대부분 빨갛게 물들었다. 색이 변하는 속도가 정말 굉장하다.

2018년 8월 3일 금요일, 발비녜르

어제 실외에서 발효 중이던 와인 몇 종류를 병입했다.

2017 | 세트 맹 레제르망 스레 마 레세 페르플렉스[143]

카리냥 75퍼센트(줄기를 제거한 포도 25퍼센트, 과즙 50퍼센트), 그리고 샤르도네 25퍼센트의 균형이 정말 좋은 와인이다. 일주일쯤 침출했는데 맛 구조가 잘 잡혔다. 마우스가 생길까 봐 걱정되지만 지금으로서는 맛이 아주 근사하다.

143 Cette Main Légèrement Serrée M'a Laissé Perplexe. 〈부드럽게 손을 잡아 주어 나는 당황하고 말았네〉라는 뜻의 프랑스어.

포도밭의 오단.

2017 | 주 쉬 콤 사 에 알로르?[144]

바로 압착법으로 짜낸 100퍼센트 그르나슈 누아 와인이다. 레드 품종으로 만든 화이트와인, 즉 블랑 드 누아. 가장 먼저 압착한 와인이다. 볼라틸 산미가 너무 강한 듯해서 슬프다. 많은 매력이 깃든 와인이지만 지금으로서는 잘 드러나지 않는다.

144 Je Suis Comme Ça Et Alors? 〈나는 원래 이런데 어쩌라고?〉라는 뜻의 프랑스어.

시라 75퍼센트(줄기를 제거한 열매 50퍼센트, 과즙 25퍼센트), 그리고 비오니에 25퍼센트다. 침출 기간은 〈세트맹〉보다 길어서 2주가 조금 넘었다. 더욱 진중한 와인이다. 지금 마셔도 좋을 만큼 만반의 준비가 끝났다.

2018년 8월 14일 화요일, 발비네르

조슬린과 제랄드의 포도, 발그랑에 있는 우리 포도를 전부 살펴보니 대부분 수확해도 될 정도로 잘 익었다. 다만 구조가 약한 것 같다. 싱싱함이 없고 맛의 지속력도 짧으며, 특히 쓴맛이 허술하다. 그르나슈 블랑을 어찌해야 할지 막막하다. 지금껏 맛본 그르나슈 블랑 대부분이 별로였다. 산미가 미미하거나 광물성을 지탱해 줄 상반되는 맛이 느껴지지 않았다. 매일 가서 포도를 맛보고 어떻게 변하는지 확인해야겠다.

2018년 8월 15일 수요일, 발비네르

제랄드는 올해도 대형 목제 압착기를 빌려주겠단다. 특

145 Pure Magique Pas des Chimiques. 〈전부 마법이야, 화학이 아냐〉라는 뜻의 프랑스어.

권을 누리는 기분이다. 굉장한 압착기다! 아주 부드럽고 여유롭게 짜낼 수 있다. 이 압착기로 짜낸 과즙은 투명한데다가 처음부터 맛 구조가 완벽하다. 기계 압착기로 짜낸 말썽쟁이 과즙들과는 다르다. 물론 기계 압착기도 장점이 있지만, 나는 수직으로 눌러 천천히 짜내는 쪽을 선호한다. 오늘 제랄드의 압착기를 닦고 물에 담가 놓는 밑작업을 했다. 물에 불리면 과즙을 흡수하지 않는다.

2018년 8월 16일 목요일, 발비녜르

2010 | 샤르도네 | 피에르 오베르누아

근사한 와인으로 수확 개시를 기념하는 것이 우리의 전통이며, 올해도 예외는 아니다. 쥐라 샤르도네는 어김없이 높은 수준을 자랑한다. 내 입에는 부르고뉴나 샹파뉴보다 나은 것 같다. 〈마른 블뢰〉 토양 때문일까? 쥐라 샤르도네가 우리의 그르나슈 블랑에 영감을 제공해 줄 수 있을까? 압착은 천천히, 양조는 나무통에 담아서 해볼까?

잽싸게 한 가지 결정을 내렸다. 그리고 그르나슈 블랑을 담아두려고 대형 목제 탱크를 닦았다. 보통 레드와인을 담아두는 탱크인 만큼 여러 번 꼼꼼히 닦아야 한다.

그르나슈 블랑 열매를 맛보고 있기는 한데, 언제 수확해야 할지 애매하다. 지금으로서는 덜 익은 상태다. 언제쯤이나 다 익을 것이며, 다 익었을 때 현재의 산미를 그

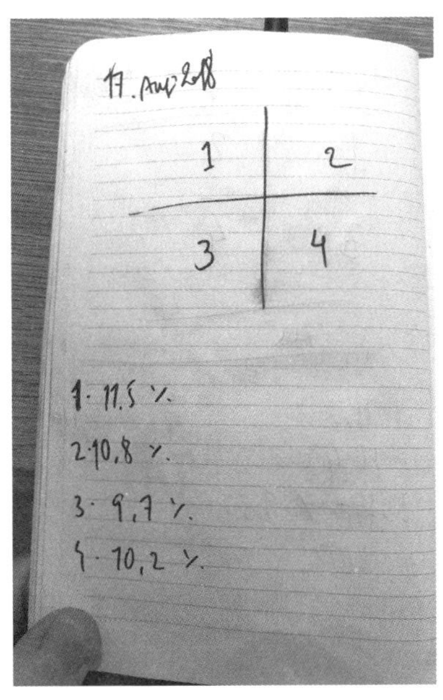

밭에 있는 그르나슈 블랑 열매를 맛보는 중.

대로 유지하고 있을 것인지 궁금하다. 나는 이 산미가 아주 좋은데.

2018년 8월 18일 토요일, 샤티용 엉 디우와

차를 타고 부르고뉴 마콩 근처로 가서 작은 수직 압착기를 보고 왔다. 아주 작은 녀석이다. 사고 싶다. 지금껏 퀴베를 소량으로 유지했고 올해도 그럴 가능성이 높은 만큼 좋은 선택이 될 것이다. 일단 〈레 비뉴 데 앙팡〉의 포도로 소량의 퀴베를 만들 것이다. 저녁은 오렐리앵 르포르,[146] 피에르 장쿠와 〈카페 데 잘프〉에서 먹었다. 피에르가 새로 개업한 곳이다. 두 사람을 다시 보니 반가웠다. 거기서 오렐리앵을 만나는 바람에 깜짝 놀랐다. 이 두 사람과 이야기하고 와인을 마시는 시간은 언제나 즐겁다.

오렐리앵은 감수성이 민감한 사람이라 감정과 생각이 실로 다채롭다. 포도를 논할 때도 서로 다른 풍미가 이루는 균형에 관해 깊고 직관적인 이해를 보여 준다. 그리고 내가 올해 포도 때문에 걱정하는 것처럼, 오렐리앵도 올해는 작년의 열매에서 느꼈던 긴장감과 깊은 맛 구조를 발견하지 못했다고 한다. 우리는 더 늦게 수확하면 어떨지 논의했다. 장점은 더 흥미로운 맛 구조를 가진 우수한 열매와 과즙을 얻을 수 있다는 것, 단점은 와인의 알코올 도수가 높아지고 산미가 줄어든다는 것이다. 더불어 싱싱한 포도를 며칠에 걸쳐 천천히 압착하거나 과즙에 줄기를 제거한 포도를 적게 넣고 오랫동안 침출하는 등 우리가 작업하는 방식과 기술에 관해 이야기했다. 오렐리앵은 질문을 많이 했고, 나는 우리의 경험을 나눌 수 있어 기뻤다. 2018 빈티지의 맛 길이와 깊이를 개선하고 싶다면, 그런 작업 방식이 해법이라 믿는다. 오렐리앵은 줄기를 제거한 포도와 포도송이를 통째로 섞으면 좋겠다

146 Aurélien Lefort. 루아르에 기반을 둔 내추럴 와인메이커. 2011년에 첫 빈티지를 생산했다.

고, 침출 시간을 연장하면 재미있겠다고 (나와 비슷하게) 생각한다. 무슨 말인지 알면서도 나는 줄기의 맛을 좋아하지 않아서 망설여진다.

2018년 8월 20일 월요일, 발비녜르

제랄드와 조슬린의 샤르도네를 수확하기 시작했다. 길고 탄탄한 맛 구조가 느껴지지 않는다. 수확이 이르지는 않았다. 그저 빈티지의 특성인 듯하다. 포도에 수분이 너무 많고 밀도는 너무 적다. 천천히 압착하는 것이 해법일 수도 있다. 다만 압착기 안에서 침출이 시작될까 봐 걱정된다. 오늘도 그르나슈 블랑을 맛보았는데, 당도가 조금씩 올라가고 있다. 산미는 줄곧 안정적이다.

2018년 8월 22일 수요일, 발비녜르

2001 | 오마주 아 로베르[147] | 질 아초니

에너지가 가득하다! 분명 숙성이 너무 길었다. 균형감이 무너지기 시작했다. 하지만 여전히 생동감이 가득한 와인이다. 이 와인을 만든 질처럼!

147 Hommage à Robert. 〈로베르에게 경의를 바치며〉라는 뜻.

피에르 장쿠가 개업한 〈카페 데 잘프〉를 방문.

〈카페 데 잘프〉에서 마신 와인들.

2018년 8월 23일 목요일, 발비녜르

그르나슈 블랑을 수확하고 있다. 매일 열매를 맛본 지도 꽤 오래되었고, 어제는 제랄드와 함께 구석구석 밭을 돌아다니며 포도를 먹어 보았다. 지금이 수확 적기라고 생각한다. 과일 본연의 싱그러운 맛이 굳건하고 당도가 지나치게 높지 않다. 한 번 수확해서 압착기를 채웠고, 또 한 번 채울 만큼의 포도가 남아 있다. 가능한 한 천천히 압착해 볼 생각이다. 용량을 확보하려고 포도를 발로 밟아 으깼더니 금방 과즙이 흐르기 시작했다. 오늘 밤에는 그대로 자연스럽게 흐르도록 두고, 내일 아침에 본격적인 압착을 시작하련다.

2018년 8월 26일 일요일, 발비녜르

목제 압착기를 비우고 닦은 뒤 한 번 더 여분의 그르나슈 블랑을 넣기로 했다. 작년과 마찬가지로 최대한 천천히 압착하려고 노력 중이다. 과즙이 계속 흐르는 동안에도 껍질의 타닌이 녹아들지 않았다. 정말 다행이다. 내가 너무나 바라는 바다.

오단과 함께 그르나슈 블랑 첫 수확.

2018년 8월 30일 목요일, 발비네르

목제 압착기를 비운 뒤 남은 그르나슈 블랑 압착까지 마쳤다. 두 번째 압착은 첫 번째와 비슷했다. 이제 전부 나무통에 들어 있다.

2018년 8월 31일 금요일, 발비네르

이제 시라를 수확하고 있다. 3분의 1은 줄기를 제거하고 나머지는 바로 압착법으로 짜내는 중이다. 이 과즙과 줄기를 제거한 열매를 오늘 느직이 배합할 생각이다. 〈레 비뉴 데 앙팡〉의 프티트 시라도 수확하고 있다. 포도를 탱크에 넣어 두었다. 중력이 작용해 자연스럽게 과즙이 만들어지면 다른 통으로 옮겨 줄 것이다.

2018년 9월 5일 수요일, 발비녜르

마콩에서 새로 산 작은 압착기에 〈레 비뉴 데 앙팡〉의 포도를 넣고 과즙을 만들었다. 첫 과즙은 맛 구조가 대단하지 않았다. 그래서 다음에는 제랄드의 압착기를 쓰던 때와 똑같이 작업해 볼 생각이다.

2018년 9월 7일 금요일, 발비녜르

제랄드가 카베르네 소비뇽을 가지라고 줬다. 함께 수확하는 동료들이 어젯밤 성대한 파티를 즐기는 바람에 오늘 아침 다들 지쳐 있었다. 원래 우리는 혀를 내두를 정도로 바지런한 일꾼들이지만, 오늘은 쉽지 않았다. 카베르네 소비뇽 수확이 끝나자 제랄드가 이쯤에서 마무리하자고 했다. 단 한 번도 그런 적이 없었는데 말이다. 오전 10시 30분쯤 그만하고 집에 가라고, 푹 쉬고 내일 쌩쌩한 모습으로 오라고 똑똑히 일렀다.

카베르네 소비뇽은 열매가 쪼그맣고 향미가 강하다. 과즙의 구조와 껍질은 놀랄 만큼 피노 누아를 닮았는데, 풍미는 차이가 있다. 오래된 압착기를 사용해서 한 번 더 바로 압착법으로 짜내기로 했다. 짧게 이틀 정도 짜낼 것 같다. 껍질의 성분도 과하지 않게 조금만 추출되었으면 좋겠다. 이 과즙은 손으로 열매를 눌렀을 때 나오는 과즙처럼 연약하게 유지하고 싶다. 포도는 작은 게 최고다. 향미가 진하고 구조도 다층적이며, 어떻게 보면 맛 표현도 더 굳건하다. 이 포도로 로제와 레드 사이의 무언가를 만들고 싶다. 정말 흥미로울 것이다.

2018년 9월 9일 일요일, 발비네르

카베르네 소비뇽 압착이 끝났다. 어제 마지막 압착이 마무리되었기에 압착기를 열고 포도를 휘휘 저어 최종 과즙까지 짜냈고, 오늘 압착기를 싹 비웠다. 〈레 비뉴 데 앙팡〉의 포도 압착도 끝났다. 마지막 과즙은 타닌이 많았다. 실은 과한 수준이었다. 전부 다 섞어 놓았다. 다 잘되리라 확신한다!

2018년 9월 11일 화요일, 발비녜르

수확 초반에 소비뇽 블랑을 소량 압착했는데, 과즙이 딱히 마음에 들지 않는다. 금속성이 거슬린다. 오늘은 조슬린과 제랄드네 포도밭 맨 아래쪽에 있는 카리냥을 일부 수확했다. 이쪽 밭에서 자라는 카리냥은 항상 피노 누아와 비슷한 맛 구조가 있다. 물론 카리냥의 풍미도 있으나 피노 누아와 똑같은 섬세한 분위기가 느껴진다. 제랄드가 내게 두어 상자 선물했다. 줄기를 제거한 뒤 며칠 동안 소비뇽 블랑 과즙에 침출할 생각이다.

2018년 9월 13일 목요일, 발비녜르

기다려 왔던 날이다. 곧 발그랑에 있는 그르나슈 누아를 수확한다. 마음에 쏙 드는 포도다. 껍질이 아주 얇고 짠맛이 도드라진다. 아주 흥미롭다. 20퍼센트만 줄기를 제거하고, 나머지는 바로 목제 압착기에 넣어 짜낼 것이다. 시라 압착 때보다 열매는 적고 과즙이 많았으면 좋겠다. 가능하다면 포도의 짠맛 대부분이 와인으로 녹아날 수 있도록 오랫동안 침출하고 싶다. 오늘은 수확 마지막 날, 즐거운 날이다. 다들 근사하게 차려입었다. 일종의 전통인 셈이다. 뭐, 기분 내고 좋다.

2018년 9월 14일 금요일, 발비네르

작은 탱크에 있던 카리냥과 소비뇽 블랑의 배합 과즙을 옮겨 주었다. 피노 누아와 똑 닮았다. 흥미로운 실험이 진행 중이다. 코펜하겐에서 소믈리에로 일할 때는 카리냥을 남부의 피노 누아라고 불렀는데 정말 그렇다. 조슬린과 제랄드의 〈라울Raoul〉처럼 제대로 양조하기만 하면 된다. 끝맛이 항상 피노 누아를 상기하는 와인이다.

2018년 9월 17일 월요일, 오베르모르슈비르

아르데슈의 수확을 마무리 짓고 알자스로 돌아왔다. 이곳에서 처음부터 다시 시작해야 한다. 매년 힘겹다. 발비네르의 저장고 작업을 끝내지도 못했는데, 이제는 오베르모르슈비르에서 정신 똑바로 차리고 수확에 집중해야 한다. 오늘 피노 그리를 수확했다. 항상 그랬듯이 포도는 잘 무르익어 맛있다. 바로 압착법으로 짜낼 생각이다. 풍미가 어찌나 농밀한지, 믿을 수 없을 정도다. 피노 블랑도 일부 수확했다. 이 품종은 처음이다. 수확량이 아주 많고 맛이 근사하다. 피노 그리나 게뷔르츠트라미너보다 캐러멜화의 풍미가 적다. 양이 충분하면 오롯이 피노 블랑으로 이루어진 와인을 만들 생각이다.

2018년 9월 18일 화요일, 오베르모르슈비르

여유가 있어 저장고에 있는 술통을 하나하나 맛보았는데 다 맛이 좋다. 특히 (산화 뉘앙스가 시작되고 있는) 피노 누아 화이트와 가벼운 피노 누아 레드가 훌륭하다. 이 레드에는 하늘하늘하고 우아한 풍미가 있다. 아주 만족스럽다. 이곳의 저장고는 서늘하고, 습하고, 적막해서, 그야말로 완벽하다. 작년에 채운 술통이 그득하다. 한 술통에 (발효는 끝났고 약하게 산화된 상태의) 게뷔르츠트라미너가 반쯤 차 있었는데, 오늘 피노 그리 과즙으로 나머지 반을 채웠다. 둘이 반반씩 섞여 한 통이 꽉 찼다. 흥미로운 실험이다. 성공할 경우 산화 뉘앙스가 있는 가벼운 와인을 만들어 낼 수 있는 또 다른 양조법을 습득하게 된다.

순수 피노 블랑 과즙은 한 탱크에 다 넣었고, 게뷔르츠트라미너와 피노 그리 반반 과즙은 마찬가지로 실외에 있는 다른 탱크에 넣었다. 밖에서 발효를 시작하는 편이 좋다. 그러면 서서히 발효가 시작되어 겨우내 느릿느릿 이어진다. 풍미가 더 약해지고 우아해지며, 봄에 술통에 담아 저장고로 옮겨 놓을 때 당분이 일정량 남아 있을 것이다. 발효가 이어지며 볼라틸이 생길 위험도 사라진다. 완전히 사라지지는 않아도 줄어들 것이다. 톡 쏘는 산미가 아예 없기는 힘들다.

2018년 9월 26일 수요일, 발비네르

그르나슈 누아를 옮겨 담을 계획이다. 오랫동안 침출했는데도 과즙의 색과 구조가 미약하다. 타닌도 거의 없는 수준이지만, 내가 지금껏 만들었던 와인과 사뭇 다른 굳건함이 느껴진다. 아주 흥미롭고, 훗날 작업하게 될 습하고 추운 빈티지에 좋은 선례가 될 것 같다. 르노 브뤼예르, 아들린 우이용과 푸필링에서 혹은 오베르누아의 와이너리에서 맛본 플루사르가 생각나는 맛이다.

2018년 10월 2일 화요일, 발비네르

나무통에 둔 채로 조금 더 기다려도 좋았을 네 종류의 와인을 병입했다. 2015년 카베르네 소비뇽 로제, 두 번째 저속 압착법 시험 사례인 2017년 비오니에, 2017년 그르나슈 누아로 만든 마지막 레드, 그리고 (두근두근) 마찬가지로 작년에 만든 최초의 〈레 비뉴 데 앙팡〉 와인이다. 전부 나무통에 있었는데 새로운 와인을 담을 통이 필요해서 병입했다. 지나친 고민 없이 실행에 옮겼다. 전부 맛이 훌륭하니 괜찮다.

2017 | 레 비뉴 데 앙팡

〈레 비뉴 데 앙팡〉의 와인에 기대가 많았는데, 역시 이 지방에서 겪어 본 다른 와인보다 한 단계 뛰어난 듯하다. 테루아와 포도밭 자체가 아주 흥미롭다.

2017 | 상 레종 오 쾨르 데 레장[148]

지금도 당분이 조금 남아서 코르크와 병뚜껑을 둘 다 사용했다. 타닌이 부족해서 맛 구조가 다소 약한 듯하지만, 바로 압착법을 쓴 것치고는 훌륭하다.

2017 | 브리딩 스루 어 홀 인 디 에어[149]

술통에 있는 동안 다소 산화되어 마음에 쏙 드는 비오니에 와인이 탄생했다. 압착기로 작업하고 나무통에서 숙성하기로 한 결정이 옳았다는 확신이 생긴다.

2015 | 어 키스 앤드 어 러버스 라이[150]

나무통에서 3년이면 로제에는 긴 시간이다. 오랜 숙성을 견뎌 낼 만큼 탄탄한 맛 구조가 없는 듯해 걱정이었다. 하지만 올봄까지 발효가 진행 중이었기에 나로서는 다른 뾰족한 수가 없었다.

148 Sans Raison au Coeur des Raisins. 〈이유는 없어, 다 포도 마음이야〉라는 뜻의 프랑스어.

149 Breathing through a Hole in the Air. 〈허공의 구멍을 통해 숨쉬기〉라는 뜻의 영어.

150 A Kiss and a Lover's Lie. 〈입맞춤 그리고 연인의 거짓말〉이라는 뜻의 영어.

2018년 10월 13일 토요일, 발비네르

그르나슈 블랑 마지막 분량을 수확 중이다. 포도의 변화를 추적하려고 그대로 남겨 둔 나무들을 마저 수확한 것이다. 과일의 산미가 얼마나 빨리 사라지는지 알 수 있었던 좋은 실험이었다. 오늘 수확한 것이 마지막 포도다. 아주 달콤하다. 바로 압착법으로 짜낼 것 같다. 다만 이번에도 천천히 압착해 껍질에서 최대한 신선한 맛을 얻어 내고 싶다.

2018년 10월 18일 목요일, 발비네르

믿을 수 없다. 그르나슈 블랑을 압착하는 데에 5일이 걸렸다. 지난 이틀간 과즙이 어찌나 녹진하고 당분이 많은지 잘 흘러내리지도 않았다. 당이 너무 많아서 발효가 영원히 이어지는 것은 아닌가 모르겠다. 껍질에서 산미를 추출하려는 계획이 잘 이루어졌다. 과즙 속에서 즐거운 싱그러움이 느껴지고, 캐러멜화 풍미나 농밀한 과일 맛에 눌리지 않는다.

2018년 11월 23일 금요일, 발비네르

지난 몇 주 동안 런던, 베를린, 모스크바를 다니며 시음회에 참석했다. 집에 돌아오니 행복하다. 나라마다 다른 접근법을 경험할 수 있어 즐거웠다. 어느 나라든 소믈리에는 전부 진지하고 유능하지만 나라마다 취향도 제각각, 궁금증도 제각각이다.

2013 | 사바 솔Sava Sol | 쥘리앵 쿠르투아

쥘리앵 쿠르투아의 와인을 마실 때마다 참 행복해진다. 정말 재능 있는 와인메이커다. 느직이 수확한 사바냉처럼 산소와 접촉하는 방식으로 양조했으나 100퍼센트 므뉘 피노 품종이다. 끝내준다!

2018년 11월 26일 월요일, 오베르모르슈비르

와인의 변화는 참 재미있다. 어떤 와인은 순식간에 딴판이 되어 버리는 반면, 천천히 변화하는 것도 있다. 2017년 피노 누아는 만반의 준비를 마쳤고, 2016년 피노 누아는 (어쩌면 한 해쯤) 시간이 더 필요하다. 올해 짜낸 피노 블랑은 완성 운운하기도 민망한 단계다. 올해 만든 게뷔르츠트라미너와 피노 그리 배합 과즙은 거의 완성 단계라 나무통에 넣어야 할지, 바로 병입해야 할지 고민 중이다.

이곳 알자스의 와인은 항상 나를 시험하고 도발한다. 나는 도발과 끌림, 자극을 느낄 때 기분이 좋다. 큰 영향을 받는다. 사랑에 빠질 때, 아니 사랑을 나눌 때와 비슷하다. 육체적인 사랑이든 아니든 상관없다. 나는 끌림을 느끼면 거절할 수가 없다. 아니, 정말 그렇지는 않다. 끌림을 느끼고 긍정적으로 반응하는 것, 나 자신과 감정을 놓아주는 것, 내게 제공되는 것을 받아들이고 즐기는 것이 중요하다고 생각한다. 즐긴다는 것은 경이로운 경험이다. 즐김의 태도가 제공하는 동력은 그 무엇보다 중요하고 신비로운 것이다.

절대 거부해서는 안 된다. 당연한 일이다. 음식, 와인, 또 삶의 영역에서 끌림은 항상 존재하는 법이지만 그릇된 것으로 취급된다. 타는 듯한 육체적 욕망보다 강한 것은 없다. 그 어느 것보다 강렬하다. 끌림이 적극적인 행위로 발전하면 욕망이라고 말할 수 있을 텐데, 욕망은 사뭇 다르고 위험하다. 썩 마음에 들지는 않으나 인간이 원래 그런 것 같다. 무언가를 욕망한다는 것은 소유하고 싶다는 바람을 멈출 수 없다는 뜻이며, 와인을 만들 때는 좋지도 가능하지도 않은 상태다. 와인에 끌림을 느낄 때면 나는 아이처럼 무감해지거나 노인처럼 보수적으로 변한다. 와인이 스스로 최고의 모습을 선보이기를 기다리고 또 기다린다. 때로는 너무 오래 기다리는 것 같기도 하다. 모르겠다.

2018년 12월 4일 화요일, 발비녜르

올겨울에도 포도밭에서 많은 작업이 이루어질 예정이다. 작년에 흙을 추가했던 곳곳에 한 번 더 추가해 줄 것이다. 각종 거름을 더해 줘야겠다. 가지치기도 시작했다. 오늘 〈레 비뉴 데 앙팡〉에서 첫 작업을 개시했다. 가지치기를 시작하기에 더할 나위 없는 날이었다!

2018년 12월 23일 일요일, 발비녜르

2000 | 샤르보니에르[151] | 도멘 뒤 마젤

지금껏 마셔 본 와인 중 최고일지도 모르겠다. 내가 사랑하는 산화 뉘앙스가 아주 우아하게 표현되어 있다. 남부의 농밀한 과일 맛이 잔잔히 이어지다가 짠맛과 광물성이 일본도처럼 날카롭게 파고든다. 그리고 와인이 두 동강 나는 대신 아름다운 조각이 탄생한다!

2010 | 플루사르 | 아들린 우이용 & 르노 브뤼예르

나는 플루사르와 푸필링 지방의 와인에 특히 약하다. 르노와 아들린은 정말 재능이 좋다! 두 사람의 와인이 오베르누아의 와인보다도 마음에 든다. 나는 오베르누아의 와인을 정말, 정말, 정말 좋아하는데도.

151 Charbonnière. 〈석탄 파는 여자〉라는 뜻의 프랑스어.

2019

2019년 1월 3일 목요일, 발비네르

오늘 동물성 두엄 32톤을 받아서 뿌리고 식물성 두엄도 뿌렸다. 흙에 양분이 절실하다. 올해는 땅을 갈아엎지 않고 거름을 넉넉히 뿌려 지렁이, 곤충, 박테리아, 미생물이 우리 대신 땅을 〈뒤엎어〉 주는 것이 목표다. 양 떼가 포도밭을 지나며 풀 따위를 다 먹어 치워 주기를 바란다. 양이 있으면 우리의 꿈이 계획대로 될 것이다.

2019년 1월 20일 일요일, 발비네르

포도밭에 양 떼가 나타나서 기쁘다! 양이 먹을 풀이 많지는 않지만, 밭마다 하루 넘게 지낼 만큼은 있다.

2019년 1월 30일 수요일, 발비녜르

돼지고기 주간이다. 올해도 세 마리를 잡았다. 마음에 쏙 드는 행사다. 돼지를 해체하고 온갖 먹거리 제조법을 배우는 일은 정말 재미있다.

2019년 2월 15일 금요일, 베를린

시음회 일정에 맞추어 베를린에 왔는데, 정신 차리고 보니 이탈리아에서 온 알레산드로 비올라[152]와 팟캐스트 녹음에 참여하게 되었다. 함께 와인 양조에 관해, 맛본 와인들에 관해 많은 이야기를 나누었다. 흥미롭게도 논의의 마지막 주제는 이름의 중요성이었다. 요즘 내게 와인 이름에 관해 질문하는 사람이 많았던 탓에 처음에는 우리가 와인의 이름에 관해 이야기하고 있다고 생각했다. 하지만 알레산드로는 그 이야기를 하는 것이 아니었다. 정확히 말하자면, 라벨에 이름이 적힌 모양새에 관해 말한 것이었다. 글자가 너무 작은 것 같다고 했다. 「와인을 만든 사람들의 이름을 볼 수 있어야지요.」 그가 내게 말했다. 「사람들은 제작자를 알고 싶어해요. 누가 만들었는지 알 수 없는 와인은 아무도 안 살 거에요.」 나는 웃음을 터뜨리고 말했다. 그는 이탈리아에 있는 가족 소유의 농

152 Alessandro Viola. 이탈리아 시칠리아 기반의 내추럴 와인메이커.

장에 관해 이야기했고, 아들이 겨우 갓난아이인데도 나중에 가업을 물려주려겠다고 말했다. 내 생각에 와인메이커의 이름은 결코 흥미의 대상이 아니다. 흥미로운 와인이 있고 흥미로운 빈티지가 있을 뿐이다. 나머지는 그냥 이러쿵저러쿵 군말에 지나지 않는다.

2019년 2월 23일 토요일, 돌체아콰

밭농사를 중단하고 며칠 자동차 여행을 왔다. 목적지는 국경을 넘어 15분쯤 달리면 나오는 이탈리아의 작고 아름다운 마을 돌체아콰다. 공교롭게도 이곳은 와인메이커 안토니오 페리노[153]가 사는 곳이다. 우리 거래처인 영국 수입상 〈투토 와인스〉가 그와도 거래하는 참이라 연락을 도와주었다. 그래서 오늘 오후 몇 시간을 안토니오와 함께했다. 저장고에 있는 와인 대부분을 맛보라고 내주었다. 우리는 양조에 관해, 와인메이커가 포도와의 관계 속에서 맡을 수 있는 역할에 관해 아주 많은 이야기를 나누었다. 안토니오의 이야기를 들어 보니, 그의 꿈은 줄곧 소규모 양조였다. 처음 와인을 만들기 시작했을 때부터 모든 작업을 직접 하기로 결심했단다. 그러려면 농지를 2만

153 Antonia Perrino. 이탈리아 리구리아주 돌체아콰에 기반을 둔 내추럴 와인메이커. 와이너리는 〈비안코 테스탈론가Bianco Testalonga〉로, 1960년대부터 와인을 만들었다.

제곱미터, 즉 6천 평 이하로 제한하며 소규모를 유지해야 했다. 그는 자신의 와인에서 긴장감과 에너지가 중요한 역할을 맡고 있다고 설명했다. 나 역시 우리의 알자스 와인에서도, 아르데슈 와인에서도 긴장감과 에너지를 구하고 있는데, 그에게는 평생의 목표인 것이다. 안토니오는 1961년부터 아무런 첨가물 없이 포도만으로 와인을 만들고 있다! 이산화 황 같은 화학 물질 따위에는 문외한이었으나 어쨌든 자기 와인이 마을의 여느 와인보다 맛이 좋았다는 것이다. 안토니오 페리노, 인상적인 인물이다!

그는 작고 오래된 저장고에서 소규모로 양조할 때만 긴장감과 에너지가 깃든 와인이 탄생한다고 믿는다. 규모가 커질수록 특별함을 잃어버리게 된다는 것이다. 다른 와인메이커에게도 유효한 이론인지 잘 모르겠지만, 그에게는 유효할 수 있다. 내게는 단연코 유효하다. 그가 내게 해준 이야기들에 깊이 공감했고, 그 역시 나의 생각과 걱정을 즐겁게 듣고 이해한 듯하다. 이탈리아에서 웬 끔찍한 법이 제정되는 바람에 저장고 벽과 바닥에 타일을 깔아야만 했다는 사연도 들었다. 저장고에는 꼼꼼한 청소가 가능한 환경이 갖춰져야 한다는 발상에서 출발한 법안이었다. 안토니오가 보기에 그런 법은 대참사였다. 경험에 비추어 보면, 이제 벽과 바닥에 사는 좋은 박테리아가 전부 차단되어 와인과 만나지 못하는 바람에 와인은 더 밋밋하고 지루해질 것이었다. 훌륭한 (그러나 슬픈) 관찰이다. 생각해 볼 문제가 많아졌다. 아네와 나는 마을 밖에 그럴싸하고 〈큼지막한〉 저장고를 지어 보면 어떨까 진지하게 논의하다가 포기했다. 그 대신 우리 집 지하의 작은 저장고를 개조하면 어떨까 싶다. 안토니오의 저장고를 보고, 그의 와인을 맛보고, 그의 작업 방식에 관한 이야기를 듣고 나니 지금 우리에게 있는 저장고에서도 꿈 같은 와인을 만들 수 있다는 확신이 생겼다. 그저 철저한 계획이 필요할 뿐이다.

나무통에 관한 이야기도 많이 했다. 나는 알자스에서 첫 빈티지부터 오래된 나무통을 썼고, 아르데슈에서도 이따금 쓰다가 지난 몇 년 동안은 사용 비율을 높였다. 안토니오처럼 어마어마한 크기의 나무통을 꿈꾼 것도 벌써 몇 년째다. 그에게 힘을 받아 집 밑에 있는 작은 저장고 개조 작업을 이어 갈 생각이다. 이야기와 와인을 나누며 그의 찬찬하고 지적이며 완벽주의자다운 양조 접근법에 관해 배우면서 나 역시 해낼 수 있다는 자신감이 생겼다.

나무통이 더 필요하다. 지금보다 큰 500~600리터 용량의 나무통을 찾아야 한다. 안토니오는 사실상 600리터 나무통만 쓰고 있는데, 나무통은 와인에 거의 영향을 주지 못한다. 호주산이라고 한다. 에므리크 질레에게 그런 술통을 구할 수 있을지 물어봐야겠다. 진실 혹은 진정한 해답은 정답보다 질문 그 자체에 있는 것 같다.

안토니오 페로니의 저장고.

안토니오 페로니가 만든 비안코 테스탈로가.

2019년 2월 26일 화요일, 발비네르

아몬드나무에 꽃이 피었다. 벌써 봄인가? 너무 이르다.

2019년 3월 3일 일요일, 발비네르

실외 섬유 탱크와 오래된 오크 술통에 있던 2018년 빈티지를 맛보았다.

2018 | 그르나슈 누아

발효가 끝났다. 훌륭하다. 맛 표현이 여전히 플루사르를 똑 닮았다.

2018 | 시라

여전히 발효 중이다. 속도가 느려진 듯하다. 향신료, 흑후추, 진하고 어두운 과일 향미가 조금씩 깃들고 있다.

2018 | 그르나슈 블랑

벌써 단맛이 거의 사라졌고 굉장히 맛있다. 싱그럽고 상큼한 맛은 손상 없이 온전하고 짠맛이 잘 어우러진다. 느린 압착이 자아낸 은은한 쓴맛이 느껴진다.

아몬드나무에 핀 꽃.

2018 | 로제

로제 역시 단맛이 적다. 길고 정교한 끝맛은 없다. 지금으로서는 과일 맛이 다소 밋밋하다. 한 달쯤 지나서 다시 마셔봐야겠다.

2018 | 그르나슈 누아 (블랑 드 누아)

바로 압착법으로 가장 먼저 짜낸 화이트 과즙(에 같은 품종의 열매를 넣어 침출한 것)인데, 다른 그르나슈 누아 과즙보다 흥미롭다. 화이트 분량을 따로 떼어 나무통에 넣어 두었다. 이제 근사한 와인으로 거듭나 충만한 에너지와 일찌감치 정교해진 맛을 선보이고 있다.

2018 | 카베르네 소비뇽

3일 동안 바로 압착법으로 짜낸 카베르네 소비뇽 역시 훌륭하다. 발효는 느리지만 꾸준하고, 맛이 전혀 카베르네 소비뇽 같지 않다. 좋은 일이다. 과일 맛은 굳건히 자리를 잡았으나 나무통으로 인한 쓴맛이 엄청나다. 아르데슈에서 이런 경험은 처음이다.

2019년 3월 11일 월요일, 발비녜르

올봄 첫 새순이 돋아나기 시작했다. 어제 타임과 케이드 추출물로 첫 번째 예방 치료를 했다. 몽펠리에에서 가져온 염수에 추출물을 섞어서 사용했다. 병해로 발전할 수 있는 포자의 증식을 억제하기 위해 처치를 반복하고 있다. 작년에는 봄에 비가 미칠 듯이 내렸는데도 효과가 좋았다. 작년의 농사법을 그대로 반복하되, 올봄에는 예방 처치를 일찍이 시작하려고 계획 중이다. 포도밭의 산성도에 영향을 주어 주변 환경의 산성을 강화하는 것이 목적이다. 염분이 높고 산성이 강한 환경은 포자에 불리하다. 모두 황과 구리 사용을 지양하기 위한 자연 처치다.

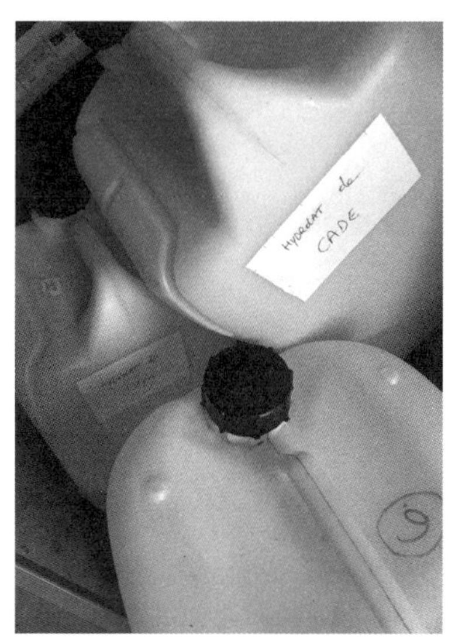

허브와 꽃 추출물.

2019년 3월 26일 화요일, 발비네르

체리나무에 꽃이 피었다.

2019년 3월 27일 수요일, 발비네르

우리 집 지하에 있는 저장고 개조 작업을 준비 중이다. 돌체아콰에서 안토니오 페리노의 작업장을 방문하고 큰 영감을 얻었다. 그의 포부와 저장고 작업 방식을 접한 뒤로 소규모를 유지해야 한다는 확신이 생겼다. 어차피 우리는 와인을 잔뜩 만들어 낼 만큼 수확량이 넉넉하지도 않다. 아래층에 있는 공간을 쓰면 누릴 수 있는 장점도 많기에, 굳이 마을 밖에 거대한 저장고를 지을 필요가 없다.

사실 생각하면 할수록 지하에 와인을 두는 쪽이 이치에 맞다. 와인을 더 가까이서 관찰할 수 있으니까. 수확기에는 특히 바쁜 만큼 아이들이 학교에서 돌아와 집에 머무는 저녁에 위아래를 오가며 돌봄과 작업을 병행하기 좋을 것이다. 올해도 작년과 마찬가지로 작은 수직 압착기로만 작업하고 싶은 마음이다. 집 지하에 저장고를 두고 양조 작업을 하면 압착을 정확하게 해낼 수 있다. 지속적인 압력을 가해 오랫동안 천천히 압착해야 하는 만큼 손으로 압착기를 조작해서 작업할 때는 온종일 한두 시간 간격으로 조금씩 기기를 눌러 주어야 한다.

또 하나의 중요한 문제는 저장고의 효모 배양이다. 확신하건대 이곳의 오래된 돌벽, 그리고 나무통에서 발효 및 숙성 중인 와인 사이에는 무언가 설명할 수 없는 상호 작용이 일어나고 있다. 높은 습도, 지하의 안정적인 저온, 자연적인 공기 순환, 그리고 무엇보다도 흙과 벽 속에 살고 있는 박테리아, 이 모든 것이 어우러져 와인에 우호적인 미기후 환경이 조성된다. 그래서 와인은 안정적인 저온에서 발효하게 된다. 오랫동안 발효하면, 오랫동안 압착할 때와 마찬가지로 와인의 우아함과 섬세함이 증대된다. 이미 잘 알려져 사실로 인정된 공식인 것 같다. 적

개조를 앞둔 저장고.

오래된 돌벽에 둘러싸인 지하 저장고.

개조가 끝난 저장고와 나무통들.

어도 내가 배운 바에 의하면 그렇다.

더불어 내가 개인적으로 가장 좋아하는 와인은 몇 가지 예외가 있으나, 전부 오래된 저장고를 소유한 와인메이커가 만든 것이다. 안토니오가 말했듯이 박테리아 배양은 중요한 문제다. 우리 건물에 있는 오래된 저장고는 과거에 양조용으로 사용했던 곳이라 효모를 배양한 흔적이 가득할 테니 작업을 이어 가지 않을 이유가 무엇인가. 기억을 더듬어 오래된 저장고를 가진 와인메이커를 꼽아 보자. 필리프 장봉, 파트리크와 바바스, 장마르크, 장피에르 로비노, 브뤼노 쉴레르, 조슬린과 제랄드의 초기 빈티지, 질 아초니 등이다.

2019년 4월 1일 월요일, 발비녜르

저장고 뒤편의 좁은 공간에 있던 낡은 콘크리트 탱크를 철거하고 바닥을 다시 깔았다. 이 조붓한 방은 사계절 내내 기온이 일정하고 항상 상쾌한 습도가 느껴진다. 오늘 시장과 이야기를 나누었는데, 조심해서 제대로 공사해달라고 부탁하더라. 추정하건대 우리 집, 즉 저장고는 지어진 지 1천 년도 넘었다. 마을에 교회가 세워지고 바로 그 다음에 지은 건물이 우리 저장고란다. 시장이 아는 바로는 1,080년쯤 되었다는 것이다. 말도 안 돼!

2019년 4월 6일 토요일, 발비녜르

저장고 벽을 다시 짓는 중이다. 첫 번째 방의 바닥 높이를 낮추는 작업을 시작했다. 이곳에 우리가 갖고 있는 것 중 가장 큰 섬유 탱크와 목제 탱크를 모아 둘 것이다. 500리터와 225리터 나무통은 작은 방 두 곳에 나눠 두려고 한다. 첫 번째 방의 바닥 높이를 조정하다가 오래된 연장, 뼛조각, 술병을 잔뜩 발견했다. 인부들이 그러는데 오래전에 저장고 공사를 했던 사람들이 점심으로 양고기를 먹었던 것 같단다. 뼛조각이 양고기 뼈와 똑 닮기는 했다. 뭐, 오래된 장소에 약간의 역사 이야기를 곁들일 수 없다면 아무래도 시시할 테니까.

2019년 4월 7일 일요일, 발비네르

허브 추출물을 더 구비했다. 그라스산 오레가노와 라벤더까지 구해서 또 다른 처치제를 만들었다. 요즘 날이 덥고 아주 건조해서 풀조차 버티지 못하고 조금씩 말라 죽는다. 작년과, 아니 그 어느 해와도 딴판이다.

2019년 4월 11일 목요일, 발비네르

오늘 조슬린과 제랄드의 부탁으로 함께 〈도멘 뒤 마젤〉에 생소 품종을 심었다. 내일은 뒤이어서 소비뇽 블랑을 심을 것이다. 동료들이 전부 모였다. 제랄딘과 메릴, 엘렌과 크리스토프 콩트, 그리고 콩트 부부의 아들, 당연히 폴루도 왔고, 아네와 나까지. 발비네르는 — 실은 아르데슈 남부 전체가 — 품앗이 공동체를 이루고 있다. 대규모 작업을 해야 할 때면 모두 모여 하루의 노동을 함께한다. 이곳의 내추럴 와인메이커들 사이에는 아주 끈끈한 집단의식이 있다. 잘 알고 있는데도 매번 경험할 때마다 놀라고는 한다. 왠지 이런 품앗이 문화를 만들고 유지하는 주체가 조슬린과 제랄드 같다는 생각이 든다. 두 사람은 긍정적인 에너지를 잔뜩 뿜어낸다. 분명 타인과 어울리며 즐거움을 얻는 좋은 사람들이다.

2019년 4월 22일 월요일, 발비네르

올봄에는 일의 진척이 빠르다. 곧 우리 포도나무에도 꽃이 필 것이다. 어쩌면 며칠 내로. 원래 봄이 따뜻한 지방이지만, 올해는 너무 더운 것 같은데? 너무 건조하고? 포도의 건강이 조금 걱정스럽다. 폴루는 걱정할 필요 없다고, 포도는 튼튼하다고 말한다. 폴루의 이야기에서 위로를 얻고 있다.

2019년 4월 24일 수요일, 발비네르

탱크에 있던 2018년 과즙을 전부 옮겨 주었다. 그르나슈 블랑, 그르나슈 누아, 시라, 그리고 로제까지. 겨우 7~8개월 발효했는데 시라를 제외한 모든 과즙에 단맛이 없다. 시라가 발효를 끝내면 곧 병입할 수 있겠다. 그르나슈 블랑, 그르나슈 누아, 로제까지 전부 맛이 훌륭하다. 특히 그르나슈 누아가 대단하다. 길게 지속되는 짠맛과 씁쌀한 듯한 끝맛이 플루사르와 비슷해서 마음에 드는 맛 구조다. 아주 흥미롭다. 어쨌든 기다릴수록 나아질 과즙들이다.

2019년 5월 3일 금요일, 오베르모르슈비르

어제와 오늘은 덴마크 출신의 소믈리에이자 우리의 새로운 친구 야코브의 도움을 받아 병입 작업을 마쳤다.

2013 | 당송 쥐스코 레브[154]

산소와 접촉해 정교해진 피노 그리 과즙이다. 견과류 맛이 느껴지는데, 전반적인 풍미가 아주 엷고 섬세한 동시에 굳건하다.

2016 | 캉 제테 프티 주 네테 파 그랑[155]

숙성하며 근사하게 거듭난 게뷔르츠트라미너 과즙이다. 과도한 향미가 뒤로 물러났고, 산화 덕분에 어느 정도 짠맛이 생겼다.

2017 | 웬 어 피스 오브 핑크 라이스 페이퍼 힛츠 더 글로우 오브 어 시가렛[156]

맛보고 제대로 놀라 버린 와인이다. 아주 강렬한 동시에 연약하다. 내가 들이켜는 한 모금, 한 모금에 반응하는 듯

154 Dansons Jusqu'aux Rêves. 〈꿈이 이루어질 때까지 춤추자〉라는 뜻의 프랑스어.

155 Quand J'étais Petit, Je N'étais Pas Grand. 〈내가 어렸을 때는 어른이 아니었다〉라는 뜻의 프랑스어.

156 When a Piece of Pink Rice Paper Hits the Glow of a Cigarette. 〈분홍빛 화지가 담뱃불에 닿는 순간〉이라는 뜻의 영어.

하다. 산화 뉘앙스가 약하게 느껴지는 가벼운 레드 피노 누아로, 이제 마셔도 되겠다.

2013 | 라 클리뉴 드 뢰이[157]

볼라틸 산미가 심각한 수준이 아닌데도 입에 머금으면 너무 강하게 느껴진다. 균형감이 무너지고 게뷔르츠트라미너의 풍미가 다소 어색해졌다.

2019년 5월 5일 일요일, 발비네르

내일 포도밭에서 〈에팡프라주〉 작업을 시작한다. 열매를 맺지 못할 모양새거나 위치가 좋지 않은 — 열매는 맺을 수 있으나 나무에 부담이 될 — 새순을 제거한다는 뜻이다. 간단히 말하면, 작은 가지나 새순 몇 개를 골라 잘라냄으로써 다른 가지에 더 많은 양분을 보내 주고 나무 중앙부의 이파리를 줄여 줄 것이다. 지금 새순을 골라 두면 초여름에 가지를 다듬을 필요가 없기에 긴 가지와 이파리를 유지하며 나무와 열매에 그늘을 드리워 줄 수 있다. 이파리가 많으면 열매의 산미가 높아지고 성장 기간이 길어져 (이론상으로는) 과즙과 와인의 맛 구조가 정교해진다.

157 La Cligne de Œil. 〈눈 한번 찡끗〉이라는 뜻의 프랑스어.

〈내가 어렸을 때는 어른이 아니었다〉 병입 작업.

2019년 5월 16일 목요일, 발비녜르

〈레 비뉴 데 앙팡〉에 있는 프티트 시라의 약한 가지를 기둥에 묶어 주는 작업을 시작했다. 그러면 나무가 더 높이 자라나 열매에 넓은 그늘을 드리워 줄 수 있다. 시간은 오래 걸리지만 즐거운 작업이다. 천천히 나무 사이를 거닐며 밭에서 일어나는 일들을 세세히 지켜볼 수 있고, 병해의 징조를 감지하거나 깜빡한 잡일을 챙길 수 있다.

〈내가 어렸을 때는 어른이 아니었다〉 병입 작업 중.

〈분홍빛 화지가 담뱃불에 닿는 순간〉 병입 작업.

2019년 5월 25일 토요일, 발비녜르

실외에서 발효 중이던 과즙과 저장고에서 겨울을 난 오래된 목제 탱크 속의 그르나슈 블랑을 병입했다. 어제 둘 다 맛보았다.

2018 | 인 더 섀도 오브 더 모닝 선[158]

플루사르 스타일의 그르나슈 누아다. 최근에 알자스에서 병입한 피노 누아와 마찬가지로 우리가 원하는 레드의 매력이 녹아든 와인이다. 술술 넘어가는 가메이 같은 것과는 다르다. 가벼우면서도 진지하다.

2018 | 컴 워크 위드 미 앤드 원더 어 리틀[159]

우리의 첫 그르나슈 블랑이다. 수확기 전부터 쏟아부은 노력과 정확한 압착 방식이 어우러져 좋은 결실을 맺은 듯하다. 풍미가 가득하고 맛의 지속력이 길어서 2018년 빈티지로서는 흔하지 않은 와인이 탄생했다.

오늘도 다음 두 종류의 와인을 병입했다.

158 In the Shadow of the Morning Sun. 〈아침 햇살의 그림자 속에서〉라는 뜻의 영어.

159 Come Walk with Me and Wonder a Little. 〈나와 함께 산책하며 작은 궁금증을 품어 보자〉라는 뜻의 영어.

2018 | 위 캔 두 왓 아이 캔트[160]

아직 당이 8그램 남아 있는데 날이 더워서 걱정이다. 볼라틸이 폭발할 위험이 있어 바람직하지 않은 상황이다. 포도를 너무 오래 침출했거나 과즙 대비 열매를 너무 많이 넣었을지도 모르겠다. 어쨌든 타닌도 그다지 마음에 들지 않는다. 와인을 잘 지지해 주기는 하는데, 맛을 둘로 나눠 놓는 느낌이다. 몇 달 후에는 나아질지도 모르겠다. 그랬으면 좋겠다.

2018 | 서칭 포 더 스페이스 멍키[161]

보통 로제는 단맛이 조금 남은 채로 병입하고는 했는데, 이번에는 아니다. 그래서 또 하나의 로제를 병입하며 이름에 〈복숭아〉란 말을 넣지 않았다. 이전의 로제에 〈복숭아〉라는 말을 넣었던 이유는 어떤 와인인지 단서를 제공할 수 있기 때문이었다. 복숭아처럼 무르익고 과즙이 풍부한 데다가 빛깔도 비슷했다. 여러 가지 이유로 전에 만들었던 로제보다 이 와인이 더 마음에 든다. 비교하기를 즐기지는 않지만, 비교하지 않기란 참 어려운 일이다.

160 We Can Do what I Can't. 〈나 혼자서는 못 해도 우리는 할 수 있어〉라는 뜻의 영어.

161 Searching for the Space Monkey. 〈우주 원숭이를 찾아서〉라는 뜻의 영어.

목제 탱크를 작은 저장고로 옮기는 작업.

여러 명이 매달려 목제 탱크를 옮기다.

2019년 5월 30일 목요일, 발비네르

그르나슈 블랑이 꽃을 활짝 피웠다. 그러니 당분간 염수 처치는 없다. 허브 추출물만 계속 뿌려 줄 것이다. 더위에 숨이 막힌다. 오후에는 너무 더워서 정오까지만 일하고 있다.

2019년 6월 3일 월요일, 발비네르

영속 농법에서 제안하는 것들을 따라 해보기로 했다. 그중 하나는 나무 주변에 있는 풀만 뽑아내고 밭 중앙부의 풀은 그대로 두어 흙을 덮어 놓으라는 것이다. 요즘 날씨가 정말 너무 더워서 흙을 덮고 있는 풀과 꽃을 없애 버리면 토양의 수분이 지나치게 증발할 듯해 걱정이다. 지금으로서는 괜찮은 듯하다. 밭 중앙부를 얕게 파보면 흙이 건조하지 않고 싱그럽다. 밑에 깔린 토양의 수분감이 좋다는 뜻이다.

2019년 6월 15일 토요일, 마르세유

마르세유에 왔다. 포도에 뿌려 줄 염수를 챙기고, 오에노비디오 축제에 들러 와인과 포도에 관한 아주 흥미로운 다큐멘터리를 봤다. 와인과 포도에 관한 다양한 묘사를

포도나무에 뿌려 줄 염수를 가지러 오다.

보고 있으면 제법 즐겁다. 행동이 부족하면 언어가 중요해진다. 하지만 귀 기울여야 할 사람들이 듣지 않는다면 언어가 무슨 소용인가? 언론인들과 영화 제작자들은 인터뷰 대상의 입장에 이입하는 듯하다. 내가 보기에는 균형이 맞지 않는다. 저들은 다른 사람이 되고 싶은 걸까? 질투와 시기는 정말이지 강력한 힘이다. 그러나 질투와 시기를 긍정적인 동력으로 탈바꿈할 수도 있다. 그리고 인터뷰가 훌륭해 흥미로운 이야기가 많은데 정확히 누가 어떤 말을 했는지 가려낼 필요가 있을까. 결국 나는 상영된 영상의 형식에 공감하는 바다.

2019년 7월 1일 월요일, 발비네르

지하 저장고 개조 작업이 끝났다. 바닥이나 벽이 낡은 곳을 구석구석 재단장했고, 가장 중요한 변화는 배수관을 설치해 수확기에도 꼼꼼한 청소가 가능하다는 것이다. 있으면 유용하니까 수도도 설치했다. 〈르 마젤〉에 있는 4천 리터 용량의 거대한 목제 탱크를 아랫마을에 있는 우리 저장고까지 옮겼다. 조슬린과 제랄드가 전에 빌려주기로 한 탱크인데, 제랄드가 그냥 사고 싶으냐고 묻기에 기쁘게 승낙했다. 곧 와인으로 채워질 것이다. 거대한 목제 탱크는 마을에 사는 사람들이 열 명 남짓 모여 직접 운반했다. 오늘 아침에 옮기고 점심을 먹었다.

이 목제 탱크로 만든 와인이 여럿이다. 2013년에 〈감미로운 시작과 그보다 멋진 결말〉, 2014년에 〈무놀로그〉, 2015년에 〈바다에 플라스틱을 버리지 마세요, 제발〉, 2016년에 〈우리가 살고 싶은 세상을 입에 넣자〉, 그리고 작년에 처음으로 〈나와 함께 산책하며 작은 궁금증을 품어 보자〉라는 화이트와인을 만들었다. 지난 몇 년 동안 탱크를 빌려준 조슬린과 제랄드에게 너무나도 고마운 마음이다. 앞으로 만들 와인에도 이 나무통의 성분이 조금씩 섞여 들 것이다. 어서 과즙을 가득 채워 우리의 오랜 친구가 어떤 와인을 선사할지 맛보고 싶다!

2019년 7월 7일 일요일, 발비네르

〈르 마젤〉에 있던 마지막 과즙, 병입 전의 2018년 과즙을 우리 저장고로 옮기는 중이다. 어제 술통을 비우고 저녁에 운반해서 우리 저장고에 자리 잡았다. 시원한 오전에 와인을 옮기면 이동이 야기할 수 있는 볼라틸 등의 위험을 방지할 수 있다. 지하 공간의 변화를 지켜보자니 내 눈을 믿을 수가 없을 지경이다. 그저 지하실 창고였는데 점차 그럴싸한 와인 저장고로 진화하고 있다. 금세 공간의 향이 바뀌고 음향과 분위기까지 달라졌다. 아주 특별한 순간이다.

2019년 7월 11일 목요일, 발비네르

오늘 나무통 상점 〈토늘르리 클로드 질레〉에서 새로운 술통을 배송받았다. 500리터와 228리터 용량이다. 에므리크가 계획한 대로 〈쇼프 블랑슈〉라는 기계를 사용해 술통을 약하게 그을렸다. 우리에게 이런 결과물을 선사하기 위해 기울였을 정성에 아주 고마운 마음이다. 분명 이 나무통을 사용해 오랫동안 즐거운 작업을 이어 갈 것이다. 작은 저장고가 새롭고 오래된 술통들로 빼곡해졌다. 물론 탱크도 있다. 곧 수확기가 오기 전에 만반의 준비를 갖추게 될 듯하다. 해야 할 일이 아직 한 가지 남았는데, 작

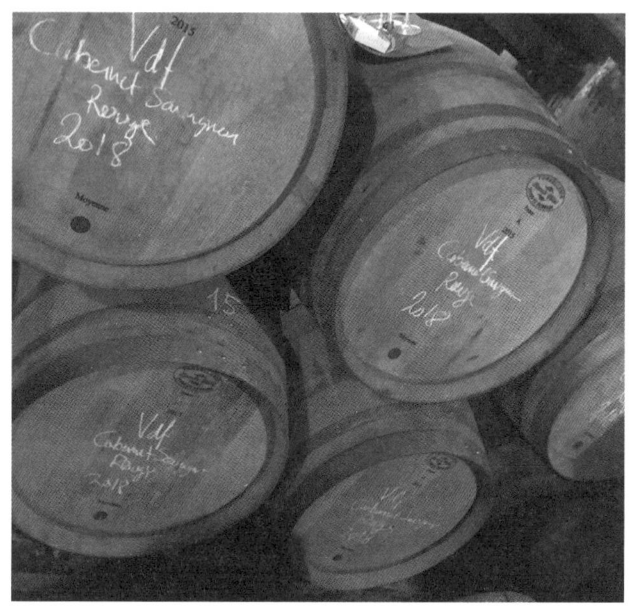

술통 속의 카베르네 소비뇽.

은 압착기를 정비하는 것이다. 나무 상태가 좋지 않다.

2019년 7월 25일 목요일, 발비네르

일전에 마지막 남은 2018년 빈티지를 우리 저장고로 옮겼다. 나무통은 비워진 채로 저장고에 있고, 와인은 트레일러에 옮겨진 채로 집 앞 도로 위 트랙터 뒤에 묶여 있으니 그저 빈 술통에 따라 넣기만 하면 된다. 펌프를 사용하는 것보다 시간은 오래 걸리겠지만 이 방법이 낫다고 생각한다. 와인에 닿는 공기량을 최소화하고 싶은데 펌프질은 너무 난폭해 적절하지 않기 때문이다. 그나저나 올여름은 더위가 극성스럽다. 요즘에는 대부분 낮 기온이 35도를 넘고 40도에 육박할 때도 많다.

2019년 7월 28일 일요일, 발비녜르

시라 열매가 빨갛게 물들기 시작했다! 곧 수확이 시작될 것이다. 화이트 품종의 포도보다 시라가 더 빨리 익는 듯해 의아하다.

2019년 8월 2일 금요일, 발비녜르

2013 | 클리뉴 드 뢰이

어떤 와인은 추억을, 삶 속의 한 시기를 상징하는데, 내게는 이 와인이 딱 그렇다. 〈클리뉴 드 뢰이〉는 무언가를 좇던 날들, 바로 〈그것〉이 나타날 때까지 기다리는 날들을 상징한다. 5년 반이나 기다린 끝에 〈그것〉이 나타났고, 이렇게 진화했다. 오늘 마셔 본 후 잠재력을 전부 실현하려면 조금 더 기다려야 한다는 사실을 깨달았다.

빨갛게 물드는 그르나슈 누아.

2019년 8월 11일 일요일, 발비녜르

압착기에 군데군데 손볼 곳이 있어서 오크 목재를 구해 두었다. 오랫동안 말려 건조한 근사한 목재다. 필요한 재료를 구했으니 내일 작업을 시작할 것이다. 압착기가 낡아 여기저기 상태가 좋지 않은데, 제대로 과즙을 짜내려면 꼭 정상화해야 한다. 압착기 옆면의 목재가 전부 지금보다 도톰하고 길어서 포도 수용량이 늘어나고 압착 시간도 길어질 수 있기를 바란다. 수리가 끝나 다시 작업을 개시하기까지 이틀쯤 걸릴 듯하다.

2019년 8월 18일 일요일, 발비녜르

시라 포도가 가장 먼저 빨갛게 물들기 시작했다. 강수량이 부족한데도 무럭무럭 자라나고 있다. 산미는 적당하나 껍질이 너무 두껍다. 타닌이 많이 녹아들어 떫고 풋내가 날까 걱정이다. 샤르도네를 맛본 다음 시라와 샤르도네 과즙을 배합하는 방안도 고민해야겠다. 샤르도네 껍질의 산미가 은은하다면 줄기를 제거하고 열매만 추가하면 좋을 것 같다. 다음 주 금요일에 샤르도네 수확을 시작할 듯하다. 그때 한 번 더 포도를 맛보고 상태를 파악한 후 해결책을 마련할 것이다. 단언하건대 시라만 단독으로 사용할 수는 없다.

2019년 8월 20일 화요일, 발비녜르

수확 준비 중이다. 저장고를 청소하고, 자잘한 도구들이 전부 구비되어 있는지 확인하고, 제랄드네 저장고도 청소하고, 수확에 사용할 상자와 양동이와 가위를 세척하고, 트랙터가 잘 작동하는지 확인하고, 필요한 트레일러를 전부 점검해야 한다. 이에 더해 실제 포도밭 주변에서 써야 하는 물품이 전부 마련되어 있는지 확인해야 한다. 가령 점심시간에 쓸 식탁, 의자, 와인 잔도 마련해야 한다. 아마 저녁에도 쓰게 될 테다. 시작하기 전에 전부 준비해 두어야 한다. 일단 수확을 개시하면 사소한 것들을 찾아다니기에는 너무 늦다.

다른 중요한 사항은 조슬린과 제랄드의 오래된 압착기가 말끔한 채로 만반의 준비를 갖췄는지, 새는 곳은 없는지 확인해야 한다. 작년에 카베르네 소비뇽을 압착할 때 새는 곳을 발견했기 때문이다. 이 근사한 노장 압착기로 이미 여러 번 중요한 압착을 진행했고, 이후에도 계속할 테지만, 절대 과즙을 망칠 수는 없다. 압착기는 앞으로 오랫동안 변함없이 작동해야만 한다.

2019년 8월 22일 목요일, 발비네르

오늘 제랄드와 조슬린네 샤르도네를 처음으로 수확을 시작했다. 조금 얻어 와서 과즙을 맛보고는 2015년 빈티지를 떠올렸다. 과거에서 교훈을 얻을 수 있도록 기록을 되짚어 볼 생각이다. 일단 목제 압착기를 이용해 바로 압착법으로 과즙을 짜내기로 했다. 껍질의 쓴맛과 산미를 최대한 이끌어 내고 싶다. 처음으로 짜낸 과즙인데도 캐러

압착기 수리 중.

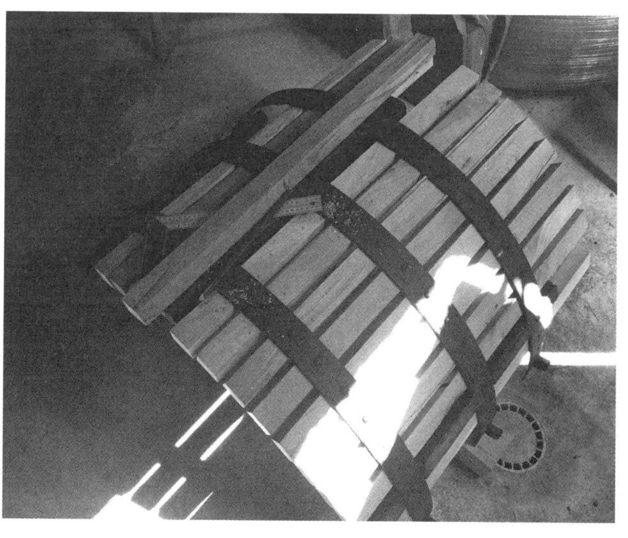

새는 곳을 발견해 수리 중인 노장 압착기.

멜화 풍미가 살짝 느껴져서 어떻게 해야 할지 모르겠다. 내일 샤르도네를 더 짜낼 생각이다. 압착기 사용은 잠시 미뤄 두고, 오늘 딴 포도는 내일까지 그대로 두련다.

2019년 8월 23일 금요일, 발비녜르

무이나스에서 샤르도네를 수확하는 중이다. 비교적 산미가 좋고 열매가 무성하며 농도가 가볍다. 오늘 아침 압착기를 채웠다. 첫날 과즙은 500~600리터다. 밤사이 압착을 중단할 생각이다.

2019년 8월 25일 일요일, 발비녜르

미국인 사진가 샘 유킬리스가 잠시 들러 사진을 찍고 갔다. 코펜하겐의 와인 상점 〈빈수페르나투렐〉에서 온 조나단 소리아노도 사진을 찍고 갔다. 독특하고 긍정적인 에너지를 느꼈다. 며칠 동안 수확을 중단한 채로 강에 가서 헤엄도 치고, 다른 와인메이커의 작업장을 방문하고, 다 함께 우리 저장고에 있는 와인을 맛보았다. 〈라 투르 카세〉에서 근사한 저녁 식사도 먹었다. 요즘 사주와 쉴레르의 와인을 많이 마신다는 사실을 깨달았다. 마치 세상에 다른 와인은 존재하지 않는다는 듯이 말이다. 매번 누군가

수확 첫날, 〈르 마젤〉의 샤르도네로 시작.

가 새로운 와인을 가져오거나 골라도 결국에는 같은 와인을 또 마시게 된다. 원래 나는 다양한 와인을 마시는 쪽을 선호한다. 하지만 같은 와인을, 같은 사람들과, 같은 장소에서 며칠 간격으로 여러 번 마시는 것도 즐거운 경험이다. 어제와 오늘 마신 와인이 사뭇 다르고, 심지어 아침과 저녁에 마신 와인이 사뭇 다르다.

2019년 8월 26일 월요일, 발비녜르

어제 마지막 샤르도네 압착을 시작해 오늘밤 마무리했

다. 샘과 조나단의 도움을 받아 포도의 옆면을 잘라 냈다. 압착기 속에서 짓눌린 포도를 뒤적이는 대신 압착 포도 〈케이크〉처럼 생긴 것의 옆면을 20~30센티미터쯤 쳐낸 것이다. 그러고는 〈마르크〉(라고 부르는 압착해서 바짝 마른 포도 찌꺼기)를 케이크 위에 올린 후 전보다 길게 한 번 더 압착했다. 온종일 걸렸는데, 이제는 다 끝났으니 내일 압착기를 비울 수 있을 것이다. 첫날 얻은 (자연 압착) 과즙과 중반부, 마지막에 짜낸 과즙을 따로 두었다. 세 종류의 샤르도네는 각각 맛 표현이 다르다. 어떻게 섞어야 할지 아직 잘 모르겠다. 맛이 완전히 달라서 고민할 시간이 필요하다. 샘은 마지막에 짜낸 가장 향미 강한 과즙을 특히 좋아한다. 샘이 음식을 먹고 와인을 마시는 취향을 살펴보니 쌉싸름하면서 달콤한 것을 좋아하는 듯하다. 나도 그렇다. 쌉싸름한 것들과 전반적으로 쓴맛을 즐기는 편이다.

2019년 8월 27일 화요일, 발비네르

첫 번째와 두 번째 과즙을 배합할 생각이다. 마지막 과즙은 너무 농도가 진하다. 자칫하면 맛 구조의 균형을 무너뜨릴 듯하다. 나흘이라는 압착 기간이 너무 길었던 모양이다. 마지막 과즙은 나무통 한두 개에 담아 둘 계획이다.

2019년 8월 28일 수요일, 발비녜르

샤르도네 마지막 과즙을 술통 두 개에 나눠 담았다. 첫 번째와 두 번째 과즙은 섞어서 섬유 탱크에 넣었다.

2019년 8월 29일 목요일, 발비녜르

제랄드와 조슬린의 메를로를 압착해 로제를 만드는 중이다. 카베르네 소비뇽과 마찬가지로 과즙의 풍미가 진하고 강렬해서 마음에 쏙 든다. 이 메를로 과즙은 정말 근사하다!

2019년 8월 30일 금요일, 발비녜르

시라는 열매에 과즙이 감도는 상태로 수확했다. 올해는 정말 건조하다. 이런 날씨는 처음 겪어 본다. 바로 압착법으로 과즙을 짜냈는데, 절반은 메를로 과즙과 섞어 로제를 만들 계획이다. 남은 과즙은 그대로 두고 발효가 시작되면 어떻게 변할지 지켜볼 것이다.

2019년 9월 2일 월요일, 발비네르

오늘은 제랄드와 조슬린네 비오니에를 수확했다. 열매가 아주 작고 리치와 재스민 향이 강하다. 레드 품종이나 그르나슈 블랑과 섞으면 좋을 듯하다.

2019년 9월 6일 금요일, 발비네르

시라 100퍼센트 과즙은 방향성이 일절 없다. 전에 시도하지 않은 것을 시도해 볼 계획이다. 시라 과즙에 오늘 수확한 그르나슈 블랑을 침출하는 것이다. 그러면 어느 정도 구조가 잡힐지도 모르겠다. 역시 오늘 아침에 수확한 〈레비뉴 데 앙팡〉의 프티트 시라는 줄기를 제거한 뒤 열매와 과즙을 반반씩 섞어 탱크에 넣을 것이다. 시라에 넣을 그르나슈 블랑도 줄기를 제거할 생각이다. 남은 그르나슈 블랑은 바로 압착법으로 짜내야겠다.

2019년 9월 13일 금요일, 발비네르

카베르네 소비뇽과 (소량의) 시라를 메를로 로제에 섞을 계획이다.

2019년 9월 16일 월요일, 발비녜르

폴루가 〈레쟁 드 타블〉, 즉 생식용 포도를 가져가라고 했다. 그래서 폴루네 밭에 있는 열매 중 익은 것은 거의 다 따고 우리 밭에 남아 있는 것도 땄다. 원래 와인을 만들지 않고 생으로 먹으려고 기르는 포도다. 하지만 올해에는 와인을 만들어 볼 생각이다. 뮈스카 누아, 이탈리아, 리볼 누아르, 샤슬라, 카르디날에 시라 과즙과 그르나슈 블랑을 섞어야겠다. 가벼운 레드가 탄생하리라!

2019년 9월 18일 수요일, 발비녜르

로제 과즙에 생소를 조금만 섞어 볼 생각이다.

2019년 9월 19일 목요일, 발비녜르

발그랑에 있는 그르나슈 블랑은 무르익었는데도 여전히 품종 특유의 가벼운 싱그러움이 근사하다. 올해 그르나슈 누아가 마음에 쏙 든다! 올해 포도는 진하고 캐러멜화한 듯한 맛이 나는 경우가 많은데 그르나슈 누아는 그렇지 않다. 일부는 줄기를 제거하고 나머지는 바로 압착법으로 짜낼 계획이다. 오늘로 수확을 마무리 짓게 되었다.

2019년 9월 21일 토요일, 발비녜르

실험 대상이었던 카리냥 과즙의 타닌이 너무 강하다. 그래서 그르나슈 누아 과즙을 조금 섞고 도움이 될지 지켜보기로 했다. 탱크에서 생성되어 나무통으로 흘러든 자연 압착 과즙 한 종류를 제외하면 나머지는 전부 압착기를 거쳐 그르나슈 누아와 합해졌다. 생식용 포도로 만든 과즙은 맛이 근사해지기 시작했고, 마침내 시라 과즙에서 방향성이 느껴진다.

2019년 9월 24일 화요일, 발비녜르

그르나슈 누아와 나의 비밀 병기, 숨겨 두었던 화이트 과즙의 술통을 옮겼다. 그르나슈 블랑과 소비뇽 블랑 소량, (가장 먼저 압착한) 샤르도네를 비교적 많이 섞어 만들었다. 보통 레드 과즙에 화이트를 섞는다면 상쾌한 맛과 가벼운 맛을 더해 주기 위함이다. 그런데 올해는 정반대다. 수확기 초반에 샤르도네 과즙을 만들어 두었으나 마음에 드는 맛을 내지 못한다. 싱그러움과 쓴맛이 딱히 균형을 이루지 못해서 샤르도네만 오롯이 와인으로 만들기보다는 레드 배합 과즙을 섞어 주었다.

2019년 9월 25일 수요일, 발비녜르

압착기가 과즙을 짜내는 사이 나무통 준비에 한창이다. 나중에 과즙이 새지 않도록 물을 채워 통을 불리는 것이다. 계속 물을 채워 주다가 다 버린 후에 와인을 부으면 된다.

2019년 9월 26일 목요일, 발비녜르

압착이 끝나 바싹 마른 포도만 남았다. 이제 생식용 포도, 그르나슈 블랑, 시라를 섞은 이 괴상한 조합에서 아무런 과즙도 나오지 않을 것이다. 과즙 속 풍미의 길이감이 아주 흡족하다. 쓴맛이 도드라지는 동시에 달콤한 꽃향기가 강렬하다. 한여름의 빨간 장미 꽃송이처럼.

2019년 9월 30일 월요일, 오베르모르슈비르

쉬는 날도 없이 알자스에 와서 수확을 계속하고 있다. 피노 누아, 피노 블랑, 샤슬라 과즙에 피노 그리를 침출할 계획이다. (재미있는 사실, 아르데슈에서 샤슬라는 생식용 포도지만 이곳 알자스에서는 여느 품종만큼 중요한 양조용 포도다.) 나는 피노 누아라면 사족을 못 쓰는 사

게뷔르츠트라미너 수확.

피노 그리 압착 후 과즙 맛보기.

람인데, 올해는 피노 그리의 승리다. 레드 과즙에 가볍게 침출해 맛의 중심을 형성해야겠다. 게뷔르츠트라미너도 수확했는데, 작년과 마찬가지로 천천히 짜낸 후 뚜껑을 덮지 않은 채 하룻밤 실외에 둘 것이다.

2019년 10월 1일 화요일, 오베르모르슈비르

바로 압착법으로 피노 그리 일부를 짜낸 뒤 곧장 나무통에 담아 두었다.

2019년 10월 2일 수요일, 오베르모르슈비르

레드/화이트 과즙은 압착기에서 침출을 끝냈다. 내일 탱크에 옮겨 줄 것이다.

2019 | 게뷔르츠트라미너 과즙

후추 풍미와 하얀 꽃 같은 향기가 길고 부드럽게 이어진다. 산미와 짠맛이 좋다.

2019 | 피노 누아, 피노 그리 등을 섞은 과즙

타닌이 없고 도드라지는 끝맛도 없다. 부드러운 딸기 혹은 장미꽃잎 향기가 느껴진다.

2019 | 피노 그리 과즙

(이런 경험은 처음인데) 화이트초콜릿 맛이 느껴져서 재미있다. 산미는 거의 없지만 은밀한 쓴맛이 좋다.

2018 | 피노 블랑

짭짤하고 쓰다. 다만 알코올이 압도적이다. 적어도 한 해는 더 기다려야겠다.

2017 & 2018 | 게뷔르츠트라미너와 피노 그리

몹시 강렬하고 이국적인 꽃과 리치 향미가 있다. 아직 너무 단조롭지만 균형감이 좋고 긍정적인 방향으로 진화 중이다.

2018 | 피노 블랑 (산화)

균형감이 환상적이고, 산화가 시작되었다. 강렬한 광물성 풍미가 길게 이어지다가 짭짤하게 마무리되는 구조다. 빌드스토클레는 알자스의 최상급 포도밭이다.

2017 | 게뷔르츠트라미너

고전적인 게뷔르츠트라미너 풍미다. 쓴맛과 알코올로 인한 열기가 부담스럽다. 산소와 접촉하며 조정되기를 기다리고 있다. 한두 해쯤 지나면 적정 수준을 찾을 듯하다.

2017 | 피노 누아와 게뷔르츠트라미너

아주 근사하고 아름다운 향미다. 짠맛과 쓴맛이 근사하게 자리 잡았다. 당도만 고려하면 병입해도 될 것이다. 우리의 2018년 피노 블랑처럼 부르고뉴 와인과 흡사한 스타일이다. 다만 이쪽의 산화 뉘앙스가 더 강렬하다. 알코올 때문에 다소 열기가 느껴지는 데다가 아직 균형감도 완성되지 않았다. 한 해 더 기다려야겠다.

2016 | 피노 누아와 게뷔르츠트라미너

믿기 힘들 만큼 근사하게 산화했다. 아주 가볍고 연약하며 과한 느낌이 전혀 없다. 병에 넣어도 되겠다.

2016 | 피노 누아 (화이트/산화)

짠맛이 강하고 여러 가지 끝맛이 길게 이어지는 정말이지 아름다운 구조다. 넉넉 잡아 두 해쯤 기다려도 무방하겠지만, 쥐라 와인과 유사한 방식으로 산화하지 않도록 올봄에 병입하고 싶다.

2015 | 피노 그리

끝내주는 견과류 맛이다. 코에 닿는 향이 다소 번잡하고 알코올이 아직 너무 강하다. 하지만 아름다운 산화 풍미가 길게 이어진다. 균형감이 나아질 때까지 기다려야겠다.

2019년 10월 9일 수요일, 발비네르

밭 일부의 흙을 갈아 주고 있다. 2018년 초봄 이후 처음이다. 토양이 활짝 열려 가을비와 겨울비를 마실 수 있기를 바란다. 요즘에는 비가 절실하다. 땅이 그야말로 퍽퍽!

2019년 10월 14일 월요일, 발비네르

요즘 사과와 약간의 배를 짜내 사이다를 한두 종류 양조하고 있다. 오랫동안 프랑스에서 사이다를 만들고 싶어 사과를 찾아다녔지만 운이 없었다. 그런데 올해 여기서 멀지 않은 바이오다이내믹 농장에서 레드 윈터 품종의 사과를 나누어 주었다. 맛이 좋다. 올해는 해가 쨍쨍한데도 강하게 도드라지는 산미가 있다.

2019년 10월 23일 수요일, 발비네르

와인메이커의 수확 파티 혹은 〈우리끼리 시음회〉라고 부르는 잔치가 열렸다. 한 해 최소 한 번, 종종 두 번씩 아르데슈 지방의 사실상 모든 와인메이커가 모이는 자리다. 함께 식사하고 서로의 와인을 맛본다. 발효 중인 와인, 마실 준비는 끝났으나 판매할 준비가 되지 않은 와인을 맛본

다. 아르데슈는 정말이지 굉장한 곳이다! 지난주 금요일에 잔치가 열렸다. 유기농법으로 내추럴 와인을 만드는 와인메이커가 전부 한자리에 모여 하룻저녁을 함께하고 각자의 2019년 빈티지 경험을 나눴으며, 과즙과 발효 중인 와인 샘플을 맛보았다. 이곳의 단단한 공동체 의식은 보기 드문 것이다.

2019년 10월 31일 목요일, 발비네르

오늘 오후 모든 나무통에 과즙을 보충해 꽉 채워 주었다. 수확하고 막 한 달이 지난 지금, 침출 중이던 와인은 전부 통을 옮겨 준 상태다. 가장 왕성한 첫 번째 발효는 끝났다. 이제 술통을 꽉 채울 시간이다. 지금부터는 한 발짝 뒤로 물러나 와인이 우리에게 무엇을 가져다주든 그저 받아들여야 한다. 우리는 집 지하에 있는 작은 저장고를 사용하기 시작했고, 알자스에서 오랫동안 이어져 내려온 작업 방식을 그대로 적용하려 했다. 즉 수확과 병입 사이에 저장고 작업을 하지 않으려 했다. 나중에 와인을 병에 넣을 때까지 술통과 탱크를 건드리지 않는다는 말이다. 다만 너무 궁금해지면 조금만 맛볼 생각이다.

우리가 경험한 바로, 알자스 와인은 원래 맛 표현이 훨씬 평온하다. 알자스 저장고는 발비네르 저장고와 마찬가지로 항상 서늘하고 습하다. 하지만 한 달에 몇 번씩 술통을 건드리거나 열지 않으며, 발효가 끝난 뒤에 과즙을 추가하지도 않는다. 와인을 가만히 내버려둔다는 뜻이다. 그러면 특유의 효모 막이 형성된다. 그리고 마지막에는 어김없이 강한 산화 풍미가 생겨 마음에 쏙 든다. 내가 좋아하는 와인 중 상당수에 산화 뉘앙스가 있지만, 직접 양조에 나선 후로는 이런 와인이 아르데슈보다 더 표현력이 풍부한 지방에서만 만들어진다고 생각했다.

2019년의 와인을 지켜본 지금은 생각이 달라졌다. 아르데슈에서도 근사한 산화 와인을 만들어 낼 수 있다고 진심으로 믿는다. 향미가 좋은 화이트 품종 포도를 쓰면 된다. 비오니에나 소비뇽 블랑, 어쩌면 마르잔도 괜찮을 것이고, 마카베오도 당연히 좋다. 그저 이 근방에서 마카베오를 기르는 것을 보지 못했을 뿐이다. 한 해 내내 저장고가 선선하기 때문에 알자스처럼 와인 표면에 효모 막이 생길지도 모른다. 그래서 오늘 이후로는 술통에 와인을 보충해 주지 않기로 했고, 기회를 봐서 오베르모르슈비르의 배양 효모를 발비녜르로 가져올 계획이다.

가령 조슬린과 제랄드의 2000년, 2001년, 2003년 빈티지 화이트를 맛보면, 작업만 제대로 해주면 이곳의 포도가 내 이론을 실현해 줄 수 있겠다는 확신이 생긴다. 조슬린과 제랄드의 화이트는 효모 막이 없으나 숙성하면서 어느 정도 산화 뉘앙스가 생겼다. 수확에 집중하며 시기를 조금만 뒤로 미루면 포도와 과즙에서 적당한 자질을 길러 낼 수 있을 것이다. 지금으로서는 그저 이론에 지나지 않는다. 내년에 포도밭 한쪽에서 시도해 볼 생각이다.

2019년 12월 5일 목요일, 발비녜르

사이다는 발효가 너무 빠르고, 로제는 좀처럼 속도가 나지 않는다. 얼마 전에 둘 다 당도를 측정했는데 계획대로 된 것이 하나도 없었다. 애초에 우리는 사이다와 스파클링 로제, 사뭇 다른 두 종류의 술을 만들고 싶었다. 하지만 로제는 발효가 너무 느리고 사이다는 지나치게 빠른 정도다. 주말 내내 사이다의 진척을 확인하지 않았다. 월요일 아침에 병입을 준비하며 다시 과즙을 맛보았을 때는 이미 늦은 상태였다. 남은 당분이 얼마 없어서 탄산을 만들어 내기에는 턱없이 부족했다. 반면 로제에는 당분이 너무 많이 남아 있으니 둘을 합하면 탄산을 만들어 내기 좋은 당도가 탄생할 것이었다. 그래서 두 가지 과즙을 조금씩 섞어서 맛보았는데 마음에 들었다. 그날 로제와 사이다를 전부 섞었고, 오늘 병입할 예정이다. 이름을 뭐라고 붙여야 할지도 모르겠다.

너무 쉽다는 생각이 들 정도였다. 직감이란 강력하다! 이제 병 안에서 발효를 끝낸 후 1월 말, 2월 혹은 3월, 언제든 발효가 끝나면 침전물을 제거해 줄 계획이다. 우리의 새로운 술, 첫 번째 펫낫, 만나서 반갑다. 새봄이 올 때쯤이면 맛이 완성되기를!

2019년 12월 10일 화요일, 발비네르

내년 봄에는 여행을 꽤 많이 다닐 듯하다. 일본에서는 거래하는 수입사를 만나 이야기를 나누고, 우리 와인을 취급하는 상점에 들러 볼 계획이다. 정말이지 너무 기다려진다! 미국에서는 샌프란시스코의 〈브뤼메르〉 시음회에 참석하고, LA와 뉴욕에 있는 여러 공간에 들를 것이다. 제브 로빈과 그의 동료들을 다시 보면 얼마나 반가울까. 하나같이 참 좋은 사람들이다.

소비뇽 블랑을 심으려고 새로운 밭을 정비하기 시작했다. 이 밭에서 첫 재배를 시작하는 참이라 할 일이 많다. 지난번에 새로 포도밭을 인수했을 때처럼 공격적인 태도로 가지를 짧게 다듬어야 한다. 수확량이 적더라도 양질의 포도를 얻는 것이 목표다.

2019년 12월 17일 화요일, 발비네르

소비뇽 블랑을 심을 새로운 포도밭 정비가 곧 끝난다. 일주일이나 걸렸다. 너무 끌었다. 그러나 워낙 상태가 엉망이었던지라 꼼꼼히 작업할 수밖에 없었다. 내년에는 더 수월해지기를 바란다.

2020

2020년 1월 3일 금요일, 오베르모르슈비르

발효 중인 2019년 빈티지와 올봄에 병입해도 될 것 같은 2015년, 2016년 빈티지 몇 종류를 맛보았다. 그런데 집중력이 엉망이다. 와인의 맛 표현이 몸속으로 들어오는 것이 느껴지는데 마음을 가다듬고 생각을 정리할 수가 없다. 감동하지도 않는다. 맛보는 와인에서 정서적이거나 사색적인 가치를 전혀 찾아내지 못한다. 이런 상태로 시음하면 짜증 나고 후회스럽다. 바보가 된 기분이다. 지금쯤이면 분별력이 있어야 하는 거 아닌가? 나 자신에 관해 잘 알아야 하는 거 아닌가? 지금 나는 그저 시간 낭비 중이다. 더욱 심각한 사실은 내 머릿속에 와인의 맛 표현을 정확히 반영하지 못하는 기억이 남았다는 것이다. 그리고 지금은 도움도 안 되는 비관적인 기록이나 남기고 있다. 뭐 하러? 쓸데없다. 이번 시음은 잊어버리고 싶다. 다음에 오베르모르슈비르로 돌아왔을 때는 오늘의 기억을 깡그리 잊었기를 바란다.

2020년 2월 7일 금요일, 발비네르

우리 손으로 만든 첫 번째 펫낫의 침전물을 제거하고 있다. 병 속에서 발효가 빨랐다. 잘된 일이다. 펫낫은 차가운 상태로 침전물을 제거하는 쪽이 좋은 것 같다. 탄산에도 좋을 뿐더러 병에 남아 있는 침전물이 더 적어지기 때문이다.

2020년 2월 12일 수요일, 오베르모르슈비르

다시 와인을 맛보러 알자스에 왔다. 지난번에는 제대로 집중하지 못했다. 그래서 알자스에 돌아와 전부 다시 맛보기로 했다. 오늘 아침 일찍 아르데슈를 떠났다. 차를 타 북쪽으로 달리면서 머릿속을 비우려고, 몇 주 전의 바보 같았던 시음의 기억을 잊어버리려고 애썼다. 객관적인 태도로 와인을 맛보고 내가 즐기는 비판적인 접근법에 충실할 수 있도록 마음을 다잡았다.

2019 | 게뷔르츠트라미너

수확기부터 크리스마스까지 탱크 뚜껑이 제대로 닫혀 있지 않았다. 와인에 미세하게 기름기 결점이 생겼다. 시간이 지나면서 자연스럽게 사라지기를 바라고 있다. 전형적인 게뷔르츠트라미너의 맛 표현은 아니다. 맛 구조가 깊고 지속감이 길면서도 산미가 도드라지지 않는다. 따라서 향미도 약하다.

2019 | 피노 누아와 피노 그리

탱크에 보관 중인 과즙이다. 완성된 와인의 맛 표현이 느껴진다. 기분 좋은 짠맛과 쓴맛, 산미가 있다. 균형감도 거의 완성되었다. 물론 아직은 숙성 기간이 짧지만 맛이 아주 좋다.

2019 | 피노 그리

나무통에 보관 중인 과즙이다. 단맛은 사라졌으나 산화한 흔적은 없다. 벌써 산화한다면 이상하겠지만, 그런 일이 일어나기도 하니까. 아직 숙성 기간이 길지 않은데도 완성 단계에 이르러 놀랍다.

2019 | 피노 누아와 피노 그리

나무통에 보관 중인 과즙이다. 산화하면 근사해질 만한 맛 구조가 있어 비교적 잠재력이 크다. 짠맛이나 쓴맛은 강하지 않고, 조금 공격적인 산미가 있다.

2018 | 피노 블랑

풋내, 앳되고 유약한 분위기가 느껴진다. 그렇지만 다소 지루한 감이 있다. 그저 기다릴 수밖에 없겠다. 내년을 기약하자.

2018 | 피노 블랑 (11번 나무통)

위의 과즙과 다른 나무통에 담아 둔 피노 블랑이다. 나무통마다 과즙 맛이 제각각이다. 하지만 이 과즙에서는 특별한 고전적인 부르고뉴 화이트 같은 맛 표현이 느껴진다. 다만 마우스가 조금 생겼다. 다른 나무통의 과즙과 마찬가지로 인내가 필요하다.

2018 | 피노 블랑 (25번 나무통)

2018년 수확 이후로 줄곧 나무통에 있었다. 밀도가 높아졌고 산화 풍미도 약간 생겼다. 기다릴 수도 있고 병입할 수도 있다. 조금 지켜보며 어떻게 해야 할지 마음을 정해야겠다.

2018 | 게뷔르츠트라미너와 피노 그리

꽃향기가 농밀하고 풍부하며, 입안을 산미와 알코올로 가득 채워 준다. 그리고 쓴맛이 이어진다. 향기, 향미가 아주 섬세하고 세련되었다.

2018 | 게뷔르츠트라미너, 피노 그리, 피노 블랑

깔끔하고 근사한 산미와 성숙한 허브의 맛이다. 마시는 재미가 있고, 벌써 (긍정적인 방식으로) 나무통의 향이 녹아들었다. 어쨌든 시간이 지나면 더 좋아지리라 확신한다.

2017 & 2018 | 게뷔르츠트라미너와 피노 그리

정말 정말 맛있다! 와인에 근사한 짠맛이 생길 정도로 은은하게 산화했다. 병입할 준비가 끝났다.

2017 | 게뷔르츠트라미너

과일 맛이 진한 동시에 싱그럽고 앳되고 풋풋한 허브 맛이 느껴진다. 고기/지방 풍미가 균형을 망치는 듯해서 조금 더 지켜봐야겠다. 지금으로서는 12번 나무통이 더 낫다.

2017 | 피노 누아와 게뷔르츠트라미너

섬세하고 떨리는 듯한 과일 맛의 로제이다. 활짝 핀 장미, 햇살이 밝고 따뜻한 여름날 바닷가의 형용할 수 없는 향처럼 아주 섬세하다. 이 와인과 사랑에 빠졌다! 매그넘 병에 넣어 10년쯤 기다렸다가 마시고 싶다. 아니면 향수로 쓰거나.

2016 | 피노 누아와 게뷔르츠트라미너

짠맛, 그리고 약간의 산화 풍미가 느껴진다. 꽃향기, 쓴맛, 리치 같은 신선함이다. 더 지켜봐도 괜찮고, 지금 병입해도 괜찮겠다. 맛보다 향이 더 좋다.

2016 | 피노 누아

짠맛이 길고 산화 풍미가 느껴지며 산미가 강렬하다. 볼라틸이 조금 생긴 듯한데 격하지는 않아서 맛을 망치는 방해 요소는 아무것도 없다. 산화 풍미와 쓴맛이 아주 근사한 결합을 이루어 짠맛이 더욱 도드라질 수 있도록 북돋아 준다. 굉장하다! 균형감 좋은 산화 와인이란 이런 것이다.

2015 | 피노 누아

왕성하게 산화한 맛이 근사하다. 조금 더 두고 봐도 될 듯하다. 산미가 부족해서 산화 풍미의 균형이 맞지 않는다. 제대로 완성될 때까지 꽤 오래 기다려야 할 것이다. 나무통에서 10년을 두면 어떻게 되는지 확인하고 싶다는 이유만으로 2025년까지 기다렸다가 병입할지도 모르겠다. 세월을 잘 버텨 낼 수 있을까? 맛 구조가 그 정도로 튼튼할까?

2020년 2월 18일 화요일, 발비녜르

어린 비오니에 포도나무를 다듬고 동식물성 퇴비를 뿌려주는 중이다. 나무가 허약하다. 언젠가는 건강해질 수 있을지, 흥미로운 특성이 있는 열매를 맺을 수 있을지 잘 모르겠다. 토양이 형편없을뿐더러 우리의 손이 닿기 아주 오래전부터 병을 앓고 있었다.

2020년 2월 19일 수요일, 발비녜르

아몬드나무에 꽃이 피고 있다. 작년보다 거의 2주나 빠르다. 말도 안 돼! 서리가 내리지 않기를 바란다. 그러면 꽃이 다 죽어 버리고 아몬드도 못 먹을 테니까. 지금 당장은 포도나무에 새순이 돋지 않았으니 괜찮지만 문제가 생길 수도 있다.

2020년 2월 22일 토요일, 도쿄

잠이 안 온다. 우리는 지금 지구 반대편에 있다. 일본에 올 때마다 모든 것이 딴판이라 놀라는 동시에 기이한 기시감을 겪고는 한다. 매번 일본 문화에 깊은 인상을 받는다. 일본인들은 지극정성으로 정통을 수호한다. 그리고 참 끈질긴 태도로 완벽하고, 단순하고, 우아한 아름다움을 추구한다.

2020년 2월 26일 수요일, 도쿄

식당과 바 여러 곳을 방문하고 〈와인 스탠드 부테이유〉에서 한잔했다. 공교롭게도 며칠 전 이 술집에 우리의 최신작이 입고되어 즉흥적으로 조붓한 시음회를 열고 손님들

도쿄의 〈오카다〉에서 멋진 저녁을.

을 대접했다. 정말 즐거웠다. 어제는 다테노와 함께 〈오카다〉에 갔다. 이렇게 근사한 외식 경험은 오랜만이었다. 다테노와 장프랑수아 셰네에 관해 이야기했다. 내가 깊이 존경하는 와인메이커인데, 분명 다테노도 셰네를 높이 평가하는 것 같았다. 우리의 알자스 산화 와인을 마시고는 장프랑수아의 와인과 구조가 비슷하다고 생각해서 그의 이야기를 꺼냈다. 셰네와 함께 언급되다니 너무 행복하고 뿌듯하다. 셰네의 산화 슈냉 블랑은 내 마음속에서 아주 특별한 자리를 차지하고 있고, 양조 작업을 할 때 참고하는 와인이다.

알자스에서 아르데슈로 배양 효모를 옮길 계획이라

고 그에게 이야기했더니 우리 계획에 동의하더라. 그리고 다테노는 조슬린과 제랄드의 와인에 관해 아주 잘 알고 있었다. 내가 조슬린과 제랄드의 2000년과 2001년, 2002년, 2003년 빈티지를 언급하자 무슨 말인지 바로 알아들었다. 그리고 2013년, 2014년에 바로 압착법으로 산화 마카베오 와인을 만든 파브리스 모냉[162]에 관해 이야기했다. 소비뇽 블랑과 비오니에로 이런 와인을 만들면 어떨지 논의하기도 했다. 그의 상상력을 시험하고 싶었는데, 답변에 일말의 망설임도 없었다. 기발한 생각이라면서 우리가 알자스에서 만든 피노 그리와 게뷔르츠트라미너 산화 와인을 또 한 번 언급했다. 피노 그리와 게뷔르츠트라미너로 성공했다면 남부 품종으로도 성공할 수 있다는 것이 그의 의견이었다. 굳게 확신하는 듯하다. 참 진지하고 멋진 다테노, 그는 와인을 수입만 하지 않는다. 시음 능력도 훌륭하고, 맛본 와인은 전부 오랫동안 기억해내는 실력자다.

2020년 3월 2일 월요일, 오카야마

며칠 휴가를 내서 교토를 즐겼다. 자전거를 타고 아름다운 교토 곳곳을 누비는 경험은 정말 끝내줬다. 요즘에는

162 Fabrice Monnin. 랑그도크 루시용에 기반을 둔 내추럴 와인메이커. 와이너리는 〈마지에르Mazière〉로, 2013년에 첫 빈티지를 생산했다.

관광객이 하나도 없다. 중국은 여행 금지다. 거리에도, 절과 온천 등을 둘러싼 공원에도 우리를 제외하면 인적이 거의 없다. 오늘 나는 기차를 타고 오카야마에 가서, 오카 히로타케와 하루를 보냈다. 내가 깊이 존경하는 와인메이커다. 오카의 와인은 언제나 인상적인 수준을 선보인다고 생각한다. 게다가 그의 호기심이라든지 와인 양조와 포도 재배에 접근하는 방식 역시 인상 깊다. 오카의 와인을 통해 과거와 사뭇 다른 방식으로 코르나스 지방을 바라보게 되었다. 이제 그는 이곳 일본에서 같은 작업을 이어 갈 것이다. (당연한 말이지만) 양조 작업에 이산화황을 사용하지 않을뿐더러 현재의 우리와 과거의 그가 프랑스에서 그랬듯이 포도밭에서도 황이나 구리를 사용하지 않을 것이다.

우리는 오카네 저장고를 둘러보고 와인 대부분을 맛보았다. 포도밭을 둘러볼 때, 그가 어린 포도나무의 가지 사이사이를 〈청소〉할 때 쓰는 최신식 일본 도구를 보여 주었는데 정말 굉장했다. 그의 친구네에 들르기도 했다. 친구는 생식용 뮈스카를 재배하며 오카네 양조 작업에 참여한다고 한다. 전부 유기농법으로 이루어지고 있다. 오카의 친구는 완벽한 포도를 길러 내기 위해 엄청난 양의 노력을 기울인다. 실제로 병해를 최소화하고 인위적인 처치가 필요하지 않도록 모든 것을 재배실 안에 두고 있다. 재배실에서는 포도송이에 자라나는 꽃을 하나하나 살펴보고 솎아 내는 작업도 한다. 완벽한 모양의 근사한 열매를 얻기 위함이다. 이런 정성은 난생처음이다!

포도밭에는 두 종류의 재배실이 있다. 땅에 바로 세워 놓은 직립형 재배실이 있고, 포도잎을 덮어 빗방울이나 과도한 수분으로부터 보호해 주는 터널형 재배실이 있다. 직립 재배실의 포도는 직접 물을 줘야 한다. 터널 재배실의 포도는 빗물을 적당히 마실 수 있기에 물을 주거나 관개 시설을 이용할 필요가 없다. 꼭 알아두어야 할 사실 한 가지는 잎, 꽃, 열매, 줄기가 젖어 있을 때만 포도에 병해가 생긴다는 것이다. 포도를 수분으로부터 보호하면 병해 위험이 상당히 낮아진다. 그래서 일본에서는 재배실이 해결책이라고 결론 내린 것이다. 터널은 초기 비용이 적지만 병해 방지율도 낮다. 이 둘을 합치면 재미있을 듯하다. 지붕과 옆면을 세우되, 바닥에 운하 같은 관개 시설을 만들어 포도에 빗물을 대는 것이다. 잘 알지는 못하지만 그런 상상을 해본다.

나중에 오카야마에 있는 〈슬로우 케이브〉에 들렀다. 일본에 있는 수많은 와인 상점과 마찬가지로 오롯이 내추럴 와인에 집중하는 공간이다. 그다음에는 끝내주는 중식당에 들러 맛있는 와인을 마셨다. 오카와 대화할 때면 프란크 코르넬리선과 대화하는 기분이다. 오카의 지식은 믿기 힘들 정도로 풍부하고, 컨벤셔널 와인에 대한 이해도 깊이 있다. 평소 내추럴 와인을 마시고 양조하지만, 〈와인 구세계〉가 만들어 낸 업적을 진지한 마음으로 존중한다. 우리는 오카의 〈2018년 S〉를 맛보았고, 그는 티에리 알망,[163] 다르 에 리보,[164] 장루이 샤브[165]의 와인과 비교했다. 그러고는 잽싸게 자신의 약점을 지적했다. 일본 품종인 스이호(샤인 머스캣과 비슷함)는 분명 흥미롭지만 시라와 비교하면 맛의 정교함이 덜하다고 말했다. 자기 자신에게 엄격하게 구는 것이다. 나도 그처럼 객관적인 태도를 유지하며 내 와인을 분석할 수 있을까 싶다.

그가 우리의 2016 게뷔르츠트라미너 〈내가 어렸을 때는 어른이 아니었다〉를 예의 철저한 태도로 분석해 주었다. 다테노는 2017년에 발비네르에서 함께 마셨던 조슬린과 제랄드의 오래된 빈티지를 언급했다. 정확하게 기억하고 있더라. 오카는 쉴레르의 2000년대 초반 리슬링을 떠올렸다. 그의 기억력에 깜짝 놀랐고, 내가 참고한 와인을 지목해 주어 기분이 좋았다. 오카는 우리가 와인을 너무 이른 시기에, 너무 저렴한 가격으로 팔고 있다고 생각한다. 제대로 된 산화 화이트와인을 생산하는 곳이 쥐라 말고는 드물다고 했는데, 과연 좋은 지적이다. 그렇다고 내 와인을 뱅 존처럼 비싸게 팔 필요는 없다. 우리는 그 정도 수준이 아니니까. 아직은!

163 Thierry Allemand. 론에 기반을 둔 내추럴 와인메이커, 와이너리는 〈도멘 티에리 알망〉. 코르나스 지방의 상징적인 인물이다.

164 Dard et Ribo. 론에 기반을 둔 듀오 내추럴 와인메이커 르네장 다르René-Jean Dard와 프랑수아 리보François Ribo를 지칭. 와이너리는 〈도멘 다르 에 리보〉다.

165 Jean-Louis Chave. 론에 기반을 둔 와인메이커. 15세기부터 16대째 와인메이커 집안 출신이며, 북부 론 지역의 대표적인 생산자다.

2018 | S | 오카 히로타케

오카가 내놓은 가장 최근 빈티지이며, 100퍼센트 스이호다. 히로는 교호(거봉) 품종으로도 양조한다. 나름대로 병해에 저항력이 있고 품질이 뛰어난 포도다. 스이호는 시라와 비슷하다. 오카네 양조장에서 스이호를 써서 S 와인 시리즈를 이어 가려고 한 이유를 알겠다. S는 프랑스에서 시라 포도를 써서 만든 와인이기 때문이다.

2016 | 내가 어렸을 때는 어른이 아니었다 | 아네와 나

일본에서 우리 와인을 맛보다니, 이색적인 경험이다! 먼 여행길을 잘 견뎌 내주어, 게뷔르츠트라미너의 과일 맛과 산화 뉘앙스가 굳건하게 제자리를 지키며 균형감을 유지하고 있었다. 실제로 운반 후에 과일과 산화 풍미가 흐트러지고 균형을 잃는 경우가 왕왕 있다. 다테노의 열정과 인내 덕분에 좋은 상태의 와인을 판매할 수 있는 것이다. 이곳 일본에서 우리 와인을 위해 엄청난 일을 해주고 있다. 오늘 밤 이 와인을 맛보며 그의 노고를 상기하게 되었다. 지극히 고마운 마음이다.

2018 | 슈맹 드 라 브륀[166] | 랑글로르

에리크 피펠링[167]은 남부 품종의 섬세한 맛을 표현해 내

166 Chemin de la Brune. 〈황혼녘의 거리〉라는 뜻의 프랑스어.

167 Éric Pfifferling. 론 기반의 내추럴 와인메이커. 와이너리는 〈랑글로르L'Anglore〉로, 2002년에 첫 빈티지를 생산했다. 양봉업자 출신이다.

는 데에 대가다. 과일 맛이 풍부한 맑디 맑은 와인을 만들어 낸다. 이번에 맛본 와인은 과일 풍미와 균형감이 근사한 로제로, 오랫동안 저장고에 두어도 좋았을 것이다. 그러나 오늘밤에도 즐겁게 마셨다.

지금은 교토로 돌아가는 기차 안이다. 굉장한 하루였다. 새로운 정보와 구상이 잔뜩 생겼다. 휴대폰 배터리가 다 닳았다. 교토역에서 숙소까지 자전거를 타고 가야 하는데 길을 잃지 않기를 바랄 뿐이다.

2020년 3월 3일 화요일, 교토

어젯밤 결국 길을 잃었다. 역에서 남쪽으로 가야 하는데 북쪽으로 니조성까지 간 다음에야 방향이 다르다는 것을 깨달았다. 일본인에게 길을 물어보면 자존심이 센 나머지 모르겠다고 인정하지 않을 때가 있다. 어디를 말하는 것인지 모르겠다고 인정하는 대신 잘못된 길을 알려 주기도 한다. 설상가상으로 배터리가 방전되어 운이 좋지 않았다. 게다가 자정을 훌쩍 넘긴 시간이었다.

오후와 저녁 시간은 다테노와 마사노부 에가미, 두 사람과 함께했다. 그들과 나누는 대화는 달갑다. 둘 다 지식 많고 교양 있다. 코로나바이러스19는 중국에서 일본으로 전파될 것이고, 보아하니 전 세계로 퍼지게 될 듯하다. 두 사람은 당연히 걱정이 많았다. 그들이 지적한 대로 일본은 섬이고, 중국, 유럽, 미국에서 오는 사람들이 없다면 일본의 경제는 큰 타격을 받을 것이다. 게다가 일본은 수입보다 수출 비중이 큰 나라다. 물론 세계 어느 국가든 걱정스러운 것은 마찬가지일 테다.

2020년 3월 4일 수요일, 교토

오늘 아침 〈에텔바인〉에 들러 오카의 와인을 샀다. 미국에 있는 제브 로빈과 함께 나누고 싶다. 제브가 오카를 아주 좋아한다는 것을 알고 있다. 〈에텔바인〉은 마사노부의 상점인데, 인상적인 이산화 황 무첨가 와인들을 구비하고 있다. 내가 생각하는 최고의 와인, 온갖 새로운 와인메이커, 심지어 내가 들어 본 적 없는 몇몇에 더해 원로 세대 와인메이커들이 만든 이산화 황 무첨가 와인까지 전부 찾아볼 수 있었다. 마사노부는 스스로 판단하기에 와인의 맛 표현이 완벽해질 때까지 오랫동안 와인을 저장할 수 있는 보관 체계를 만들었다고 설명했다. 이 상점은 개인 고객이 내추럴 와인의 세계를 엿볼 수 있는 창문 역할을 하고 있지만, 마사노부가 직접 와인을 맛볼 수는 없다. 그래서 가게에서 5분 거리에 〈듀프리〉라는 식당을 열었다. 식당에서는 다양한 와인을 직접 맛보고 그 변화를 추적할 수 있다. 영리하다. 그는 저장고에 오래된 내추럴 와인을 많이 구비하고자 한다. 내 마음에 쏙 드는 계획이다. 코펜하겐의 〈만프레스〉에서 일하던 시절에 내가 원하던 바이기도 했다. 슬프게도 그때 동료들은 돈 벌기에만 급급했고 자기만의 포부가 없었다. 그 생각을 하니 슬퍼진다. 반면 마사노부에게는 포부가 있다!

오롯이 헌신하고 완벽을 추구하는 일본의 문화를 깊이 존경한다. 이를테면 한국 같은 나라와도 너무나도 달라 흥미롭다. 한국의 애호가들은 아이 같은 천진한 태도로 내추럴 와인과 사랑에 빠진 듯했다. 일본 사람들은 내추럴 와인을 깊이 사랑하고 존중하며, 자신의 존중을 표현하고자 한다. 둘 다 근사한 접근이지만 매우 다르다. 〈에텔바인〉 같은 상점은 식당 〈듀프리〉와 마찬가지로 틀림없는 일본적 접근의 산물이다. 모든 와인이, 모든 세세한 요소가 철저한 고민의 결과이며, 모든 것이 세심하게 선택되었다. 아름답고 지적인 동시에 에너지와 열정으로 가득하다. 마사노부는 사무라이 가문 출신임에도 자신이 진짜 사무라이가 아니라고 말했다. 내가 보기에 그는 진정한 내추럴 와인 사무라이다.

2020년 3월 6일 금요일, 도쿄

다테노와 점심을 먹었다. 내 인생 최고의 스시라고 할 만했다. 오늘도 훌륭한 와인과 훌륭한 와인메이커, 내추럴

와인의 미래에 관해 흥미로운 대화를 나누었다. 와인을 바라보는 관점에 있어서 그와 나는 동의하는 지점이 많다. 〈훌륭한 와인〉이란 표현은 오랫동안 과용되었으나 여전히 유용하다. 한 와인이 다른 와인보다 훌륭하다면 그 이유는 무엇일까? 와인메이커와 상관이 있을까? 쉬이 대답할 수 없는 질문이다. 어떻게 답한다 한들 모든 사람의 동의를 얻을 수는 없을 것이다. 그러니 내 의견은 나에게만 유효한 것인데, 다행히 다테노와는 의견이 맞는다.

어떤 와인에는 설명할 수 없는 새로운 차원의 긴장감이 있다. 집중력이 높아진다고 해야 할까. 와인이 마음에 들면, 무언가 특별한 것이 있으면 즉시 느끼게 된다. 우리는 다시금 장프랑수아 셰네에 관해 이야기했다. 내 생각에 슈냉 블랑은 최고의 화이트 품종이고, 셰네가 오래전에 만든 산화 화이트와인은 정말 굉장하다. 내가 산화 와인 주변을 빙빙 돈 것도 벌써 몇 달이나 되었다. 우리는 산화 풍미에 관해 이야기를 이어 갔다. 다테노와 의견을 주고받고 시음 기록을 공유하면 참 재미있다. 그는 여러 와인메이커의 수많은 와인을 맛보는데도 이제껏 시음한 와인을 전부 생생하게 기억해 낸다.

물론 장마르크의 와인에 관해서도 이야기했다. 다테노는 장마르크를 향한 감정이 누그러졌는지 한 번 더 물어봐 주었다. 그리고 나의 와인이 2016년 이후로 긍정적인 진화를 이루어 전보다 훨씬 좋아졌다는 의견을 나눠 주었다. 물론 듣기 좋은 말이다. 그래도 나는 장마르크가 양조를 시작하고 처음 몇 년 동안 쥐라에서 만들어 낸 산화 와인에 관해 이야기하고 싶었다. 다테노의 생각은 어떤지, 지난 몇 년 동안 무엇을 관찰했는지 궁금했다. 장마르크의 2004년에서 2006년 빈티지는 내게 특별한 의미가 있지만, 지난 몇 년 동안에는 그를 향한 복잡한 감정 때문에 전처럼 자주 마시지 못했다. 다테노는 장마르크의 와인들이 곧 무너질 것 같다며, 경력 초반에 2~3년쯤 훌륭한 빈티지를 생산했다 한들 와인메이커의 능력을 증명해 주지는 못한다고 했다. 그저 행운의 소산일 수도 있고, 스승의 영향이나 배운 바를 잘 기억한 결과일 수도 있기에 훌륭한 빈티지를 더 생산해야 한다는 것이다.

이번에도 다테노는 셰녜를 예시로 들었다. 셰녜는 10년이 넘는 기간 동안 아주 높은 수준의 와인을 지속적으로 생산해 냈다. 다테노가 옳다. 사뭇 낯선 사고방식이지만 무슨 뜻인지 이해한다. 내가 품고 있는 궁금증과도 연결된다. 훌륭한 와인과 훌륭한 와인메이커가 항상 굳건하게 연결되어 있을까? 그렇지는 않은 것 같다. 내가 보기에 셰녜는 훌륭한 와인메이커다. 장마르크는 훌륭한 와인메이커였고, 지금도 그럴지 모른다. 그러나 다테노의 요지를 알겠다. 한두 번 좋은 빈티지를 생산하는 것과 경력 내내 훌륭한 와인을 만들어 내는 것은 다르다. 프랑스로 돌아가면 장마르크의 2004년 와인과 그 후 빈티지까지 맛보고 직접 확인할 것이다.

대화 주제를 바꾸고 싶다. 요즘 또 다른 고민거리가

있는데, 새로 생긴 내추럴 와인 인증제다. 유기농 농산물이 인증을 거쳐야 하듯 곧 내추럴 와인도 비슷한 인증제로 통제받게 될 것이다. 100퍼센트 찬성하지는 못하겠다. 그런 식으로 조금씩 자유를 잃어버리게 되는 것 아닐까? 인증제가 확립되면 새로운 내추럴 와인 생산자가 대거 양산될 텐데, 내추럴 와인을 어떻게 정의할 것이며 내추럴 와인을 이해하는 방식은 어떤 변화를 겪게 될까? 다테노는 와인을 판매하기 때문에 소비자가 무엇을 원하는지 안다. 소비자는 병 속에 무엇이 들었는지 알고자 한다. 당연한 일이다. 그의 지적은 정확하다. 투명성은 아주 중요하다. 이해하면서도 우리의 와인을 포괄적인 정의로 뭉뚱그리고 싶지는 않다. 유기농은 다르다. 유기농 인증제는 정치적이라 자연과 지구를 보호해야 한다는 중요한 메시지를 전한다. 내추럴 와인 인증제는 그런 것 같지 않다. 다른 와인이나 제품과 구분하려는 마케팅이자 포지셔닝, 사업 수완처럼 보인다. 내 솔직한 생각을 말하자면, 내추럴 와인이라는 개념과 내추럴 와인에 수반하는 자유는 인증제로 인해 타격을 입을 것이다. 와인을 만드는 사람과 마시는 사람 모두가 영향받게 되리라. 인증제는 내추럴 와인 운동을 뒷받침하는 근본적인 사상을 약화할 것이다. 아네와 나 둘 다 우리의 와인이 〈내추럴〉하다는 말을 그만두어야 할 듯하다. 이제부터 (새로이 더 적절한 표현을 찾아낼 때까지) 그냥 〈와인〉이라고 불러야겠다.

양조장 〈데라다 혼케〉를 세 번째 방문.

〈데라다 혼케〉의 맑은 사케.

2020년 3월 7일 토요일, 도쿄

〈데라다 혼케〉 양조장을 방문한 것도 이로써 세 번째다. 첫 방문은 2013년, 재방문은 2015년 1월, 그리고 오늘 또 다녀왔다. 양조장이 발전하며 세상에 변화를 내보이는 것, 와인메이커들이 와인에 관해 이야기하는 것과 비슷한 방식으로 그들이 사케에 관해 이야기하는 모습은 정말이지 흥미롭다. 마사루는 전통과 문화를 향한 존중을 오롯이 간직한 채로 지금껏 그랬듯이 오늘도 양조를 이어 간다. 다만 자기 주변에 무슨 일이 일어나고 있는지 명확히 인식한다. 아주 현명하다.

양조장 사람들과 함께 하루를 보냈다. 슬프게도 나는 일본어 실력이 모자라서 계획한 대화를 유창하게 나누는 대신 이상한 표정을 짓고 손과 팔, 그 밖의 신체 부위를 움직이며 소통할 수밖에 없었다. 마사루는 처음 만났을 때보다 영어가 훨씬 좋아졌으나, 그의 양조장을 떠날 때는 전과 마찬가지로 궁금한 것이 수백 개쯤 생겼다. 글쎄, 그러면 어때? 일본에 또 오면 꼭 그의 양조장에 다시 들를 것이다. 나는 〈데라다 혼케〉에서 일어나고 있는 모든 일에 팬처럼 관심이 많다. 이곳에 올 때마다 새로운 아이디어와 질문, 수많은 근사한 생각거리가 잔뜩 생긴다.

2020년 3월 8일 일요일, 샌프란시스코

〈스타라인 소셜 클럽〉에서 열리는 〈브뤼메르〉 시음회에 참석하기 위해 어제 샌프란시스코로 왔다. 오늘 아침에는 세바스티앵 리포를 만났다. 지난번에는 방을 함께 썼는데 그사이 우리 둘 다 어른이 되어 어젯밤에는 방을 따로 썼다. 둘 다 할 말이 정말 많았고, 나는 소비뇽 블랑 수확이 어땠는지 궁금했기에 함께 산책을 나갔다가 커피를 마시고 가까스로 시간에 맞춰 시음회에 참석했다. 올해 아내와 함께 소비뇽 블랑 포도밭 작업을 시작했는데, 솔직히 말하면 나는 프랑스 남부의 소비뇽 블랑을 그다지 좋아하지 않는다. 지나치게 익어 버려 알코올 도수가 높거나, 너무 일찍 수확해 타닌 산미에서 풋내가 날 때도 있기 때문이다. 나는 항상 소비뇽 블랑에 프랑스 남부의 열기는 과하다는 의견이었으나 세바스티앵은 어떻게 생각하는지, 포도 농사와 수확 작업에 유용할 조언이 있는지 물어보고 싶었다.

그는 타닌 산미의 풋내를 걱정하는 나를 이해했다. 그가 맛본 남부 화이트와인은 대부분 풋내가 났는데, 딱히 달갑지 않다고 했다. 나와 똑같은 의견이라 너무 재미있었다. 그가 보기에 수확기 전에 취할 수 있는 조치는 딱 한 가지, 잎을 최대한 많이 남겨 두는 것이란다. 우리는 〈레 비뉴 데 앙팡〉과 다른 포도밭에서 갈 데까지 가보자는 느낌으로 잎을 살려 두는 편이다. 세바스티앵도 우리

세바스티앵 리포, 샌프란시스코에서.

와 의견이 같아서 잎이 있으면 산미의 균형이 생기고 포도가 익는 기간이 길어진다고 생각했다. 잎을 남기면 나중에 과즙의 맛 층위가 늘어나고 수확기가 늦어진다. 알코올 도수만 높아지는 것이 아니라 알코올을 지탱하는 굳건한 구조가 생긴다. 세바스티앵은 두려워하지 말라고, 최대한 수확기를 미루라고 말했다. 그는 포도가 알맞게 익는 것이 중요하며 껍질이 잘 익어 좋은 품질에 도달하는 것은 더더욱 중요하기에, 이 목표를 달성했다면 알코올 도수가 높다고 한들 문제는 아니라고 말했다. 그러면 껍질을 살짝 짜내서 모자란 산미를 추출할 수 있다는 것이다. 그가 공유해 준 이야기가 정말 마음에 든다. 우리의 기존 작업과 통하는 지점이 많고, 알자스에서 기르는 포도를 떠올리게 한다. 어쩌면 올해는 아르데슈에서 산화 와인을 시도할 좋은 기회가 생길지도 모르겠다.

유럽에서 일본으로, 또 샌프란시스코로 다니는 바람에 수면 리듬이 망가졌다. 밤새 한숨도 못 잤다. 다음 날 앞에 나가 와인을 소개하는 일정이 있는 만큼 이상적이지는 않은 상황이다. 어쩔 수 없겠지만 뒤풀이가 악명 높아서 조금 걱정스럽다. 끝까지 살아남을 수 있을까? 어쨌든 마음에 쏙 드는 시음회다. 2년 전에 마지막으로 방문했을 때는 시음회라기보다는 파티처럼 느껴졌다. 상관없다. 다들 즐겁게 와인을 맛보았으니까. 내가 익숙한 방식이 아니었을 뿐이다. 올해는 사진 찍는 사람이 적은 것 같다. 인스타그램에 올리려고 〈나 병째로 와인 마시는 것 좀 봐줘〉라고 외치는 듯한 사진을 찍는 사람이 없어서 마음에 든다. 그래도 많은 사람이 참석했다. 다들 아주 진지한 태도로 열심히 시음하며 궁금증을 품고 흥미가 동하는 질문을 던진다.

2020년 3월 9일 월요일, 샌프란시스코

온종일 내추럴 와인 수입업자 에린 실베스터와 샌프란시스코를 관광하고 와인 상점 〈루비〉에서 하루를 마무리했다. 첫 방문이라서 그런지, 드디어 이곳에 와보았다는 뿌듯함을 느꼈다. 유능하게 내추럴 와인을 홍보하고 있는 공간이다. 내 생각에 샌프란시스코는 전반적으로 공간 수준이 굉장히 높은 것 같다. 다들 자기만의 접근법이 있다. 다 함께 어우러지며 다양성이 확보된다. 이런 공간을 구경하고 운영자와 이야기를 나누니 한결 즐거웠다. 이제 LA로 향한다. 지난 번에 LA에 방문한 뒤로 새로운 공간이 여럿 생겼다. 특히 〈사이킥 와인스〉가 궁금하다!

2020년 3월 11일 수요일, 로스앤젤레스

어제 LA에서 정신 없는 하루를 보냈다. 이곳 캘리포니아주의 내추럴 와인을 향한 열정은 강렬하다! 아는 사람을 전부 찾아갔고, 〈도멘 LA〉에서 조붓하게 사적인 시음회를 열었다. 스무 명쯤 참석했다. 함께 와인을 맛보고, 당연히 시음에 관한 대화도 나눴다. 많은 사람이 양조의 기술적인 측면에 관해 좋은 질문을 해주었다. 개인 고객들인데 이렇게나 지식이 풍부하고 자신의 지식을 확장하는 데에 열성적이라니 새로웠다. 특히 어느 젊은 커플이 굉장한 열의를 보이며 우리 와인의 이름과 그에 담긴 의미, 이름 뒤에 숨겨진 수많은 작은 감정을 궁금해했다. 둘 다 음악 일을 한다는 듯했는데, 굉장히 성숙한 형이상학적 세계를 갖고 있었다. 언어에 명확하고 깊은 인상을 받는 사람들이었다. 솔직히 나는 우리의 이야기를 전하기보다 와인을 마시고 라벨을 읽는 고객들이 직접 고민하는 쪽이 더 재미있는 것 같다. 이야기하기 싫어서 그러는 것이 아니라 그들의 상상에 맡기는 쪽이 더 아름답다고 생각하기 때문이다. 예술이란 그런 것이 아닐까? 작품에 관한 자기만의 인상과 관점을 만들어 내는 것. 시음회에 참석한 사람 대부분은 이 점을 이해했다고 생각한다.

그리고 〈사이킥 와인스〉에서 오랫동안 즐거운 시음회를 열었고, 내추럴 와인 전문가 클로비스 오친과 와인 한 병을 나누어 마셨다. 이곳이 업계에 새로운 변화를 일으키고 있다. 이 작은 가게는 생활 공간, 가령 거실 같은 분위기다. 덕분에 아주 사적인 분위기가 조성되고 와인의 진심이 오롯이 지켜질 수 있다. 이런 공간을 보고 있자니 에린이 일을 굉장히 잘하고 있고, 온갖 근사한 공간에 우리와 우리의 와인을 잘 소개해 주고 있다는 생각이 들었다. 에린, 제브와 일하게 되어 지극히 감사한 마음이다.

그리피스 파크를 서성이며 아침 시간을 보낸 뒤 공항에서 비행기를 타고 뉴욕으로 떠날 것이다. 앞으로 며칠간 여기저기 방문 일정이 잔뜩 잡혀 있다. 로워 이스트 사이드에 새로 개업한 상점인 〈피플스 와인〉에 가볼 날을 손꼽아 기다리고 있다.

2020년 3월 11일 수요일에서 12일 목요일로 넘어가는 밤, 뉴욕에서 파리로 가는 길

미국 대통령이 코로나바이러스19 확산으로 인해 국경을 봉쇄하겠다고 발표했다. 밤에 프랑스로 돌아가자고 결심했고, 뉴욕에 도착했을 때 제브에게 문자를 보냈다. 오늘 밤을 맞기 전에는 세상에서 가장 강력한 정치력이 입에서 나오는 언어가 아니라 입에 넣는 음식이라고 생각했다. 그렇지만 지금 내가 뉴욕에서 짧은 일주일을 보내는 대신 프랑스로 향하는 비행기에 타고 있는 이유는 미국 대통령의 선언 때문이다. 아무런 예고도 없이 국경을 봉쇄하기로 한 대통령, 공포와 무의미한 언어로 국정을 운영하는 사람 때문이다.

2020년 3월 13일 금요일, 발비녜르

집에 돌아오니 좋다. 돌아오기로 한 것은 잘한 결정이었다. 오늘 아침 포도밭을 둘러보니 벚나무에 꽃이 피고 있었다. 우리의 평화롭고 아름다운 골짜기에 있으니 미국 대통령과 코로나바이러스19의 위협은 먼 세상의 이야기 같다.

2020년 3월 15일 일요일, 발비네르

침묵의 음악, 굉장하다. 내가 하나의 공간, 외부의 공간으로 변한 듯한 느낌이다. 하지만 이곳은 내부다. 나는 내부 한가운데에 완전한 평온을 이루고 존재한다. 움직이는 것들이 있고 그 소리가 들리지만 상호 작용할 필요가 없다. 전부 내 의식 속에 존재한다. 저장고의 침묵이 새로운 질감을 얻어 낸 것만 같다. 굉장하다. 이웃이 기타를 연주하기 시작하고, 곧 악기 소리마저 희미해진다. 그리고 기이하게도 전에는 들어 본 적 없는 새소리가 들린다. 문득 개 짖는 소리가 난다. 이제 새소리는 사라졌다. 다시 적막이 내려앉고, 공간에 촘촘한 결이 돋아난다. 작고 미세한 뉘앙스로 빈틈없다.

잠시 그 어떤 일도 일어나지 않는다. 나는 더 열심히 귀를 기울인다. 그저 내게 들을 것을 제공하기 위해 아주 작은 소리라도 감지하려고 애쓴다. 그리고 누군가가 소리를 내지르는데, 무슨 말인지 모르겠다. 다른 집에서 난 소리일까? 도로 건너편 식당에서 손님들의 말소리가 들려온다. 조곤조곤 다투고 있다. 그리고 다시 조용하다. 행인이 나타나고 저장고에 자갈 밟는 소리가 차오른다. 밖으로 나가지 않고도 외부 세계를 가늠할 수 있다. 온갖 미세한 소리가 내부 공간, 저장고에 질감과 분위기를 부여한다. 나를 만들어 내는 데 도움이 되고, 와인에 영향을 주며, 와인을 만들어 내는 데도 도움이 된다. 분명 그렇다. 우리의 와인은 저장고에서 결코 혼자가 아니다. 외부 세계를 인식하는 동시에 나무통 속의 와인으로, 내부 세계로 초점을 옮기려 애쓴다. 비물리적 외부가 실존하는 물리적 내부와 섞이며 나의 감정을 자극한다.

2018 | 레 비뉴 데 앙팡

얼른 병입하고 싶지만 지난 몇 달간 풍미가 사방팔방으로 날뛰었다. 금속성이 느껴지다가 또 어떤 날은 느껴지지 않았다. 오늘은 균형감이 좋다. 어쨌든 내년까지 기다리는 편이 나을 듯하다. 나무통에서 한 해 더 묵으면 좋을 것이다.

2017 | 카리냥과 소비뇽 블랑

고전적인 관점에서 보자면 정말 완벽한 와인이다. 가벼운 과일 풍미, 살짝 느껴지는 타닌, 이 모든 것을 아우르는 적당한 짠맛과 싱그러움. 고전적인 부르고뉴 레드가 떠오른다.

2018 | 남은 과즙들의 모임

우리는 이 과즙을 〈나머지〉라고 부른다. 오랫동안 타닌이 두드러지다가 얼마 전부터 맛이 나아졌다. 균형감이 생겼고, 타닌이 더 부드럽다. 병입해도 되겠다.

2018 | 카베르네 소비뇽

구상부터 마음에 드는 과즙이다. 바로 압착법을 사용해 카베르네 소비뇽을 천천히 오랫동안 압착해 타닌과 쓴맛, 짠맛이 전부 과즙에 녹아들면, 은근한 산화 풍미와 미세한 볼라틸을 통해 전부 아우르는 것이다.

2018 | 그르나슈 누아 (블랑 드 누아)

아직 단맛이 조금 남아 있는데도 거의 한 해 동안 발효가 진척되지 않고 당도도 변함이 없다. 제랄드에게 잠깐 들러서 맛보라고 해야겠다. 병입하고 싶다. 준비된 것 같다.

2016 | 샤르도네

믿을 수 없을 정도로 근사한 과즙이다. 앞에 기록한 블랑 드 누아처럼 아직 단맛이 남아 있다. 이제 발효가 멈췄는데 맛이 근사하다. 이번에도 고전적인 부르고뉴 레드가 아닌 화이트 부르고뉴 같은 맛이 느껴진다. 정말 재미있다. 마음에 쏙 든다. 지적인 와인이랄까.

2019 | 샤르도네

2019년 빈티지 중 처음으로 준비가 끝난 과즙이다. 마지막 압착 분량인데 타닌이 많이 녹아들었다. 침출 작업이 없었던 것을 고려하면 이렇게 타닌이 많다는 점이 이상하다. 어쨌든 타닌이 조금 누그러져야 병입할 수 있다.

2019 | 그르나슈 블랑

2016년 샤르도네가 제자리를 찾을 시간이 필요했던 것처럼 이 과즙도 아직 시간이 필요하다. 그게 다다. 올해 병입할 수 있을지 잘 모르겠다.

2019 | 레쟁 드 타블르

지금까지 맛본 2019년 빈티지 중 가장 마음에 든다. 과일 풍미로 가득한 동시에 초점이 또렷하며, 집중력이 높고, 산미와 가벼운 타닌의 균형감이 좋다.

2019 | 로제

한 모금 맛보면 저장고 밖에 있는 분수 옆에서 친구들과 만나 놀고 싶어지는 유쾌한 로제다. 어서 병입하자.

2019 | 그르나슈 블랑과 비오니에

병입하기에는 아직 당분이 너무 많다. 그래도 너무 맛있다. 이국적인 과일과 재스민 향이 풍부하다. 병입해서 펫낫을 만들면 어떨까?

2020년 3월 16일 월요일, 발비네르

어제 쓴 와인 기록을 읽었다. 나는 지금 이 순간을 살고 싶다. 내가 살고 있는 〈현재〉가 내게 말을 걸고 있다고,

무언가 건네고 있다고, 그것을 활용할 수 있다고 느끼며 살고 싶다. 요즘 그런 생각이 많이 들어서 유념하려고 애쓰지만 어렵다. 말은 참 쉽다. 내가 할 수 있는 것은 지금 이 순간을 사는 것뿐이다. 그러나 실행은 쉽지 않다. 수많은 〈현재〉가 일제히 꼬리를 물고 늘어서 있는 모습을 상상한다. 각각의 현재를 따로따로 하나씩 바라보며 살아 내려고 한다.

지금 이 순간을 살기, 지금 이 순간 속에 존재하기란 어렵다. 진짜 어렵다니까! 중요하지만 어렵다. 이 순간에 존재해야 한다. 내가 타인에게 해줄 수 있는 최소한이기도 하다. 〈해야 한다〉라는 표현을 그다지 좋아하지는 않는다. 하지만 사람은 어느 때든 지금 이 순간에 존재하기 위해 최선을 다해야 한다. 지금 이 순간은 내가 삶을 살아가는 방식에 결정적인 역할을 한다. 내가 무엇에 매료될지, 사랑에 빠질지, 몰두할지 결정해 준다. 내게 주어진 순간을 사용해 가능한 최고의 것들을 이루어야 한다. 나는 현재로 빠져들어 사라지는 것이, 어디로 왜 가는지도 모르고 흘러드는 것이 정말이지 좋다.

2020년 3월 17일 화요일, 발비네르

오늘 포도밭에 첫 번째 예방 처치를 했다. 염수와 허브 따위가 들어간 식물 추출물을 썼다. 작업은 이른 아침에 했

다. 그러면 더 나을까? 잘 모르겠다. 어쨌든 작년처럼 저녁 늦게 약을 뿌리는 대신 이른 아침에 하고 있다. 사용하는 약품의 효과가 달라질지도 모른다. 잎사귀의 세포막은 밤에 닫혔다가 아침에 다시 열린다. 약을 뿌리는 시간이 달라지면 처치의 효과도 달라질지 알아내고 싶다. 어떻게 보면 저녁에 뿌리는 쪽이 말이 되는 듯하지만 직접 제대로 이해해 볼 것이다.

2020년 3월 18일 수요일, 발비네르

우리의 와인은 인생 속 한순간의 산물이다. 접착제로 고정해 둔 사진을 닮았다. 와인의 이름은 그 순간을 상징할 때가 많다. 우리에게 와인의 이름은 타인과 맺은 관계만큼 의미 깊다. 그렇다고 모든 사람이 와인 이름에 깃든 의미를 흥미롭게 받아들이지는 않을 것이다. 그러니 각자 자신의 기억과 경험을 뒤져 자기만의 의미를 찾아야 한다. 그쪽이 훨씬 더 애틋하다.

기억과 경험 이야기를 하자니 떠오르는 것 한 가지가 있다. 요즘 와인을 어떻게 이해해야 할지 고민 중이다. 떨쳐 낼 수가 없는 고민이다. 내추럴 와인이 선사하는 인상을 이해하기 위해서는 고전적인 와인에 관한 기초 지식이 있어야 할 것 같다. 탄탄한 기반을 딛고 지식을 확장하는 것이다. 내추럴 와인업계에서 일하는 젊은 소믈리에들은 보르도, 부르고뉴, 바롤로, 샹파뉴, 알자스 같은 지방의 와인에 관해 알아봤자 무슨 소용이냐며 의아할 것이다. 그런 와인은 자신이 믿는 가치와 정반대기 때문이다. 어쨌든 나는 내추럴 와인에 관해 잘 아는 사람이라면 (와인의 근간이기도 한) 고전적인 와인의 전통과 테루아에 관해서도 깊은 이해를 갖추어 내추럴 와인의 영감과 에너지에 접목해야 한다고 생각한다. 둘 중 하나만으로는 진실을 이룰 수 없다. 균형 있는 지식을 바탕으로 애호의 대상에 집중하고 자기만의 취향을 알아 갈 수 있을 것이다. 다른 사람을 따라 하지 말 것, 자기만의 방식으로 와인과 와인의 맛을 이해하라. 자기 것이 아니라면 그 어떤 것도 흥미롭지 않다!

2020년 3월 21일 토요일, 발비네르

새로 만든 펫낫의 입구 불순물 제거 작업을 마무리하고 있다.

2019 | 라 팜 아 키?[168]

사과와 포도의 풍미를 아우르는 재미있고 정교한 배합이다. 탄산 없는 와인처럼 포도 풍미가 강하고 사이다처럼 농밀하다.

168 La Femme à Qui? 〈저 여인은 누구의 연인일까?〉라는 뜻의 프랑스어.

〈레 비뉴 데 앙팡〉.

그르나슈 누아에 작게 새순이 돋다.

2020년 3월 26일 목요일, 발비네르

별로 즐겁지 않은 봄날 아침이다. 간밤 사이 온 골짜기에 서리가 내렸다. 당연히 포도밭에도 그렇다. 대부분 타격을 입었는데, 특히 평지 쪽이 심각하다. 30~40퍼센트 정도 죽은 것 같다. 작은 새순들이 체온을 회복해 계속 살아갈 수 있을까? 며칠 안으로 알게 될 테다.

2020년 3월 30일 월요일, 발비네르

서리가 지나가고 며칠 따뜻한 날씨가 이어지더니 포자가 생겼다. 서리에 얼었던 작은 잎들은 죽어 버린 듯하다. 다행히 전부 죽지는 않았으나, 그래도 상당한 양이다! 그리고 근처에 사는 양들이 우리 밭으로 이동했다. 안타깝게도 양이 포도밭 여기저기로 쏘다녀도 괜찮을 시기는 지났지만, 밭 주변의 풀을 뜯어 먹으면 되겠다.

2020년 4월 11일 토요일, 발비네르

그르나슈 블랑에 꽃이 피기 시작했다. 올해도 시간이 쏜살같이 흐른다. 과일나무에 꽃이 피었으니 평소보다 최소 2주 빠른 셈이다. 곤충과 새조차 활력이 넘친다.

정원에서의 아네.

2020년 4월 19일 일요일, 발비녜르

우리 밭 한쪽의 그르나슈 누아는 다른 그르나슈 누아보다 항상 성질이 급한데, 올해도 예외가 아니다. 어쩌면 그르나슈 그리인 걸까? 40년 전쯤 포도를 심었을 때 제대로 살피지 않고 누아 대신 그리를 심었을지도 모르겠다.

2020년 4월 24일 금요일, 발비녜르

그르나슈 누아에 좋은 소식이 있다. 서리에 가장 큰 타격을 입었던 나무에 새순이 돋는 듯하다. 죽은 잎사귀 밑에 새잎이 돋고 있다. 폴루가 그러는데, 올해는 열매를 맺지 못할 수도 있지만 내년에는 회복이 끝날 거란다. 정말이지 포도나무는 믿을 수 없을 정도로 강한 식물이다. 바라건대 손실량이 처음 예상보다 훨씬 적기를.

2020년 5월 16일 토요일, 발비녜르

무거운 고민이 시작되었다. 올여름에 어떤 와인을 병입해야 할까? 한 가지는 정해졌다. 2018년에 바로 압착법으로 오랫동안 천천히 짜낸 카베르네 소비뇽, 다 짜내기까지 사흘 가까이 걸렸던 그 과즙은 분명 병입할 것이다. 나무통에서 1년 반을 보낸 지금은 아주 짙은 붉은빛을 띠고 있다. 그리고 가벼운 타닌과 길고 짠 끝맛이 여전해 내 마음에 쏙 든다!

2020년 5월 24일 일요일, 발비녜르

다양한 인상이 처리되고 내면화되는 과정에서 발생한 영감이 바로 창의력이라고 한다. 맞다. 나는 눈앞의 사물을 내 것으로 소화하기 위해 어느 정도 창의력이 필요하다. 내 생각에 창의력은 정신, 사상, 고민의 영역에 속하지 않는다. 창의력은 직감이자 놓아줄 수 있는 용기, 사물을 통제하지 않으려는 용기다. 심지어 내가 만들고 있는 것조차 통제하지 않으려는 용기다. 만약 창의력이 배라면, 창의적 욕구란 강의 흐름을 따라가고 싶은 마음이다. 곧 목적지에 도착하겠지만, 거기까지 가는 길과 그 길에서 일어나는 일들은 나와 내 직감에 의한 것이다. 다른 사람이 하는 것, 만든 것과는 다르다. 가끔 젊은 와인메이커들이 좋은 것을 마시고 혹은 (라벨이든 와인이든 와인을 소개하는 방식이든) 마음에 드는 것을 보고 똑같이 따라 하거나 자기 것인 척하며 창작이라고 우기는 모습을 보게 된다. 그다지 마음에 들지 않는 광경이다.

오늘 다 같이 강가에서 하루를 보냈다. 물은 굉장하다. 흐르고, 멈추고, 흐르고, 또 다시 흐른다. 물속에 굉장한 동력이 있다. 정말 자유분방하고 강렬하다. 가끔 바위 가장자리에 앉아 밑으로 흐르는 물에 발을 담그고 내려다본다. 즐겁다. 두 발을 보고, 내 얼굴을 보고, 내가 이곳에 있다는 것을 인식한다. 내가 살아 있다는 증명을 얻는다. 내 발이 여기 있고, 내가 여기 있고, 바로 앞에는 강과 이 많은 물이 흐른다. 나는 항상 햇볕이 나무 그늘과 만나는 경계에 앉는다. 굳이 볕 속에 앉지 않는다. 볕 속에 앉는 것은 그늘에 앉는 것과 마찬가지로 조금 재미없다. 하지만 햇살이 나뭇가지와 잎사귀 사이로 가늘게 새어 드는 곳, 햇살이 얇은 틈새로 스며드는 곳, 그곳이 내가 좋아하는 자리다. 볕이 내 안으로 가만히 스며드는 기분이다. 해가 쨍쨍한 곳에서 빛에 흠뻑 젖기는 싫다. 그런 건 너무 진부하고 쉽다. 나는 은근한 햇살이 필요하다. 그거면 된다. 지금 나는 두 가지 세상에 존재한다. 물에 발을 담그고 긴장을 푼 채로 새소리에 귀를 기울인다. 아이들이 뛰어놀고 아내가 말을 걸어온다. 내 귀에 음악 같은 순간이다. 물, 새, 아이들, 아내.

2020년 6월 11일 목요일, 발비녜르

아직 와인에 당분이 남아 있기에 좋은 생각이 아닐 수도 있겠지만, 올해 수확할 과즙과 열매를 위한 자리가 필요해서 어쩔 수 없다. 아주 긴 작업 끝에 2019년 빈티지 비오니에와 그르나슈 블랑 과즙을 전부 병에 담았다. 병에서 발효가 마무리되며 탄산이 조금 생겼으면 좋겠다. 또 하나의 펫낫이 탄생하겠군! 아마도! 아니면 약간 달콤하고 이국적이며 향미가 진한 와인이 될 테고. 그런 걸 마다할 사람은 없잖아?

2020년 6월 16일 화요일, 발비녜르

〈도멘 라 브리유 에 르 파피용〉[169]에서 2019년 이전에 양

169 Domaine La Vrille et Le Papillon. 아르데슈의 제랄딘Géraldine과 메릴 크루아지에Méryl Croizier의 와이너리. 2012년에 양조를 시작했다.

조한 와인을 맛보았다. 내가 발비네르를 사랑하는 가장 큰 이유 중 하나다. 와인메이커에게 문제나 걱정거리가 생기면 함께 모여 고민이 필요한 와인을 맛보고 힘을 합쳐 결정을 돕는다. 제랄딘과 메릴 크루아지에는 아주 재능 있는 와인메이커로, 우리와 사뭇 다르다. 두 사람은 여러 면에서 아내와 나보다 능력이 좋은 듯하다. 우리는 미지의 감각, 우리가 이해하지 못하는 것들이 와인에 녹아들기를 바라는 마음으로 기꺼이 통제권을 넘겨주는 와인메이커다. 반면 두 사람은 항상 탱크에서 어떤 일이 진행 중인지 알고자 하고, 나보다 와인의 결점에 깐깐하다.

그래서 내가 그곳에 간 것이다. 메릴의 마음에 들지 않는 과즙 몇몇을 맛보았다. 그의 취향을 알기에 왜 마음에 들지 않는다는 것인지 이해했다. 이해하는 동시에 이해할 수 없었다. 내 입에는 정말 너무 맛있는 과즙이었으니까. 지금으로서는 결점이 많은 듯한 것도 몇 종류 있었으나 간단하게 처치하고 지켜봄으로써 해결하지 못할 문제는 아니었다. 나 역시 2016년에 구정물 같은 2015년 빈티지 샤르도네를 고쳐 놓았다. 우리는 함께 과즙을 맛보고 한두 시간쯤 논의했다. 전부 잠재력이 큰 과즙이라고, 제랄딘과 메릴에게 열심히 설명했다. 불필요한 고민으로 골머리 앓는 것은 안타까운 일이다. 어쨌든 두 사람의 저장고에 있는 것은 훌륭한 와인이 될 재목이다. 내 의견으로는 살짝 손을 보거나 다른 과즙을 조금만 섞어 주는 등 비교적 간단한 해결책이 큰 효과를 낼 때가 많은 것 같다.

메릴도 그렇게 생각하는 듯하다. 두 사람이 어떤 결정을 내리든 과즙의 잠재력을 앗아 가기는 커녕 발전만 가져올 것이다. 병입하자마자 다시 시음할 생각이다. 마음이 두근거린다.

2020년 6월 20일 토요일, 생페레

2016 | 내가 어렸을 때는 어른이 아니었다 | 아네와 나

오카야마에서 오카 히로타케와 함께 마신 뒤로 첫 시음이다. 이곳 프랑스에서 맛보니 쓴맛이 더 강하게 느껴지고 산화 풍미도 도드라진다. 일본에서 마셨을 때보다 산화 풍미가 더욱 근사하게 섞여 든 듯한 인상을 받았다. 덕분에 숙성 초기의 앳된 산미가 더 성숙하게 느껴진다.

2014 | 앙트르 되 블뢰[170] | 가가미 겐지로, 도멘 데 미루아르

100퍼센트 사바냉이며, 농익은 노란 과일과 꽃이 느껴지는 아주 정교한 향미가 있다. 짠맛과 싱그러움, 순수하고 섬세하며 인상적인 풍미의 향연이 펼쳐진다.

2019 | 뮈스카 달렉상드리 (펫낫) | 오카 히로타케

폭죽처럼 터지는 과일 풍미! 뮈스카는 마시면 마실수록 사랑스럽다. 이 와인처럼 뮈스카만 넣은 펫낫도 좋고, 레

170 Entre Deux Bleus. 〈두 가지 파랑 사이에서〉라는 뜻의 프랑스어.

생페레에서 친구들과 점심.

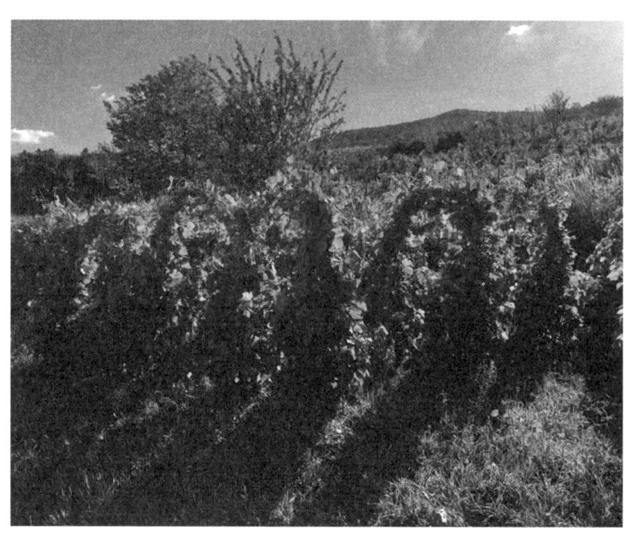

〈레 비뉴 데 앙팡〉의 풍경.

드 품종을 섞어도 좋다. 오카 히로타케는 굉장한 와인메이커다. 과일 본연의 맛과 청량한 탄산의 균형을 정말 잘 맞춘다.

2020년 6월 29일 월요일, 발비네르

2019년 빈티지 로제를 병입하고 있다.

2019 | 레츠 고 디스코[171]

과일 풍미는 좋으나 지금으로서는 다소 불안한 듯하다. 레드 품종으로 여러 종 배합해서 만들었다. 로제를 만들 때 항상 그랬듯이 바로 압착법으로만 짜냈다. 발효는 저장고의 섬유 탱크에서 거의 10개월 동안 진행했다. 통을 옮기지 않고 앙금을 그대로 둔 채 발효했다. 아직 당분이 (12그램 정도) 소량 남아 있는데, 그냥 두려고 한다. 이 와인도 탄산이 생길지 모른다. 누가 알겠어? 꽃과 과일 향미가 강한 로제라서 2014년에 만든 〈프리덤 오브 피치〉와 비슷하다. 통을 갈아 주지 않아 아직 효모 풍미가 남아 있는 탓에 여과하지 않은 준마이 사케와 비슷한 맛이 난다. 정말 재미있다.

171 Let's Go Disco. 〈같이 가서 디스코 추자〉라는 뜻의 영어.

우리 저장고 앞에 늘어선 빈 목제 술통.

2020년 7월 3일 금요일, 발비녜르

지난 며칠 동안 병입 작업을 했다.

2018 | 아이 프리퍼 투 비 웨어 아이 엠[172]

카베르네 소비뇽이다. 엄밀히 말하면 로제이지만 레드라고 부르고 싶다. 제랄드와 조슬린에게 얻어 온 카베르네 소비뇽을 바로 압착법으로 천천히 짜냈다. 〈르 마젤〉의 오래된 목제 압착기를 이용해서 장장 사흘 걸렸다. 이 방식을 고집한지도 꽤 됐다. 우리 저장고의 오래된 나무통 속에서 거의 두 해 동안 후속 발효가 이어졌으며, 통을 옮

172 I Prefer to Be Where I Am. 〈나는 지금 이곳에 있고 싶어〉라는 뜻의 영어.

겨 주지 않아 발효 내내 침전물이 남아 있었다. 이틀 전에 병입했다. 아주 가벼운 레드라서 전통적인 카베르네 소비뇽의 맛 표현과는 사뭇 다르다. 맛만 논하자면 플루사르, 비슷한 숙성도의 아주 가벼운 가메이에 가깝다. 저속 바로 압착법을 사용한지도 3년째인데 결과가 몹시 흡족하다. 남부 포도는 농밀하기 때문에 가볍고 신선한 표현이 절실할 때가 있는데, 이 와인은 균형감이 아주 좋은 듯하다.

2016 | 헤이 유 걸 위드 더 브라운 슈즈 온[173]

100퍼센트 샤르도네다. 제랄드의 오래된 목제 압착기를 이용해 바로 압착법으로 사흘간 천천히 짜냈다. 과즙이 계속 흘렀기 때문에 침출은 불가능했다. 발효는 저장고의 오래된 나무통에서 거의 4년 가까이 이어졌고, 통을 옮겨 주지 않아 발효 내내 침전물이 남아 있었다. 이틀 전 수요일에 당분이 소량 남은 채로 병입했기에 코르크와 병뚜껑을 모두 사용했다. 맛 표현이 아주 정석적인, 고전적이라고 할 수도 있을 화이트와인이다. 나무통에서 오랫동안 발효한 덕에 부르고뉴 화이트와인과 비슷한 향미가 생겼다. 당분이 조금 남았으나 이제 발효가 이어지지 않으니 산미와 좋은 균형감을 이룰 것이다.

173 Hey You Girl with the Brown Shoes On. 〈이봐 거기 갈색 신발 신은 아가씨〉라는 뜻의 영어.

2018 | ..앤드 서든리 쉬 해드 투 고[174]

그르나슈 누아로 만든 블랑 드 누아다. 바로 압착으로 가장 먼저 짜낸 (화이트) 과즙이다. 발효는 저장고의 오래된 나무통에서 거의 두 해 동안 이어졌고, 통을 옮겨 주지 않아 발효 내내 침전물이 남아 있었다. 역시 수요일에 병입했다. 당분이 소량 남은 채로 병입하여 코르크와 병뚜껑을 모두 사용했다. 은은한 산화 풍미가 느껴지는데, 쥐라만큼은 아니라 아주 섬세하고 은은하다. 향기를 맡으면 그르나슈 누아라는 사실을 쉽게 알아챌 수 있다. 하지만 맛을 보면 구조가 풍부하고 산미가 길며 아름다워 그르나슈 누아보다는 슈냉 블랑의 느낌이 나는 듯하다.

2019 | 나우 이즈 웬 아이 노 아이 러브 유[175]

바로 압착법으로 짜낸 100퍼센트 샤르도네 와인이다. 제랄드의 오래된 목제 압착기로 사흘간 천천히 짜냈다. 압착 마지막 분량으로 만들었으나 침출은 이루어지지 않았다. 다만 압착 과정에서 산소와 많이 접촉한 탓에 색깔이 짙은 주황색과 갈색 중간쯤이다. 발효는 저장고의 500리터 용량 나무통에서 열 달쯤 이어졌고, 통을 옮겨 주지 않아 발효 내내 침전물이 남아 있었다. 오늘 병입했다. 오렌지 와인이라고 생각할 사람도 있겠으나 껍질 침출이 없

174 ..And Suddenly She Had to Go. 〈..그리고 그 여자는 갑자기 자리에서 일어섰다〉라는 뜻의 영어.

175 Now Is When I Know I Love You. 〈이제 당신을 사랑한다는 것을 알겠어〉라는 뜻의 영어.

었으므로 오렌지 와인은 아니다. 어쨌든 포도의 타닌뿐만 아니라 발효할 때 담겨 있던 나무통의 타닌도 느껴진다. 단맛은 없고 쓴맛이 강해 산미와 좋은 균형감을 이루어 마음에 든다.

2017 | 워싱 마이 아이즈 인 더 소프트 서머 레인[176]

카리냥 20퍼센트, 소비뇽 블랑 80퍼센트 배합이다. 줄기를 제거한 카리냥을 소비뇽 블랑 과즙에 하루 반나절 동안 침출했다. 발효는 저장고의 나무통에서 3년쯤 이어졌고, 발효하는 동안 통을 옮겨 주지 않아 내내 침전물이 남아 있었다. 어제 병입했는데 아주 가벼운 레드와인이 탄생했다. 평소라면 더 길게 침출했겠지만, 카리냥은 아주 예민한 품종이라 금세 타닌이 잔뜩 녹아 나고 우아함을 잃어버리는 경우가 있다. 그래서 짧게 침출하기로 했다. 탱크에서 나무통으로 옮겨 준 후에 발효가 진행되며 고전적인 부르고뉴 레드와 비슷한 풍미가 더해졌다.

2018 | 왓 이프 더 포토 리얼리 스톨 아워 솔?[177]

화이트와 레드 품종을 여러 가지 배합했다. 주로 열매를 침출한 과즙으로 이루어져 있고, 바로 압착법으로 짜낸

176 Washing My Eyes in the Soft Summer Rain. 〈부드러운 여름비에 눈을 씻네〉라는 뜻의 영어.

177 What if the Photo Really Stole our Soul? 〈사진이 정말 우리의 영혼을 빼앗아 갔다면?〉이라는 뜻의 영어. 과거 북미 원주민들이 사진을 찍으면 영혼을 빼앗기게 된다고 믿었던 것을 염두에 둔 작명이다.

마지막 화이트 과즙도 들어갔다. 발효는 저장고의 500리터 용량 나무통에서 두 해쯤 이어졌고, 통을 옮겨 주지 않아 발효 내내 침전물이 남아 있었다. 오늘 아침에 병입했다. 우리가 만든 와인 중 가장 진하고 무거운 레드인 듯하다. 그렇지만 알코올이 강하거나 타닌이 과도하지는 않다. 반대로 나무통에서 보낸 시간 덕에 풍성하고 우아한 끝맛이 생겼다.

2016 | 포이트리 오브 사일런스[178]

100퍼센트 피노 누아이며, 줄기를 제거한 열매 25퍼센트와 바로 압착법으로 짜낸 과즙 75퍼센트 배합이다. 과즙에 색깔과 타닌, 물론 열매의 맛 구조도 녹아들도록 적당히 하룻밤만 침출했다. 압착 후에는 바로 섬유 탱크에 넣었고, 2017년 6월 1일 통을 옮겨 주었다. 그때 숙성을 위해 오래된 나무통에 옮겼는데, 이미 와인은 어여쁘던 옅은 붉은빛을 잃어버리고 허옇게 변한 상태였다. 오늘 병입했으니 나무통에서 3년을 갓 넘긴 셈이다. 증발분을 보충하지는 않았다. 그냥 산소와 접촉하도록 내버려두었다. 뱅 존은 아닌데 산화 풍미는 확실하다. 하얀 과일 풍미, 지속력이 길고 짭짤한 쓴맛이 있다. 균형감이 근사하다. 마음에 쏙 드는 와인이다.

178 Poetry of Silence. 〈침묵의 시〉라는 뜻의 영어.

2018 | 점핑 온 어 케이블 카 투 웨어 더 드림스 고[179]

게뷔르츠트라미너 50퍼센트, 피노 그리 50퍼센트 배합이다. 2015년에 화이트와인을 만들 때 쓰던 방식대로 양조를 시작했다. 압착하고 이틀 밤 동안 산소와 닿게 두었다. 거대한 통에 과즙을 담고 뚜껑을 열어 두었다는 뜻인데, 그사이 침전물은 가라앉고 발효가 시작되었다. 발효하며 생긴 표면의 거품이 보기 좋아서 면밀히 관찰했다. 그 후 실외 섬유 탱크에 넣어 6개월 동안 발효했고, 오래된 나무통에서 12개월 발효를 이어 간 뒤 15개월 동안 숙성했다. 감귤류의 맛과 흰 꽃의 향기가 싱그럽고 길게 이어진다. 나무통에서 우러난 가벼운 짠맛과 쓴맛, 우아한 산화 풍미가 있다.

2017 | 로즈 워터 앤드 코코넛오일[180]

피노 누아 50퍼센트, 게뷔르츠트라미너 50퍼센트 배합이다. 바로 압착법으로 짜낸 게뷔르츠트라미너 과즙에 줄기를 제거한 피노 누아 열매를 18시간 침출했다. 그 후 압착해서 곧장 오래된 나무통에 넣었고, 그대로 통을 갈지 않고 두다가 오늘 병입했다. 타닌이 없는 가벼운 로제인데, 게뷔르츠트라미너의 과일 풍미가 아주 농밀하며 피노 누아의 단맛 없이 짭짤한 쓴맛이 길고 근사하게 이어

179 Jumping on a Cable Car to Where the Dreams Go. 〈케이블카를 타고 꿈의 종착지로 출발〉이라는 뜻의 영어.

180 Rose Water and Coconut Oil. 〈장미수와 코코넛 오일〉이라는 뜻의 영어.

우리의 그르나슈 누아.

진다. 와인에 장미수와 해조류의 풍미를 선사하는 조합이다.

2017 & 2018 | 유 캔 온리 해브 미 포 소 롱[181]

게뷔르츠트라미너 50퍼센트, 피노 그리 50퍼센트 배합이다. 바로 압착법으로 짜낸 게뷔르츠트라미너 과즙을 탱크에 넣고 산소와 접촉할 수 있도록 24시간 동안 뚜껑을 열어 놓았다. 그 후 나무통에 110리터를 부(어서 통을 반쯤 채워 놓은 채로 한 해 동안 그대로 두)었다. 그리고 2018년에 피노 그리를 수확해 똑같이 작업한 뒤 두 과즙을 섞었다. 당연히 결과물에는 산화 뉘앙스가 느껴진다.

181 You Can Only Have Me for So Long. 〈난 머지않아 떠날지도 몰라〉라는 뜻의 영어.

특히 술통에서 한 해 묵힌 게뷔르츠트라미너의 영향이다. 동시에 아주 농밀하고 향긋한 과일 맛이 있어서 과즙에 당분이 없는데도 달콤하다는 인상을 받게 된다. 굉장히 흥미롭다!

2020년 7월 8일 수요일, 오베르모르슈비르

병입 작업을 끝낸 다음, 작년에 수확해서 줄곧 실외 발효 중이던 과즙으로 술통을 채웠다. 그리고 2019년 피노 누아는 2016년 피노 누아가 있던 통으로 들어갔다. 그때 효모 막을 형성해 산화 뉘앙스를 불어넣어 준 배양 효모가 이번 과즙에서도 살아남을 수 있을 것이다. 적어도 그것이 우리의 목표다. 2019년 피노 누아가 2016년과 동등한 품질을 보여 주기를 바란다. 똑같은 산화 풍미가 생겨날 수도 있다. 모든 와인이 근사한 산화 풍미를 품어 낼 자질을 갖춘 것은 아니기에 이곳 알자스에서 자질 있는 과즙을 만날 때마다 기분이 좋아진다.

2020년 7월 13일 월요일, 발비네르

온종일 기온이 40도가 넘는다. 죄다 진척이 빠르다. 포도밭은 매우 건조하고, 모두 성급히 익어 가고 있다. 8월

1일에 수확을 시작할 듯하다. 2015년과 2019년의 기록을 다시 읽기 시작했다. 조금씩 걱정이 커진다.

2020년 7월 17일 금요일, 발비녜르

〈베레종〉, 즉 포도 성숙이 시작되었다. 빛깔이 변하고 있다는 뜻이다. 발그랑에 있는 우리의 시라 나무가 변하기 시작하더니 마젤에 있는 시라도 똑같이 변하는 모습이 눈에 띄었다.

2020년 7월 18일 토요일, 발비녜르

이곳 발비녜르의 〈라 투르 카세〉에서 또 한 병 마셨다.

2006 | 소바지온느 | 도멘 데 그리오트

(원래 산화 뉘앙스가 없는 와인인데) 병에서 조금 산화가 일어났다. 싱그럽고 근사한 산미도 있다. 과일 맛은 다소 칙칙하다. 병에서 산화 작용이 일어날 때 악영향이 있었을지도 모르겠다. 병입 상태의 산화가 가령 술통에서 일어난 산화보다 마음에 든다고 할 수는 없겠으나, 이 와인에는 근사한 쓴맛이 있어 좋다.

2020년 7월 25일 토요일, 발비네르

그르나슈 누아 역시 잘 익어 가며 색이 바뀌기 시작했다. 항상 그랬듯이 〈그리〉 밭에서 월등한 성장이 눈에 띈다.

2020년 7월 27일 월요일, 발비네르

수확 준비 중이다. 가장 먼저 할 일은 조슬린과 제랄드의 오래된 목제 압착기를 물에 불리는 것이다. 100년도 더 된 압착기라 완전히 불리려면 1~2주쯤 걸린다. 시간을 잘 계산해서 제대로 불려 놓아야 한다. 고장 내거나 과즙을 낭비하고 싶지 않으니까.

2020년 8월 5일 수요일, 발비네르

수확을 대비해 재충전할 겸 바닷가에서 일주일을 보냈다. 이제 집에 돌아와 포도가 건강한 모습을 확인하니 정말 좋다. 오늘 발그랑에서 그르나슈 블랑을 맛보았다. 준비되기까지 시간이 더 있어야겠다. 더운 날씨 때문에 껍질이 너무 딱딱해져서 아직 풋내 나는 타닌이 너무 많다. 과즙의 균형감이 좋지 않다. 익지도 않았는데 캐러멜화 풍미가 있고 풋내 나는 산미도 느껴진다. 정신 없다.

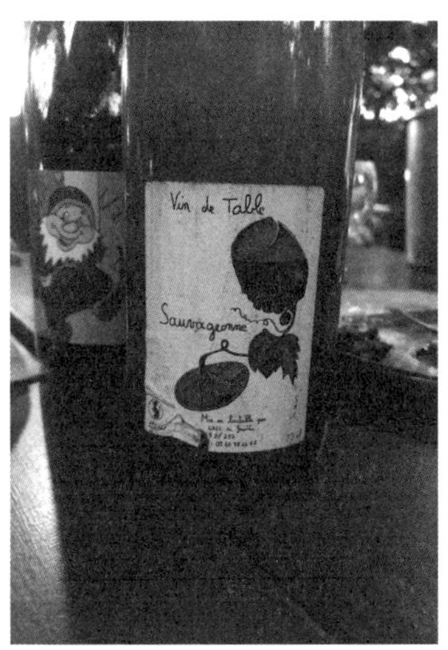

〈라 투르 카세〉에서 마신 〈소바지온느〉.

그르나슈 누아 열매의 색이 변하고 있다.

2020년 8월 7일 금요일, 발비네르

본격적으로 수확을 대비해 청소를 시작했다. 포도 분석도 슬슬 해보았다. 일단 조슬린과 제랄드의 샤르도네와 비오니에를 수확한 후에 그르나슈 블랑과 소비뇽 블랑을 우선으로 따게 될 듯하다. 자칫하여 너무 일찍 수확하게 될까 봐 걱정된다. 번지는 공포심이 느껴진다. 다들 알코올이 높아질 것을 염려하고 있다.

2020년 8월 10일 월요일, 발비네르

곧 수확을 개시한다. 한 달 전에 수확 시작은 8월 1일이라고 예상했는데, 날씨가 너무 더워서 포도 성숙이 늦어졌다. 포도는 천천히 익고 알코올만 계속 오르고 있다.

바쁜 시기에 앞서 올여름에 읽기 시작한 책들을 끝내려고 노력 중이다. 책은 좋은 친구 같아서 함께 있으면 외롭지 않다. 어느 책이든 좋지만 기록에 열중하게 되는 수확기에는 유난히 좋다. 책이 옆에 있으면 마음이 놓인다. 항상 여러 권을 옆에 두고 병렬 독서를 즐긴다. 서로 다른 유형의 책을 섞어 읽는 게 좋다. 새로운 책을 시작하는 것은 내가 아는 최고의 기쁨이다. 앞으로 절친한 친구가 될 재미있는 사람을 새로 사귈 때와 비슷하달까. 책이란 것은 정말이지 굉장하다. 책 한 권을 펴면 즉시 이야기

한여름의 오단과 나.

〈르 마젤〉에서 샤르도네 당도 측정.

가 펼쳐진다. 흘러넘쳐 막을 수 없다. 때로는 책장 안에 이렇게나 많은 감정과 지식이 있다는 사실, 한 권의 책이 이 많은 것을 품고도 터지거나 넘치지 않는다는 사실을 받아들이기 힘들 정도다.

참 멋지다. 내 인생 최고의 경험 몇 가지는 책을 통해 얻은 것이다. 때로는 책에 푹 빠져서 헤어 나올 수 없다. 그저 책장만 계속 넘길 뿐이다. 멈춤 없이, 경이감에 젖은 채. 그런데 정신을 차리고 보면 반이나 읽었다. 너무 빨리 읽고 있다는 사실을 깨닫는다. 남은 분량이 적어지니 신경질이 나기도 한다. 내가 자초한 일이니 조금 우습기도 하다. 이쯤 되면 내 바람은 이야기가 영원히 이어지는 것뿐이다. 〈책이란 정말이지!〉 하지만 책을 견딜 수 없을 때도 있다. 표지를 덮어 버리고 여섯 달, 한 해, 더 오랫동안 버려두기도 한다. 책을 펴는 행위는 문을 열고 삶과 꿈으로 나아가는 것과 똑같다. 신문을 펼침으로써 문을 열고 세상으로 나아가게 되는 것과 마찬가지다.

시간 낭비하는 기분이 들 때가 많다. 이곳에서, 이런 상황에서 무슨 일을 할 수 있을지 자문하게 될 때가 많다. 그래서 무슨 소용인데? 그냥 혼자서 나름대로 쓸모 있다고 생각하는 일을 해서는 안 되는 걸까? 오늘 같은 밤에는 사람들을 보며 궁금해한다. 〈다들 무엇을 원하는 걸까? 무슨 목적으로 그런 행동과 말을 하는 건데?〉 다들 독특한 사람이 되기를 원하지만, 사실 우리는 굉장히 비슷하다. 사람들은 끊임없이 눈에 띄기를, 가장 자유분방하거나 유창한 사람이 되기를, 그저 누군가가 자기 이야기에 귀 기울여 주기를 바란다. 진정 흥미로운 행동이나 말은 할 줄 모르면서 괜히 유의미하고 심오하다. 오늘 밤 청소가 끝난 후 〈르 마젤〉에 와인메이커 여럿이 합류해 한잔했다. 제랄드는 테이블 끄트머리에 앉아 아무 말도 하지 않았다. 존재만으로 평화롭고 고요한 분위기다.

2020년 8월 12일 수요일, 발비녜르

〈르 마젤〉의 샤르도네를 시작으로 본격적인 수확기에 돌입했다. 내 생각에는 너무 이른 것 같다. 하지만 왜 지금이어야 하는지 알 것 같다. 더 기다리면 산미는 다 사라지고 알코올만 남아 있을 테니까. 그러나 과즙에 맛 성분이 충분할까?

2020년 8월 14일 금요일, 발비녜르

비오니에는 샤르도네와 완전 딴판이다. 열매가 잘 익어서 믿기 힘들 정도로 싱그러운 맛이 길게 이어진다. 조슬린의 집 오른편에 있는 집단 선발[182] 포도밭에서 자라는

182 특정 식물의 개체 중에서 자신이 원하는 특성을 가진 것들을 골라 길러 내는 방법.

비오니에를 수확한 것이다. 목제 압착기를 가득 채워 바로 압착할 생각이다.

2020년 8월 15일 토요일, 발비네르

1998 | 미아스Mias | 도멘 뒤 마젤

조슬린과 제랄드의 와인을 맛볼 때는 객관적인 태도를 유지하지 못한다. 두 사람을 너무나도 좋아해서 다른 사람의 와인이라면 용납하지 못했을 결점도 다 끌어안게 된다. 하지만 이 와인은 감탄사 외에 군말이 필요 없다. 아주 깊고 정교한 비오니에의 풍미에 숙성하며 생긴 미묘하고 우아한 산화 뉘앙스가 결합했다. 두말할 것 없이 훌륭한 와인이다!

1999 | 미아스 | 도멘 뒤 마젤

이번에도 비오니에 와인이다. 풋풋하고 근사한 산미는 여전하다. 과일과 꽃 향미가 온전하고 굳건하다. 이산화황을 넣지 않은 와인도 숙성이 가능하냐고 묻는 사람이 있다면 〈르 마젤〉의 〈1999년 미아스〉를 내주면 된다. 순수하고 자유로운 이산화 황 무첨가 와인을 의심하는 목소리는 전부 잦아들 것이다.

여럿이 함께 비오니에 압착 중.

2008 | 샤르도네 | 피에르 오베르누아

산미가 아직 앳된 느낌이고 맛 표현도 다소 단순하다. 〈도멘 뒤 마젤〉의 와인과 함께 마시다니 너무한 처사였다. 그쪽이 너무 월등하니까. 몇 년 더, 어쩌면 10년까지도 더 숙성하는 쪽이 이상적이었을 것이다.

2020년 8월 16일 일요일, 발비녜르

압착기에 있던 비오니에서 과즙이 나올 만큼 나왔다. 알자스에서 했던 것과 마찬가지로 저장고에서 뚜껑을 열어 놓은 채 발효를 시작할 생각이다. 과즙을 전부 섞어서 하나의 와인을 만들려 한다. 그동안 이런 식으로 화이트와인을 만들어 보려고 했으나 전부 실패였다. 2020년에는 드디어 성공을 거둘지도 모르겠다. 아르데슈에서 오랫동안 맛보지 못했던 흥미로운 풍미가 깃들어 있다. 싱그럽고 풋풋한 산미, 흰 꽃의 향기, 농밀함. 이것 말고도 많은 화이트 과즙을 지켜볼 것이다. 가슴이 두근두근하다.

2020년 8월 17일 월요일, 발비네르

메를로를 압착해 로제나 가벼운 레드를 만들 생각이다.

2020년 8월 19일 수요일, 발비네르

오늘 발그랑에서 시라를 수확했다. 작년과 마찬가지로 껍질이 너무 두껍고 전혀 익지 않았다. 포도 알맹이가 너무 작고, 수확을 늦추었다가는 과즙이 나오지 않을까 봐 걱정이었다. 그런데 바로 압착법으로 짜냈더니 과즙이 아주 맛있다. 발그랑의 시라 밭은 스트레스를 받은 것 같다. 두 해째 딱히 만족스럽지 않은 포도를 수확했다. 급진적인 시도를 감행해야겠다. 잎이 더 많이 나도록 새로운

수확하는 날, 줄기 제거 작업 중에 페탕크 공놀이 한판 승부.

가지치기 체계를 도입해야 할지도 모른다.

포도나무는 동쪽에서 서쪽으로 심어졌으므로 시라의 길고 부드럽고 유연한 가지를 지탱할 수 있는 튼튼한 버팀목이 필요하다. 이 지방의 바람은 대부분 북에서 남으로, 아니면 남에서 북으로 불기 때문에 가지가 길고 부드러우면 땅으로 눕게 된다. 이는 잎사귀가 열매를 덮지 못하거나 필요한 만큼 그늘을 누리지 못한다는 뜻이다. 또한 바람 때문에 포도나무의 늙은 가지가 부서져 죽어버릴 가능성이 있다. 그래서 미리 가지를 선별해 쳐내거나 잎사귀까지 쳐내야 한다. 포도나무를 살려 두기 위한 처치들이다. 하지만 슬프게도 이런 처치들은 포도의 성장에 변수가 되어 마음에 들지 않는 포도가 자라나기도 한다. 그래서 아내와 나는 긴 가지와 포도나무를 희생하지 않도록, 더 많은 잎을 틔우고 후에 더 근사한 열매를 맺을 수 있도록 강력한 가지치기 체계를 도입하면 어떨지 논의 중이다.

2020년 8월 20일 목요일, 발비네르

〈레 비뉴 데 앙팡〉의 프티트 시라 중 20퍼센트를 골라 줄기를 제거하고 있다. 나머지는 우리 저장고에 있는 작은 압착기로 바로 압착할 것이다. 이 과즙에 줄기를 제거한 열매를 넣어 침출할 계획이다.

2020년 8월 22일 토요일, 발비네르

오늘 〈레 비뉴 데 앙팡〉의 프티트 시라를 바로 압착법으로 끝냈다. 이렇게 탄생한 로제 과즙만 마셔도 정말 맛있지만, 여기에 줄기를 없앤 열매를 침출할 것이다. 압착기에서 과즙이 흘러나오기 시작했을 때 곧장 열매가 있던 탱크에 넣었다. 그래서 열매는 줄곧 과즙에 푹 젖은 채로 안을 둥둥 떠다녔다.

2020년 8월 24일 월요일, 발비네르

제랄드와 조슬린의 시라를 가져다가 또다시 바로 압착법으로 짜냈다. 그리고 카베르네 소비뇽도 바로 압착법으로 짜낸 후 로제 과즙에 넣을 생각이다.

2020년 8월 26일 수요일, 발비네르

미래에 〈레 비뉴 데 앙팡〉의 와인으로 거듭날 과즙을 다른 통에 옮겨 담았다. 과즙의 맛 구조가 아주 만족스럽다. 근사한 후추 풍미가 있고, 지난 두 해 동안 줄곧 느껴지던 금속성이 전혀 느껴지지 않아 마음이 놓인다.

2020년 8월 27일 목요일, 발비네르

오늘 아침에 사상 처음으로 우리 포도밭에서 소비뇽 블랑을 수확했다. 최대한 무르익은 상태에서 수확하기 위해 수확 시기를 늦추고 있다. 알자스에서 쌓은 경험을 아르데슈에서 만드는 와인에 접목할 계획이다. 가능한 만큼 기다리려 했으나 이제 더는 기다릴 수 없는 것이 당분이 너무 많아 발효가 끝나지 않을 수 있기 때문이다. 평년의 일주일치 작업량밖에 안 된다고 생각하면 이상하지만, 화이트 품종 작업은 거의 끝났다. 그르나슈 블랑도 조금 땄다. 이 포도들은 바로 압착법으로 빨리 짜봐야겠다. 목제 압착기로 오랫동안 천천히 짜내는 기존의 방식과 어떤 차이가 있는지 알아보고 싶다.

2020년 9월 1일 화요일, 발비녜르

사흘 내내 비가 내렸는데 오늘은 날씨가 조금 괜찮아졌다. 내일은 수확을 재개할 수 있을 것 같다. 포도에 수분이 공급되어 좋았을 듯하다. 성숙 기간이 길어질 테고, 후에는 당도가 조금 낮아질 것이다.

2020년 9월 2일 수요일, 발비녜르

오전에 목제 압착기에 있던 소비뇽 블랑을 비워 내고 오후에 그르나슈 블랑을 넣었다. 그리고 밭에 남아 있던 그르나슈 블랑을 마저 수확하고 점심을 먹었다. 비가 와서 포도에 좋았다. 소비뇽 블랑과 마찬가지로 그르나슈 블랑도 당분이 낮아졌다. 전에는 너무 익은 듯한 캐러멜화 풍미가 느껴졌는데, 비를 맞더니 잘 익은 과일의 깊은 풍미와 함께 산미도 살아났다.

압착기에 소비뇽 블랑을 넣다.

〈도멘 뒤 마젤〉의 〈2002년 뱅 드 수아프〉.

2020년 9월 4일 금요일, 발비네르

오늘은 그르나슈 블랑 막바지 압착을 진행했고, 어제는 조슬린과 제랄드의 어린 그르나슈 누아 나무에서 열매를 땄다. 아침에는 대형 목제 압착기를 비웠다. 발그랑에 마지막 남은 (그르나슈 누아) 밭의 열매가 무르익었기에 수확 준비를 한 것이다. 장미 같은 향이 나고, 따뜻한 꽃 풍미가 아주 강렬하고 길게 이어진다.

2020년 9월 5일 토요일, 발비네르

목제 압착기에 있는 그르나슈 블랑을 비워 내고 그르나슈 누아로 다시 채웠다. 올해는 압착기 사용을 조율하는 일이 조금 번거롭다. 과연 포도는 자기가 익고 싶을 때 익는다. 1초라도 서두르는 법이 없고, 1초만 지나면 너무 늦어버린다.

2020년 9월 8일 화요일, 발비네르

수확한 카리냥 일부는 줄기를 제거했고, 나머지는 통째로 바로 압착 중이다.

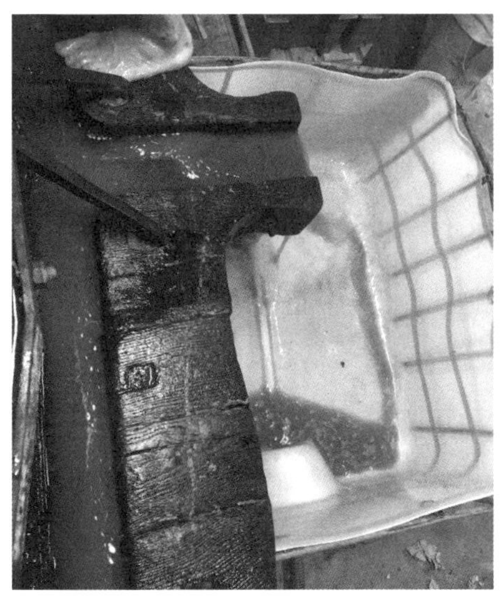

그르나슈 누아 압착 첫 번째 날.

2020년 9월 9일 수요일, 발비녜르

그르나슈 누아 압착을 시작하고 나흘이 지났다. 지금 나오는 과즙과 토요일에 야단을 떨며 짜낸 첫 번째 과즙 사이에는 명확한 차이가 있다. 압착을 시작한 후 하루 반날 동안 과즙이 줄줄 흘렀는데, 마지막에 다다른 지금은 포도를 꾹꾹 짜줘야 하는 상황이다. 〈과즙을 세 종류로 나눠 볼까? 아니면 더 간단히 두 종류?〉 최종 압착을 시작해 하루 이틀쯤 더 짜낸 뒤 세 가지 과즙이 섞이면 어떤 맛이 나는지 확인할 것이다. 처음 짜낸 과즙은 당연히 아주 가

똑같은 그르나슈 누아를 압착해 얻은 세 가지 과즙으로
왼쪽부터 1일 차, 2~4일 차, 5일 차.

볍다. 내가 보기에는 두 번째에 짜낸 과즙이 가장 흥미로우며 단독으로 와인이 될 만한 맛 구조를 보유한 것 같다. 마지막인 세 번째 과즙은 너무 진할 듯하다. 세 가지 과즙으로 두 가지 와인을 만들고 싶다. 첫 번째와 마지막 과즙에 그르나슈 블랑을 조금 배합한 와인, 그리고 두 번째 과즙만 단독으로 발효한 와인이다.

2020년 9월 14일 월요일, 발비녜르

카리냥 작업이 끝난 후로 압착기가 텅 비었다. 이제 과즙에 열매를 담가 두었다. 마르잔과 소비뇽 블랑 과즙에 넣

어 침출하고 있던 열매다. 제랄드, 크리스토프 콩트와 함께 〈도멘 데 비뇨〉의 2020년 빈티지를 맛보았다. 만든 지 얼마 안 된 과즙인데도 볼라틸 산미가 금세 높아졌다. 위험한 수준은 아니다. 아직 0.5그램도 안 되어서 정말이지 심각할 것은 없는데 진행이 엄청 빨랐다. 크리스토프는 어떻게 해야 할지 모르겠단다. 제랄드는 탱크를 비워 효모를 싹 없애고 내부를 잘 씻은 뒤 다시 와인을 넣으라고 했다. 그리고 다른 와인의 술통을 교체할 때 좋은 효모를 조금 가져다가 문제의 와인에 넣으라는 것이다. 나도 동의한다. 그러면 문제가 해결될 수도 있다. 나도 알자스의 2013년 빈티지에 같은 처치를 했었다. 곧 알자스에 수확하러 가야 한다. 돌아오면 문제의 와인을 다시 맛볼 생각이다. 정말이지 흥미진진하다.

2020년 9월 16일 수요일, 오베르모르슈비르

알자스에 와서 내일 수확을 준비 중이다. 뮈스카, 피노 누아, 피노 그리, 게뷔르츠트라미너, 실바네르를 수확할 것이다. 어쩌다 보니 운이 좋아서 스테판 반바르트, 크리스티앙 비네르[183]와 함께 마르셀 라피에르Marcel Lapierre

183 Christian Binner. 알자스에 기반을 둔 내추럴 와인메이커, 와이너리는 〈도멘 크리스티앙 비네르〉. 18세기부터 이어져 내려온 가족의 와이너리를 1999년에 물려받았다.

의 2003년 빈티지 매그넘을 맛볼 수 있었다. 나쁘지 않은 하루였다.

2020년 9월 17일 목요일, 오베르모르슈비르

어제 언급한 품종을 전부 수확 중이다. 게뷔르츠트라미너 과즙을 짜서 단독으로 와인을 만들고 다른 품종의 열매를 침출할 때 쓸 생각이다. 수확한 포도는 전부 줄기를 제거해 열매만 남겼다. 풍미와 빛깔의 어우러짐이 근사하다. 특히 뮈스카가 만족스럽다. 향미가 정말 멋지다.

2020년 9월 19일 토요일, 아베르주망 라 그랑

알자스의 열매와 과즙은 알아서 침출하도록 두고 쥐라에 있는 친구들, 샤를 다강과 스테판 플랑슈를 보러 갔다. 두 친구는 술통 교체 작업을 마치고 과즙 한 종류를 압착한 참이다. 함께 샤를의 저장고에서 일하고 있었는데, 내가 들어갔더니 스테판이 와인을 맛보라고 여러 잔 주었다. 굉장히 흥미로웠다.

두 사람의 와인은 기대만큼 잠재력이 충만했다. 쥐라와 프랑스 남부의 품종을 배합해 만든 와인이었다. 그들의 고향 발비네르에서 수확한 그르나슈 누아 와인도 맛보

마르셀 라피에르의 2003년 매그넘.

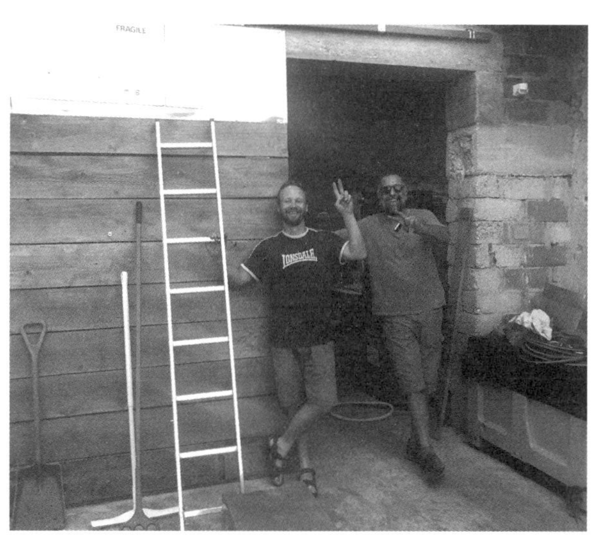

샤를 다강과 스테판 플랑슈를 만나러 감.

았다. 제랄드와 내가 만드는 와인과는 사뭇 달라 즐거웠다.

2020년 9월 21일 월요일, 오베르모르슈비르

침출을 시작하고 나흘이 지난 오늘 압착을 시작했다. 서로 다른 알자스 품종이 아름답게 어우러진 과즙이다. 바라던 대로 뮈스카의 풍미가 두드러진다. 일본에서 오카의 펫낫 한 병을 맛(보고 프랑스에 가져온 다른 한 병까지 맛)본 뒤로 줄곧 향미가 풍부한, 특히 꽃향기가 강한 품종을 생각했다. 이런 직선적인 향미는 호기심을 자극한다. 신선하고 단순한 방식으로 와인의 정교함을 배가하기에 매력적이다. 정말 짜릿하다.

2020년 9월 23일 수요일, 발비네르

알자스에 있던 묵은 게뷔르츠트라미너 과즙을 발비네르로 가져왔다. 알자스와 아르데슈의 과즙을 배합해 보고 싶다는 꿈을 품은 것도 꽤 오래전의 일이다. 다만 어떻게? 〈르 마젤〉의 카베르네 소비뇽과 반바르트의 게뷔르츠트라미너를 배합하는 것보다 더 합당한 선택이 있을까. 코펜하겐에서 소믈리에로 일할 때 가장 마시기 껄끄러웠던 품종들이다. 카베르네 소비뇽과 게뷔르츠트라미

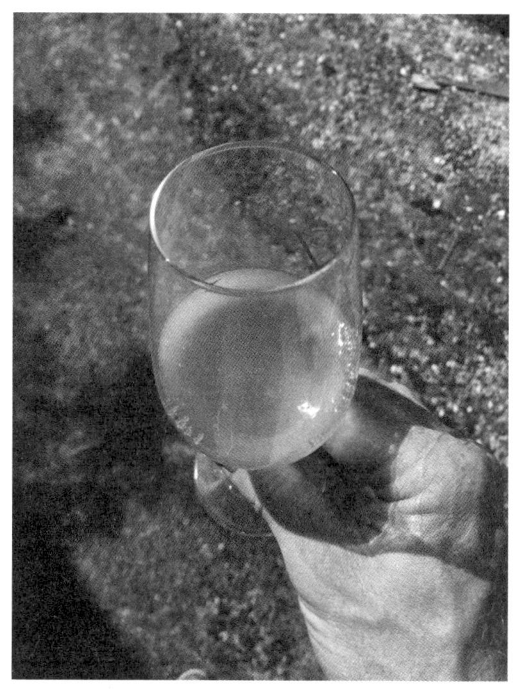

게뷔르츠트라미너 과즙.

너를 아우르며 양조 작업을 시작한 것도 8년이 지났고, 이제는 두 품종에 푹 빠져 버렸다. 실제로 우리가 만들어 내는 와인 중에 가장 마음에 드는 것이 바로 이 두 품종의 과즙일 때가 많다. 처음으로 알자스와 아르데슈의 과즙을 배합하려는 지금, 카베르네 소비뇽과 게뷔르츠트라미너보다 나은 선택이 있을까? 가볍고 꽃향기 향긋한 로제가 탄생할 것이다. 이 와인의 진화를 지켜볼 생각에 가슴이 두근거린다!

수확을 이어 가고 있다. 올해는 시간도, 집중력도, 에너지도 소진이 심하다. 2020년 빈티지는 분명 굉장할 것 같은데 수확이 쉽지 않다. 포도가 너무 빨리 익기 시작한 탓에 성숙 시기가 마구 엇갈려서 이상했다. 과즙과 씨앗은 괜찮으나 줄기, 그보다 껍질이 제대로 익지 못했다. 가벼운 와인을 만들어야겠다고 점찍어 둔 포도 중 당분과 예상 알코올 도수가 치솟은 것들은 평소보다 이르게 수확해야 했다. 반면 더 무거운 와인을 만들기 위해 평소보다 느지막이 수확해야 하는 포도도 있었다. 어쨌든 두 가지 과제 모두 잘 완료한 듯해 만족스럽다. 무거운 와인을 만들 포도가 특히 좋았다. 과즙이 아직 발효 중인데도 이미 정교하고 다층적인 풍미를 느낄 수 있었다. 앞으로 와인은, 알코올은 어떻게 될까? 시간이 지나면 알게 될 테다!

무언가에 시간을 들이고 싶다는 생각을 한다. 때로는 이 〈무언가〉가 조금 부담스러워질 때도 있지만 결과는 항상 긍정적이다. 여유롭게 시간을 보내며 수반되는 평화를 즐기는 것이 좋다. 그러나 모든 것이 끝난 뒤 한때 머물렀던 순간을 하나의 묘사로 매듭짓는 것도 좋다. 나는 이런 마음을 와인에 표현하려고 한다. 갑자기 그림을 그리기 시작하는 등 난데없는 활동에 전념하는 것, 그렇게 문제의 대상에서 멀어져 크고 작고 세세한 요소들에 전념하다가 새로운 아이디어를 얻는 것이 정말 좋다. 올해 와인들에게 필요한 만큼 관심을 듬뿍 쏟아 주었다. 내가 허락한 일이고 줄곧 원했던 일이라고 할 수도 있을 것이다.

나 자신에게 다소 엄격한 태도지만, 나는 평화와 시간을 원하는 동시에 그 평화와 시간이 유용하기를 바란다. 시간을 들인 만큼 결과물이 시각적으로, 실질적으로 오롯하기를 바란다. 저장고로 내려갔을 때 내가 들인 시간이 생산적이었음을 확인하고 싶다. 양은 중요하지 않다. 나무통 앞에 섰을 때 그간 골똘한 고민으로 보낸 오랜 시간을 직접 맛볼 수 있기를 바란다. 와인을 입에 머금었을 때 정서적인, 적어도 지적인 자극을 받고 싶다. 와인이 내게 무언가를 가져다주었으면 좋겠다.

뭐, 그러지 않는다 해도 상관없다. 정서적이고 지적인 자극은 다른 장소와 상황에서 발견해도 된다. 가령 수확기라는 긴 명상과도 같은 시간에서. 평온에 이르고 행복이 따라온다. 새로운 일과와 새로운 깨달음이 주는 즐거움, 짜릿한 호기심, 수확기에 감도는 들뜬 분위기가 그러하다. 수확기는 내게 특별한 영향력을 발휘한다. 이 시기에는 정서도, 에너지도 풍부하다. 내 정신에 맞는다. 우울에 빠진 듯 내 주변의 모든 것을 잊어버리지만, 항상 마음이 고양된 채로 줄곧 인내심을 발휘한다. 같은 장소에서 몇 시간이 흐르든 며칠이 지나든 명상을 이어갈 수 있다. 그런 마음을 유지할 수 있으니 달리 중요한 것은 없다. 나 홀로 충만하다. 우울, 흥분, 와인이 서로 이어졌다고 되뇐다. 잠깐, 흥분은 아닌데.

점점 언어가 버거워진다. 자기표현이 버거워진다. 손가락을 움직여 언어를 종이로 쏟아 내기가 힘들다. 똑같은 낱말과 똑같은 생각이 항상 머릿속을 맴돈다. 와인 양조에 내 모든 에너지와 집중력을 쏟아붓고 있다. 하지만 힘을 얻기도 한다. 기록을 더 많이, 더 자주 남기고 싶다. 노력은 하겠지만 성공할 것 같지는 않다. 그러나 어떻게든 기록을 남기면 정말 기분이 좋다. 이야기가 흘러나오고 하나둘 내 논리에 맞아떨어진다. 나 자신과 지난 몇 달 동안 해온 작업이 이해되기 시작한다.

와인 작업을 할 때, 특히 포도를 만질 때는 끊임없이 나를 의심하게 된다. 어쩔 수 없다. 내 삶의 최소 절반은 회의와 탐색으로 이루어져 있다. 비참, 우울, 비관과는 다르다. 다만 내 호기심이 해답을 발견해 낼 수 없으리라는 예감이 있다. 말이 되는가? 아무것도 일어나지 않다가 갑자기 모든 것이 너무 빠르게 진행되는 느낌이 들 때도 있다. 때로는 영감을 전혀 받지 못해 끙끙거리며 작업한다. 영감은 자주 누리지 못하는 사치이고, 와인의 영감이 샘솟을 때면 그저 황홀하다. 지극히 행복하다. 얼마 전 알자스에 갔을 때, 이곳 아르데슈에서 처음 수확을 시작했을 때 그런 황홀함을 겪었다. 그러나 기껏해야 며칠, 하루 이틀 지속되기 마련이고, 그 후에는 자그마한 재미 요소나 풍미를 찾기 위해 다시 끊임없이 노력해야 한다. 어떤 날에는 술통을 여럿 채우며 오랜 시간을 보내는데, 그러면 정신적인 숙취가 생긴다. 〈오늘도 아무것도 안 하며 하루를 허비했구나〉라는 생각이 든다. 하지만 가만히 과거를 돌아보고, 기록을 읽고, 와인을 맛보면 내 과거가 헛되지 않았음을 알게 된다.

2020년 9월 26일 토요일, 발비녜르

다시 〈도멘 데 비뇨〉에 가서 엘렌과 크리스토프 콩트와 2020년 과즙을 맛보았다. 압착하고 얼마 안 되었음에도 볼라틸이 너무 빨리 상승해서 문제였으나 이제 정상으로 돌아왔다. 크리스토프가 조언을 구하려고 알랭 알리에를 찾아갔더니 제랄드와 똑같은 이야기를 했단다. 그래서 과즙을 잠시 옮겨 두고 탱크를 닦은 뒤 통풍을 통해 발효 환경을 개선했다. 좋은 결정이었다. 모든 와인이 상당히 좋아졌고, 벌써부터 근사한 균형감을 선보이고 있다. 전에 맞닥뜨렸던 문제는 완전히 해결되었다. 크리스토프가 예민하게 문제를 감지하고 행동에 나서는 모습을 보며 감명받았다. 나는 우유부단해서 문제다!

2020년 9월 30일 수요일, 발비녜르

2003년 이후 가장 건조했던 두 해 여름을 뒤로했기에 땅을 갈아 수분을 공급해 주어야 한다. 지나치지 않도록 조금만 흙을 열어 주기로 했다. 후에도 풀과 허브가 잘 살아 있기를 바란다.

2020년 10월 7일 수요일, 발비네르

올해 만든 과즙은 이제 전부 나무통과 탱크에 담겨 있다. 마지막에 수확해 천천히 압착한 소비뇽 블랑이 특히 마음에 든다. 이 과즙에 거는 희망과 기대가 크다. 벌써 몇몇 알자스 와인처럼 농밀하고 초점이 또렷한 맛 구조를 선보이고 있다. 〈르 마젤〉의 포도를 섞은 비오니에 과즙도 마찬가지다.

2020년 10월 9일 금요일, 발비네르

산화를 방지하기 위해 술통의 빈 공간을 전부 꽉 채웠다. 우리는 발효가 가장 왕성한 초기 단계에는 깨진 와인 잔 밑부분을 이용해 살살 술통을 막아 준다. 기다란 손잡이 부분을 술통에 넣은 뒤 둥그런 밑바닥으로 입구를 완전히 덮는 것이다. 그러면 내부에서 생성되는 탄소 가스가 자유롭게 술통을 빠져나갈 수 있다. 발효 과정에서 기포가 발생해도 잘 배출된다. 아주 실용적이다. 이제 발효 첫 단계가 끝나 과즙이 안정 상태에 돌입했다. 그래서 술통에 들어가 있던 와인 잔을 빼내고 과즙으로 꽉 채운 다음 제대로 된 마개나 뚜껑으로 막아 주었다. 이제 술통은 월동 준비가 끝났다.

2020년 10월 30일 금요일, 발비녜르

올해 만든 로제를 병입하고 있다. 우리 와인이 이렇게 단시간에 완성된 것은 처음이다. 2020년 빈티지는 전반적으로 발효가 아주 빠른 편이지만 이 로제는 과연 인상적이다. 당분 없이 완성되었다. 다음 주라도 판매를 개시할 수 있으나 내년 봄에 팔 계획이다.

2020년 11월 7일 토요일, 발비녜르

저녁 시간이, 달빛과 침묵이 좋다. 가로등의 노란 불빛, 저 멀리 길을 따라 들려오는 대화 소리, 하늘에 두둥실 떠오른 11월의 달. 정말 기가 막힌 장면이다. 그저 완벽하다. 달과 가로등 조명이 이 거리를, 이 순간을 오롯이 끌어안고 있다. 하늘은 엷은 푸른빛에서 보랏빛, 검푸른 빛깔을 거쳐 칠흑같이 어두워졌다. 이곳 사람들은 〈뢰르 블뢰〉[184]라고 부른다. 낮이 밤과 만나는 시간, 낮의 새소리

184 L'heure bleue. 〈푸른빛 시간〉이라는 뜻의 프랑스어.

가 잦아들었으나 밤의 새소리는 아직 시작되지 않은 시간이다. 꽃향기를 맡거나 와인의 연약한 향미를 맛보기에 최적의 시간이란다. 감각과 정서가 해방되는 시간이기도 하다. 바로 지금이다.

2020년 11월 8일 일요일, 발비녜르

오늘 저장고에 내려가서 〈레 비뉴 데 앙팡〉의 2018년 빈티지를 맛보고 오래된 나무통들을 바라보았다. 〈도멘 드 라 로마네콩티〉에서 쓰던 것이란다. 제랄드가 20년쯤 쓰다가 내게 선물한 것도 7~8년 전이다. 나무통과 함께 흐른 세월을, 거쳐 간 와인을, 지금 발효 중인 과즙을 떠올리며 미래의 와인과 계획을 꿈꾸었다. 이 통에 든 과즙은 오랫동안 맛이 복잡 미묘했으나, 이제는 제자리를 찾아 균형을 이루었다. 금속성이 사라지고 과일 풍미가 성숙해졌다. 봄에는 병입할 수 있기를 바란다.

2020년 11월 12일 목요일, 오베르모르슈비르

올해 새로 만든 과즙을 맛보러 알자스에 왔다. 물론 묵은 과즙도 맛볼 생각이었다. 2019년 빈티지는 아직 발효 중이지만 굉장한 잠재력이 느껴진다! 나머지 과즙들도 조

금씩 근사한 와인으로 거듭나고 있다.

2020 | 게뷔르츠트라미너

여전히 발효 중이다. 농밀한 향미와 뛰어난 산미가 느껴진다.

2020 | 뮈스카, 피노 누아, 피노 그리, 실바네르, 게뷔르츠트라미너 배합

짠맛과 쓴맛이 끝내준다. 뮈스카와 피노 누아의 표현이 강하다. 완성에 가까운 상태라 정말 맛있다. 내가 알자스에서 세운 모든 원칙에 위배되겠지만, 이 과즙만은 일찍 병입할까 싶다.

2019 | 게뷔르츠트라미너

약간의 짠맛, 맥주 같은 끝맛이 있다. 아직 균형감이 완성되지 않았다.

2019 | 피노 누아

어찌나 농밀한지 끝맛에는 지방의 고소함까지 느껴진다. 산화 풍미를 소화해 낼 잠재력이 있다.

2019 | 피노 그리

다소 퀴퀴한 냄새가 나고 알코올이 강하다. 분명 몇 년 안으로 얌전해지리라 기대한다.

스테판 반바르트의 새로 확장한 저장고.

브뤼노 쉴레르와 시음 중.

2019 | 게뷔르츠트라미너와 피노 누아

향미가 아주 강해서 부담스러울 정도다. 깔끔하고 근사한 과일 풍미가 우아하다.

2018 | 피노 블랑

맛이 들기 시작했다. 끝맛은 버섯과 비슷하다. 나무통에서 배어든 맛일지도 모르겠다.

2017 | 피노 그리

알코올의 존재감이 매우 도드라진다. 지금도 맛있으나 몇 년 후에 마시면 더 좋을 듯하다.

2018 | 게뷔르츠트라미너, 피노 그리, 피노 블랑 배합 (1번 술통)

리덕션이 조금 발생해서 치즈 맛이 느껴지고 볼라틸 산미도 있다. 약간 걱정스럽다.

2015 | 피노 그리

농밀하고 부드러운 산화 풍미가 굉장히 안정적이다. 훌륭하다. 정말 근사하다! 지난번에 맛보았을 때보다 훨씬 좋아졌다.

2020년 11월 13일 금요일, 오베르모르슈비르

2013년부터 이곳 알자스에서 반바르트 가족의 작업과 와인을 자세히 살펴보았고, 결과물인 와인은 물론 포도밭을 가꾸고 저장고에서 양조하는 방식에서도 줄곧 감명받았다. 간밤에 스테판네 새로 확장한 저장고에서 시음했을 때도 예외가 아니었다. 끝없는 에너지, 호기심, 창의력, 지성을 갖추고 와인에 접근하는 그는 존재감이 정말 강렬했다. 다른 와인메이커와 열정이나 걱정을 나누고 공통의 고민 속에서 위안을 얻을 수 있다는 것은 꿈만 같은 특권이다.

브뤼노 쉴레르의 양조장에 갈 때는 시간이 넉넉해야 하고 구실도 좋아야 한다. 우리는 아침 10시쯤 와인을 맛보기 시작해서 오후 1시에 잠시 쉬었다가 5시에 시음을 재개했다. 브뤼노와의 시음은 언제나 즐겁다. 반바르트와 마찬가지로 쉴레르의 공간에서도 항상 새로운 일이 진행 중이다. 나는 쉴레르를 보면 일본 사람들의 작업 방식이 떠오른다. 전통, 문화, 부모 세대를 향한 존중, 그리고 길들일 수 없는 호기심을 동력으로 삼기 때문이다. 이 호기심에 굉장히 감탄하고 있다. 조슬린과 제랄드를 볼 때와 비슷한 감동을 느낀다. 그들에게는 굉장한 생의 욕구가 있다.

에필로그

과거의 기록을 다시 읽어 보았다. 나의 생각과 직감이 진화하는 모습을 지켜볼 수 있어 즐거웠다. 그리고 나는 항상 똑같은 와인을 마시고 있었다. 내 취향이 그렇게 확고한지 몰랐다. 나는 내가 훨씬 개방적이라고 생각했다. 때때로 문제에 대한 해결책은 문제가 생기기 전에 남겨 둔 기록 속에 있었다.

이 기록장에 관해 말하자면, 나는 내 기억력을 신뢰하지 못할 때가 많다. 심사숙고는 재미없다. 직감이 좋다. 그리고 종종, 아니 항상 나는 온갖 것을 잊어버린다. 그래서 억지로 기록을 남기려고 애쓸 때가 있다. 머릿속의 생각이 망각 속으로 사라지지 않도록, 나중에 다시 읽어 볼 수 있도록 말이다. 생각은 기록하지 않으면 사라지니까. 끔찍하면서도 한편으로는 후련하다. 나는 자유의 감각으로 충만해진다.

기록을 남길 때면 얼른 해치워 버리고 쓸모 있는 일을 하고 싶다고 생각하게 된다. 〈좋아, 이제 오락가락하는 잡생각은 다 사라졌으니 현명한 일에 시간을 쏟아 볼까?〉 그러나 기록과 기록물은 머지않아 작지만 온전한 작품이 된다. 한 줌의 글이 활용되거나 다시 쓰이기도 하고, 갑자기 한데 어우러지며 말이 되기 시작한다. 느슨하고 앞뒤 안 맞는 방식의 기록, 기록의 형식이 지극히 흥미로워진다. 내가 보기에는 그렇다. 이 기록에 남은 보잘것없는 생각들이 갑자기 어우러지며 완성되는 논리가 마음에 든다. 보잘것없고 직관적인 생각들이 진기한 발상으로 발전하기도 한다. 그리고 짤막하고 재미있는 문구들은 우리 와인에 좋은 이름이 되어 주었다.

기록은 미적 형식이 되고, 내게 떠오른 생각이나 직감은 지금 눈앞에 있는 기록물 속에 존재한다. 나와는 관련 없이 홀로 오롯한 존재가 되는 것이다. 꼭 완성된 문장의 형태를 취하지도 않는다. 그저 몇 개의 낱말이 모여 완전히 새로운 언어를 만들어 내기도 한다. 나는 그것이 마음에 든다. 내 기록물은 엉망진창이고, 나는 이대로 만족한다. 대단히 기발한 점은 없지만 그것도 괜찮다.

이 기록에는 한 여정을 이루는 낱말, 생각, 작은 순간들이 남아 있을 뿐이다. 기발한 것들, 완성되어 끝나 버린 것들은 죄다 지루한 구석이 있다. 철학과 감정이 어우러질 수 있을까? 그렇다고 생각한다. 모든 날말이 중요하다. 모든 날말이 누군가의 경청을 애걸한다. 나는 같은 실수는 한두 번만 반복하고 성공에서 교훈을 얻을 수 있도록 최선을 다하고 있다.

옮긴이 **임슬애**

고려대학교에서 불어불문학을, 이화여자대학교 통역번역대학원에서 한영 번역을 공부하고, 현재 번역가로 활동하고 있다. 오스카 와일드의 『도리언 그레이의 초상 1890』, 레이첼 커스크의 『영광』과 『두 번째 장소』, 엘리너 데이비스의 『오늘도 아무 생각 없이 페달을 밟습니다』, 니나 라쿠르의 『우리가 있던 자리에』 등을 우리말로 옮겼다. 앤더스 프레드릭 스틴의 『우리의 정원에는 시가 자란다』를 번역하면서 내추럴 와인에 관해 직접 공부하며, 독자를 위한 「와인 용어 정리」와 「포도 품종 정리」뿐 아니라 본문에 나오는 모든 와인메이커를 일일이 찾아보고 그들의 와이너리까지 자세하게 소개해 주었다.

우리의 정원에는 시가 자란다

지은이 앤더스 프레드릭 스틴 **옮긴이** 임슬애
발행인 홍예빈·홍유진 **발행처** 미메시스
주소 경기도 파주시 문발로 253 파주출판도시
대표전화 031-955-4000 **팩스** 031-955-4004
홈페이지 www.openbooks.co.kr **email** mimesis@openbooks.co.kr

ISBN 979-11-5535-309-7 03890 **발행일** 2024년 2월 20일 초판 1쇄

미메시스는 열린책들의 예술서 전문 브랜드입니다.